那一方土地，
那祖祖辈辈讲给我们的故事，
我们不该忘记。

放缓脚步，
去故事里闻一闻乡土气息，
重拾遗失的美好记忆。

中国民间故事丛书

中国民间文艺家协会 组织编写
总主编/罗杨 本卷主编/沙蠡

云南 丽江

古城玉龙卷

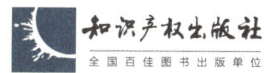

《中国民间故事丛书》总编委会

总 顾 问 | 冯骥才
总 主 编 | 罗杨
副 总 主 编 | 周燕屏
执 行 总 主 编 | 王润贵　刘德伟

《中国民间故事丛书》云南省编委会

顾　　　问 | 赵廷光　李鉴尧　杨知勇　张文勋　李缵绪
　　　　　　刘辉豪
名 誉 主 编 | 李仕良　段斌　左玉堂
主　　　编 | 杨利先
副 主 编 | 张福三　王明达　王四代　钱勇　龚正嘉
　　　　　　杨海涛
编　　　委 | （以姓氏笔画为序）
　　　　　　王四代　王明达　刘怡　孙敏　李昆
　　　　　　杨利先　杨海涛　和尚庚　赵官禄　罗新元
　　　　　　张亚平　张福三　唐似亮　钱勇　殷海涛
　　　　　　龚正嘉

《中国民间故事丛书》丽江市编委会

总 顾 问 | 和自兴　王君正
顾　　问 | 何金平　李世碧
主　　编 | 沙　蠡
编　　委 | 牛相奎　王川蓉　王海林　张建华　张安琨
　　　　　张赛东

《中国民间故事丛书》古城玉龙纳西族自治县编委会

主　　任 | 沙　蠡
编　　辑 | 王川蓉　牛相奎　何顺学　刘芝英　李惠文
　　　　　杨冬梅　张赛东
摄　　影 | 木　一　李鸿兴　陈春缘　杨建平

→ 丽江耶古堆（坝子）
↓ 万古玉龙千年雪

中国民间故事丛书 云南丽江 古城玉龙卷

← 高原湿地拉市海
← 石鼓铁索桥
↓ 长江第一湾

↑ 宝山石头城
→ 老君山黎明风光

中国民间故事丛书·云南丽江 古城玉龙卷

← 老君山男龟峰
↓ 丽江古城忠义牌坊

↗ 丽江黑龙潭
→ 丽江白水河
↓ 丽江古城街道

中国民间故事丛书 云南丽江 古城玉龙卷

← 木架水槽
← 弩弓与猎人
↓ 木府

↗ 纳西女服饰
→ 塔城妇女
↘ 丽江传统"棒棒会"

中国民间故事丛书·云南丽江·古城玉龙卷

← 老君山傈僳族服饰
↓ 四方街民族"打跳"

↑ 东巴艺术节表演
→ 白沙农民踢足球

↖ 东巴象形文字
← 丽江斗牛
↓ 木楞房与披毡

人类不能没有故事（序一）
罗 杨

故事，是人类对历史的记忆，它记叙和传播着社会的文化传统与价值观念，引导着社会性格的形成，构建着社会的文化形态。具有五千年文明底蕴的古老中国，是一个充满故事的国度，有着悠久的讲故事的传统。那些"夸父逐日""嫦娥奔月""精卫填海""愚公移山"等神奇的故事，至今仍散发着迷人的魅力，澎湃着感人的生命张力。作为先人创造和遗留下来的宝贵文化财富，民间故事中充满了民族的智慧和生命的记忆，它传承了朴素的文化血脉，是民族文化得以认同的载体。

我们每个人都是听着故事长大的。那些爷爷奶奶、爸爸妈妈讲给孩子们的故事，对于生命尊严的守护和价值观的养成，甚至比上学读书带来的影响力还要绵久和强大。民间故事中蕴含着的历史文化、理想信仰、价值观念、情感道德、生活知识等丰富内容，具有精神娱乐、知识传播和教化启蒙三重作用，不仅给人以知识和智慧，也给人以启迪和力量；不仅传播着社会价值理念，也构建着美好的精神家园。

纵观中华民族的文明文化史，我们的祖先讲着"女娲补天"的故事，开创了华夏民族的创世纪元；伟大领袖毛泽东讲着脍炙人口的故事"愚公移山"，带领中国人民推翻了三座大山；改革开放大潮中，我们又讲着春天的故事，跨入了豪迈的新时代。一个有故事的人生是辉煌的人生，一个有故事的民族是充满希望的民族。故事，始终伴随着我们的民族走向成熟，也伴随着我们的国家走向强大。

伟大的民族不能没有故事，强大的国家不能没有故事，复兴的时代不能没有故事。那些美妙动人的民间故事，在世代的传承中，已经内化为我们的民族精神，融入中华儿女的品格中。然而，在文明更迭、社会转型的年代，很多优秀的民间故事正面临着失传的危险。把祖先留下的精神遗产抢救下来、保存下来，完整地交给后人，是几代民间文艺工作者的责任和使命。为此，中国民间文艺家协会把对民间故事的抢救和传承作为一项长期工作延续了半个多世纪，并将《中国民间故事丛书》列入中国民间文化遗产抢救工程重点项目，常抓不懈。

除了中国，哪个国家还能有如此丰富的故事，并有如此众多的故事传承人和听众！作为一种民间文学样式和娱乐方式，民间故事或许会被人们冷落，但我相信，作为中华文明的血脉，民间文化的基因始终流淌在亿万人民的血液里，它的根不会断。

人类没有故事将会平淡无奇，世界没有故事将会索然无味。随着社会发展和文明进步，我们越来越需要倾听那些本真的、自然的，充满着文化多样性魅力的故事。让我们把祖祖辈辈流传下来的美好故事世世代代地讲下去，让中国的崭新故事向人类倾诉更多的精彩。

2014 年 4 月

（作者系中国民间文艺家协会分党组书记，驻会副主席）

金沙丽水玉龙雪（序二）

沙 蠡

民间故事在世界的每一个角落。作为文化艺术甚至生产生活的种种表现，它不仅给人们带来愉悦和激情，还将长期地作为某种重要的工具，为人类提供教育和慰藉。可以说，只要人类存在一天，民间故事在世界的任何角落就能找到热心的听众。真正的民间故事不是偶然抄录下来的故事，它是在广大人民群众中经过长期流传与提炼并体现了多数人情感的故事。《中国民间故事丛书·云南丽江卷》（四卷本）的编纂工作，在中国民间文艺家协会和丽江市委、市政府相关领导的重视和关心下，经过丽江市文联千方百计的努力和坚持不懈的工作，终于如期完成，并将由知识产权出版社出版。这些故事都是民族文化中的奇珍异宝，所以，正如有位哲人说的：当任何故事的存在历史被勾画出来时，这种地区图将提供界标来澄清这些故事从一地到某地漫游的线路，与此相关的人们的共同与差异、发展与变化等也就自然而然地显现了出来。这是打造文化旅游名市、构建和谐丽江、全面推进丽江建设小康社会进程中的一项重大的文化遗产抢救工程；它的编辑出版，对真正加固"文化立市"的基础，夯实"文化遗产"的内核以及开发丽江文化资源，促进丽江社会的发展和弘扬民族文化都将产生积极而深远的影响。

一、丽江市基本情况和历史、文化

民间故事是一种集体传承的艺术。斯蒂·汤普森指出,理解世界民间故事的途径,需要由历史、地理、人类和心理诸多学家的劳动提供所有可能的手段来完成。鉴于这一点,我们要更准确地理解丽江民间故事的风格和精神,必须对其民族历史、风俗、自然环境、社会环境等进行全方位的认识和了解。

丽江市在云南省西北部,位于世界自然遗产"三江并流"的核心地带,这里山川壮丽,风景秀美,是中国唯一拥有世界文化遗产、世界自然遗产和世界记忆遗产三项桂冠的地级市,目前正成为"中国最令人向往的 10 个小城市"和"地球上最值得去的 100 个城市"之一。它北邻迪庆藏族自治州,西接怒江傈僳族自治州,南连大理白族自治州,东靠四川省攀枝花市和凉山彝族自治州,市委、市政府所在地距省会昆明 580 千米。丽江市辖一区四县,即古城区、玉龙纳西族自治县、永胜县、华坪县、宁蒗彝族自治县。总面积为 21219 平方千米,其中山区面积占 90% 以上。目前全市总人口为 113.76 万人,除汉族外,人口较多的有纳西族、彝族、傈僳族、白族、普米族等 10 个少数民族,少数民族人口有 66.9 万,占全市总人口的 58.8%,可见丽江是一个以少数民族为主体的地级市。丽江地跨北纬 25°59′～27°56′,东经 99°23′～101°31′。地貌类型复杂多样,山峦、河谷、湖泊、盆地纵横交错。丽江地势由西北向东南倾斜递降。境内有属横断山脉的老君山、玉龙山、小凉山三大山系纵贯南北,海拔 3500 米以上的高山就有 42 座。丽江盆地北端玉龙雪山主峰扇子陡为全市最高点,海拔 5596 米,华坪县金沙江畔腊乌渡为全市最低点,海拔 1015 米;两地直线距离不到 200 千米,高低悬殊竟达 4581 米。长江上游金沙江从丽江市西北端玉龙县塔城乡入境,至南端华坪县腊乌渡出境,三次大拐弯,曲绕全市 615 千米。金沙江沿线河谷,雨量充足,土地资源丰富,是丽江水稻、甘蔗、烤烟、热带水果、冬早蔬菜的主要产地。波澜起伏的山峦之间,分布着 111 个大小盆地，当地人称它为"坝子"，面积近200平方千米。这些坝子土地肥沃，水源丰富，气候温和，人口集中，是主要的产粮区。境内的天然湖泊主要有永胜程海、宁蒗泸沽湖、玉龙拉市海等。多样的地貌，不同的海拔，形成了境内气候差异明显的典型"立体气候"，使丽江兼有亚热带、温带、寒带三种不同气候，空气清新，景色宜人，非常适合旅游和休闲度假。随着旅游业的发展，神奇的丽江正日渐成为人们梦幻成真的"香格里拉"。

丽江在漫长的历史过程中，给后人留下了异常丰富的文化遗产，历史文化积淀极其深厚。它是古代中国"南方丝绸之路"和滇藏"茶马古道"上的重要通道，同时也是国家旅游局规划圈定滇川藏大香格里拉生态旅游区的重要门户，是人们进入大香格里拉地区的最佳途径或者说是必经路站。目前，在大香格里拉生态文化旅游圈中，丽江正在发挥着某种重要的示范作用。

远在唐代，在今玉龙县塔城乡境内的铁桥就已是滇藏交通的咽喉。清顺治十八年，达赖喇嘛干都台吉曾派遣邓几墨勒携带方物到永胜互市茶马。后来永胜的茶市移至丽江，马帮要先到丽江向官府买"茶引"，然后再到思茅（普洱）购买茶叶远销藏区，每年贸易量达5万担之多，丽江从此成为普洱茶的一个主要集散地。"二战"期间，在这里中转集散的就有南方产的茶、糖、丝织品、日用器皿，藏区的毛皮、山货、药材和经藏区驮来的英国毛毯、卷烟，以及本地产的酒、粉丝、麻布、毛皮制品、铜器、银器等。这条茶马古道，南起西双版纳，经过思茅（普洱）大理、丽江、德钦，再经过西藏的邦达、林芝到拉萨，全长近3000千米。然后继续南下，经江孜、亚东出境后，入锡金，下印度，直达噶伦堡，并延伸到加尔各答以及尼泊尔、斯里兰卡等国，曾经成为一条名副其实的重要国际贸易通道。它之所以形成，除了丽江这个地方的区位优势和特产外，更为实质的内因作用不能不是"民族文化"这个重要内涵：纳西、藏、白三个民族的生活地域唇齿相依、互相渗透，不同的文化相互交织、影响，于是他们一起和睦相处，同呼吸共命运，并一直共同活跃在茶马古道上，形成了"马蹄踏出辉煌"这样一种独特的历史文化。

这还因为，丽江是我国西南地区开发较早并具有悠久历史文化的地区之一。据考古发现，早在五百万年前就有旧石器晚期智人"丽江人"在此活动。据一些文献记载，南宋宝祐元年（1253年），世居丽江的纳西族首领木氏先祖阿琮阿良（麦良）因在金沙江奉科宝山等渡口迎接元世祖忽必烈"革囊渡江"南征大理时有功，次年被忽必烈授予"茶罕章管民官"等官职。而后至元十三年（1276年），这里改为丽江路军民总管府。明洪武十五年（1382年），阿琮阿良第四世孙阿甲阿得被朱元璋赐姓为"木"，并封为世袭土知府。清顺治十七年（1660年），设丽江军民府由木氏任世袭土知府。到了清朝雍正元年（1723年），丽江府实行"改土归流"，由朝廷改派"流官"来任知府，并降木氏土司为通判。民国二年（1913年），丽江废府设县。至民国三十年（1941年），设立云南省第七行政公署和丽江县政府。新中国成立后，设丽江专员公署和丽江纳西族自治县人民政府。2002年12月26日，经国务院批准，撤销丽江地区设立地级市丽江市。

纳西族地方的东巴文化是世界上独树一帜的灿烂文化。东巴文化起源于古老的东巴教，它是纳西族的原始宗教，以信奉万物有灵、多神崇拜为特征。在纳西语中，东巴是"智者和诵经者"的意思，因为东巴掌握古老的象形文字，熟悉经典，能歌善舞，善于主持各种宗教仪式，是纳西族传统文化的重要传承者。东巴文化主要包括纳西族象形文字、东巴古籍、东巴祭祀仪式和与祭祀有关的法器、绘画、音乐、舞蹈等。这种如图画似的文字，被纳西人称为"森究鲁究"，意为"木石上的痕迹"。2003年8月30日，东巴古籍文献被联合国教科文组织列入"世界记忆遗产"。

除此而外，永胜他留人的他留文化以及宁蒗泸沽湖畔摩梭人的民族风情等，都是与自然景观相映生辉的重要人文景观，其历史文化内涵独特多样。另外，纳西人的传统节日"三朵节"，永胜县他留人的"粑粑节"，华坪县花傈僳人的"阔时节"，以及宁蒗小凉山彝族的"火把节"，宁蒗普米族的"吾昔节"等民族传统节日，也是丽江文化丰富多样、极富独特性的重要体现。这充分说明，优秀的民间文学不仅可以让人接触到先进的思想、高尚的艺术趣味，还有促进历史发展等重要的作用。

二、丰富多彩的民间文学资源

无论是荷马的史诗，或是莎士比亚的《威尼斯商人》，抑或是歌德的《浮士德》等世界上各种不朽的艺术作品，有哪一部辉煌巨著不是主要依据民间传说或是得益于优秀的民间文学而成为文化瑰宝的！由此不难得出这样一个结论，那就是丰富的民间故事资源，同样也是文学艺术不可或缺的重要营养和来源。所以，伟大的诗人普希金一向认为："民间文艺是一切文学的基础。"

丽江的民间文学作品浩如烟海，香胜鲜花。这是因为丽江是一个有"金生丽水"之说的美丽神奇的地方，提起它，人们首先想到的是雄踞在古城北面的玉龙雪山。它南起白沙玉湖，北至大具虎跳峡，东界鸣音公路，西邻虎跳峡。这座高 5596 米的大雪山终年冰封雪盖，四季白雪皑皑。它是横断山脉云岭山系的最高峰，共有大小山峰八九十座，其中海拔 5000 米以上的雪峰有十三座，俗称"玉龙十三峰"。它自古以来就是一座名山，唐代南诏王异牟寻拜封云南五岳，就将玉龙雪山封为北岳，并在山下建庙，庙内大殿供奉雪山化身"三朵神像"。所以它又是纳西人心目中的一座神山、圣山，其保护神"三朵"就是玉龙山的化身，并由此引出了许多关于它的美丽传说和神话故事。人们通过取其形貌，或摄其声色，赋予这座神山以活生生的灵性，并借助想象幻化出种种形象来解释和颂扬玉龙山，可见地方传说是中国重要的民间传说之一。不仅是这座神山，另外还有老君山。老君山，顾名思义就是太上老君的山。传说这是太上老君炼丹的地方，仅就它的名字来看，这里的许多景观就应该与道家和道教文化有密切关联，史书称它为"滇省众山之祖"。它位于丽江古城区（原大研镇）西南 125 千米处。老君山景区由北向南，景区方圆 715 平方千米，是世界自然遗产"三江并流"的重要组成部分，被誉为"仙山瑶池、杜鹃王国"。据专家考察，这里的杜鹃有 74 种，每年春夏之交，老君山上的杜鹃花红得像火，艳如云霞，争奇斗艳，给人以山花烂漫之感。这里有丰富的植被、珍稀的动植物和冰蚀湖，还有奇异的丹霞地貌、九十九龙潭，以及一天可以看三次日出日落的黎明风景区，它们是产生《飞人洞的传说》《普米情人节的传说》等动人故事的丰厚土壤。除此之外，还有位于丽江玉龙县石鼓境内的"长江第一湾"。说到石鼓，传说是远古时期金沙江流到这里后，由于没有出口，江水日日上涨。大禹来到这里治水，经过勘察，决定在东北方向的雪山处疏浚江水，从此，金沙江一直南流到此突然来了个大拐弯，形成了"江流到此成逆转，奔入中原壮大观"的奇景，并由此诞生了《金沙江姑娘出世》《金沙神女与石鼓青年》等传说。可见，壮美的风景同样是民间故事诞生的土壤，再加上夸父追日、孔明点将、元跨革囊、贺龙擂鼓、红军渡江等种种传说与史实，更为这些奇山异水增添了无数人文内涵，并进入人们的精神生活中，使人们积极向上，富于幻想和创造。

当然，丽江之丽应当包括秀美的泸沽湖。宁蒗县境内的泸沽湖，除了美在它的圣水和仙岛以及那里的动植物和周围的山川外，更在于它独具民族风情的阿夏走婚风俗。那青山环抱，景色迷人的泸沽湖以及摩梭风情如一泓鲜活的甘泉，为人们创造出了一个取之不尽的艺术梦幻之海。另外还有以丽江大研古城为代表的民居建筑，在广泛吸收汉、白、藏等民族建筑文化的同时，把本民族的建筑文化和审美意识融入其中，形成了许多具有纳西特色的三坊一照壁、四合五天井、前后院、一进数院等地方特色浓郁的"纳西四合院"，并被建筑学界称为"民居博物馆"。特别是丽江古城科学的选址，高超的规划设计水平，奇妙的水系利用，浓郁的民族风情及独特的建筑艺术，合理的人居环境，形成了人与自然和谐相处的美学意境。丽江的不胜枚举之美，怎能不产生诸多奇妙的故事、传说和神话？所有这一切，都为丽江产生优秀的民间文学提供了丰富的土壤和条件。可见民间故事是一种活着的人民文学，同时是一片未知的美轮美奂的艺术森林。

所以，一个传说或一个故事总是为一定的地域所拥有，它们总是被限制在某些乡土和某些角落，才成了地方本土的文化财富，后来才引起社会学家、人类学家、民俗学家及文学艺术家的种种兴趣。从这个意义上说，研究对民间故事的记忆和遗忘，可以增加人类的整个智力和审美活动，它是人类文化史的一个重要组成部分。鲁迅先生曾说过，《山海经》是保存中国古代神话与传说最多的典籍。日本学者盐谷温氏亦有此见解，他在说到中国的书中多保留有神话传说，欲求小说的先驱，则不能不先推《楚辞》的《天问》和《山海经》。那么在丽江，我们的祖先有那么多保存完整的历史传说、故事，我们还不敢肯定这就是我们丽江本土的"山海经"吗？

三、丽江民间故事的特点

民间的"作品"常常成为后来各种文学体裁的祖先，尽管它与文人文学相比，少了以工匠的手法来刻画艺术的形式之美和技巧之美，但它们活泼自然、粗疏壮健。所以后代纯粹诗人的作品，尤其是那些独创性的伟大诗篇，都与民间口传文学有相当联系。配希科夫曾经在谈到歌德的《浮士德》受民间文学影响时指出："欧洲的戏曲家绝不轻视勤劳人民的口头传说——口头的故事诗，他们利用吟唱诗人和职业诗人的谣曲。"事实证明，我国的屈原、英国的莎士比亚、俄国的普希金，他们那种永不磨灭的诗的光芒，无不闪耀着民间文学的光彩。

一个地方的民间故事是当地各民族人民的精神创造。丽江（县）的民间文学最早开始于一些诸如长诗、歌谣、东巴经等原始的口传文学，其中最主要的首先是神话故事等，反映了这一地区纳西先民对与自身休戚相关的周围环境事物的观察、体验、思考和想象的漫长历史过程。神话，在产生它的原始时期是一种重要的文化，是人们对于环境的心理活动的结果。于是，以东巴经为主体的带有纳西特点的东巴神话就占了很大一部分，如《创世纪》《人类迁徙记》《叶古年的传说》《人类和术族的故事》等即是这一方面的代表。这是因为纳西人有自己的信仰——东巴教，他们相信"万物有灵"，崇尚"图腾崇拜"，他们在自我意识发展过程中为弥补自己的局限，寻找思想的依托而产生了一些虚构但很传统的故事。虽然这些故事奇异、模糊但都基于他们生存的一种事实。他们是想获得一种超自然的力量，达到感召自然和推动人事等目的。其中《创世纪》神话是这方面的典型，这部气势磅礴的创世史诗主要讲了远古时候天地混沌，阴阳混沌，树木走路，石头说话。故事中的女人生了三个儿子，分别成了藏族、白族、纳西族三兄弟，体现出一种对民族团结的强烈向往。还有如《阿普三贱的故事》等,这是一种与早期图腾崇拜的观念紧密相关的精彩故事,这类故事试图让人们掌握开启某种与《芝麻开门》类似的神秘之门的钥匙,它的作用是让人们鼓起实现所有愿望的某种力量,具有十分虔诚的信仰背景和魔力境界。在漫长的历史进程中,这些故事对当地民族无疑起到了一种奋争向上的感召作用。在这方面,同样是生活在老君山一带傈僳族的《牛皮口袋里出来的人》和《南瓜里面出来的人》以及宁蒗彝族的《开天辟地》《洪水朝天》《统格萨·甲布》,永胜汉族地区的《造天地日月》《洪水冲天》《兄妹成亲》,华坪彝族水田人的《石龙镇宝》《青香情侣》都属于这一方面的"神话化"内容。可见解释宇宙天地和人类的起源,同样是丽江各民族神话共同的一个主题。马克思在《摩尔根〈古代社会〉一书摘要》里指出:"过去的现实"往往反映在荒诞的神话形式中。事实也的确如此,虽然这类神话有些几乎是冥想的、诗意的,甚至有些幼稚和荒诞,但它毕竟是人类宇宙学说的发端,他们的创举和壮举推动了时代和社会的进步,为生活在丽江山山水水之间的各民族带来了福音和希望之光。

其次是风物、习俗、地名传说类较多,这可能与丽江一区四县秀美的自然风光和奇特的民俗风情有关。在这一类故事中,由于每个县的景点很多,因此形成了许多丰富多彩的与景点有关联的传说。它们的发掘整理,不但展现了各县丰富的民族文化资源,而且为提升丽江的知名度及吸引力注入了新的活力和内容。如《古城玉龙卷》中《玉龙雪山的传说》《玉龙雪山和文笔山》《象山和狮子山的传说》《宝山石头城的传说》《石鼓的传说》《金沙江姑娘出世》《拉市海》等,《永胜卷》中《龙的传说》《出米洞的传说》《程海的传说》《灵源箐的传说》《梓里江桥的传说》等,《华坪卷》中彝族水田人《神奇的龙洞湾》《龙潭明珠》《龙宫洞的传说》《轿顶山的传说》《蜂子岩的传说》《亲情寨的传说》和《公寨母寨的传说》以及《宁蒗卷》中《永宁坝和泸沽湖女神山的传说》《龙女》《猪槽船的来历》《拉母与打史》《找神水》及《火把节的故事》等,既把丽江各族人民早期生产生活的习俗、风俗通过民众的口头文学加以解释,同时又借这些山川风物反映或颂扬了当地各族人民勤劳、勇敢及团结友爱的精神，在思想上具有健康积极的意义。因为只有一切有生物和无生物都被人们"人格化"了，许多神秘的、惊心动魄的自然现象才能用这种离奇的故事来叙述它和解释它。这些用拟人化的手法描述事物来历的方法具有顽强的生命力，表达了先民们始终不渝地追求幸福的坚韧精神。而在《龙女树》里，更把主角龙女刻画得深明大义，她不仅贤惠，而且更有为民族友好相处架桥的高尚情操。它用浪漫主义的笔调，表达了民族和睦友爱的主题。因为木天王听说"北人"（普米族先民）和纳西人聚居的宁蒗泸沽湖边永宁是个好地方，想并吞作为自己的领地，但他不想武攻，就写了一封亲笔信，派使者去拜会北王，愿两家联姻。然而，木天王的女儿"龙女"见北王子长得英俊，又和蔼识礼，就爱上了他。虽然最后他们的爱情成了悲剧，但故事代表了民间的心声，用艺术和真诚赞美了龙女和北王子忠贞的爱情。在这一类故事里，我们通过不同的社会习俗和生活体验来感知这里的异地文化，它们是丽江这个地方的另一种特殊地域的文化，可见民间传统在这里有决定性的影响，从这里，我们不难发现东巴文化、纳西文学的种种痕迹。他们之所以很早记录了这些故事，不仅是因为他们对这些故事很感兴趣，而且这些故事在有形无形之中与人们的生存生活紧密相关。同其他更广大的文化因素一样，故事在这里一直流传下去，也就越来越发展成了一个相当可观的具有艺术性和真实性的叙事材料库。

可以说，如果乔叟、歌德和萨克雷到丽江，我们不必怀疑，他们一定会把丽江的种种传说、故事一一写进他们的世界文学名著之中。丽江凭着自身独特的自然风光和四季宜人的美妙气候，让荷马似的民间艺人为这里的山山水水和一草一木赋予了种种美好的传说，这些传说是特殊的童话，是对千姿百态的上苍馈物的答谢与赞颂。如《古城玉龙卷》中《狐狸与公鸡》《乌鸦和青蛙》《骄傲的马樱花》；《永胜卷》中《老虎怕青蛙》《公鸡喝水》；《华坪卷》中《金银和鱼虾的来历》《草的来源》；《宁蒗卷》中《聪明的小白兔》《大灰狼钓鱼的故事》等动植物寓言、童话，不仅通过多样化的主题和表现手法解释了某些物种的起源，更证实了关于"所有通俗故事中，动物都起了巨大作用"这一论断。而那些与节日、风物有关的传说如丽江的《祭天要用什么样的猪》《喂麦达的传说》《咒朵节的来历》；宁蒗的《小凉山彝族不接吻的由来》《猪槽船的来历》《火把节的故事》；永胜的《灶神的传说》《永胜传奇》；华坪的《民族英雄蛮王的传说》《南阳团山堡的传说》等，则记录了一些与民族命运紧密相连的重大事件，尤其包含着历史的事实之断片，体现了当地少数民族的某种道德观念和对未来的种种美好向往。说到民间故事的功利性特征，《传说的构成》的作者根奈认为，对原始民族来说，最重要的是那些动物故事，因为动物故事的强大吸引力是来自图腾动物和与图腾有关的种种仪式，而且这些故事所反映出来的历史观念、道德观念和文学观念都具有异常重要的价值，并印证了"传说是架通历史与文学的桥梁"这一重要事实。

　　第三类是以生产、生活为主要内容的故事，这一类似乎特别多，尤其以永胜、华坪两县的汉族地区为主。它们反映伦理道德，一般思想倾向都是强烈的、鲜明的，然后常常通过简洁、精粹的形象，讽俗喻理，有极强的现实性。如《永胜卷》中《贪心和尚》《人为财死，鸟为食亡》《钱福的故事》《心里有鬼》《陈百万的三个小故事》《重男轻女》等，故事似乎有意识地批判自私、贪婪，同时又赞扬和期待诚实、互助等美德。这与当地民间永胜人"讲古话""讲瞎话""讲经"的传统有关。这些都是广泛涉及社会现实生活但又属于具有一定幻想色彩的口头创作。《华坪卷》这方面的内容显得更多并更见当地汉族人民的机智与传统美德。如《吃亏得福，占强降祸》《天不绝无路之人》《买卖客》《煮鬼》《吞鬼》《冤魂不散》《嫌穷爱富》《媳妇》《不到黄河心不甘》等，有的讽刺抨击，有的赞扬夸奖，在艺术夸张的、极富浪漫主义色彩的叙述笔调中，斥恶扬善，表达了人们对假、丑、恶的鞭挞以及对真、善、美的讴歌。从这些故事的情节可以看得出来，它们不仅具有吸引力，同时趣味性和可读性也很强。它们传播很广，不仅有文学艺术的性质，而且首先具有民间故事的机智、幽默和风趣。特别是像斗鬼、除魔的故事，如《煮鬼》《吞鬼》《冤魂不散》等篇章，讲述了发现鬼、识别鬼到揭露鬼和与鬼斗争的全过程，显得有声有色，触目惊心，从中可以看到人们敢于同邪恶作斗争的自信，也同时充分表达了当地人民的聪明才智。另外，《古城玉龙卷》《宁蒗卷》这方面的故事同样体现了类似的主题，如《金钟的故事》《酒丹》《两兄弟分家》《放猪栽桃》《穷渔郎与仙女玉菊》(《古城玉龙卷》)、《人不可貌相、海水不可斗量》《三弟兄学艺》《独儿子格茸》《从悬崖上背回父亲》(《宁蒗卷》)等，同样也体现了纳西族、彝族两地不同民族的道德观，教育人们要勤勤恳恳，把一切都建立在劳动上，用自己的汗水去换取幸福，把劳动创造财富、劳动赢得幸福的真理形象地剖析给人们。我们读了，犹如在豆棚瓜架下亲耳倾听民间某个出色的艺人娓娓讲述一样。

第四类是机智人物故事和笑话类，这一方面的内容亦占了一定比例。民间故事和传说，大都是被压迫的下层人民的创作，它首先是表白他们的社会体验和观察，表白他们的社会意识和意欲的。这些故事，通过讽刺和批评自私自利、贪婪吝啬、欺骗虚伪等恶习和不道德行为，表现各民族劳动人民的生活乐趣和幽默、机智的民族性格。人们的兴趣集中在了一个聪明人和一个愚蠢人之间所形成的鲜明对比上，这类故事非常普遍，如《永胜卷》中的《夹舌子》《俩老庚》《一颗麻子讨媳妇》《李老汉买布》，《华坪卷》中的《憨女婿拜年》《考女婿》《香香屁》《吹牛女婿》及《宁蒗卷》中的《猪要吃糁》《肉当菜》等，虽然故事短小但为人们所喜闻乐见。尤其在这一类机智故事中，更具有健康、积极意义的典型，如《古城玉龙卷》中的《阿一旦的故事》等，它们由许多既各自独立，又相互连贯的小故事组成。阿一旦虽然不是任何意义上的原型人物，但经过人们一代代的口耳相传，反复加工和提炼，变成了艺术典型。他已经是人民的愿望和理想的典型化身，也是人民智慧力量的化身，而他的对立面，是同样典型化了的木老爷，代表着统治阶级。其中如《公喜·母喜》《拿鱼去》《最后考一次》《怎样拿钱》等集中体现了阿一旦的斗争艺术。这就是说，劳动者和人民群众的智慧，一直是笑话和机智故事的主题，这些主人公虽然弱小，但他们那副平实的双肩上扛着的却是一颗机灵的脑袋，所以，叙述的笑话都显得较为新颖。这些机智人物的机灵敏锐，随机应变，常常能使他们在困难中脱险，在急中生智，老练、沉着地应付着千变万化的事态，在尖锐复杂的斗争中，他们总是巍然直立，有理有据，有说有笑地击败对手，这些故事情节，启发人们心灵开窍，从智慧中得到自信。在这些民间的创作里，不但表现了中国过去重要的社会关系和生活，也表现出了人民高度的智力。这些故事、传说，在结构上都很单纯，在词语上也很浅显，可是它们具有相当强健的艺术力。换句话说，它不是那种平庸无意味的作品，它们不但本身长存不朽，而且长久地成为后来纳西文学创作的种子或酵母。这就使我们想起了托尔斯泰为什么晚年对民间故事不但十分赞赏，自己还拿来仿作。同时也明白了高尔基为什么早年就利用民间故事、传说作为创作题材，甚至到了晚年还在对这种民间创作的艺术在社会史上的价值一再提起，这也就是为什么巴尔勒的《最好故事》和格林兄弟的《格林童话》不断地要被剧作家们、艺术家们和音乐家们所采用的神秘原因。

总之，丽江民间故事涵盖了神话、传说、寓言、童话、笑话、有关风物、习俗、动植物故事、劳动、生产、爱情故事及机智人物故事等，门类齐全，涉及面广，通过它，我们能够看出丽江各地人民优秀的精神文明成果。

四、有关丽江分卷的编辑说明

民间故事的编辑、出版是一项工程浩大的工作，更何况此次丽江市民间故事的编辑较为规范，体例科学，不同于以前的收集整理。而丽江市文联人少事多，再加上丽江市除了原丽江、宁蒗两地（县）以前曾整理过纳西族民间故事（20世纪60年代由丽江地委宣传部编辑、上海文艺出版社出版的《纳西族民间故事》；1988年由丽江地区文化局、民委、群艺馆编的三卷本包括丽江和小凉山民间故事的《纳西民间故事集成》）外，永胜、华坪以汉族为主的两县在此之前是一片空白，这就给难度很大的这项工作增加了更大的难度系数。由于在收集前无任何第一手基础资料，因此编辑成册后一定还有许多优美传说故事遗失、断代于民间，这是很遗憾的。因为一方面有的具有口述天分的民间故事讲述人、传承者已作古，而另一方面，由于经费、人员等诸多因素的限制，不具备一两次就把这两县所有民间故事收集囊括到手并纳入其中的条件，所以这两县的字数要求也没有达到30万字。而丽江（县）则因为内容较多较长，已超出了30万字。但为了统一标准，规范体例，有很大一部分就不再收入其中，只力求做到保留其精华的要求和目的。

民间故事的收集、记录方法是如实地把民间的艺术传达出来。为了能够原汁原味忠实地传达出原貌和挖掘出民间创作的思想和固有的艺术价值，我们力求遵循科学性。所以在编选过程中，丽江市（4卷本）严格遵照丛书编选原则，忠实地保持了口传文学的特点和突出了地方民族色彩，尤其在同一题材，但记录不同，版本不同，说法不同，内容大同小异的情况都没有把几个故事综合整理，而是一并收入、比较，并在必要的地方作了注释或加以说明。如《古城玉龙卷》中《石鼓的来历》和《石鼓的传说》《龙女树》和《龙女和樵哥》《金钟的故事》和《金窝的故事》《火把节的来历》（一）和《火把节的来历》（二），《永胜卷》中《金葫芦的故事》和《葫芦笙的来历》《程海的来历》和《程海的传说》《鸡饥鼠暑》和《饥鸡暑鼠》，《华坪卷》中的《二十四个望娘滩》（一）和《二十四个望娘滩》（二），《边凹岩石的传说》和《边凹偏岩洞》《两脚儿刨土》和《考女婿》《老变婆》（一）和《老变婆》（二）、《香香屁》（一）和《香香屁》（二）、《狐狸精的传说》和《毛狗精的故事》，《宁蒗卷》中《聪明的兔子》和《聪明的小白兔》《洪水朝天》（一）和《洪水朝天》（二）等，在同一的故事上，都可以让人感到异样的情态和色彩，所以特意放在一起，并在涉及方言土语、风土习俗时尽量作了保留，使故事体现求"真"即科学性，尽量避免其中的再创作和整理。当然，更主要的是"民间文艺的类同性，是一个很有趣味的特点。不管它是散文的神话、童话，还是韵文的民谣、俚谚等，大都是一个作品，同时或异时，在同一个地域或许多地域的社会中，往往存在和它相同或相近的东西。甚至与时代相隔千年以上，地域相距数万里，都会有这种现象"（钟敬文语）。所以为便于研究，尽量作了不同的保留。

在编辑过程中，丽江市委主要领导对这项重要文化工程极其重视，特别是市委副书记何金平、宣传部长李世碧多次过问、具体支持此项工作，从而带动了宁蒗、永胜、华坪的县委主要领导出来直接过问此项流传百世的工程，三个县的宣传部在市委有关领导和市文联的具体部署下，积极配合，多方协调，为我们的收集、记录、汇总编辑工作提供了很多支持和方便。正是这样在各方的共同努力下，市文联才能够团结各县文艺、文化工作者积极参与，乐于奉献，上山下乡，遍访村村寨寨的民间艺人，他们付出了辛勤的劳动。我虽然不是这方面的行家里手，但身为文联主席，同样深感责任重大，为此，虽然是在身患严重眼疾期间，但绝不敢有一丝一毫的倦怠和懈慢，只得不顾疾病折磨，利用早晚和周末、节假日等一切可以利用的休息时间去查资料，带头收集整理。在市文联几个屈指可数的同事千方百计的拼搏下，终于保证了丽江市各县卷本的顺利完稿（《古城玉龙卷》直接由市文联一手完成）。在此我应该向所有支持参与这一重要抢救文化工程并一直指导、关怀我们工作的中国民间文艺家协会主席冯骥才先生，副主席、党组书记白庚胜先生致以崇高的敬意和衷心的感谢！与此同时，也要向永胜、华坪、宁蒗三县的宣传部以及宁蒗、华坪的文联和永胜文化馆的同志们致敬！

民间故事的重要意义就在民间。民间故事虽是一种口述文学，但它的艺术性和科学性是不言而喻的。它是人类珍贵的非物质文化遗产，在丽江这样一个充满故事的地方，民间故事必然对神奇的丽江起到种种奇妙的作用。为了有效保存、保护这些珍贵的文化艺术资料，使之更好地为社会服务，我们不遗余力、千方百计地完成了此项工作，因为它功在当代，利在千秋。"由对象本身和社会的条件看来，要求民间文艺研究向着系统的科学之路迈进，并不是笔者个人的大胆或好事，而是一种客观的必然需求。像树上的果子到了一定时期必然要落下来，这种对象的研究到了今日，也自然地要求成为一种系统的科学。"钟敬文先生早在1935年《民间文艺学的建设》一文中这样说过，如今在70年之后，它确确实实已成了一种必然。

2006年6月27日

中国民间故事丛书
云南丽江·古城玉龙卷 | 目录 |

神 话

- 003 　人类迁徙记（纳西族）
- 016 　人类的传说（纳西族）
- 020 　人类和术族的故事（纳西族）
- 026 　崇人抛鼎寻不死药（纳西族）
- 030 　顶靴力士（纳西族）
- 032 　阿普三赕的故事（纳西族）
- 036 　龙的传说
- 037 　南瓜里面出来的人（傈僳族）

传 说

▍红军传说

- 045 　贺龙挥臂擂石鼓
- 046 　贺龙——活龙

▍人物传说

- 048 　叶古年的传说（纳西族）
- 051 　高取高拔（纳西族）
- 052 　阿萨命（纳西族）
- 057 　骑立称王（纳西族）
- 059 　熊三的传说（傈僳族）
- 060 　阿明于勒的传说（纳西族）
- 062 　木老爷三留杨神医（纳西族）
- 065 　木老爷聘年皮匠的传说（纳西族）
- 067 　楚沙扒起事（傈僳族）
- 072 　杨玉科的传说（纳西族）
- 079 　姚小七的传说（白族）

风物传说

- 082 玉龙雪山的传说（纳西族）
- 084 金沙江姑娘出世（纳西族）
- 085 金沙神女与石鼓青年（纳西族）
- 087 金沙江姑娘（纳西族）
- 088 金沙江内为什么有金子（纳西族）
- 089 红石岩（纳西族）
- 090 石鼓的来历（纳西族）
- 091 石鼓的传说（纳西族）
- 092 玉龙雪山与文笔山（纳西族）
- 097 象山和狮子山的传说（纳西族）
- 099 拉什海（纳西族）
- 103 不死山（纳西族）
- 105 宝山石头城的传说（纳西族）
- 106 金垒岭（纳西族）
- 109 厄则坎美（纳西族）
- 110 鸡公石
- 111 后箐地名的传说
-     打猎"刺足落"
-     "刺足落"的来历
-     猎人定居"刺足落"
-     松树结糍粑
- 115 飞人洞的传说（傈僳族）

故事

生活故事

- 121 阿山和九妹（纳西族）
-     夜明珠
-     好媳妇
-     烧"火山"
-     抓老虎
-     高兴盒
- 126 宝妹（纳西族）
- 129 青蛙伙子（纳西族）
- 132 青蛙骑手（纳西族）
- 137 白塔与丹桂的故事（纳西族）
- 141 牧牛姑娘阿寿命（纳西族）
- 148 龙女树（纳西族）
- 152 普米情人节的故事（普米族）
- 156 龙女和樵哥（纳西族）
- 161 穷女婿（纳西族）
- 163 我吃我的福气（纳西族）

168	两兄弟分家（纳西族）	201	假猎人（纳西族）
168	放猪栽桃（纳西族）	203	贪心哥哥的故事（纳西族）
	种桃	206	做人难（纳西族）
	老鹰带信	207	馋嘴媳妇（纳西族）
	永不分离	209	挂在扫帚上的铜钱（纳西族）
172	金钟的故事（纳西族）	210	最听话的丈夫（纳西族）
175	金窝的故事（纳西族）	211	山里人与江边人（纳西族）
177	酒丹（纳西族）	212	大枣核的故事（纳西族）
178	阿寿与龙女（纳西族）	213	贡品（纳西族）
182	穷渔郎与仙女玉菊（纳西族）	214	能言鸟（纳西族）
184	白龙鸡（纳西族）	217	憨男人的故事（纳西族）
187	买岁月（纳西族）	219	大脖子的故事（纳西族）
188	金鸭子（纳西族）	222	怕"漏"的故事（纳西族）
190	月亮姑娘（纳西族）	223	两兄弟过节（纳西族）
195	穷孤儿的故事（纳西族）	225	碗（纳西族）
198	寻找妈妈的故事（纳西族）		

机 智 故 事

226	阿跟和阿命纳（纳西族）	235	怎样拿钱（纳西族）
228	阿命纳买宝马（纳西族）	236	最后考一次（纳西族）
230	牧主和牧工（纳西族）	238	公喜？母喜？（纳西族）
232	两亲家换宝马（纳西族）	240	拿鱼去（纳西族）
233	聪明的小和尚（纳西族）		

民 俗 故 事

241	火把节的来历（一）（纳西族）	245	泼灰节的来历（纳西族）
242	火把节的来历（二）（纳西族）	247	聪明的新娘子（纳西族）
243	"抽秽"礼俗的来历（纳西族）	248	第一所瓦房的来历（纳西族）

249	孝子戴孝的由来（纳西族）	256	口弦的故事（纳西族）
250	纳西族为何夜不绩麻（纳西族）	261	葫芦笙的起源（傈僳族）
251	祭猎神的由来（纳西族）	263	咒朵节的来历（傈僳族）
253	祭天时说黑话的原由（纳西族）	264	"阿功玛"与"茧本当"（傈僳族）
254	祭天要用什么样的猪（纳西族）		
255	喂麦达的传说（纳西族）		

谚语故事

266	花子怜皇帝（纳西族）	272	见鱼亲鱼　见蛇依蛇（纳西族）
267	大理看金雁（纳西族）	273	嫉妒他人富　自己反变穷（纳西族）
269	憨人剥鹿皮（纳西族）		

动植物故事

275	天亮前公鸡为什么叫（纳西族）	293	老虎为什么有斑纹（纳西族）
276	阿喂鸟（纳西族）	294	雉鸡和乌鸦（纳西族）
277	"金八两"鸟的故事（纳西族）	295	蜈蚣、马鹿和公鸡（纳西族）
278	"吸风隼"和黑老鸹（纳西族）	297	狡猾的鳝鱼（纳西族）
279	锦鸡和杜鹃鸟（纳西族）	298	虎、豹、猫（纳西族）
281	增格鸟和阿衣鸟（纳西族）	299	乌鸦笑黑猪（纳西族）
283	蝉姑娘的厄运（纳西族）	299	虱子和跳蚤（纳西族）
285	康开的故事（纳西族）	300	属相的故事（纳西族）
286	狐狸与公鸡（纳西族）	301	药王的故事（纳西族）
287	猴、兔整狐狸（纳西族）	302	花王的故事（纳西族）
288	猎狗和猫（纳西族）	303	木王的故事（纳西族）
289	乌鸦和青蛙（纳西族）	304	木中之王香椿（纳西族）
290	猫的故事（纳西族）	306	白杜鹃的故事（纳西族）
290	兔尾巴的传说（纳西族）	306	麦子与荞子（纳西族）
292	熊怎么会变成这模样（纳西族）	308	骄傲的马樱花（纳西族）

中国民间故事丛书

云南 丽江

古城玉龙卷

神话

人类迁徙记（纳西族）

讲述：和芳 纳西族 68岁 东巴 小学
记录：和志武 纳西族 43岁 云南省社会科学院研究员 高中
1958年采录于玉龙县黄山乡

上古时候，天和地在不息的动荡之中，树木会走路，石头会说话。天地日月、石木水火、山川河流还没有形成，然而天地的影子、日月的影子、石木的影子、水火的影子、山川的影子、河流的影子已经出现了。

后来由气息和声音的变化，生出了一个名叫"依格窝格"的神。依格窝格一变化，生出一只白蛋。白蛋一变化，生出一只白鸡。这只白鸡没有名字，自名为东①家的恩余恩曼。

过了一段时间，又出了一个名叫"依古丁纳"的神。依古丁纳一变化，生出一只黑蛋。黑蛋一变化，生出一只黑鸡。这只黑鸡没有名字，自名为术②家的负金安南。

恩余恩曼呵！白生生的，多好看呵！它用天上的三朵白云作被，用地下的三丛青草作巢，于是生下九对白蛋。白蛋孵化为神和佛。

负金安南呵！黑黝黝的，多难看呵！它也生下九对黑蛋。黑蛋孵化为鬼。

开天的匠师，是九个能干的男神；辟地的匠师，是七个聪明的女神。他们开天没有成功，辟地也没有成功，天和地依然在动荡不息。到了后来，他们才想出了办法。

在东方竖起白海螺天柱，在南方竖起碧玉天柱，在西方竖起黑珍珠天柱，在北方竖起黄金天柱，在中央竖起白铁天柱，用蓝宝石补天，用黄金填地，于是天和地开始分开了。

不久，神和佛商量，能者们与智者们商量，立意要建立一座灵山。这时集合一切力量，在大力神九高那布管领之下，灵山终于建成，天和地也不再动荡了。

---

① 东：古代纳西族部落社会的一个首长。东是简称，正名是米利东主。
② 术：与东敌对的一个首长。术是简称，正名是米利术主。

灵山还没有名呵！天神便为它取名，叫做居那若倮。

在居那若倮山上，原来先已有了鹡鸰鸟。据说它是白的化身。然而它的尾巴有一根毛是黑的，可见它并不是白的化身呀！

在居那若倮山上，原来先已有了黑乌鸦。据说它是黑的化身。然而它的翅膀有三根毛是白的，可见它也不是黑的化身呀！

白蝴蝶呀！据说它是白的化身。可是它的生辰不好，它生在严寒的冬三月。它的翅膀呀，被冬天的大风刮得失去力气，飘飘荡荡，一直飘到山脚底下。这十足表现出它的纤柔衰弱，由此可见，它也不是白的化身呵！

黑蚂蚁呵！据说它是黑的化身。可是它的生辰也不好，它生在酷热的夏三月。它的细小的腰身呀，经不起夏天洪水的冲击，一直被冲到遥远的海洋之中，这样怎么会是黑的化身呢？

原来先在高处出现了喃喃的声音，低处出现了嘘嘘的气息，声音与气息相结合，生出三滴白露。三滴白露变成三片大海。大海中生出恨仍。恨仍生每仍。每仍以后七代，便是人类的祖先，他们是：每仍初初、初初雌玉、雌玉初居、初居九仁、九仁姐生、姐生从忍、从忍利恩。

到了从忍利恩一代，有五个弟兄和六个姊妹，他们没有适当配偶，互相结了婚。这可真是秽气冲天，触怒了天神。于是日月无光，山和谷也啼哭起来。这是山崩地裂、洪水横流、灾难降临的预兆。

从忍利恩走到大山上去，想捕捉树上的白鹇鸟，可是他来得太晚了。他走到高原上去，想放牧白云似的羊群，可是已经太迟了。他本来不会做工，就向蚂蚁去学习。他本来不会玩耍，就向白蝴蝶去学习。他也不会耕田呀！但他用一头黑眼的公牛，一具黄栗木的犁，走到东神和瑟神的地方，开起荒来。东神和瑟神大为愤怒，便放出一只凶恶的长牙野猪。他白天耕了的地，晚上全被野猪翻平。于是从忍利恩带了下活扣的器具，到新开荒地中，去下活扣。他白天等在地边，白天没有下着。晚上等在地边，晚上也没有下着。直到第二天早晨，才下着野猪。他看到野猪，多么高兴呵！

他拔出腰间的大刀，正想愉快地开剥野猪，没想到有一个白发老翁，胡须长得如同麻束；还有一个老婆婆，执着一根黄金拐杖，已经站在他的面前，脸上似笑非笑。从忍利恩一时手足无措，全身渗出冷汗，急忙抬起犁来，想逃回去。由于举动慌张，犁梢撞着白发老翁，把老翁头上戴着的白银笠帽差一点撞破。老翁叫了一声，声音震天。他去取犁铧时，一不小心，又碰了老婆婆的拐杖，差一点把拐杖碰折。老婆婆也叫了一声，惊天动地。

利恩害怕极了,他对老翁恳求道:"老人家,你痛不痛啊?我给您抚摩一下吧!"他又对老婆婆恳求道:"老人家,撞坏您没有?我给您包扎一下吧!"

老翁说:"从忍利恩呀!你想到树上去捕捉白鹇,去得太晚了。你想到高原去牧放羊群,也太迟了。你们兄弟姊妹负的罪太重,苦难即将到来。"

利恩闻听,就跪在两位老人面前,恳求他俩搭救他的生命。两位老人看见利恩真心悔悟的态度,于是对他说道:"你要杀一头白蹄的公牦牛,剥下牛皮,做成皮鼓,要用细针粗线来缝,鼓上系起十二根长绳,三根系在柏树上,三根系在杉树上,三根系在高空,三根系在地底;把肥壮的山羊,金黄色的猎狗,雪白的公鸡,以及九样谷种,装在皮鼓之内;还有呢,当然你是不会忘记这样的,一刻不能离身的长刀和金火镰,也要放进鼓里。这一切都准备好了,你也就可以坐在鼓里了。"

利恩回到家里以后,把这事告诉兄弟姊妹。于是他们也去向老翁恳求。老翁叫他们宰一头猪,剥下猪皮,制成皮鼓,用粗针细线来缝,什么也不要带在身上,什么也不要装进鼓里,只要坐在里面就行了。

利恩的兄弟姊妹各自照着老翁的话做了。

过了三天,天吼起来,地叫起来;上面山崩地裂,连老虎、豹子都不能存身;下面洪水横流,连水獭和鱼也不能通行;日月无光,白天、黑夜都一样,阴沉暗淡。

白松树被雷劈得粉碎,利恩金古①被抛到九霄云外,尸首丢在哪里,埋在哪里,都不知道。

红栗树被地炸得粉碎,利恩夸古②被掷到七层地里,尸首丢在哪里,埋在哪里,也不知道。

从忍利恩坐在皮鼓里,又害怕又愁闷,皮鼓里漆黑一团,使他感到恐怖。这时真是呼天不应,求地无门呵!皮鼓漂在大海中,过了很多时候,冲在一座新长出的高山旁边。皮鼓撞着山坡,震动了从忍利恩,于是他拔出腰间的长刀,割开鼓皮,走了出来,他立刻呆住了:

左边一匹马也没有了!右边一头牛也没有了!当中呢,只有高山和深谷布列在他的眼前。他一看到这个情景,不禁恸哭起来。

他走到一棵大杉树下,从皮鼓里放出来的山羊"咩嗨咩嗨"地叫个不休。

---

① 利恩金古:从忍利恩的兄弟之一。
② 利恩夸古:从忍利恩的兄弟之一。

"你为什么叫呢？"

"我不是因为高兴才叫的！小时候给我青草吃，长大了不给我青草吃了。大地上的青草不知收到哪里去了。我是叫青草哪！"

从皮鼓里放出来的小狗"汪里汪里"地叫个不休。

"你为什么叫呢？"

"我不是因为高兴才叫的！小时候给我白面汤吃，长大了不给我白面汤吃了。人间香甜的白面汤不知放到哪里去了。我是叫白面汤哪！"

从皮鼓里放出来的小鸡"叽里叽里"地叫个不休。

"你为什么叫呢？"

"我不是因为高兴才叫的！小时候给我白米吃，长大了不给我白米吃了。村里的白米不知藏到哪里去了。我是叫白米哪！"

……

大地上，没有了人类，没有了牲畜，只见苍蝇满天飞。从忍利恩到了这时，又寂寞，又伤心，眼泪直往下流。高山融化的雪水呵，人说那是非常寒冷，可是从忍利恩的心比雪水还要冷呵！

利恩身穿毛布衣裳，背着皮制的箭囊，把桑木大弓当作手杖，嘴里唱着歌，但是没有人应和，只有山鸣谷应是他的伴侣。他这样没精打采地走着，过着孤苦凄凉的生活。不知过了多少日子，他不觉来到一座高山脚下。两眼向前一望，看见了利从利那坝子。在那里，白天有火烟，像线香的烟子一样细微，从地上直向上升；到了晚上，火光像雄鸡的冠子似的闪亮着，火光虽小，却照得满天通红。

利恩于是走到那里去，有一个老人接待了他。那个老人啊，胡子很长，如同麻束，而且白得像雪一样。他似在自言自语，说："世间没有人类了啊！"

利恩又惊又喜，便跪在老人面前恳求道："老人家，您可怜我吧，我独自一人，实在太寂寞，太凄凉了！我要一个白天一同劳作、晚上一处谈心的伴侣。可是世上已经没有人类了啊！您说我该怎么办呢？"

老人说："在那美山根的一座高山底下，住着一对天女。那个直眼女，是最漂亮的，那个横眼女，是不漂亮的。但是你要千万记住：不可要直眼女，只可与横眼女结婚。"

利恩记住老人的一切吩咐，满心欢喜，走到那座高山下面，果然看见两个天女，正在嬉戏。一个是善良的，容貌却不好看；另一个是不善良的，却有一双勾人的媚眼。利恩身体虽很壮实，能够控制身外一切，但他控制不了自己的感情，控制不了自己的眼睛，他想：身巧不如心巧，心巧不如眼巧，于是违背白发老人的告诫，娶了貌美的直眼女。

结婚不久，天女怀孕，马上就要生育，利恩非常高兴。可是到了产期，天女生的不是人！她连生三胎，头一胎是熊和猪，第二胎是猴和鸡，第三胎是蛇和蛙。利恩满头大汗，又急又怕，就跑到老人那里去请教。

老人说："不听老人言，吃亏在眼前。马跑的时候只顾逞兴，却不防越跑得快，越会把蹄子跑脱。你呀！真是个不知利害的小家伙。把熊和猪丢到森林里去！猴和鸡丢到高岩中去！蛇和蛙丢到阴森和潮湿的地方去！"利恩这回不敢违拗，就照着老人的话去做了。

米利东阿普是个聪明能干的神。他做了许多木偶，有男有女。有一天他变成一个老人，见了利恩，把木偶给了他说："你的伴侣不久就会有了。你把这些木偶拿去，但是不满九个月，你不要去看他们！"利恩过了三天以后，心里放不下，他很好奇，就去看看木偶。木偶有眼不会看，只会眨；有手不能拿，只会拍；有脚不能走，只会顿。利恩又把这些情形去告诉米利东阿普。阿普听说，生起气来，拔出腰间长刀，把所有木偶砍得七零八碎，拿了一些丢到山岩中，于是山岩中便有了回声；拿了一些丢到水里，于是水里便有了波浪；拿了一些丢在森林里面，于是森林中便有了四脚的猛兽。

从此利恩便开始了漫无目的的旅行，一路见蛇就宰，见猴就杀，心里懊恨，他的手不停地揩着泪水，漫无目的地往前走去……

利恩走来走去，来到高高的雪山山顶，用手摘下一片树叶，噙在口中，轻轻吹着。树叶越吹越响，但是他越听越觉无味。他自己问自己，到底吹给谁听呢？于是立刻把树叶塞在嘴中嚼烂。

他又来到滚滚的大江旁边。江水清澈，往里一看，使他又惊又怕。他看到自己的影子，清瘦清癯，异常难看。他不敢再看下去，从地上拾了一个石子，用力投入江中，随即离开。

利恩来到黑白交界的地方。那个地方啊，美丽得难以形容。有一棵梅树，开着洁白美丽的花朵。其中有两朵尤其引人注目，因为两朵相对开着，仿佛一朵离不开一朵似的。他正看得出神，忽然看见一个极其漂亮的姑娘，她名叫衬红褒白命，走了过来。利恩出了一身冷汗，不知如何是好。他想：这样的地方怎么会来了一个漂亮的姑娘呢？正在犹豫，衬红褒白命用甜蜜温柔的语气，向他说了话："黄莺孤独地飞翔，飞得跟平常不同，请问你要到哪里去呢?"

"我曾听人说:这里是个好地方,梅花呵,一年开两度,树下有一个好姑娘,因此特地来找她。"

他俩互相介绍了自己的来历,谈得非常投机。

原来,衬红褒白命被她父亲子劳阿普许给了天上的美罗可洛可兴家。美罗可洛可兴家有九兄弟。衬红褒白命不愿嫁到他家去,但又不敢直接向父亲提出不同意的话,所以很是苦闷。

这一天,天气非常晴好,天空明净得没有一朵云影,她就变成了一只美丽的白鹤,从天上飞到地下来,翩跹翱翔,散散愁闷,却不想在这梅花树下,竟遇见这个刚强的青年。她想到利恩的遭遇,对他十分同情,并且在心里爱上了他。

于是利恩躲在仙鹤翅膀下面,飞上了天宫,到了天神子劳阿普的家里。衬红褒白命为了掩人耳目,便把利恩装在一个大竹箩中,把他隐藏在门后角落里。到了晚上,阿普放羊回来,他把羊群赶进羊圈,可是羊群惊得直往圈外奔窜;他把牧犬关在门外,可是牧犬反倒回头向家里狂吠。阿普生气地叫喊起来:"有什么不祥的东西来到家里了!"于是早上、夜晚,只见他都在磨刀、擦刀。

衬红褒白命对父亲说:"父亲,你为什么磨刀呵?为什么擦刀呵?蜂巢的石板不热,蜜蜂不会搬家呵!主人不狠,奴仆不会逃跑呵!池水不干,游鱼不会离去呵!父亲呵!山崩地裂的那一年,他没有被炸死在山上;洪水横流的那一年,他没有被淹死在水里。他是多么能干而又勇敢的青年呵!我爱他,所以把他领进家里来了。父亲,请不要生气吧。天晴的日子里,可以叫他晒粮食,看管粮食;下雨的日子里,可以叫他挖沟灌田。这难道不好吗?"

子劳阿普不耐烦地说:"他到底是一个什么样的人呢?我要亲自看一看,把他领来吧!"

利恩用九条大河的水洗了澡,洗得又白又净;用九饼酥油来擦身,擦得又滑又亮。衬红褒白命把他从屋后插着九把利刃的桥上领了进来,去见子劳阿普。阿普很仔细地对他打量了又打量,端详了又端详,从头直看到脚,好久好久,才说:"你呀!要不是手指甲和脚趾甲,身上就没有一点血色啦!要不是手掌和脚掌,全身就没有一点纹路啦!——你的家乡,阿扣鲁来坡的父亲可没有把自己的威灵传给儿子呀!——你呀!水流在松林里,就没有松树生存的地方!有薏草滋长的地方,就没有青草生存的地方!青草呀,终究会枯死的！"

利恩听了这番话，觉得事情不妙，急忙跪在阿普面前恳求道："阿普呵！大地上的人类已经绝迹，单独剩下我一个。我要生活下去，您把您的好姑娘嫁给我吧！"

阿普说："我知道你是个能干的小伙子，好吧！你去给我把九片森林统统砍伐回来！"

利恩晚上和衬红褒白命商量，衬红褒白命暗暗把办法告诉了他。第二天早晨，利恩拿了九把大斧，放在九片森林之中，口中喊道："白蝴蝶来做工，黑蚂蚁来做工，利恩自己也做工。"果然，九片森林都砍伐全了。利恩高高兴兴走回来，对阿普恳求道："我要的，你给我吧！"

阿普说："你确实很能干！但是我的姑娘还不能给你。你去把砍过的林地烧干净！"

利恩晚上和衬红褒白命商量，衬红褒白命暗暗把办法告诉了他。第二天早晨，利恩把九支火把放在九片砍过的林地，口中喊道："白蝴蝶来做工，黑蚂蚁来做工，利恩自己也做工。"果然，九片林地烧完了。利恩高高兴兴走回来，对阿普恳求道："我要的，你给我吧！"

阿普说："你确实能干！不过我的姑娘还不能给你。你去把九片火地种上粮食！"于是交给他九袋粮种，叫他好好开荒、播种、浇水、灌田、看苗，直到收获完毕，再来见他。

利恩于是便去辛勤地干活，一边工作、一边轻轻地唱歌。直到粮食已经成熟，他头顶大簸箕，手拿小筛子，肩上搭了九个口袋，便去收割。他到田边，口中喊道："白蝴蝶来做工，黑蚂蚁来做工，利恩自己也做工。"然而这一次他自己却并未动手。他像麂子和獐子一样蜷曲在田边睡起来了。一觉醒来时，庄稼都已收获完毕。回家后，他还没有开口，阿普就说："你收的粮食短少了三粒，两粒在斑鸠的嗉子里，一粒在蚂蚁的肚子里，能干的小伙子，你想法去取回来吧！"

第二天早晨，斑鸠飞来停在阿普家园中的树上，衬红褒白命正在纺线，看见了斑鸠，急忙叫利恩来。利恩弯弓搭箭，想要射死斑鸠。但是由于他过度紧张，看了又看，瞄了又瞄，还是没有把箭射出。衬红褒白命看他这样，很是着急，便用织布梭子轻轻碰了一下他的手，利恩一箭射出，正中斑鸠的胸脯，于是两粒粮食便取了出来。据说，斑鸠胸前所以有斑点，就是因为被利恩的箭射过的缘故。

利恩一时高兴，顺手就将旁边一块大石掀起。石头下面有许多蚂蚁，立刻骚动起来。其中有一个蚂蚁，腰间有一个疙瘩，利恩便用一根马尾拴住蚂蚁腰部，用劲一勒，谷种就挤出来了。据说，蚂蚁的腰所以这样细，就是因为被利恩勒过的缘故。

利恩拿了三粒谷种交给阿普，说："我要的，你给我吧！"阿普说："你确实很能干！但是我的姑娘还不能给你。今晚我俩一同到岩头去捉岩羊。"

利恩答应了，他把这事告诉了衬红褒白命，衬红褒白命悄悄对他说："利恩哪，你要当心！他哪里是要叫你去捉真岩羊啊，他是想把你变成死岩羊。"于是，她教了利恩一个办法。

晚上，阿普和利恩一同去捉岩羊。到了岩头之后，阿普说是倦乏了，叫利恩和他一同在岩洞里睡觉。阿普头朝洞里，利恩头朝洞外。阿普打算趁利恩睡熟时把他一脚蹬下岩去。到了三更，利恩没有睡着，阿普倒睡着了。利恩悄悄起来，把一块大石包在白披毡里，放在阿普的脚边，自己轻轻溜回衬红褒白命的身边。阿普睡梦中用劲蹬了一脚，把那块大石头蹬下岩去，石头正打在一只岩羊的额上。第二天鸡叫之前，利恩走到岩头一看，岩下有一只死岩羊，就把岩羊背了回去。

阿普睡醒，也往家里走。利恩走的是直路，阿普走的是弯路，利恩先到，阿普后到。利恩对阿普说："岩羊肉已经挂在厨房里，请做阿普晚饭的酒菜，请做阿仔①早饭的汤菜。我要的，你给我吧！"阿普说："现在还不能给你！"

过了几天，岩羊肉吃完了，阿普对利恩说："你确实很聪明，确实很能干！今晚咱俩到江里去捕鱼。"

利恩答应了，把这事告诉衬红褒白命，衬红褒白命说："利恩哪，你要当心！他哪里是要叫你去捕鱼呵，他是要把你变成死鱼。"于是，她又教了利恩一个办法。

晚上，阿普和利恩一同去捕鱼，阿普头朝着岸，利恩头朝着水，阿普打算趁利恩睡熟时把他一脚蹬下江去。到了三更，利恩没有睡着，阿普倒睡着了。利恩悄悄起来，把一块大石头包在白披毡里，放在阿普的脚边，自己轻轻溜回衬红褒白命身边。阿普睡梦中用劲蹬了一脚，把那块大石头蹬下江去，石头正打在一尾鲤鱼的额上。第二天鸡叫之前，利恩走到江边一看，江

---

① 阿仔：阿普之妻，衬红褒白命的母亲。

里漂着一条鲤鱼，就把鱼背了回去。

阿普睡醒，也往家里走。利恩走的是直路，阿普走的是弯路，利恩先到，阿普后到。利恩对阿普说："鱼已经放在水缸里了，请做阿普的酒菜，请做阿仔的汤菜。我要的，你给我吧！"

阿普说："你确实很聪明！很能干！你真想娶我的姑娘吗？你去挤三滴虎乳来，就算你能干聪明到家，我的姑娘就可以嫁给你！"

利恩听了这几句话以后，吓出了一身大汗。他对阿普说："无论什么绳子呵，都是人搓出来的，而且搓得很紧；可是呵，这一根绳子叫我怎么搓得紧呢？无论什么事情呵，都是人做出来的，而且做得很好；可是呵，这件事情叫我怎么做得好呢？"

利恩又生气又伤心，也没有和衬红褒白命商量，就一直跑到荒地里，挤了三滴野猫乳，拿回来交给阿普。他以为野兽的乳汁都是白花花的，怎么分辨得出来呢？

可是阿普自有办法。他把乳汁放在牦牛圈和犏牛圈上，牦牛和犏牛一点也不骚动。他又把乳汁放在马圈和牛圈上，马和牛仍然一点也不骚动。最后，将乳汁放在鸡圈上，所有的鸡全都惊骇动乱起来。阿普怒喝道："这哪里是虎乳呢！小伙子，还是放老实些，不要学骗人！"

晚上，衬红褒白命知道了这事，悄悄来安慰他，并给他出了主意："明天早上，你到高岩间去。母虎在阳坡①处找食，小虎在阴坡处酣睡，趁这个时候，你拿一块大石头把小虎打死，剥下虎皮，穿在身上。等到早饭时候，母虎会回来喂乳，母虎跳三跳，你也跳三跳；母虎吼三声'阿各米各'，你也吼三声。母虎便会躺在地下翻开肚皮喂乳，这样你就可以把三滴虎乳挤到。"

利恩在这生死关头，心情十分沉重。衬红褒白命见他如此，就说："在那黑白交界的地方，说过的三句知心话，难道你忘记了吗？你既相信自己，也要相信我。俗语说：不经一苦，何来一乐？你已经经历了这许多难关，这是最后一次了，难道就不相信我了吗？"利恩听说，伤心地哭了起来。

第二天早晨，利恩到高岩间去，依照衬红褒白命教给他的办法，果然挤得三滴虎乳。中午，回到家里，交给阿普。阿普这次试验得格外仔细。他先把虎乳放在鸡圈上，鸡群安静如常。他再把虎乳放在牛圈和马圈上，牛马都骚动不安。他又把虎乳放在牦牛和犏牛圈上，牦牛犏牛一齐惊惶动乱起来。

---

① 阳坡：向阳的山坡，阴坡即背阴的山坡。

阿普微笑着说："这才是真虎乳！"

这天晚上阿普和阿仔商量女儿的事情。阿仔不停地说："衬红褒白命是你和我的好女儿，从忍利恩何尝不是你和我的好儿子呢？有什么办法能使他俩分离呢？"

阿普还是不大甘心。第二天，他向利恩说："你既然这样聪明，这样能干，你是哪个父族，哪个母族呢？"

利恩说：

> 我是九位开天的男神的后代，
> 我是七位辟地的女神的后代，
> 我是连翻九十九座大山也不会感到疲倦的祖先的后代，
> 我是连涉七十七个深谷也不会感到疲倦的祖先的后代，
> 我是大力神九高那布的后代，
> 是把若保山吞下也不会饱的祖先的后代，
> 是把江水灌下去也不能解渴的祖先的后代，
> 我是永远不会被征服的祖先的后代，
> 我是任何恶人都打不死的祖先的后代，
> 我是所有的利刃和毒箭都不能伤害的祖先的后代，
> 一切仇敌都想消灭我的宗族，
> 可是我毕竟生存了下来，
> 阿普呵阿普，我要的，你给我吧！

阿普听后，无话可答。他又说："你既然要娶我的女儿，你带来了什么聘礼呢？"

利恩说："天是高的，布满了星辰；地是大的，滋生着百草。这样辽远的路程呵，我怎能把羊群从地上赶到天上来？怎样背得动金银财宝？这些日子里，我曾为你砍伐森林，烧辟荒地，收了一季又一季的粮食。我曾经到岩头捉过岩羊，我差一点变成死羊；我曾经到江里捕过鲤鱼，我差一点变成死鱼；我曾经到阴坡剥过虎皮，到阳坡挤过虎乳，我差一点被老虎咬死。这一切比羊群和金银财宝恐怕更为宝贵，难道当不得聘礼吗？阿普呵阿普，我要的，你给我吧！"

阿普听了无话可说，而且对利恩的看法已经改变，就答应把女儿给他。

> 云彩纷纷的天空里，
> 白鹤要起飞了，
> 可是翅膀还没有展开哪！
> 绿树丛丛的高原上，
> 老虎要活动了，
> 可是威风还没有抖擞哪！
> 在天宫的村寨里，
> 在人类生存的大地上，
> 有一对男女要出行了，
> 可是男的还没有长刀①哪！
> 女的还没有打扮好哪！

有一天，衬红褒白命看见一只火红色的老虎，她不敢收拾它，便赶紧回来告诉从忍利恩。过了几天，从忍利恩果然猎获一只老虎，他俩多么高兴呵！虎皮剥下来了，用来做什么好呢？样样都可以做呀！

虎皮的衣服，又威武又好看！虎皮的褥子，又绵软又鲜丽！虎皮帽子、虎皮带子、虎皮箭囊……样样都做好了，样样都齐全了！呵，不对不对，这些服装用具都是男子的，姑娘家哪有用虎皮做衣服的！

时间过得真快，秋天已经到来，高原上的羊群，陆续回到坝子上。衬红褒白命是个能干的姑娘，怎么会落在男人后面呢！她剪了许多羊毛，织成许多毛料，做了许多衣物。

五斤的披毡，十斤的垫毡，一斤的帽子，半斤的腰带……现在什么都不缺少，样样都已齐全，也不必再要父母的嫁妆了。

然而女儿终究是自己身上的一块肉呵！他俩将要下凡时，阿普和阿仔仍然给了许多嫁妆：九匹走马，七匹驮马，九对耕牛，七对牦牛，九只银碗，七只金碗，九样种子，七样家畜……

样样都给了，可是七样家畜之中，没有给猫。能干的利恩偷了一只猫，藏在怀中，带回家来。后来阿普在天上看到地下也有了猫种，十分气恼，就咒骂道："猫到人间之后，叫它肺里发出噪音，叫猫肉不能吃！"现在猫之所以不算家畜，肉不能吃，以及猫肺发出噪音，据说就是由于被阿普咒骂过的

---

① 还没有长刀：古代纳西族男子都佩戴长刀，以示威武。这里长刀概括一切行装。还没有长刀，即一切行装尚未预备。

缘故。

九样种子都给了，可是不给蔓菁种子。聪明的衬红褒白命偷了一点蔓菁种子，藏在指甲缝里，带到了人间。阿普在天上知道，十分气恼，就咒骂道："蔓菁到了人间，叫它不能当饭吃！叫它一煮就变成水！"现在的蔓菁只能做菜，而且容易煮烂，烂得变成一汪水，据说就是由于受到阿普咒骂的缘故。

从忍利恩和衬红褒白命将要从天上移居到人间时，原来没有带狗，分不清主客。后来回去牵来一只白狗，才分清了主人和客人。他们原来没有带公鸡，分不清昼夜，后来回去带了一只大公鸡，才分清了昼和夜。他们用打油茶的木桶背了清水，取意是清水满塘；点着柏柴的火把，取意是光明普照①。

他俩择定了吉日，到了那一天，很早就起来，黎明前，就辞别两位老人，从天宫下凡来了。走了一天又一天，到了第三天，左边起了白风，右边起了黑风，狂风卷起黑云，从云层中倒下了倾盆大雨，大雨中夹杂着核桃大的冰雹；顷刻之间，山谷里"哦哦"喧响不息，洪水遍地，无路可通，无桥可过。

这到底是怎么一回事呢？原来是这样的：

衬红褒白命原先是由父亲许给天上的美罗可洛可兴家，但是衬红褒白命不愿到他家去，另找了自己心爱的利恩。现在他俩要下凡去了，美罗可洛可兴家当然很不甘心，所以施展他家所有的本领，下冰下雹，阻止他俩前进，作为报复。

事到如此，怎么办呢？衬红褒白命急中生智，用三饼酥油、三升白面、三背柏叶，在高山上烧起熊熊的天香，以表示对可洛可兴家的感谢②。不一会，天上的乌云慢慢消散，火红的太阳，暖暖地又照在他俩身上，有路可走，有桥可过了。他俩如同呼呼的大风，滚滚的江水，没有什么东西可以阻止他俩前进。

利恩夫妇高高兴兴下凡来了，他们走一步，跳三步，从今以后，他俩的命运结在一起，他俩将要共同生活，共同唱歌、谈心，永不分离了。

不知走了多少路程，翻了多少座山，走过多少平坝，渡了多少条大河，

---

① 从前丽江纳西族的婚俗，新娘过门时，要由一个女人挑一担水，一个男人点一把柏柴火把，走在新娘面前。这种风俗与这个传说有关。
② 可洛可兴家是掌风雨雪雹之神，所以以下雨下雹来报复利恩夫妇，从那次烧了天香，利恩夫妇下凡以后，每年都要举行一次"斗布"，请"东巴"念经，表示对可洛可兴家的感谢，请他家不要再来作怪。否则即会雨水过多，五谷歉收。旧时纳西族地区曾有"斗布"的风俗。

他俩终于来到了有名的英古地①，在那里立下了胜利的石碑，打下了胜利的石桩，男的搭了雪白的帐篷，女的烧起熊熊的篝火，煮茶做饭，开始了幸福的生活。他们把牛马羊群放牧在高原，九样谷物撒在坝子里，自己劳动，自己享受，自己挤奶自己喝，不知道痛苦和忧愁。

不久，衬红褒白命有了喜，一胎生下三个儿子。可是儿子养育了三年，不会讲话。这可把他俩急坏了。这怎么办呢？叫井白井鲁（蝙蝠使者）去见阿普吧！问问他是什么原因。叫黄狗昼夜不停地叫吧，家里有了事，阿普会听到的。

井白井鲁飞到阿普家，把这事告诉阿普。阿普听说后，不但不告诉他什么原因，反而生起气来，说了许多闲言碎语，发了很多牢骚。

井白井鲁从天上回来，对利恩夫妇说："阿普生你们的气哩！他说'喝水不忘挖井人，吃饭不忘庄稼汉'，你们两个呵，好像小鸟出巢，高飞远走，不再顾念生身父母了！"

利恩夫妇商量又商量，考虑又考虑，到九布通耻大东巴那里，去看了吉凶，然后请九布通耻大东巴斫黄栗木作"祭木"，砍白杨树作"顶神杆"，宰一头公黄牛，用一只大公鸡，还用祭米祭酒，在阴历正月十一日，举行了一次极其隆重的"祭天"②，一是感谢父母——子劳阿普和阿仔，二是感谢可洛可兴家。

后来，祭天成了纳西族的风俗。自从忍利恩一代开始，代代相传，直至今天。

有一天早上，利恩的三个儿子正在门前蔓菁田里愉快地嬉戏，忽然看见有一匹马跑来偷吃蔓菁，三个孩子一时着急齐声喊出三种声音，变成三种语言：

长子说：打你羽毛妙。

次子说：软你阿肯开。

幼子说：买你苴果愚。

一母所生的三个儿子，变成了三种民族，正如一瓶酒变成了三样味道。

---

① 英古地：纳西语"丽江"。
② 祭天：纳西族隆重的祭祀仪式，时间是正月（日期不一定是十一）和七月。正月叫"大祭天"，七月叫"小祭天"。用黄栗祭木两根，一代表子劳阿普，一代表阿仔，杀一头黄牛（现有的用猪）以祭阿普和阿仔。用白杨树"顶神杆"，杀一只公鸡，以祭可洛可兴家。后人还在黄栗祭木脚下立小祭木（亦用栗木）两根，代表利恩和衬红褒白命。

他们穿三种不同的衣服,骑三种不同的马,住到三个不同的地方去了。

长子是藏人,住到拉桑多肯潘①去了。次子是纳西人,住到姐久老来堆去了。幼子是农家人②,住到布鲁止让买去了。他们呵,好像天上的星星那样布满了天,地上的青草那样长满了地,也像马儿的鬃毛那样成长,蔓菁的种子那样繁殖。他们的井水是满满的,他们听到的消息都是好消息。愿他们的后代,光辉灿烂,万世昌盛!

人类的传说（纳西族）

讲述：杨作堂 纳西族 80岁 农民 不识字
记录：牛相奎 纳西族 42岁 编辑 高中　王川蓉 女 纳西族 17岁 学生 高中
　　　和钟华 女 纳西族 42岁 编辑 本科
1980年采录于玉龙县白沙乡

远古的时候,天上有七个太阳,火辣辣地把地上烧得没有树木,没有生灵,连岩石也被熔化得像开水一样滚涨着。至今丽江有许多石头成了蜂窝状,据说就是那时烧成的。

有个很孝道的孤儿,侥幸地活了下来。这时,一位仙人来告诉他,马上就要发洪水了。叫他用细的针、粗的线缝一个鼓,睡在鼓里,水就进不来,他就可以得救了。

不久,洪水果然暴发了。只见巨浪滔天,汹涌澎湃,大地一片汪洋。孤儿睡在鼓里,随着洪水漂去。漂呀,漂呀,不知漂了多少时辰,这鼓被冲到一座岩石耸立的高山上,孤儿从鼓里出来,水已退了。茫茫洪荒,一派寂寥,他就在野地里烧起了一堆火。

天上的米利东阿普出来巡游,忽见地上起烟子,感到很惊奇:地上人种已经绝灭,咋个还有烟子在冒? 于是叫女儿到下面去看看。天女下到人间一看,见一个年轻英俊的男子在烤火,就走过去问:

"阿哥,你是什么人? 从哪里来?"

孤儿长叹一声,回答道:

---

① 拉桑多肯潘等都是部落时代的古地方。拉桑多肯潘意为"上面",姐久老来堆意为"中间",布鲁止让买意为"下面",即指"上面""中间""下面"某个地方。
② 农家人：白族。

"洪水把我冲到这里，天地间只有我孤身一人，做人也没趣味了。"

"没关系，阿哥，不要着急，很快就会好起来的。"

"好心肠的阿姐，你从哪里来？"

"你不必问，慢慢就会知道的。我走了，以后还来看你。"

说罢，天女离开地面，回到天上，把遇到孤儿的事告诉了母亲，并对母亲说："看来那位阿哥为人厚道，也许可以做你的女婿呢。"

"不是说地上已经没有人了吗？怎么还有这样一个人呢？"母亲问。

"真有这样一个人，而且良心、做人都很好。"女儿回答。

于是母亲背着米利东阿普，叫女儿把孤儿悄悄领到天上。母亲左看右看，也觉得这年轻人很好，很中意。于是在闲谈中把这事告诉给米利东阿普，谁知老倌非常生气，大发雷霆：

"不行，不行，怎么能把我的女儿给这样的人！他在哪里？给我抓过来，我要杀死他！"

母亲和女儿见势不妙，赶快把孤儿藏了起来。

母亲答应女儿，要千方百计去说服米利东阿普。这样，母亲天天在一旁劝说老倌，说来说去，嘴都快说干了，米利东阿普才说："既然这样，要做我的女婿，我说什么，他就得做到什么，不然，休想得到我的女儿。"

于是米利东阿普把孤儿叫到跟前说："你要做我的女婿，得先给我取虎奶来。"

天哪，老虎这么凶，怎么能取到它的奶啊！孤儿闷闷不乐。

母亲得知后，就给他出主意，叫他找到虎窝后，在母虎去找食时，把小虎杀掉，然后把小虎皮披在自己身上，蹲在窝里，等母虎回来喂奶时就可以挤到虎奶了。

孤儿照母亲教的办法去做，果然取到了虎奶，就高高兴兴地交给米利东阿普。

米利东阿普见孤儿居然取回了虎奶，心里一怔，他不相信这是真虎奶，就把它放在马圈上试验。结果，马一闻到虎奶味，吓得乱蹦乱跳。米利东阿普只得说："好，就算你办到了第一件事，但还得给我找狐狸奶来！"

孤儿无法，去找母亲，母亲又教给他找狐狸奶的办法。孤儿找到了狐狸窝，趁母狐狸去找食时，在窝旁挖个洞让小狐狸睡在洞口遮住，母狐狸来喂奶时，孤儿悄悄地从洞里伸进去一只手，把奶挤了回来，高高兴兴地交给米利东阿普。米利东阿普不大相信他取回来的是狐狸奶，又做了试验，他把狐狸奶放在鸡圈上，鸡一闻到狐狸奶味，吓得乱飞乱叫，他没话可说了，但心里又来了主意，说："好，就算你办到了第二件事，但这算不了什么。要娶我的女儿，你还得去办第三件事。明天与我一起去打猎。"

孤儿把这事告诉给母亲，母亲对他说："老倌还是存心要害你，去打猎下扣时，他会把你喊到悬岩边去睡，你要趁他睡着的时候，捡一块大石头放在他的脚头，你自己就到别处去睡。"

到了山岩上，下好扣子，米利东阿普就对孤儿说："时间不早了，我俩就睡觉吧，我怕冷，你睡脚头帮我焐脚，等天亮我们就可以猎到大獐子了。"

睡了一会儿，米利东阿普就呼噜噜打起大鼾来了。孤儿悄悄爬起来，抱了个大石头，放在米利东阿普的脚边，自己就睡在另一个地方。果然到了半夜，只听"啊哈"一声，米利东阿普把双脚一伸，将大石头踢下悬岩去了。石头一滚砸死了下面的一只獐子。

第二天天刚蒙蒙亮，孤儿趁老倌还未醒，悄悄下到岩下，找到獐子并把它拿到米利东阿普面前，这时，米利东阿普还在说梦话："哈，杀死了孤儿，杀死了孤儿。"

"阿普，我打来了一只獐子。"孤儿若无其事地把獐子丢到米利东阿普跟前。

米利东阿普睁开眼睛，见孤儿不但没有摔死，反而猎回了獐子，又气又惊，无奈，只得说："好，就算你能干，办到了第三件事，但是我还不能把女儿嫁给你。现在该开火山种地了，你得先为我去开火山，给你一天的时间，要砍完九十九座山林。"

一人怎能一天砍九十九座山林呢？孤儿急得无法，又去找母亲。母亲说："这有什么难的，你打好九十九把砍刀，一座山上放一把，嘴里说：'山神土地、地母雷神帮帮我的忙吧。'他们就会帮你砍完的。"

孤儿照着去做，果然一天就砍完了九十九座山林。

米利东阿普看到这也难不了孤儿，于是又叫他一天之内把砍好的九十九座山林全都烧完，孤儿又找到母亲，他照母亲教的办法，打好九十九块火石，分别放在九十九座山上，口中不住地念着："山神土地、地母雷神帮帮我的忙吧！"果然，一天之内烧完了九十九座山林。

接着，米利东阿普又叫孤儿带上三升蔓菁种子，把九十九座山地撒遍。孤儿照着母亲教的办法，把种子分成九十九份，分放在九十九座山上，念着："山神土地、大虫小虫帮帮我的忙吧！"就按时把种子撒完了。

哪想，刚撒完种子，米利东阿普又叫孤儿把种子一粒一粒捡回来。

孤儿无法，只好又去找母亲。母亲告诉他："不怕，种子撒在哪里，就把装种子的器具放在哪里，再请山神土地、大虫小虫帮帮忙，种子就可全部捡回来了。"

孤儿照母亲的办法，捡回种子交还给米利东阿普。可老倌硬是一粒粒地数，发现少了三粒，要他找回来。

孤儿又去找母亲，母亲告诉他，三粒种子一粒被蚂蚁吞了，一粒夹在牛蹄壳里，一粒被鸽子啄吃了。于是孤儿找到了蚂蚁，用一根马尾往它腰上一勒，把那粒种子取了出来（所以至今蚂蚁的腰是细的）。他又找到了牛，把牛蹄壳切开，取出了夹在里面的那粒种子（据说牛蹄原来与马蹄一样是圆的，就因为被孤儿切开了，所以牛蹄才分瓣）。接着，他又找到鸽子，但它嗉子里的那粒种子已腐烂了，无法取回，孤儿一气之下，就惩罚鸽子，让它的眼睛永远变成红红的（所以至今鸽子的眼睛是红的）。看到样样难题都难不倒孤儿，米利东阿普再无话可讲了，只好答应把女儿嫁给孤儿。这样，孤儿与天女终于结成了夫妻。

世间无人类了，小两口就要求回到人间。为了在世上繁殖五谷和牲畜，他们向米利东阿普要来了五谷种子及六畜。但是米利东阿普就是不给他们蔓菁和猫。机灵的天女就到米利东阿普晒蔓菁种子的簸箕旁边，装着去拌种子的样子，用指甲夹了三粒种子，把它传到人间，同时悄悄地带回一只猫。这样，小两口在人世间辛勤地耕种庄稼，放养牲畜，过着美满的日子。

一天，米利东阿普在天上巡察，忽然看见地上长着嫩绿的蔓菁，又听到"咪咪"的猫叫声，知道小两口偷走了蔓菁种子和猫，他气愤极了，决定要惩罚他们。于是让蔓菁背起来有石头重，煮起来却像清水，让猫肺呼噜呼噜响，吵得人们睡不着觉。

不久，小两口生了三个胖娃娃，夫妻俩很高兴，孩子一天天长大了，可是只会吃饭，不会讲话。天女只得去找母亲，求母亲想办法，母亲很同情女儿，故意装着闲聊的样子，去套米利东阿普的口气，她对米利东阿普说："听说我们的女儿生了三个娃娃，不知什么原因，现在还不会讲话。"

"嗨，你哪会知道，这是我故意整他们的。"米利东阿普得意地回答。

"咋个才能让他们讲话呢？"母亲问。

米利东阿普把嘴凑近女人耳边，神秘地说："不要让女儿知道，只要在院子里竖两棵黄栗树，中间竖一棵柏树，再摆上酒、肉、饭、菜等来祭祀，娃娃就会讲话了（所以纳西人祭天就要这样摆设，两棵黄栗树代表父母，柏树代表天神）。"

母亲把探得的情况悄悄转告女儿，天女欢欢喜喜地回去照着办了。

这时，他家的院子里，有一匹白马，正在啃刚收来的蔓菁，三个娃娃看见了，都一齐喊了起来：

老大喊："打你莱玛渣！"

老二喊："软你阿肯开由！"

老三喊："马你子哥由！"

原来三兄弟讲的是三种话：老大讲的是藏话，老二讲的是纳西话，老三讲的是白族话。他三人说的意思是：马啃蔓菁啦（所以藏、纳西、白三个民族本来是三个亲兄弟）！

三兄弟长大了。老三学会了烧瓦，住的是瓦房；老二住的是木板房；老大住的是土砡房。所以有三句俗话："藏族死人死在土砡房，纳西死人死在木板房，白族死人死在大瓦房。"

从此，人类才慢慢地在世间繁衍起来，在拉都雪山上也先长出了大叶杜鹃和小叶杜鹃，平地上最先长出了绿蒿。经过了漫长的年月，才有了今天人类昌盛，树木繁茂，五谷丰登，六畜兴旺的景象。

人类和术族的故事（纳西族）

讲述：木金良 女 纳西族 63岁 农民 不识字
记录：木丽春 纳西族 40岁 文化馆工作人员 高中
1976年采录于玉龙县拉市乡

雪山还没有戴上白雪头盔的时候，天和大地在黑夜里偷偷地结婚了，大地上繁衍出了人类。天又和大海水，背着大地悄悄地匹配了，大海里又繁衍出了术类。这样，天是人类的阿爸，也是术类的阿爸，人类和术类是同父异母的亲兄弟。

人和术长大了。术类的那布生性贪婪狡诈，日夜缠着父母，吵着要与哥哥分家，他吵得爹娘头昏脑涨，庇佑平安的家神也惊慌地逃跑了。

阿爸的心也被吵碎了，答应给他分家。漠漠天涯的天穹摸不着边缘，天穹却不能拉撑到地上截成两半分匀成两份，这样除开天穹以外，天底下长的东西截匀成两截，宽的东西剪匀成两块，金子和银子拿戥子匀称成两份，人间的牲畜，山里的兽类，也匀分成两群，粮食五谷用斗匀分成两堆，所有天上会飞的，地上会走的万物生灵，也都匀分成两份了。

财富的多少能用戥子称匀成两份，可是埋藏在肚里的私心的轻重，却难用戥子称量清楚。

人和术两兄弟分家以后，一天，术家那布骑着一匹黑骏马，他红着眼睛鞭着马儿跑到黑白交界的地方，马儿再跨出去一步，就是人家兄弟的地盘了，他的心里滚冒着邪火，咬着牙巴骨，很不乐意地勒转了马头：哎，一块大地截匀成两块，弄得交界地像刺篱笆，阻拦住了骏马的蹄脚，人家兄弟不该分走一半大地。

那布又驾着黑眼犏牛来犁地，他乐滋滋地吆喝着牛犁了过去时，翻开的土饼像黑乌鸦的翅膀一样拍扇着，他高兴地吆喝着。突然白晃晃的犁尖戳到黑白交界的地方了，那布慌忙吆转黑眼犏牛，心里暗暗诅咒，人家兄弟不该从我的手里割走一半田地，弄得黑眼犏牛的蹄脚被黑白交界的陷阱阻拦。

那布快快不乐地转回家，心事像冷雾缠扯大山一样地袭扯着他，为了散心，他又领着长着六趾的猎狗，钻进山里来狩猎。

那布钻遍了深山老林，折腾得精灵的狗伸着舌头喘粗气，林间没有发现一只猎物的影踪。那布恢恢地走着，突然又走到黑白分界处，他小心地收回脚步，偷偷地朝着哥哥那边看了一眼，发现在老林里马鹿摇着犄角跳舞；麂和獐翘着尾巴追逐嬉戏着；肥胖的老熊在老林深处玩耍；锦鸡和百鸟在林间开屏比歌喉。那布看着看着，禁不住心里痒痒的，嘴角溢出扯不断的涎水。那布狠狠地跺了一下脚，唆使猎狗偷偷越过黑白交界处，纵进老林里，追撵得马鹿、麂子、獐子、老熊满山乱窜，锦鸡和百鸟急速地拍扇着翅膀，慌惶地四处逃命了。

人发现弟弟的猎狗追撵野兽，气呼呼地挥舞着棍棒把弟弟的猎狗撵回术地去了。

这使贪婪狡诈的那布恼羞成怒。晚上，星星瞪着冷眼的时候，他郁闷地回到家里，心里苦辣辣地发狠道：阿爸手里祖传的家产，一撮灰土，一根发丝细的财产，瓜分成两半。可是我比人聪明能干，人的智慧只有一碗水的分量，我的智慧有大海水的分量。为何让笨拙愚蠢的人，匀走了一半家产？而有智慧者却得不到便宜？突然，一个如浓烟般呛人的邪恶念头窜上了那布的心头：要拿我的笑声去换取人的哭声，拿我的富裕送给人贫穷、疾病。

那布喷吐蛇信子一样恶忾的舌头，胡说九块坝子是术家开辟的驯马场，它不是阿爸手里遗传的产业，人没有继承九块坝子的权利。他把人攥到一块巴掌大的地方。又说九座老林是术家开辟的产业，不是从阿爸遗传的遗产，人没有继承河水的权利，把人攥到一根头发丝细的小河边。

人屋里缺着烧柴，他支派大力的黑奴去砍柴，术家放纵有五彩斑纹的毒蛇，阻拦人的黑奴去砍柴火。力大的黑奴脾气暴躁，拿着青竹竿打了毒蛇的脖子，身印五彩斑纹的毒蛇惊惶失措地逃跑了。但是狠毒的那布暗里作祟，折腾得黑奴的脖子红肿疼痛。人缺饮水，支派女奴去背水，术家支派青蛙拦路，不允许女奴背水。女奴气愤了，折下了蒿枝打了青蛙，遭打的青蛙潜回河水里，那布在背地里放邪，捉弄得背水女奴的手发痒生疼。人支派匠人修盖木楞房，准备给人间的夫妻居住，那布又挑唆老花鹰，谎说是人间砍伐了老花鹰盘窝的树木，要使老花鹰断子绝孙，被激怒的老花鹰扑向人家，伸出铁爪抓了匠人的脑壳，弄得匠人气愤了，捡起石头砸了老花鹰的脑壳，老花鹰惊慌地躲进云海里去了。

那布到处进行挑拨离间，搅得人间再也不能安居乐业了。

羊子受到豺狼影踪的惊骇，恐慌使它半天不想吃青草了。羊子蒙受恶人的凌辱，一夜思谋着报仇雪恨的事情。人类智者和能者商议，耕者和牧者商量。

大家商量出一条绝妙计谋：在那刺破云海的居那什罗神山上，长着一棵开金花结银果的含英巴塔神树。神树上盘着大鹏金翅鸟的窝巢，窝内神鸟孵抱着三颗神蛋，而大鹏鸟是惩治术家的神鸟。那布盗窃了大鹏神鸟的蛋，使大鹏神鸟受到伤害，它会毫不犹豫地伸出铁嘴和铁爪，惩治贪得无厌的那布，逼他归还窃走的神蛋，而大鹏神鸟会感谢人类的通风报信，让它识破贪婪狡诈的那布的吃人嘴脸，它会逼着那布将占去的山林、河水、牧场等退还给人类。

人类用智慧商量出了这个绝妙的计策。一天，人类装着高兴的样子去找那布。人类看见那布卧在河边晒太阳，人类满脸堆着笑容，翘着大拇指，冲着那布啧啧称赞说："术兄弟呀，你是天底下最富有的人了。天上飞的、路上走的、地里长的、土里埋藏的禽类、畜类、粮食五谷、金银珠宝你都拥有，就连天上的星星也摘到你的家里来了，大风也夸你富有，河水也称赞你富有，人间的兄弟也看着你的富有，想着到兄弟术家做奴仆了。"人们顿住话头，装出一副遗憾的脸相，叹口冷气，晃着脑壳说："术家兄弟呀，可是我们知道你的仓库里还缺少一样人间稀世的宝贝哩。"

瞬间，那布收起了满脸的笑容，塌着脸盘，慌忙抢着说："你们莫说梦话了，人间所有的宝贝都锁在我的仓库里，莫不是你们说谎话来买我的不高兴？"

人们压低嗓子，眨动着诡谲的眼睛，悄悄地说："居那什罗神山上有一棵含英巴塔神树，树上盘着大鹏神鸟的窝，窝里孵着三颗神蛋，术兄弟你的仓库里锁着这稀世的宝蛋吗？"

那布的脸皱出了深沟，显出惶恐的神色，沉吟良久，他"噌"的一下跳了起来，麻着手腕说："我的仓库里就连天上的星星也锁下了，何愁弄不到大鹏蛋呢？三天内，我的仓库里若是没有锁下大鹏蛋，就赌咒库里的万类宝贝变灰尘。"

一天，贪婪狡诈的那布，趁着大鹏鸟出窝觅食的空隙，偷偷爬到含英巴塔树上，把大鹏蛋悄悄地偷盗了回来。大鹏鸟飞回窝巢的时候，发现窝里的蛋没有了，急得黑了眼睛，眼前晃起金花，惊慌着飞到村寨里来找寻神蛋。人们看见失落大鹏蛋的大鹏鸟，慌着找寻神蛋，就知道贪婪愚蠢的那布上了人们布就的圈套。人们悄悄地把消息透给了大鹏鸟："大鹏神鸟呀，你看我们的财产被那布霸占，坝子只剩下了一块巴掌大的地方，山林也只剩下一座鼻子大的山了，河水也仅剩了一根头发丝细的河水了。"人们顿下了话头，忧心忡忡地说："大鹏神鸟呀，你丢失了神蛋，它可是你身上掉下来的一块肉，我们想贪心者的胃口像填不满的岩洞，贪心者妄想摘下太阳当火塘烤烘，可是我们说出了偷盗神蛋的贼，怯怕他报……报……复哩。"大鹏神鸟眨动着蓝宝石般的眼睛，宽慰着人们说："善良的人们呀，我的一双眼睛看了天，就顾不了地了，是谁乘空窃了我的蛋，只要你们指破偷蛋的盗贼，我就要感谢你们的指点，庇佑人类的安泰哩。"

大鹏神鸟从人们的嘴巴里，知道了术家那布偷盗他的神蛋的事情。大鹏神鸟气得跳了起来，只听轰然一声，它展开披毡大的翅膀，纵上了苍茫天穹，风驰电掣般地飞到美利达吉海的上空。这时候，狡诈的那布正在海边洗着头发，他发现大鹏鸟飞临美利达吉海的上空了，不祥的阴影倏地窜进心头，他惊慌地潜入海里去了……

原来术家的那布，逢到了初一、十五，他都到美利达吉海边洗头梳头。大鹏神鸟眼看他潜入海里逃遁了，气恹恹地转了回来，在仇恨和焦躁中又等到初一、十五的时辰，大鹏鸟偷偷地栖落东山垭口，警惕地注视着美利达吉海海面。这一天太阳刚冒出东山垭口的时候,那布捧着晃眼的金子脸盆,拿着绿宝石的梳子,面西朝东盘腿坐在美利达吉海边,用金脸盆舀起海水,洗涤着他的乌黑的长头发。

大鹏鸟瞪着气红的眼睛,心头燃烧着复仇的怒火,他从东山垭口起飞,猛扑向洗头的那布。可是冒山的太阳,把大鹏鸟的影子,投映在美利达吉海里了,狡诈的那布发现大鹏鸟的影子,从东边挨向西边来了,他急忙拎起金脸盆,倏地又隐回美利达吉海里去了,大鹏神鸟又一次扑空了……

人们诅咒那布的狡猾,大家又气又急地商议又商议。人们给大鹏神鸟献上了铁爪铁嘴,大鹏鸟套上了铁嘴、铁爪,变得更加英武雄壮了。

大鹏神鸟在忍耐和焦躁里等来了初一、十五。

这一天,天还蒙蒙启亮的时辰,大鹏鸟悄悄地飞落到西山垭口,他面西朝东地注视海里的动静,太阳从东山垭口露出笑脸的时候,美利达吉海闪耀着炫目的粼粼波光,大鹏鸟圆睁仇恨的眼睛,捕捉着美利达吉海里的动静。突然,海水掀起一个浪头,阴险狡猾的那布捧着金盆、绿宝石的梳子,从海里悄悄地爬了出来。

那布把海水当镜子,金盆里舀满清冽冽的海水,解开扭结在一起的长辫子,洗涤着乌黑的长头发。大鹏鸟从西山起飞,从云端悄悄靠近那布,猛地一个翻身,扑向那布,紧紧地抓住那布的脑壳。狡诈的那布,图谋挣脱大鹏鸟的利爪,顺势一滚,庞大的身躯,像一截困山木头似的,滚落进美利达吉海里去了。

大鹏鸟紧紧抓住那布的脑壳并不松开,匆忙飞到居那什罗山上,把那布的身躯拖出来缠绕在神山腰间,那布颤抖得像秋天的树叶一样,战战兢兢地说:"大鹏鸟呀,我的身体会变长呀,你狠心拉到天上,我有本事把身体高过天空,还有三截剩在美利达吉海里,你制服不了我。"

大鹏鸟说:"我把你抓扯到天上,我也只用了一股力气,还剩下三股力气,这三股力气能把你剩在海里的三截身体拖出来。"

大鹏鸟又拍了一下翅膀,把那布从海里拖出了一截,海水倏地泄落下去一截了;大鹏鸟又拍了一下翅膀,把那布又从海里拖出了一截,海水又猛一下泄落了一截。那布满头冒着冷汗,翻着白眼,惊慌地哀求说:"大鹏鸟呀,我呼吐出的晦气没有扑向你的脸,我的脚印也没有踩了你的影子,是什么事情惹恼了你,为何这般和我过不去呢?"

"你这狡诈的那布,你为何趁我出门的空当,背地里偷摸了我的神蛋,你还说谎抵赖，这不是你惹下的罪孽事情吗？"大鹏鸟喷吐了口唾沫，抵住那布的手，紧了紧爪子，假装要把那布剩在海水里的身躯拽出来似的，捉弄得那布簌簌颤抖着，流着眼泪哀求说："大鹏鸟呀，请你息怒，是我偷了你的神蛋，请松一松爪子，我甘愿归还你的神蛋。"大鹏鸟还是紧紧地抓住那布的脑壳，瞪着眼睛吼道："你这贪婪的那布，你为什么要霸占人类的九块坝子、九座老林、九条河水，逼得人类拿眼泪过日子呢？"大鹏鸟又紧了一下抓住那布脑壳的爪子，那布认为大鹏鸟要把他全身拖出海里，慌忙求饶说："大鹏鸟呀，请你息怒，我甘愿退还人们的土地、山林、河水。请你松一松爪子吧。"

大鹏鸟眨动着灵灵的眼睛，又说："那布，人类同意把水域划归给你，不许你再到陆地上争夺土地、山林、河水。只有你赌咒了，我才放松抓你的铁爪。"

那布翻动着白眼，无可奈何地叹口长气，他答应永远回到水域里，赌咒着再也不敢到陆地上来做罪孽事情。

大鹏鸟听了那布发誓赌咒，才松了抓住那布脑壳的铁爪，抓扯到居那什罗山的半截那布的身躯，就像山顶滚落磐石似的，轰然一声，从半天穹里摔落进美利达吉海里去了。美利达吉海水被击得飞溅起滔天的浪花，满天落起了倾盆雨样的水珠，大滴的水珠落到哪里，哪里就出现了湖水，小滴的水，变成了潭水。从此人间到处留下了湖水和潭水。

那布和他的子孙分居到水域里去了，他们再也没有到人间陆地上，消除了人和术之间的争斗。

但是那布被大鹏鸟抓得脑壳负伤了，人们答应找药，替他医治脑壳的疼痛。这样，村寨里的人们只要是有水潭的地方，都竖上了柏木削制的木塔，标志供着术神，逢到每月的初一、十五，人们要到水潭边烧天香，祈求术神，为术放药，医治术的脑壳疼痛。

假若家里出现了蛇和蛙，人们就认为是术神的精灵出现了，主人就不能伤害进屋的蛇蛙，得把蛇蛙夹起来，拿牛奶汁或酥油抹在蛇蛙的头上，表示为术神医治被大鹏鸟抓伤的脑壳疼痛，再点上一炷香，把蛇蛙送出门。这个规矩的来历出处，就是从鹏龙争斗事情上引出来的……

崇人抛鼎寻不死药（纳西族）

讲述：和光 纳西族 61岁 民间艺人 小学　和石　和万清　木金良　和绍阳
记录：和即仁 纳西族 45岁 民族文化研究工作者 高中
1954年采录于玉龙县拉市、太安、天红、塔城、鲁甸、宝山等地

　　从前有一个年轻的小伙子，他的名字叫崇人抛鼎。
　　有一天，他到遥远的亲戚家去做客，来回就花去了三天的工夫。这次出门，崇人抛鼎遭到了一件最不幸的事：自他走后，崇人抛鼎的年老的父母，突然都得了急病，一齐死去了。
　　在他离开家第三天的时候，因为一心挂念着留在家里的父母，就急忙赶回家来，他一跨进家门，喊了声"爸爸"，爸爸没有答应；又喊了声"妈妈"，妈妈也没有答应。崇人抛鼎心里很纳闷，跑进父母的卧室里一看，父母俩已经是两具僵尸了。崇人抛鼎悲痛地昏倒在卧室里，许久才苏醒过来。但是任凭他哭得死去活来，又有什么用呢？
　　崇人抛鼎的老父老母都死了，这对崇人抛鼎来说，简直是一百个不忍，一千个不忍。他想，无论怎样忍饥受冻，无论怎样遭受痛苦和危险，都要想尽一切办法，救活父母。
　　他曾听人这么说过，在遥远的地方，长着一丛延寿草，灵山脚下有一口盛满回生水的甘泉。如果死了的人喝一滴那甘泉里的回生水，就会苏醒过来，如果让人们吃一点延寿草的果果，就会永远年轻，长生不老。
　　崇人抛鼎正在忧愁的时候，一想起这些话，就给了他很大的安慰。于是他决心要找延寿草和回生水来救活他的父母。于是他就丢下了父母的僵尸，眼眶盛满了泪水，穿上一双结实的草鞋，骑了一匹栗色粉嘴的骏马，向遥远的西天出发了。
　　崇人抛鼎朝着遥远的西天走。他从无量河的东边出发，横渡河水，以后又走过了低湿的洼地，走过了矗立的高山，从早上直到晚上，从日出走到日落。虽然一路困难很多，危险重重，但是他能逢山开路，遇水搭桥，高山大水都阻挡不住他的去路。
　　崇人抛鼎爬过了河茂尼玖的高坡，来到遥远的冒米巴罗山附近，这是一

座巍峨的大山，有一百零八个小支脉，这座山上长着延寿草，山下便是盛着回生水的甘泉。

但是崇人抛鼎不知道什么样的草叫延寿草，也不懂得什么样的水是回生水。

崇人抛鼎走到河茂尼玖坡的时候，已经到了黄昏，他决定晚上就歇宿在河茂尼玖坡的坡下。

第二天早晨，他很早就被飞禽走兽的鸣叫声闹醒了。他睁开眼，抬头向四围望望，只见山花怒放，百鸟争鸣，麋鹿也在那儿跳跃着。在这渺无人烟的高山深谷里，他虽然独个儿静听着大自然的乐声，却并没有感到丝毫寂寞，但是也没有忘掉内心的忧伤。

崇人抛鼎左思右想，正要继续往前寻找的时候，忽然望见一只肥胖胖的白鹿从山坡的林荫处跑下来。崇人抛鼎看见这只白鹿，感到很诧异。他又惊又喜地自言自语说："这回我要是打中了这只白鹿，一定能找到延寿草和回生水；万一打不中，我将永远没法找到延寿草和回生水了。"

说罢，聪明的崇人抛鼎赶忙拉弓搭箭，对准白鹿的胸脯射了一箭，不偏不倚，正巧射在白鹿的胸口上。白鹿受了重伤，拼命地挣扎了几下，立刻就不能动弹了，白鹿被射死在山坡上。崇人抛鼎拔出锋利的快刀，正在剖开鹿腑的时候，在白鹿的心窝里突然出现了一个指头大的小怪物。崇人抛鼎疑心这小鹿是妖怪的化身，以为这是大难将要到来的征兆。他想立刻杀掉它，但是他刚这么一想，连刀子都还来不及挥起来，小怪物就对崇人抛鼎告诫说：

"崇人抛鼎呀！你该知道对小猪不能用屠刀，对老鼠不能用矛箭，对小孩不能用鞭子。现在我诚恳地奉劝你，我是小神仙，不是什么妖怪，你可不能对我无礼，你要知道，将来我还会帮你做好些事情哩！"

崇人抛鼎听了这话，对小怪物肃然起敬起来，用双手把它捧到一棵大树下供起来，尊称它为"拉依明汝古普"①。

第二天早晨，崇人抛鼎自言自语地说："我昨夜做了三场好梦，每次都梦见舀到了晶莹莹的回生水，摘到了绿油油的延寿草。"

到第三天早晨，崇人抛鼎又继续往前走。他走了又走，走过了低地，又爬过了高山，从早走到晚，从日出走到日落。当他来到绕鸟都知阁的时候，迎面碰上了年轻的小伙子色金白荣。色金白荣碰见了崇人抛鼎便忙着开

---

① 拉依明汝古普：是纳西人对神仙的尊称。

腔说：

"崇人抛鼎，你想上哪儿去？"

崇人抛鼎回答说："色金白荣呀！你从哪儿来的？我想上西天去找长生不死的药呀！但我不知道西天离这里还有多少里路哩！"

色金白荣很直率地说："崇人抛鼎呀！西天可快到了，我就从那儿来，只是我很担心你分辨不清什么样的草是延寿草，什么样的草是毒草；什么样的水是回生水，什么样的水是毒水，你想，那还怎么去寻找长生不死药呢？"

崇人抛鼎想了想，回答说："是呀！我不仅不懂得什么样的草是延寿草，什么样的草是毒草；也分辨不出什么样的水是回生水，什么样的水才是毒水。色金白荣啊！请你回转去帮帮我吧！"

色金白荣回答道："好汉不走回头路，好马不吃回头草，我不便和你一路走回头路。"

崇人抛鼎听了这话，感到孤苦无助，只得独个儿往前走。他走了一山又一山，走了一河又一河，好不容易才来到了西天。

当他刚刚走入两山之间的峡谷的时候，就在矗立着的山坡上发现了一只又肥又胖的白鹿，白鹿的头上长着桠杈似的长角，从坡头边走边啃地走下来了。崇人抛鼎目不转睛地死盯着白鹿，他对这只白鹿的一举一动都看得非常清楚。他看见白鹿啃到了毒草的时候，药性发作，立刻就在草地上乱滚，当白鹿又啃到一口延寿草的时候，它就立刻又恢复了元气，边跳边跃地朝着山头跑去了。

崇人抛鼎就这样知道了开黄花的是延寿草，开紫花的是毒草，他于是摘到了一束延寿草。崇人抛鼎摘到了延寿草以后，心里感到分外高兴。

当天晚上，他便就地住宿下来。到了第二天早晨，他在坡头又发现了一只长着獠牙的公野猪，气势汹汹地跑下山来了。崇人抛鼎看见了公野猪，心里非常恐惧，目不转睛地注视着它。他看见公野猪在灰黑色的毒泉里喝了一口毒水，立刻昏倒在地，乱滚起来；当野猪滚到甘泉那边，又喝了一口回生水以后，它立刻又恢复了元气，飞跑回坡头去了。崇人抛鼎从此就认识了什么样的水是毒水，什么样的水是回生水。于是他用一只牦牛角舀了一瓶回生水。

崇人抛鼎将牦牛角挂在身上，把延寿草带在身边，骑上了他的栗色骏马，越过高山，穿过深谷，走过青草地，快马加鞭，拼命地赶回来。

第二天早晨，这件事就被勒钦思普发觉了。勒钦思普非常生气，便赶紧骑上一头又肥又大的黑野猪，赶到拉依明汝古普那儿去告状。拉依明汝古普早已知道了勒钦思普的来意，故意装着不知道的样子向勒钦思普说：

"勒钦思普啊，你上哪儿去？"

勒钦思普回答说："我那儿的延寿草叫崇人抛鼎盗走了，我那儿的回生水也叫崇人抛鼎偷走了，我特地来追赶他的！"

拉依明汝古普说："崇人抛鼎呵，昨天天刚亮的时候，就骑着一匹栗色骏马溜走了。勒钦思普呀，你怎么今天才来啊！论起能干，你也算是能干了，可是你还比不上崇人抛鼎能干呀！你骑的黑野猪也算是跑得快了，可是你的黑野猪比不上崇人抛鼎骑的栗色骏马快呀！你的刀儿快，可是也比不上崇人抛鼎用的刀儿快呀！他走的时候，还一路上钉上了成千上万的木桩子，他还用干巴粪球沿途烧着成千上万的烟火堆，他还手挥利剑，把干透了的牦牛角砍作两段，他还拉弓搭箭，射穿了岩头再走。勒钦思普呵，你休想追上崇人抛鼎啦！"

勒钦思普听到这话，肺都气炸了，他不管三七二十一，就乱玩起魔术来了。他立刻从他的魔嘴里吐出一股白旋风和黑旋风，地上便刮起了一阵大风暴，遍地尘土飞扬，相距三尺的地方也看不清楚了。崇人抛鼎看到勒钦思普来势凶猛，就连忙跑到绕鸟多知阁去避难。但是崇人抛鼎逃走的时候，情绪紧张，心思太乱，他从马上摔了下来，很久才爬起来。牦牛角里的回生水也都泼了出来。回生水洒遍了山和谷，洒遍了天和地，几乎洒得到处都是。回生水溅到天空，天空就布满了星星；溅到地上，地上就长满了青草；溅到太阳上，太阳出来暖烘烘；溅到月亮上，月亮出来亮堂堂；溅到山上，山上长满了青松和翠柏；溅到河谷里，水就流遍了河谷；溅到阴神和阳神分界的梅花岭上，岭上的梅花从此就一年开两次了；溅到山岩间，岩间的蜂窝就越来越多；溅到海湖里，海湖里的鱼儿也越来越繁衍起来。

崇人抛鼎为了寻找长生不死的药，忍饥受冻，经历了千山万水，克服了一切险阻和困难，终于寻到了延寿草和回生水。虽然长生不死的药并没有能把崇人抛鼎的父母救活，但是由于他寻到的回生水到处溅洒，从此地上就长满了青葱葱的草和木；山间林下变成了飞禽走兽的跳舞场；人间开遍了美丽的花朵，结起了累累的果实。整个大地，变得更加美好，更加可爱，更加幸福了。

顶靴力士（纳西族）

讲述：周汝诚 纳西族 75岁 民族文化研究工作者 高中
记录：王思宁 女 24岁 云南省社会科学院干部 大专　牛相奎　阿华
1980年采录于古城区大研镇

远古时候，天上出了九个太阳和七个月亮。白天，太阳一出来，晒得满山遍野的树林噼啪燃烧，江河湖海里的水滚滚沸腾。庄稼烧死了，牛羊渴死了。晚上，月亮出来了，大地一片冰凉，江河冻住了，牲畜冻僵了，人们面临着绝境。

这时，有个名叫桑吉达布鲁的大力士，出来对大伙说："乡亲们，我看天上出现这么多的太阳和月亮，一定是神灵有意跟人们作对，我上天找玉皇大帝去！"

桑吉达布鲁抓住一只大鹏的翅膀，飞到了天上。

玉皇大帝坐在金銮宝殿上，桑吉达布鲁冲上去问："天上出了九个太阳和七个月亮，人们无法生活了，你管不管？"

玉皇大帝见来找他的是个平平常常的凡人，便不屑一顾地说："九个太阳也好，七个月亮也好，这是天上的事，你管不了，还是赶快回去吧！"

桑吉达布鲁听了很是生气。"呸！"他吐了口唾沫，抡起两条粗壮的胳膊，上前抱住宝殿中间的大圆柱子，咯吱咯吱地使劲摇晃起来。顷刻，整座宫殿就像筛子一样晃来荡去，那些飞檐和宝顶噼噼啪啪纷纷坠地。吓得玉皇大帝跌跌撞撞边往大门口跑边恳求："不要这样摇了，你要什么就说吧！"

桑吉达布鲁看着玉皇大帝这狼狈的样子，又气又好笑，讥讽说："玉皇大帝，不要跑了，我只是手臂发痒，跟你开个小玩笑呢！"

玉皇大帝见天宫不再摇晃了，喘着大气，恭恭敬敬对桑吉达布鲁说："大力士，你要我做什么，请说吧！"

"玉皇大帝，你是天上的至尊，知道怎样才能制服太阳和月亮，快给大地下几场透雨吧！"

"我可以立刻叫雷公、电母和龙王给人间下几场透雨，但没有能力制服太阳和月亮。天宫里倒有一把能射日月的神弓和十四支神箭，可是没有谁拉得动它。"

桑吉达布鲁听说有神弓和神箭，高兴起来，要玉皇大帝叫人拿来给他。

桑吉达布鲁拿起神弓，运了口气，拉了个满弓。接着，嗖嗖嗖，一连射出了十四支神箭。八个太阳和六个月亮一下全射落了。八个太阳变成了八块草坪，六个月亮变成了六个海子。

树又绿了，草又发了，花又开了，大地又复苏了。条条山谷流着清亮亮的泉水，雀鸟啾啾鸣唱，牛羊撒欢嬉戏。人们又开始翻犁土地，播种五谷，过起安居乐业的生活。

谁知好日子没过几年，天上又没有落一滴雨，土地又裂开了尺把宽的裂缝，庄稼晒得变成了干草。人们又发起愁来：唉！大地又要着火了，我们可咋个生活啊！

桑吉达布鲁听到人们的叹息，也急起来。他望着天空，恨不能把它踢个稀巴烂。他又去找玉皇大帝，怒不可遏地说："玉皇大帝，你好歹毒呀，人们还没有过上几天好日子，你就又捣鬼了！"

玉皇大帝见他气势汹汹，便问："你要干什么？"

"我要杀死你！"说着，桑吉达布鲁猛一抬脚，竟把穿在脚上的一只氆氇皮底靴"咚"的一声，踢上了天空。谁知那靴子化成了一个葫芦，从空中把大雨哗哗地洒下来。

枯黄的庄稼又转青了，草滩发得绿油油的，树林变得葱翠翠的。人们都跑到地里去，淋着雨水，手拉着手欢唱着，欢跳着……

雨一停，那只化作葫芦的靴子，忽地又从天上落下来，底朝天，筒朝下，不偏不倚刚好套在桑吉达布鲁的头上。

从此，桑吉达布鲁就把这只靴子戴在头上。人们尊敬地称他作"顶靴力士"。

好多年以后，人们为了纪念桑吉达布鲁的功绩，铸造了一尊铜像。那铜像戴着一顶状如靴子的帽子，身上背一个葫芦，一副笑眯乐呵的样子。看见这尊铜像，人们就会想起桑吉达布鲁的故事来。

阿普三赕的故事（纳西族）

讲述：木金良
记录：木丽春
1976年采录于玉龙县拉市乡

很古的时候，尤部落从金沙江东岸，渡江迁徙到丽江坝的时候，尤部落的酋长阿良晚上做了一个梦：一个长着白胡子的智者，满脸堆笑地来到他家里，赐给他一个金光闪闪的木匣子，说："你是利恩天神的后代，有乌鸦飞翔七天还转不完的天地，是属于你统领的领地，假若你碰到了困难，叩响木匣，领神就会赐你智慧，暗里帮助你克服困难。"

白胡子老者，轻轻地把神奇的木匣放到阿良的手里，倏地飘然消逝了。阿良从梦中惊醒，看不见白胡子老者，也看不见木匣，才省悟到是做了一个梦。

阿良在火塘边煨着早茶的时候，还痴痴地惦念着晚上的梦。梦中的事会在白天应验吗？他老是不由自主地把头侧向门口，似乎会有个白胡子老者走进门来一样。阿良正在惴惴不安的时候，突然，一个白胡子老者，捋着他的长胡子，满脸堆笑地走进木楞屋里来，冲着阿良摇了一下太阳形状的扁铃说他是祭祀胜利神的东巴，是来祝福阿良家的胜利神。

阿良一见这个神奇的白胡子老者，旋即领悟到是昨夜梦中见到的智者，便对老者肃然起敬，恭敬地把老者让到尊贵的客位上，殷勤地献茶、斟酒，老者深沉地叹了一口气，说他还要赶路，不能久留。阿良慌忙扯住老者的衣襟说："尊贵的客人，你到我的屋里，就像太阳到了我的火塘边，满屋透亮暖烘，假若你不嫌弃火塘火的烟子呛人，请你留住在我的客位上，我喝茶，绝不会捧给你白开水，尊贵的客人留下吧。"

白胡子老者长叹了一口气，说："哎，我一天要吃两头牛的肉，留住我，恐怕我会吃空你家的财富。"

"尊贵的客人，就是你一天要吃一群牛，我们的部落也不会亏待你，请你长住我家的火塘边吧。"

老者和阿良的对话，被阿良的老婆在隔屋里偷听到了，她装作跌跤的样子，"哎哟"一声，跌瘫在地上。阿良慌忙离开老者，把婆娘扶进内室，他婆娘沉着脸，埋怨说："也不摸一摸你屁股上长着多少肉，怎能答应每天给这个老者吃两头牛？不怕吃空了家产，还是趁早把他送走。"

白胡子老倌在室外，听到了阿良老婆训斥他的话，一跺脚说："抱着石头丢了金砣子。"说着就悄悄地离开了。

白胡子老者来到玉龙雪山上，突然转回身，看了一下丽江坝，玉龙雪山山脉蜿蜒向南，是个潜龙卧虎的灵山。回过头来，发现山民们拥拥挤挤去赶丽江坝子里的依古街子，繁华热闹的景象，弄得白胡子老者动心了。白胡子老者又激动地扫了一眼丽江坝子，发现坝子阡陌纵横，牛羊在玉湖、中海、文笔海边悠闲地吃草，如镜的湖里倒映着银龙似的玉龙雪山的影子……

老者被这迷人的景色吸引着，他再也不想离开丽江了。这样，白胡子老者摇身一变，变成了一只白马鹿，留驻在玉龙雪山上了。

阿良土司有一个力大无穷的名叫阿宝嘎底的家将，他身材长得箩筐一样粗壮，很爱打猎。

一天，他来到玉龙雪山的老林里狩猎，突然发现一只犄角撑天的白马鹿，阿宝嘎底心里一颤，慌忙解下大弓，抽出一支箭，拉开大弓瞄准白马鹿。但是这头白马鹿倏地消失了。他惊奇了，慌忙奔了过去，发现刚才出现马鹿的地方，躺卧着一块雪白的石头，直愣愣地竖在阿宝嘎底前面。

阿宝嘎底越发觉得奇怪了。他伸出大手，使劲摆动了一下大石头，石头"咔嗒"一声躺下地，他躬下身子，把石头背到背上，摇摇晃晃地走下山来。

但是阿宝嘎底越走越感觉沉重，就仿佛背上压着一座大山一样，弄得他汗流浃背、口干舌燥。他跟跟跄跄地走到雪山脚下的一条泉水边，把石头放下来，伏在河边喝了几口泉水。阿宝嘎底虽然解渴了，但是他的肚子还是饿得咕咕叫唤，若背着这块石头，很难回到家。阿宝嘎底想把石头暂时搁在这儿，等回家吃饱了饭，再回转来背。阿宝嘎底气喘吁吁地回到家，对阿良说："主人呀，今天我遇到了一桩稀奇古怪的事情。"

阿良问："什么稀奇古怪的事情？"

阿宝嘎底把在雪山上遇到白马鹿，白马鹿变成白石头的事，详细地讲给阿良听。阿良听了，认为是神灵的应验，便说："嘎底将军，你是背一座大山不喘气的勇士，能把大山夷成平地的智者，请你用智慧和力量，把这块石头背回来吧。"

阿宝嘎底受了主人的重托，又转来背白石头。

阿宝嘎底来到他歇下石头的泉水边，却找不到白石头了。莫不是记错了地方，还是白石头又变了？石头落地压弯草叶的印迹都还清楚地保留着。阿宝嘎底心里越发奇怪了，他漠然地抬头望了一眼茫茫的雪山，挎着弩弓，又爬上玉龙雪山，找寻这块神奇的白石头。

从谷底找到雪山顶，从雪山顶寻到老林间，太阳落了七次，月亮升了七回。突然有一天，在一堵碧玉墙壁似的雪崖下，又发现了那头白马鹿。阿宝嘎底慌忙解下弩弓，弯弓搭箭，悄悄地瞄准着白马鹿的时候，对面的白马鹿机灵地一晃鹿角，笑眯眯地说："你莫射我，莫射我吧。"倏地一下，白马鹿变成一个白髯飘忽的老者，笑吟吟地冲着他招手，说："你过来，快过来。"

阿宝嘎底忐忑不安地走过去，看见老者长叹了一口气说："你的主人是个心慈的人。我托了梦，他想留住我，可他婆娘舌头太伤人，我才离开你的主人，但是你的主人又派你来寻找我，真是情谊如山重啊，真是难得的事情。"

"回去告诉你的主人，木里国的王子，不知是他吃了豺狼心，还是吃了老鹰肉，他在招兵买马，趁着你们祭天的时辰，要来偷袭丽江国。若想打胜仗，只能智取，叫你的主人酿下九十九坛酒，杀下九十九条牦牛，在黑白水的老林边上，埋锅造饭，佯装欢迎他们。"

阿宝嘎底吃了一惊："哎呀喂，按老者的说法，让丽江国的勇士捆绑着手去投降吗？"

"哎，我不是说用计吗？"白胡子老者捋了一下白胡子，笑哈哈地说："木里国的士兵，一个个都嗜酒如命，他们见了酒就会争着痛饮，见了牛肉更高兴，那时人醉了，你们趁机杀过去，一定会取得胜利。"

阿宝嘎底眼里闪着感激的眼神，连连地点脑壳，一阵清风倏然吹过来，老者突然不见了，阿宝嘎底抱着怀疑的心情转回来，把白胡子老者的话，一句不漏地告诉了阿良，阿良沉吟良久，说："天助我丽江国也。"

阿良按白胡子老者的嘱咐，在祭天节的这一天，摸黑在黑白水的老林边上，摆下了九十九坛酒，煮上九十九锅牛肉。又命阿宝嘎底背上九十九袋辣椒面儿，埋伏在玉龙山风口处，他自己带领着兵丁，埋伏在黑白水的老密林里。

天蒙蒙发亮了，老林里静悄悄的，只听见雪鸡此起彼应的啼鸣声。突然，木里王的兵丁，偷偷地来到了黑白水，他们沿路没有受到任何阻击，于是认为丽江国没有发觉。

当他们在老林边发现了大坛的酒，大锅的煮牛肉时，木里国的兵丁，经过翻山越岭的连夜奔袭，一个个又累又饿，就像饿狼扑牛一样，捧起酒坛就狂饮，拔出长刀，割下大坨的牛肉就吃。很快他们一个个就喝得歪歪趔趔，吃得打饱嗝。

阿良发现木里国的兵丁中计了，一阵锣鸣声。丽江国的兵丁从老林深处扑杀出来，等到木里国的兵丁骇醒过来的时候，呼呼的风里又刮来辣椒面儿，刺痛了木里国兵丁的眼睛，他们只好紧闭着眼睛，等着挨刀。

丽江国得胜。在祭祀胜利神的时候，阿良想：这场战争的胜利，是托白胡子老者的指点而取胜的，难道胜利神是白胡子老者吗？是胜利神显灵，助我丽江国吗？

阿良又派遣阿宝嘎底去找寻白胡子老者。阿宝嘎底又来到雪山老林里，他又看见一只白马鹿，拉弓搭箭瞄准白马鹿欲射的时候，突然白马鹿抬起头，惊悸地一抖动，又变成了一块白石头。

阿宝嘎底慌忙跑了过去，掀翻石头，弓腰把白石头背在背上。当他背到白沙玉龙村的时候，累得又饥又渴。他把石头放在地上，伏在水边喝了几口泉水。当他走到白石头旁边的时候，启明星亮了，村寨里的公鸡此起彼应地啼叫起来了。阿宝嘎底伸手去翻动这块石头的时候，任凭怎么用劲，石头都似乎生了根似的，牢牢地栽在地上搬不动了。阿宝嘎底没法，只好回到府上，向阿良汇报情况。

原来昨天晚上，阿良梦见白胡子老者说他叫三赕，是属羊的，生辰就在二月八，是美东阿普派遣他当纳西族的守护神。

从此，阿良大兴土木，就在这块白石头落脚的地方，修建一座庙宇，还模拟着白胡子老者的形象，塑了三赕神像，这座神像就是庇护纳西族的阿普三赕。

每年开春的二月八，纳西族都要祭祀阿普三赕。但是祭祀三赕的时候，阿琮——阿良家的后裔，认阿普三赕是他家的家将，守护神。他们不磕头，只是与阿普三赕并排坐在一起陪祭。阿良家祭祀后，四乡的纳西族都捧着猪头、公鸡等祭品，隆重祭祀阿普三赕，祈求他庇佑纳西族兴旺昌盛……

龙的传说（纳西族）

讲述：和学志 纳西族 65 岁 小学教师 初中
记录：舒家政 60 岁 丽江师范校长 本科
1995 年采录于丽江坝子

很久很久以前，丽江坝子仅有白沙、龙泉（束河）、普济（拉撒支）、双善及象山背后依古瓦托等村落。龙的传说就是由原居住在依古瓦托后搬到玉河村的老人一代接一代讲述流传下来的。

当时居住在依古瓦托山上的只有六户人家，过着刀耕火种的生活。村里有五位老人闲来无事，成天在山上觉得没趣，便想下山来逛逛。

一天，他们一块儿翻过象山来到山脚，看见一个大水塘，老人走累了，口渴了，就走到水塘边想歇气喝水解渴，不料突然发现出水口露出一个似牛又像马的全黑的兽头，吓得老人们悄悄蹲下来，躲在灌木丛中细看动静。这时，古栗树上有几只乌鸦突然"哇哇"叫了起来，那全黑的兽头又缩回洞内，老人们也不敢喝水了，忍着口干舌燥沿原路返回。一路上边走边想：这可能就是老祖宗传说的黑龙了。黑龙生息在这里，"黑龙潭"由此得名。

隔了数日，五位老人为了看"黑龙"，天蒙蒙亮又从原路翻下山来，果然那"黑龙"又出来了，顺着潭水靠象山脚向北游去，好大好长的"黑龙"啊！越来越长，龙头已到雪山脚下，龙尾还在白沙摇摆，老人们又惊又喜，不一会儿，龙头已爬上雪地里，龙尾巴还在雪山脚（雪松村）摇晃。这时已近黄昏，老人们回到村里，阿庆老人嘴快，逢人就讲，一时全村人都知道了黑龙爬上雪山的事。

后来，传说黑龙在雪地里翻爬滚打，数天后，由于气候突变，黑龙被千古积雪冻僵了。不久，春天来临，冰雪解冻，黑龙苏醒过来，但经过冰雪的洗礼，黑龙却变成了白龙，也就是玉龙，从此雪山就叫成了玉龙雪山。

由黑龙变成的玉龙，觉得雪山太冷，不是久留之地，它看到坝子远远的南面有星星点点的水塘，于是玉龙离开雪山向南爬行，人们白天看不到玉龙，白沙往南沿路的居民夜间听到"沙沙沙"的嘈杂声、狗吠声，人们猜测这是玉龙在爬行，玉龙走了。

丽江坝酋长听到玉龙要继续南下的消息，急忙发动石匠、木匠，在下八河修了一座土木结构的牌坊，想镇住玉龙，这就是传说中的"玉龙锁脉"。果然玉龙碰在牌坊上，加上爬行的路太长，感到疲倦不堪，便就地休眠。玉龙身怀六甲，小龙出世了，母龙又饥又渴，无奶汁喂养小龙，小龙出于生存的本能离开了母龙，朝西边寻找吃食，没走多远遇上了一泓水，小龙欣喜若狂，就在此安家，修身养性，从此这潭水就叫做白马龙潭。

数十天后，玉龙苏醒了，发现小龙不在身边，急得狂吼怒叫，发疯似地乱撞，终于冲过"玉龙锁脉"这座牌坊向南而去。地方酋长又着急了，怕这好龙脉流走，又紧急采取措施，发动全坝子的强壮民工，在蛇山修筑了一座大白塔，玉龙昏蒙蒙爬行撞在白塔上晕倒了，从此就再也不醒了。

黑龙变成的玉龙在丽江繁殖了许多头小龙，分散居住在丽江各地，传说阿兴的黑龙、龙山的黑龙、七河的金龙、龙蟠的花龙、龙泉的灰龙……都是玉龙的子孙。

附近胆子大好奇的青年人顺着玉龙爬行留下的痕迹追踪，经过现在的雪松村、白沙街、新文村、文荣村、玉河村、双善、新华、四方街、七一街、八一街、下八河等村（街），一路都留下一片片龙甲，天长日久，龙甲变成了岩石，的确这一线路，不但河道路边是岩石，路上也全是岩石。

南瓜里面出来的人（傈僳族）

讲述：玉思基 傈僳族 81岁 农民 不识字
记录：和正伟 傈僳族 28岁 小学教师 中专
2000年采录于玉龙县黎明乡

相传，古时候大地平坦如砥，有芬芳的草地，绿色的森林，肥美的湖沼，万物鼎盛。

那时有两兄弟，哥哥是个无恶不作的人，弟弟是个十分善良的人。他们有一头黄牛，以开山犁地为业。但是他们头天犁过的地第二天又复原，到第三天他们又赶着牛下地时发现一头野猪在把地复原。老大生气了，举刀要砍杀野猪，被弟弟阻止了。野猪变成一位仙人，告诉他们，洪水就要毁灭人类，用不着再进行田间劳作了，要做好躲洪水的准备。仙人告诉他们赶快把牛杀了，把牛肉做成肉面，把牛皮缝成口袋，各自吃着肉面躲在袋中，并且缝制口袋时老大要用大针拉细线，老二要用小针拉粗线，仙人嘱咐后就消失了。

兄弟俩做好了准备。当有一只乌鸦飞来撞死在他们屋檐上的时候，兄弟俩就躲进了牛皮口袋里。之后就电闪雷鸣，狂风大作，从天上倾泻而下的洪水淹没了世界，水一个多月后才退去。

弟弟在袋中以牛肉充饥，当他从袋子里走出来时，看到平坦的大地上隆起了连绵不断的群山，还有峡谷、江河、湖海……他找到了哥哥的牛皮口袋，可哥哥已经死了，原来水从针孔里流进去把哥哥淹死了。他四处找不到人影，后来才知道在这个崭新的世界上只有他一个人了，他悲哀地哭了起来。

先前的那位神仙来到了，他给这个世界上唯一的幸存者送来了物种。他孤独地搭起了草棚，进行着刀耕火种的原始农业，田里长出了庄稼，被驯化的动物在门前走来走去，可他还是孤苦一人。

直到有一天，他发现头天种的一粒瓜籽第二天就发芽了，到第三天就生蔓开花结果了。南瓜越长越大，终于瓜熟蒂落了。主人想使出九牛二虎之力砍开这个南瓜时，他停住了，贴耳静听，原来瓜里传来许多婴儿的哭闹声！他激动地拿出刀子轻轻地把瓜一块一块割开，里边跳出来许多婴儿，有男有女，有的穿着棉布短袄，有的穿着麻布粗衣，有的披着毡子。他们一出来就会走路，围着他喊"爸爸"……

这些从南瓜里出来的孩子长大后，穿棉布的人到三江流域的平坝上去居住，以农业为主繁衍生息下来，便是今天的汉族；那些穿毡子的人朝更高的山上走去，那里有广阔的天然牧场，他们以畜牧业为主，发展至今，便是彝族；而当初穿着麻布的婴儿们长大后就留在了三江流域的河谷地带，那里山高水远，林密谷深，物产丰富，他们以狩猎为主不断发展壮大，便是今天的傈僳族。

【附录】牛皮口袋里出来的人（傈僳族）

讲述：玉思基
记录：和正伟
2000年采录于玉龙县黎明乡

很久很久以前，地球上一马平川，沃野千里。平原上绿草如茵、繁花似锦。四季风和日丽，飞鱼在碧波上掠水，彩禽在茂林中追逐。

在那一望无垠的平地上，有一户傈僳人家。这里住着两个哥哥和一个妹妹，他们以狩猎和耕作为生。由于物产丰富，气候宜人，他们出去打猎总是满载而归，下地耕作不需付出极大的艰辛也能收获，过着丰衣足食的日子。

有一天，三兄妹又开垦了一块新田，他们盘算着要撒上种子。可奇怪的是第二天早上这块地又恢复了原状，长满了深草。他们又重新开垦了这块地，到第三天早晨又没有一丝开垦过的痕迹了。但他们还是没有泄气，继续翻土整成田地。

到第四天天还没亮，三兄妹躲在门前的一棵橡树后看究竟是什么东西在作怪。突然，田里来了一只野猪，它用嘴把刚翻出的土块翻回去了，一会儿的工夫又变成草地了。大哥看见了提起弩要射死野猪，弟弟马上阻止说："它可能不是什么野猪，肯定是神仙，要不然它不会天天来把我们辛辛苦苦开辟的田地变成荒地，我们还是去弄个明白吧。"两个兄妹都点头。他们走上前去对野猪说："我们这么辛苦地开荒种地，你为什么天天把我们的田弄成这个样子，让我们怎么活下去呢？"他们话刚说完，野猪在地上打了一个滚，顿时变成了一位白发苍苍的老人，三兄妹惊呆了。

老人叹了口气说："你们不用种地了，天帝要惩罚人类了，要用洪水淹没世界，人类就要被毁灭了。"

"天帝为什么要毁灭人类呢？"三兄妹问道。

"自从有了人类，这个世界就被恶人充斥，好人极少，天帝已无法区分好坏，他要彻底毁灭人类了。"白发老人接着说："灾难很快就要降临了，你们三兄妹还有救，你们回去把家里的那头牛给宰了，用牛皮缝制两个口袋，然后把牛肉煮熟晒干，舂成碎末放在牛皮口袋里。你们就躲进袋中，饥了就吃肉面，准备躲过洪水。"

他还特别吩咐说，缝制口袋时叫老大躲在一个袋里，老二和妹妹躲在另一个袋中。老大的口袋要用大针穿，拉细小的牛皮线，老二和妹妹的用小针穿，拉粗的牛皮线。仙人最后还说："三个月后的一天，当你们看到乌鸦停歇在大树上，悲鸣三声后从树上落下来死在地上的时候，你们赶快躲进口袋里面把袋口拉缩紧，那时洪水就要来了。"说完这位仙人就不见了。

三兄妹回家以后就把家里好吃的都吃掉，把牛杀了，做好牛皮口袋和牛肉面粉，等着灾祸的到来。到了第三个月，他们发现很多树木枯死，飞禽走兽都销声匿迹了。这一天清晨，有几只乌鸦在天边悲鸣，忽然停歇在他们门前的橡树上，哀鸣了三声，扑打几下翅膀之后就掉在地上死了。他们看到这一幕后，按仙翁的嘱咐，各自躲进了牛皮口袋，从里面拉紧了结袋口的牛皮绳子。

这天夜里，星星依然闪烁，可是没有月亮。一道耀眼的闪电划过天空，照得天地如同白昼，天空顿时被乌云遮住了。只听一声山崩地裂的雷鸣，紧跟着狂风大作，苍郁的树木在风浪中咔咔折断。一座火山喷涌上天，山摇地动，气浪灼人，黑红色的岩浆喷了出来。更可怕的是天空也裂开一道口子，洪水从那里倾泻下来，淹没了村庄。可怜人们还没来得及呼叫一声或挣扎一下就沉到沙石翻腾的浪中去了，洪水吞没了最高的一棵巨木的顶点，世界被摧毁了。两兄妹在牛皮口袋里觉得自己漂到了水面上，他们以牛肉面粉充饥，这样过了几十天。

又是一道闪电和骇人的雷鸣，两兄妹觉得自己在不断地往上升，到了半空中就停住了，牛皮口袋浮在水面上。

又过了几十天，还是一道同样的闪电和震耳欲聋的雷鸣，两兄妹又觉得在不断上升，"嘎"地一声牛皮口袋似乎撞在了天上又停住了。

过了一天，和前面所说的一样，一个电光和一个雷鸣，兄妹俩觉得在不断地往下沉，到半空中就停住了。几天过去，差不多有一个多月的样子，口袋里的牛肉面粉不多了。正当他们焦虑之时，一道闪电和一个雷鸣，他们觉得在飞快地下沉，"嘎"的一声牛皮口袋载着兄妹撞击在地面上了。

兄妹俩松开了袋口上的绳子，揉了揉眼睛走出来，原来洪水退去了。天帝终于息怒了，一切都平静下来了，平原上一座座崇山峻岭拔地而起。洪水制造了峡谷、深渊、险峰，却没有留下生命。太阳依然灿烂，可山是光秃秃的，谷是不毛之地。山没有生机，谷没有色彩……

兄妹二人急着去寻找大哥，他们在一个角落的沙砾堆里找到了牛皮口袋，解开口袋一看，他们的大哥已被水淹死了。原来大哥在缝制口袋时是用大针穿细线，所以水从针眼里进去了。兄妹二人悲痛万分，把大哥埋葬了之后，便分头去寻找在这个新的世界上还有没有幸存的人。他们几次各自走出很远很远，兄妹俩还是走到了一起，在这个世上除了他们兄妹外的确没有什么人了。

他们正在绝望的时候，以前那位白发仙翁来到了他们面前，说："天底下已经没有什么人了，而人类要繁衍生息，你们兄妹应该按天神的旨意结为夫妻。"兄妹俩都不同意，因为这有悖于伦理道德。

白发仙人让兄妹俩验证天神的旨意，兄妹俩分头从山顶上滚石磨盘、滚簸箕。石磨盘、簸箕滚入沟底就重合在一起了，可他们还是不同意。仙人让兄妹俩一同拿弩弓隔河射针眼，结果也同时射穿。

兄妹俩只好顺天意结为夫妻，搭上屋棚定居下来。仙人给他们送来了各种植物和动物的种子。兄妹俩走上山峰一撒植物种子，大地上就长出了树木，田里就长出了庄稼；他们把一对对用泥捏出的动物放出去了，它们变成林中的野兽，空中掠过飞禽，河里有了游鱼……大地又充满了生机。

后来，他们生了很多子女，子女们又结为夫妻，各住一方，各说一种语言，演变成了不同的民族。

中国民间故事丛书

云南 丽江
古城玉龙卷

傳說

红军传说

贺龙挥臂擂石鼓

讲述：章正举
记录：章虹宇 白族 50岁 文化馆工作人员 初中
1979年采录于玉龙县石鼓镇

传说一九三六年夏历三月初六，贺龙将军率领的红二方面军，在鹤庆休整三天后，兵分三路，从城西阱、北岩脚、石灰窑向丽江进发。三月初九后半夜，三路大军高擎火把，像三条火龙，陆续汇集到长江第一湾——石鼓镇。按照党中央的部署，贺龙将军率领的红军，要在石鼓渡口强渡。

石鼓渡口，有史以来都是兵家必争之地。浩浩荡荡的金沙江水奔流到此，被两岸的重峦叠嶂锁住，波涛汹涌，声如雷鸣，折转东去。贺龙将军率领的红军到石鼓后，石鼓沸腾了！天上的星星，山中的火把，岸上的火堆，水中的明灯，相互辉映；古镇四周，长河上下，满是殷红的火焰，就在这沸腾的石鼓渡口，贺龙将军把指挥部设在石鼓碑旁，他常常左手拄一根翠竹，右手握一个旱烟锅，"吧嗒、吧嗒"吸着烟，静静地站在那儿瞭望江水，听取汇报。空闲时间，他就到群众中去，找向导、船工谈心，他说话又亲切，又温暖，说得人人心里乐。那时候，娃娃们总是唱着一支歌："龙须草，根连根，红军穷人心连心。"那歌子唱得军民一股劲儿，有的扎木筏子，有的用羊皮口袋学泅渡，确实是心连心，一家人。

不久，渡江的准备工作完成了。那天午夜四时，贺龙将军站在石鼓碑旁，昂首挺胸，望着江东，好威武啊！红军指战员和帮助红军摆渡的船工们，一个个屏息静气，只待贺龙下令。贺龙将军眼看一切安排停当，便把手一挥，压低声音说："渡江！"这命令在黑夜的江岩迅速传开，一艘艘木船像飞梭驶出，无数条木筏像浮桥长伸，乘骑革囊的战士像海燕击水，只见整个江里人船涌动，好不紧张。就在渡江的先锋部队游到江心时，对岸山上的守敌发现了，敌人立即开动火器封锁江面，情况很是紧急。贺龙将军看得真切，他将竹竿对空一指，高声命令："把敌人压下去！"将军一声令下，红军的枪炮一齐吐出火舌，敌人的火力被压下去了。

这时，贺龙将军激情荡怀，他走近石鼓，高卷衣袖，为三军击鼓助威，他挥动铁臂，用力向石鼓击去，"咚"地一声，石鼓发出巨响，如沉雷滚地。接着，贺龙又挥臂击了第二拳，这一拳的响声比第一拳大，如惊雷震宇，顿时，远天出现万朵彩霞。第三拳如江河直下，响声使山也摇地也动，一道七色的彩虹，突然横架金沙江两岸，形成一座虹桥，顿时天成了彩色的，山成了彩色的，金沙江也成了彩色的，连人都被映成五光十色的了，整个宇宙色彩斑斓，万紫千红。

贺龙——活龙

讲述：周汝诚
记录：纳美 女 纳西族 42 岁 云南省社会科学院研究员 本科
1980 年采录于玉龙县石鼓镇

一九三六年，石鼓遇到了大旱，火辣辣的太阳烤得土地裂开了一条条缝，庄稼全枯死了。世世代代居住在石鼓的纳西、汉、普米等民族的佃户们，眼看庄稼颗粒无收，心如油煎。

石鼓有个仙人沟，沟里住的全是贫苦佃户。那天，人们正抬着用柳条扎成的青龙，点着香，边耍龙边哼着民谣：

> 大龙王，下雨了，
> 小龙王，下雨了，
> 天大旱，如火烤，
> 五谷不生人饿倒；
> 求求龙王显神妙，

打起盘脚雨来了。

骨瘦如柴的佃户们，顶着烈日，走在通往龙潭的乡间小路上，祈求龙王施雨。

突然，从山那边过来了一个骑着马的年轻人，八角帽下忽闪着一对大眼睛，他看到人们抬着一条柳条长龙，便跳下马来，好奇地问：

"老乡，你们这是搞什么？"

"我们求活龙，要不，就要闹饥荒了。"人们回答。

"咦，贺龙，贺龙不在这里，要找他，就到有阔叶树的地方吧，贺龙就在那里！"说完，他向人们微微一笑，点点头，跃马扬鞭向前奔去。

"活龙就在那里，活龙就在那里！"人们奔走相告，一齐涌向有阔叶树的地方。

石鼓箐里，树林深处，驻扎着一队人马，领头的人是个大高个子，方脸庞，蓄着一嘴浓黑的八字胡的军人。他两眼炯炯有神，八角帽上的红星闪闪发光，他一看到人们涌进来，便问：

"老乡们，你们好，你们有啥子事？要找哪一个？"

"找活龙，要求雨。"人们回答。

"哈哈，这里没有活龙，只有我这个贺龙，可我不会施雨呀！"他右手举着烟斗，左手捋捋胡子，爽朗地大笑起来。

"咦，贺龙——活龙？"人们半信半疑。

原来那位战士错把"活龙"听成"贺龙"了。

"贺龙就是共产党！"人群中发出了这样的声音。

"对，我贺龙就是共产党员。老乡们，活龙能施雨，这是骗人的。穷人要有吃有穿，就得跟着共产党，打翻这吃人的世道！"贺龙激动地讲起来。

人们静静地听着，突然，从人群中发出了洪亮的声音：

"共产党来了，贺龙来了，穷老百姓有好日子了！"

人们欢呼起来，这呼声犹如山洪暴发，震荡在石鼓的上空……

人 物 传 说

叶古年的传说（纳西族）

讲述：周汝诚
记录：牛相奎
1980年采录于古城区大研镇

相传很古的时候，在金沙江上游的一座大石崖下，住着一对年老的夫妇。老伴在家里织麻纺线，老头每天摇着一条木槽船，到金沙江里撒网打鱼，一年到头过着清贫的日子。

一个严寒的冬天，老头子冒着呼呼的北风，一早到江里捕鱼，可是撒了好几天网，连一条小鱼儿也没有打着。"唉，这年头，鱼儿也变得狡猾了。"他看见江里漂来树枝和木头，就用带钩的麻索钩捞到岸上来，晒在沙滩上，准备夜间撒网打鱼时烧火取暖。

这天晚上，老头撒好网，上岸来坐在沙滩上烧着了火，准备下半夜再下江去收网。谁知，一会儿他便迷迷糊糊起来。忽然，他被一阵叮叮当当的响声惊醒，他睁眼一看，江面上红光闪闪，浮标摆动异常，急忙摇起木槽船去收网。拉呀，拉呀，网子沉重得很。当他收拢网子时，捞上来的是一只黄香木箱子。老头又惊又喜，抱起箱子就朝家里跑。老伴吹燃了火塘，点亮了明子，见老头子手里的箱子，惊异地说："你不是去江里打鱼？怎么抱回一只箱子来哟？"

"你莫问，这是江神爷送我的东西，你快找把凿子来，看看里面装着哪样？"

老两口撬开了箱子，里边装着一只做工精致的檀香木箱子。把檀香木箱盖打开，只见里面睡着一个又白又胖的婴儿，身上裹着一块红绸。一会儿，婴儿的嘴角翘了一下，发出一阵清脆响亮的哭声。

老头子说："一定是神灵可怜我们一辈子无儿无女，送给我们一个儿子啦。"

老太婆说："感谢神灵！我们有个儿子了。"

第二天一早，老头子挤回来一桶牛奶，老太婆挤回来一桶羊奶。

一日三，三日九。孩子长到一岁，就会走了。老两口乐得合不拢嘴，给儿子取了个名字，叫叶古年。

又一晃，叶古年长到十岁，身体结实得像小牯牛，灵巧得像一只岩羊。一天叶古年爬到一座高岩上，看见一眼晶莹的泉水。他喝了几口泉水，顿时变得耳聪目明。从此，他的眼睛能看见三座山外的东西，他的耳朵能识别鸟儿的各种叫声。

一回，叶古年和几个伙伴一起上山打猎，路经一片树林，一群白鹇鸟在叽喳鸣叫。伙伴们问叶古年，白鹇鸟在说哪样？叶古年仔细听了听回答说："白鹇鸟看见东山岩下有一群麂子，西山岩上有一群岩羊，叫我们快去打呢。"几个伙伴便临时分作两伙去两个地方打猎。果然，去东山岩的打着了麂子，去西山岩的打着了岩羊。

叶古年又聪明又勇敢，大伙都佩服他，才二十岁就被推举为部落的首领。他率领部落的人同敌人打仗，每次出战都取得了胜利。又过了几年，他们又去攻打依古底地方，撵跑了盘踞在那里的濮解人。从此，纳西部落就在土地平坦、水草肥美的依古底地方定居下来。

叶古年到依古底以后，十分想念他的老父老母，他跋山涉水，一个人步行到金沙江边，接两位老人。可是老两口舍不得离开生活了一辈子的地方，不愿跟叶古年同去。他左劝右劝，老人还是不从。叶古年想出了个主意，说道："阿爹阿妈，你们既然不愿跟我一道过日子，那么请把家产分一份给我吧！"老人说："我们家这么穷，哪有财产分给你呀？"叶古年说："家里不是有三只羊子吗？公羊留给阿爹，母羊留给阿妈，小羊就分给我吧。"老人说："那你就把小羊羔抱走吧。"

叶古年抱着小羊羔，头也不回地走出门去。一路上，小羊羔咩咩地叫，公羊母羊跟着小羊羔走。两位老人追了出来："叶古年，你不是只要小羊羔吗？怎么把公羊和母羊也带走了？"

叶古年激动地转回来说:"是啊!阿爹阿妈,公羊和母羊还懂得疼爱儿女,一步也不肯离开小羊羔。我是你们的儿子,为什么你们不能像公羊母羊一样,疼爱自己的儿子呢?"

两位老人说:"叶古年,好儿子,做爹当娘的谁舍得自己的儿女离开呀,那我们一道到依古底去吧。"

叶古年背着年迈体弱的阿妈,扶着拄着拐杖的阿爹,沿着酷热的金沙江边,走呀,走呀,走到了一座岩子上。毒辣的太阳像要把人晒干,两位老人又累又渴,望着高高山岩下的金沙江水,悲戚地唱起来:

滚滚的江水哟,
从我的脚下流过;
可怜行路人呀,
找不到一滴水喝……

叶古年叫两位老人在阴凉处歇会儿脚,就去找水。他解下系在腰上的羚羊角,在岩壁上钻了个孔,又找来一节竹管插进石孔里,用嘴咂了咂。顿时,一股清亮亮的泉水,从石孔里顺着竹管喷涌出来……

就这样,叶古年一家三人,晓行夜宿,走走停停,终于走到了依古底地方。

叶古年当上了大酋长后,一心想把地方治理好,使部落的人安居乐业过日子。他听到藏王松赞干布修建了一座宏伟壮丽的大昭寺,十分羡慕,不辞艰辛,翻越了九十九座雪山,跋涉了九十九条雪谷,整整走了三千三百九十天,到拉萨朝拜。

叶古年在拉萨住了一年,学会了梵文和各种经书及技术。回到依古底后,他带领着大家开垦荒地,兴修水利,种植桑麻,统一了各个纳西部落。经过几年的经营,依古底变成了一个美丽富饶的地方。

丽江白沙翠屏山的石壁上,有一个"梵文碑",相传是叶古年的手迹。经过千百年的风雨剥蚀,石壁上的字迹还十分清晰,所以人们后来又把它叫做"魔岩"。

高取高拔（纳西族）

讲述：和义光 纳西族 60岁 农民 小学　　王德义
记录：赵兴文 纳西族 39岁 歌舞团编导 高中　　杨增烈 41岁 歌舞团演奏员 高中
1980年采录于玉龙县宝山乡

很久以前，金沙江边的上宝山有个好汉，名叫高取高拔，他身材魁伟，神通广大，智慧过人，为家乡人民做了许多好事。他曾挥起神奇的长鞭，击破岩石，斩断树丛，在悬崖陡壁上开辟出一条"高取沟"。从此，清清的山泉引进了家乡，干渴的旱地变成了水田。他也曾用神力飞刀投向天空，钉住太阳，使太阳日夜不落，帮助乡亲们在很短的时间内开出了层层梯田。从此，这里的荒山荒坡变成了肥沃的良田。

有一次，高取高拔和乡里人离家去外面做事。他们走到半路，都饿得有气没力地倒在路上，高取高拔见此情景，心如刀绞。他强打起精神，"腾"地站起来："你们在这儿等着吧，我马上就给你们找回来吃的。不过，要记住不管来了什么野兽，只要它口里叼着吃的，你们就要喊我的名字。"他说完，转身朝深山老林里去了。

高取高拔来到山林里，口中念着咒语，抖了抖身，变成了一只吊眼白额斑斓大虎：尾巴一扬，甩得山响；巨口一张，露出獠牙；长啸一声，震动山林。刚好，一只大麂子从树丛里惊惶地抬起头来。大虎一纵身，"呼"地猛扑过去，大麂子便落在了虎爪下。

高取高拔刚上山不久，大伙听见山林里传来虎啸声，正心慌时，突然跳出一只大虎来，吓得他们四处奔逃。唯有一个大胆的人，见虎口里叼着只麂子，便大声喊道："高取高拔！"话音刚落，大虎"忽"地变成了高取高拔，高取高拔喊拢了大伙，指着大胆的人说："要是你不喊我，我可难变人啦！"又对大伙说："快收拾麂子，填饱肚子好上路！"大伙见有吃的，一个个都来了劲儿，大家七手八脚，有的生火，有的剥皮割肉，美美地吃了一顿麂子肉。

这事像长了翅膀，一下子传到了住在丽江坝子里的木老爷的耳朵里，他半信半疑，想弄个虚实，便派人去宝山喊高取高拔。

高取高拔骑上马，告别了乡亲，离开宝山，来到木老爷府里。见了木老爷,他也不打拱作揖,昂起头,不冷不热地说:"我就是拉伯(宝山)的高取高拨,你叫我来这里,我来了。"正在吃饭的木老爷,见高取高拨穿着麻布衣裳和山羊皮褂,斜了他一眼,牙缝里挤出两句话:"土里土气的,一点规矩也没有。"

木老爷出口伤人,高取高拨气得眼冒火星。他愤愤地念起咒语,使得坐在饭桌边的木老爷,以及他的太太、少爷们,一个个如木头人,身不能动,饭不能吃,碗筷却在桌子上叮叮当当地蹦跳起来。吓得木老爷颤声求饶,高取高拨才停住了咒语。这时木老爷一面装出笑脸向高取高拨点头哈腰,一面令家里人殷勤招待客人。

心毒如蛇的木老爷,见高取高拨的确是个不寻常的人,暗想:如果不除了他,那就难得制服了。于是,在高取高拨返回宝山的时候,木老爷暗中派了两个兵丁跟着他。

高取高拨骑着马,走到有座叫"捉美八"的石拱桥上,木老爷的兵丁,趁他不备,突然举起大刀,从背后把他的脑壳砍下逃跑了。高取高拨鲜血迸流,可他没有倒下去,仍从容地俯身下马,把滚落在地上的脑壳双手拾了起来,捧在胸前,又跨上马继续朝前走。他想把自己的头安回脖子上,可是刚走到耀高吾地方,他还没来得及把头安回原位,一棵树横挡住了他的去路,把马绊住了,高取高拨从马背上摔跌下来,滚到山沟里,头和身子分离得远了,他就这样死了。

噩耗传到村里,乡亲们无不为他流泪叹息,大家怀着沉痛的心情,把高取高拨的尸体火化安葬了。不久,乡亲们又为他建了座"高取高拨庙",庙里塑着他威武的坐像。从此,人们把他尊为驱灾除难的神。

阿萨命(纳西族)

讲述:张之刚　和美琪
记录:云南省民族民间文学丽江调查队　戴美莹　女 21 岁　学生　本科
1958 年采录于玉龙县石鼓镇

从前,丽江有个木天王,他是统治纳西族人的土司,是丽江的土皇帝。他有七个女儿,六个都已出嫁了,只有小女儿阿萨命还留在身边。阿萨命生性温和,又聪明又美丽,求婚的人家很多,但木天王夫妇不愿把小女儿轻易许配人,他们要想结一门有财有势、与自己门当户对的亲家。所以,尽管媒婆踏烂了门槛,阿萨命还是没有许给人家。

阿萨命对待家里的男女仆人和长工都很和气,她经常背着父母去帮他们做些活计,所以木天王府里的男女长工都喜欢她,夸奖她是个好姑娘,像朵兰花一样,又美丽又贤淑。

木天王家里有一个比七姑娘稍大一点的长工,这个小伙子还在幼年时就因家里交不上木天王的租子,被逼到天王府里来当长工抵租。不久父母死了,他就成了一个孤儿,在木天王府里当牛做马,派给他的活儿越来越重。阿萨命很同情这个小伙子,她经常到园子里去看他种花、浇菜,并帮着他干活。开始,小伙子很怕七姑娘,她问他什么,他就答什么,此外再也不敢和她说一句话,也不敢看她一眼。但慢慢地,他们却相处得很熟了,小伙子有时也会因为姑娘的安慰消除一些愁闷,露出一丝笑容。

一天深夜里,阿萨命醒来,忽然听到一阵阵凄凉幽怨的笛声。静静一听,是从花园里传来的,夜深人静,只有这笛声如泣如诉,七姑娘听着听着,不由得流起泪来。过了一会儿,笛声中断了,只有风吹树叶哗哗地响。她想:"这是谁吹的呢?这个吹笛的人一定有满腹苦愁,不然,怎么会在夜深人静的时候吹笛呢?"她一时在猜想吹笛人是谁,一时又在回想那凄苦的调子,一直到天明。

第二天早上丫头进来时,她把昨夜听到笛声的事告诉了丫头,说:"那调子太忧伤了,一定是一个心里忧闷的人吹的,你知道是谁吗?"

"怎么他又吹了吗?"

"他是谁,难道过去他也吹过吗?"

"唉!七姑娘,你还不知道,小伙子自从进了府来,天天受老爷和管家的打骂,过去父母活着,还有个人来看看他。父母死后,这小伙子更可怜了,他放羊时做了一支小笛,阿老教会他吹笛子,他天天放羊都带着笛子去,一边看管羊子,一边吹笛。可是这小伙子心里太苦,总是吹出忧伤的调子,羊儿听着也只是流泪,不愿吃草,羊子老长不胖,为此老爷又打了他一顿。从那以后,他白天不吹笛子,晚上却爬起来吹。我们劝他不要弄坏了身体,可是他说:'我闷得厉害,睡不着,吹吹轻松些。'后来我们看他再这样下去不行了,而且又怕老爷、管家发现,所以藏了他的小笛子,他已好些日子不吹了,怎么昨天晚上又吹上了呢!"

七姑娘听了丫头的话,叹了一口气,什么也没说。中午,她到园里去找到了小伙子，劝慰了一番，叫他保重身体，晚上不要再吹笛子，以后有机会想法去独立谋生。此后他们经常接近、谈心，不觉就暗暗相爱了。

再说中甸有一家大富人家，经常过江到丽江来做生意，知道木家势大，就经常带些值钱的礼物来巴结木家，木家要到中甸做生意，也歇在他家里，这样，两家的交往就非常亲密了。

一次，中甸富人到木家来，看见阿萨命生得如此美丽，又是名门闺秀，因此就向木天王提亲。木天王想："他家是中甸最有钱有势的，我木家又是丽江的土司，也只有他这样的人家才配和我家结亲。"于是木天王就满口应承了，中甸那富人当即奉上一大堆银子做聘礼，并说，二次过江再备重礼送上府来，这样一门亲事就算定下了。可是阿萨命并不知道，她仍然每天偷偷跑去和小伙子谈一会儿心。

转眼又到腊月了，这一天早上，阿萨命醒来，觉得窗外一片光亮，刺得人睁不开眼来。她起身穿好衣服，又披了一件皮斗篷，走到窗前一看，啊！原来下了大雪，一夜之间，把房顶、天井、树林什么的都铺白了；小石桌上像铺了一条白毯子；小松树上像撒上了一层石灰……七姑娘正在欣喜地观赏着雪景，忽然看见一个人影，她忙跑到更邻近那人的窗旁，推开窗向下仔细察看，这才看清是自己心爱的长工，正在弓着身子扫雪，身上还是平时那件补补丁的破衣，赤着的双脚冻得通红。阿萨命不由得一阵心酸，忍住泪水从衣橱里拿出一件父亲的旧衣服来，朝长工丢了下去。长工正在扫雪，忽然上面掉下一件东西来，忙抬头一看，阿萨命正向自己做手势，他先不明白她的意思，后来才醒悟了。他本不想穿，但阿萨命一直在窗口催促他，他只好穿上了。

一天，长工正在马厩里上料，恰遇木天王走来，他一见到长工，就恶狠狠地奔过来，一脚把他踢倒了，并大骂道："好啊，你这个贼骨头！竟敢做这种事，难道平时皮鞭还没有挨够吗？"

长工被木天王踢了一脚，身上疼得难熬。木天王还咬牙切齿地痛骂，一面骂一面又一脚飞来，长工急忙闪过，忍不住说："我做错了什么事，你要这样狠狠地踢我？"

"什么事，你还想装蒜吗？你这个贼！"

"老爷，你不能血口喷人呀！我进你家十几年，拿过你的一根针没有？"

木天王拉着长工的衣服说："这不是偷我的？"这下长工才知道挨踢的原因。长工本想说出这件衣服的来源，可是他又想："若是说了，反要带累七姑娘，不如承认是自己偷的吧。"于是就对天王说："老爷，原来你说的是这件衣服，这倒真是前天下大雪时我从晒衣架上拿的。你前年给的烂衣服已经补都补不成了，前天，天气很冷，我冷得没法做活，才拿来穿了的。"

"拿来，说得多好听呀！老子是要你来做工，还是请你来当少爷，享福的？"

"我到你家十几年，没一天不是从天不亮累到天黑，可是十几年来你却没有给过我一文工钱，一件像样的衣裳，这怎么能是当少爷呢？"

"好呀！坏小子，你嘴快，还敢给我还嘴。"

木天王一面暴跳着，一面跑到园门那儿大喊："来人！"四五个家丁随着喊声奔进园里来。木天王对他们说："给我把这坏小子绑起来，让他尝一尝老爷的滋味！"

"是！"家丁齐声答应，一齐上前把长工结结实实地绑了起来。木天王叫一声："给我打。"话还未完，一个姑娘大叫着："慢点动手！慢点动手！"气喘吁吁地跑进园来。

原来是丫头听见打长工，跑去告诉了阿萨命，她就连忙奔到园里，来到父亲面前，流着泪向父亲说："阿爹！你饶了他吧！他从小没父母，为我们家做了不少事，你就饶了他吧！"

"谁叫他偷我的衣服，我的衣服不是花钱买来的吗？你们还不给我打！"

阿萨命忙奔过去挡住家丁说："不准打，这衣服不是他偷的，是我给他的。"

"什么，你给的？"

"是的，前天下大雪，他抖抖颤颤地在扫雪，我看不过了，就丢了这件你不穿的衣服给他。"

"贱骨头，你给老子丢脸，给我把她拉去锁在房里。"

这样，阿萨命被关在房里，每天只有丫头来给她送两顿饭。木天王严厉地监视着她。

再说，那天长工被打得遍体鳞伤，睡在下房，几天不能动弹。木天王呢，那天之后他就觉察到女儿与长工关系不平常，于是当天就派人到中甸去催那家富人快来娶亲。一面告诉阿萨命说，长工那天被打之后，不几天就吐血死了。阿萨命将信将疑，但几天不见长工，也听不到他的话声和笛声，她真以为长工死了，就天天伤心地痛哭，谁也劝不住。

这一天，中甸的富人来了，一大队骡马驮着绸缎、布匹、金银首饰，在木天王家住下来。木天王家大摆筵席，请了全家全族，唯独不见阿萨命出来陪客。木天王告诉人们说，姑娘面皮嫩，不好意思出来。

一台喜酒过了，第二天中甸富人要抬走新媳妇了，木天王给了女儿九十九套衣服，九十九双鞋子和许许多多金银首饰，人们把苍白的、泪痕满面的阿萨命扶出房来，骑在一匹骡子上，一大帮人就离开了木家，向江边走去。

快到三仙姑地方，忽然后面一阵哭喊声传来，阿萨命听得真切，这是自己的心上人在喊："还我的阿萨命，还我的阿萨命！"她赶快回过头来看，只见长工正在喊着，向他们追来，富人叫停了马，阿萨命翻身要下骡子，被几个家丁挡住了，行动不得。

长工追上了，富人和一帮家丁拦住他问道："你这人疯了吗？竟敢乱叫我家新娘的名字。"

"我没有疯，阿萨命是我的。"

"你的，你也不想想自己是什么人，也能配得上木天王的女儿吗？"

"我不管，阿萨命是爱我的。"

"爱你？你竟敢说这样的话！还不快给我滚，要不然，小心你的狗命。"

富人恶狠狠地骂着长工，一边说："走！不要理这个疯子。"可是阿萨命在骡子上已经哭得死去活来了，长工也不肯回头，一直和那伙家丁拼着，想要奔到阿萨命身边去。富人看着气极了，就拔出大刀来，趁长工不备，一刀向他砍去，长工大叫一声倒下了！随着这一声惨叫，阿萨命也昏倒了，人们只好停下来，叫唤她，过了好一阵工夫，阿萨命才醒过来。

富人忙叫家丁把她扶上骡子，继续往前走，路上姑娘流泪不止，富人和家丁一路相劝："姑娘，你不要死心眼，你要想想，他这穷光蛋拿什么给你吃？拿什么给你住？又拿什么给你穿呢？再说你又是木天王的女儿，怎么能给你父亲，给你们木家丢脸呢？"阿萨命根本不理睬。富人又说："我们在中甸也是数一数二的人家，也不算委屈你，有什么不好呢？"姑娘还是继续哭。富人就发急地说："人都死了，你还能把他哭活不成？"

阿萨命一听"人都死了"这句话，心里像刀绞一样，她大叫道："啊！我希望刮大风，下大雨！"喊声未停，果然天空马上布满乌云，刮起大风，下起大雨来。阿萨命大笑着，被一阵狂风卷到三仙姑对面的高岩上去了。

从此她就永远骑着骡子，站在高高的石岩上，遥望着长工，唱着悲伤的歌。听到她的歌声，牲畜也流泪，庄稼也不长了，老百姓听着也觉得怪可怜的，就把长工的尸体放在岩子下烧了。长工的灵魂随着飞烟飞到岩上，永远伴着阿萨命，从此她就不再唱悲伤的歌了。

骑立称王（纳西族）

讲述：和廷春
记录：白庚胜
1982年采录于玉龙县龙蟠公社新尚大队

很久以前，一个山村里住着一对善良的老人，他们没有子女，生活贫困，日子过得真是又孤单又寒酸。

谁知铁树也有开花的时候。有一年，老婆子突然有了身孕，这下可把老两口乐得合不拢嘴，他们盼宝宝盼了一辈子呵。于是，他们备齐了红糖、鸡蛋和鸡，临产前又煮好了米酒，只等小宝宝"呱"地一声落地。左右乡邻见了他们都说："看来这两位老人是要老来得贵子了。"可是，天哪，到了产期，老婆子的身孕却神不知鬼不觉地消失了。好梦没做成，老夫妻抱头痛哭了一场。

第二年，老婆子又怀了孕，老头子又忙着备办坐月子所需要的东西，可是这一年也没有生产，一连四年都是这样。

到了第五个年头上，老婆子又怀孕了。老头子因连年失望，也不再置办什么坐月子的东西了。

有一天，老头子到镇上去卖柴，家中只留下老婆子一人。太阳落山时，老头子就买了盐菜，回到家中。进门一看，把他吓了一大跳：老婆子正躺在一摊血泊里，五个嫩芽芽的婴儿滚了一地。怎么办呢？老头子从没见过这种场面，惊慌得不知如何是好。

突然，有个婴儿说起话来："阿爹呀，你莫怕！我是你的大儿子。阿妈的鼻孔里长着三根白毛，现在请你把它拔出来，在火上烤焦后作为面药，灌进我们的嘴里。这样，我们母子六人就有救了。"老头子照着一做，果真，老婆子和五个孩子都活过来了。打这以后，他们的日子虽过得苦些，但家中的欢声笑语却多了。

日子过得真快，一晃十二年过去了。五个孩子都长得浓眉大眼，脸色红润，非常健壮，他们还各自为自己取了名字：老大叫"骑立"、老二叫"砍不断"、老三叫"烧不毁"、老四叫"淹不死"、老五叫"扯不烂"。

有一天,老头子又到城里去卖柴。在城门口,有一大群人正围在那里观看什么。他一打听,才知道原来是木天王发了一道诏书,说是近来宫墙倾斜,危在旦夕,如果倒塌下来,就会伤财害命,所以诏令天下奇士前来扶正宫墙。有成者,木天王将重重封赏。回到家里,老头子把这些告诉了老婆和孩子。谁知五个儿子听后,一个个直挽袖子,说他们有本事能得到封赏。老两口笑道:"孩子们,别做这好梦了吧。"

第二天早晨,鸡还没叫,骑立就悄悄离家,一阵风地奔到城里面来。太阳丈把高时,他来到了狮子山下,只见一片宫院在阳光底下,金光闪闪。墙外,密密麻麻地围了许多人。骑立走过去问一个汉子:"阿叔,请问这么多人围在这里做什么?"那汉子见他是个小孩,穿得又破又烂,就没答理。骑立又问另一个人,那人把他给臭骂了一顿。骑立挤过去一看,只见一个应诏前来的奇士,到斜墙下看了几眼后,就摇头叹气地退了下来。木天王在一边急得团团转。

骑立看了一会儿,走到木天王面前说:"木天王,我来算一个。"他的话逗得大家都大笑起来。木天王说:"你这个孩子开什么玩笑,快滚蛋!"骑立也不分辩,只是说:"如果我能扶正,你给我什么封赏?"好大的口气呵,把木天王恼得火冒三丈,他顺口说道:"你能把墙扶正,我就把我的王位让给你!"骑立听完,一飞身,跃上了宫墙。他坐在墙头,就像骑马一般,好不威风。只见他从容地弯下腰去,用两掌把墙一里一外地按紧,往上一摩,一摩,又一摩……哎呀呀,本来眼看就要倒下的宫墙竟慢慢直立起来。众人吓得一个个目瞪口呆,骑立见墙已扶正,便跳了下来,要木天王把王位让给他。木天王笑嘻嘻地说:"当然,当然,快进屋去谈。"骑立同木天王及其手下的人一起进了宫门。谁知刚进门,木天王把嘴一努,几个兵丁便如狼似虎地猛扑过去,一下把骑立五花大绑起来。木天王立即又发下诏书,说骑立使用妖术先弄斜了宫墙,然后掩人耳目,图谋王位,罪当斩首,并决定在第二天用刑。

消息传到骑立家中,两位老人哭得死去活来,四兄弟安慰了一阵,决心救出大哥。第二天用的是刀刑。老二愿代骑立受刑,他是"砍不断",刀砍在身上,只见身上火星点点,丝毫不伤。木天王没有办法,只好改在第三天用火刑。老三愿为老二受刑,因为他是"烧不毁"。只见刑场上烈火熊熊,几个刑役把老三抛到火里以后,他却像平常一样,安安稳稳地睡起觉来，大火不伤他半根毛发。木天王没有办法，只好改在第四天使用水刑。老四愿代老三受刑，刑役们把他扔在拉市海子。但老四是"淹不死"，他张口吸水，一下子就把海子吸得点滴不剩。木天王没有办法，只好改在第五天使用酷刑——五牛分尸。老五愿代老四受刑，刑役们先在五头牛脖子上各套了一根大篾索，再把每根索子的另一端拴在老五的两只手、两条腿和脖子上。最后，随着一声爆竹轰响，五头牛惊恐地向五个不同的方向跑去。木天王心想：这次看你还死不死。可是五头牛刚跑了几步，一头头竟被老五重新拖了回来。这样又跑又拖，又拖又跑了几次，五头牛便躺倒在地，口吐白沫，不能动弹了。原来，老五是"扯不烂"，他的皮可伸可缩。

到了这时，五个兄弟都聚在了一起，像五只老虎一样扑向木天王和他手下的人，把他们杀了个干干净净。最后，骑立成了天王，其余四人也都封了官。他们还把二老迎进了宫里。

熊三的传说（傈僳族）

讲述：蜂伟
记录：杨正光
2000年采录于玉龙县巨甸镇路西一带

远古的年代里，在岩邦乐大场分箐沟山上，各种树木很多。有高大挺拔的柏树，有包着一层又一层皮的桦树，还有松树、楸木、栗树……密密层层，半山腰就是竹林。这里还是动物的天下，有熊群、猴群、野猪等。最活跃的是熊群，在熊群中有一个既像熊又像人的熊人，他的身子和脑袋基本上和熊一样，所不同的是他就像人一样两脚着地走路，熊群都称他为"熊三"。

有一天，熊三决心走出树林，来到人间，迈出坚定的第一步时，那座山便留下了深深的脚印，于是此山得名为"熊三脚印山"（傈僳语：酒七郎）。

他终于来到村子，建了一个很简单的棚子，就住下来了。这熊三虽然笨手笨脚，但挺勤快。开荒种地、纺线织衣，样样都做，唯独没有媳妇。他到处打听，到处请人说媒，终于要到了一个年轻漂亮的女子，这样熊三总算有了一个有妻室的家。不料，这个女子活路很不愿意干，整天涂脂抹粉，梳妆打扮，既馋嘴又懒惰。有时几夜不归宿，并跟隔村的有妻之夫来来往往。后来，怀了孕，怀的孩子好像不是熊三的。那个有妻之夫，见势不妙，就把熊三的妻子叫到村子边说："咱们这样过日子并不幸福,要想真正过上幸福的日子,我们到玉龙第三国那儿去吧!那里金银财宝到处都是,说不定还能做到国王呢!我是国王,你是王后。"

"我要做女王。"那女的等待不及了,"我们怎样去好?"

男的便假惺惺地说:"村子底下有个洞,洞深足有九十九丈。我们明天在洞旁吃顿美餐就可以到了。"

这一说,那女的高兴得手舞足蹈。

第二天那男的准备了各种各样好吃的食物,并在女的最喜欢吃的一道菜里下了毒。女的吃下菜后,不一会儿就口吐白沫,挣扎了几下,死了。

第三天,熊三发现了尸体,察觉到他的妻子被人害了。他也深深知道自己的妻子不正经,便把尸体抛进那九十九丈深的洞里,只见洞底泛起水花还冒出一股青烟。

不久,熊三打柴走过那洞旁,忽见有个白长发女子,背对路坐着,怀里似乎还抱着个孩子,哭声时而像猫头鹰叫,时而像乌鸦啼鸣。那显然是个妖女,熊三不敢走近。只见那妖女远远地往后向熊三抛来石头,左手一个右手一个。熊三接住了,仔细一看,那不是石头,却是白光闪闪的银石。银石接二连三地抛来,熊三一个又一个地接住,已是一大抱了。那妖女一瞬间钻进洞里去了,熊三紧跟往洞里看时,洞已被反锁得严严实实的。

熊三把得到的银石分给村里的人,自己却过着清贫的日子,又开荒又种地,又纺线又织衣,至今当地仍有一处叫做"熊三放钱处"(傈僳语,村名"洒叶夫古")。

阿明于勒的传说（纳西族）

讲述：木金良
记录：木丽春
1976年采录于玉龙县拉什坝

阿明于勒是个博学的东巴圣师。他是白地人。中甸三坝白地有一个传经的灵洞——阿明"能可"(灵洞)。

传说阿明于勒到拉萨学经,但是喇嘛苛待他,让他当喇嘛寺的马夫,天天赶着马去放牧,吃的是剩饭剩菜。阿明于勒遇到这些轻慢他的事情,都记在心里，丝毫没有表露出他对喇嘛经师的不满。

阿明于勒在放马的时候暗想：我远离家乡来学经，但经师却不准我学经，不如我把喇嘛的经书偷回去。但怎样才能把经书偷回去呢？

一天阿明于勒赶着马边走边想，突然想到经师离开马背他就不会走路了，我把他骑的马训练成到了桥边就往回跑的习惯，不是经师骑马来追赶就追不到我了吗？

从这一天以后，阿明于勒把经师的驮马赶过桥去，而把坐骑一赶到桥边就给坐骑猛抽一鞭勒转回来，不让它过桥。没多久，阿明于勒就把经师的坐骑训练得很顺手了，只要坐骑一跑到桥边就猛地往回跑。

这一天，阿明于勒悄悄地把经书驮在驮马上，偷偷地逃跑出来。

喇嘛经师发现经书被阿明于勒盗走，气得跳起来追赶。但是他把马骑到桥边，坐骑就像受了惊骇似的，喷着响鼻，尥起前蹄，愣犟着往回跑。喇嘛经师拨转马头，又追到桥边，坐骑仍然往回猛跑。怎么鞭打坐骑都不肯过桥。

这时候，喇嘛经师才省悟到：是他上阿明于勒的当了，阿明于勒在放马的时候把他的坐骑训练成了到桥边就往回跑的习惯。经师叹了口气，弄得他只有干瞪眼了。

阿明于勒偷了经书，又回到了白地，他在灵洞里收徒学经，潜心研究经书。

后来，阿明于勒又离开了白地，来到丽江，传经讲学；再后来，阿明于勒居住在拉市坝的恩宗村拦海垭口处。一天他在山上看自己的家，突然有隐隐的感觉：他的屋基像一只欲游欲飞的水鸭子，他认为他的宅基地不灵，然后他又搬到恩宗上村。传说上村的宅基处在卧虎岭的屁眼上，是块风水宝地，是块受用不尽的福地。

阿明于勒居住在恩宗上村后，收了大批的徒弟，在拉市恩宗上村传教讲经。恩宗上村有一座山，人们为了纪念阿明于勒，就把这座山取名叫阿明于勒坡；坡顶有阿明烧天香的遗址，叫阿明烧天香处；还有一条山沟，沟里有一条泉水，山沟也叫阿明箐谷；还传说泉水是祈求术王才出水的，山后有一条路可达白地，也叫阿明路。

还传说阿明于勒又在拉市坝的汝南化村，开辟了一个"能可"（灵洞），每年召集丽江坝、南山和太安一带的东巴聚会讲经，还跳东巴舞哩……

木老爷三留杨神医（纳西族）

讲述：木崇惠 纳西族 70岁 农民 不识字
记录：木丽春
1980年采录于玉龙县拉市乡

明朝时候，丽江纳西土酋归顺中央皇朝。明朝皇帝给丽江土酋赐谕"忠义"，还赐姓木氏。

木氏土酋世居玉龙雪山脚下，摩挲江边的高原峡谷。

木氏土酋曾多次赴过京都，他从遥远的边疆，来到富丽堂皇、繁荣昌盛的京城，看到的是红墙绿瓦的雄伟建筑群，鳞次栉比的店铺，琳琅满目的货栈，他深深地赞服和羡慕中原文化，想把繁荣昌盛的中原文化引进丽江，改变丽江原始落后的面貌。而要改变丽江面貌，首先得有能工巧匠，但若派土人到京都投师取经，得派一大帮人，往返也得半年时间，挖尽土司府的金库，也不够盘缠的花销。于是木土司想了一个办法：他把京都七十二行的能工巧匠，每行请了一个师傅到丽江。然后他支派土人投师学艺。

在木土司邀聘到丽江的师傅中，有的不愿意在丽江落籍，木土司不仅负担往返的银两，还赐一笔优厚的聘金。有的愿意在丽江落籍的，木土司就量才录用，封赐领地、住宅、厚禄，世袭沿承。所以，木土司在京都招聘了一批医生、兽医、泥瓦匠、建筑师、酿造师、纺织师、制革师、星象师、画匠、石匠、工艺师等。广罗了京都的一大批能人回来。

在丽江纳西族的民间，流传着木土司聘用京都能人，开发丽江的许多民间故事，现在先讲一个"木公三留杨神医"的故事。

木土司从京都聘回丽江一位医术高明、手到病除的姓杨的神医。

原来，木土司的婆娘怀了几次身孕，但每次都是死胎，这使木土司作难了。后来木土司的婆娘又身怀有孕，他就请杨医生来负责治疗。

杨医生给木土司的婆娘切了脉，看了舌苔，观了气色，发现木土司的婆娘，是因缺少走动，长年累月地龟缩在内室，不经风雨，少见阳光，弄得气血亏损，阳气衰竭，结果肚里的胎儿发育不正常，才出现死胎。

木土司问："杨医生，我的婆娘到底患了什么病，这只瓷碗能弥合成金碗吗？"

杨医生回答说："老爷，夫人患的病，我看不消吃药扎针也会好的。"

木土司疑惑地说："杨医生，大风怎能同雪山开玩笑，你莫跟我说笑话了。"

杨医生很认真地说："老爷，医生治病，吃药扎针是愚医；只有不吃药不扎针也能治好病的医生，才算高明。"

木土司瞪大眼睛，张着嘴巴，仍然怀疑地摇着脑壳说："人间果真有这般的不吃药不扎针也能治好病的医生，那真算是神医了。"

杨医生岔开木老爷的话，说："老爷，夫人的病痛，你能叫她每天撕扯一筐羊毛，又让她把羊毛纺成线，那她的病就会好了，木老爷的金柱上也会缠小龙了。"

木土司照杨医生的叮嘱，每天支派奴仆装一筐羊毛，叫他的婆娘撕扯后，又纺成毛线。木土司的婆娘每天从早到晚，手脚不停地忙碌着，累得汗流浃背，腰酸背痛；这样忙乎了一个多月，她惨白的脸庞变得红润起来，过去一碗饭匀成三顿用，眼下，一顿饭也能吃一碗饭了。夜间失眠的呻吟听不到了，只听到她熟睡的鼾声。

一天，杨医生来找木土司说："老爷，我要给夫人换一处方。"

木土司慌忙拿出纸笔，请他开处方。但杨医生轻轻地推开了纸笔，笑着说："老爷，我的第二处方还是不吃药不扎针。请你每天拿一包绣花针撒到夫人内室，让夫人一根不漏地捡起来吧。"

木土司遵照医嘱，每天拿一包绣花针撒在地上叫婆娘一根根地捡起来。弄得他的婆娘一时忙东一时忙西，挺着个大肚子，艰难地弯腰捡绣花针。这样捡了一个月就分娩了。生出一个白胖胖的小子。木土司抱着小子高兴得流泪了。

每年北雁南飞的时辰，杨医生都思乡心切。一天，他把思念故乡的心情禀告木土司："老爷，雁鸣声给我捎信来了。父母的坟头上荒草萋萋了，梦里催我回家扫坟墓，我要告辞回家了。"

自从杨医生治愈木土司婆娘的病，使他抱起了儿子。木土司一则感激杨医生，二则敬佩他的神医妙手，有心要把他挽留下来，为纳西族治病造福。眼下，他听到杨医生告辞的话，心里说不出地着急，故装无所谓地说："雁去雁来年年有。你何必这样伤怀，眼下玉峰寺的茶花开放了，我们明天去赏花吧。"

木土司把杨医生的话轻轻地搁在一边。但是时间没有过三天，杨医生又来找木土司。木土司再也不好推口挽留，便说："杨医生你愿留在这里，我甘愿把石鼓一带的土地划归你掌管，作为你的世袭领地，好吗？"杨医生摇摇头。再也留不住他的心了，木土司没有办法，最后只好答应让他回乡了。

饯行杨医生的那天，木土司捧着一盘金子，一盘银子，恭敬地送给杨医生做盘缠，他还支使奴仆备了一匹雪白的骏马，配上鞍鞯，送给杨医生当坐骑。还叫土司府里的乐手，吹奏着哀怨的柔情蜜意的"别时谢礼"，直把杨医生送到五里牌，才和杨医生分手。

木土司回到土司府里，原来他答应杨医生归故土是假，而想把他挽留下来是真。但是木土司劝留不住了，要强留？是反悔食言、辱礼折义的事，所以不能强留。他暗中支派八个士兵，吩咐如此，如此……

八个士兵，日夜兼程，抄小路潜到梅子哨的老林里，直到第三天的早晨，杨医生骑着雪白的骏马，鞭着马儿，从谷底进入了幽深的梅子哨口。突然，老林深处，大吼一声，跳出八个黑乎乎的彪形大汉，挥着栗木棒，拦住了杨医生的路径。杨医生自知是遇了强人，心中暗暗叫苦，他慌忙鞭了一下马，马前脚腾空，纵跳了过去，杨医生从马背上颠落下来，忙爬起来，想着自卫，却被猛虎一样扑过来的强人拦腰抱住了。搜了他的盘缠金银，牵着骏马，潜回老林里去了……

杨医生没有了盘缠，没有了坐骑，只好回到土司府里，拜见了木土司，诉说了他在梅子哨口遭强人抢劫的事。木土司听着陈述，心里暗自发笑，但他装作若无其事，宽慰杨医生说："杨医生，金和银丢了，不要紧，就当做丢失了身上的病痛吧，这些没有心肝的强人，伤了你没有？杨医生，你是留呢，还是走？"

杨医生不假思索斩钉截铁地说："我还是要走。"

第二天木土司又捧着一盘金子，一盘银子，又支派奴仆从厩里牵出一匹墨黑的骏马，一并又送给了杨医生，仿着前次饯行的礼节，又把杨医生送到五里牌。杨医生感动得流泪了，说："老爷，谢谢你的厚意了。"拱拱手，跨上骏马，上路了……

第二次，也像第一次一样，杨医生又在梅子哨口遭抢劫了，他只身又逃回土司府里。木老爷慌忙出迎，亲自慰问杨医生，还设宴招待他。席间木土司支派家仆捧出一盘金子，一盘银子，还牵来了一匹海骝毛片的骏马。然后木老爷捧着一碗"合心酒"，回身走近杨医生的身旁……

杨医生也在席间紧锁着眉头，暗暗想着木老爷两次慷慨馈赠银两，送他回故乡。可是两次都在梅子哨遭到抢劫，为什么遭抢劫的事情，不在丽江土酋的领域里发生，而发生在剑川土酋的城池里？莫不是其中有木土司安设的圈套计谋？哎，木土司爱人才，舍得金银当粪土，他真心留人，是巧使这一串令人捉摸不透的事情。

杨医生正思索着，木土司却捧着"合心酒"，走到他的身边，杨医生激动地挡开酒碗，抖着嗓子说："老爷呀，你留我的心像雪山磐石一样坚强，而我的回心也像摩挲江水一样不回头。你真心，我也真心，男子汉大丈夫不负真心知交的挽留，我就留在丽江了。"

木土司激动地搂住杨医生，捧起"合心酒"，两个民族的两张笑脸投映到酒碗里，木土司和杨医生一仰脖子一口喝干了"合心酒"。木土司红着脸说："杨医生，让你的骨血，在丽江的大山里，世代流下去吧。"

这样，杨医生就落籍在丽江，娶了一个纳西女人。而他的高明医术和祖传秘方，至今还流传在纳西族人民中。他的骨血，一代传一代，发展成为上百户的大寨子，他对丽江的开发名存千古，纳西人民传说他变成了药仙，所以逢年过节以祭神的仪礼，祭祀杨神医。

木老爷聘年皮匠的传说（纳西族）

讲述：木崇惠
记录：木丽春
1989年采录于玉龙县拉什乡

春天，山茶花刚吐蕾的时辰，木老爷离开丽江，去京城朝拜皇帝。万里迢迢的路程，他整整在马背上颠簸了七八个月的时间，入冬时辰，才来到了京城。

京城的冬天，比家乡还寒冷。这一天，木老爷身着家乡土法鞣制的老羊皮，领着随从，到大街上逛游。木老爷沿着大街走着看着，突然，他看见一爿出售裘皮的货栈，忙走了过去，他伸手摸着挂在货栈里的一件雪白的羊皮裘，感到既柔软又轻飘，毛面白得炫人。他又惊奇地伸出鼻子闻闻，闻不出腥臭的膻味。木老爷又看看自己身上穿着的老羊皮袍，比起眼前的皮裘硬邦又湿重，毛面暗淡，还有一股腥膻气味，他禁不住点头叹道：哎哟喂，皇帝住的京城，能人确实太多了，他们能把腥臭的老羊皮制作成如白云轻柔洁白的皮张，真是智慧人的手里出奇货，假若能把这样的智慧人请回到丽江几个，教会制作羊皮的技术，该有多好呀！

这一夜，木老爷回到客栈里，他的脑壳子里老缠着聘请制作皮袄匠人到丽江传授技术的事情，折腾得他整夜地睡不着觉。他披着老羊皮从床上翻爬起来，喊醒司通。司通睁着惺忪的睡眼，忙问："老爷你病了？"

"不。"木老爷诡秘地指指心口，"我的心里不舒服，我们不是白天看见出售皮袄的货栈吗？"

司通恍然明白了老爷的心事：是想着请制作皮袄的匠人，到丽江开个皮袄作坊，改变丽江土法制作皮张的老办法。他眨巴眨巴眼睛说："老爷呀，这要舍得出重金聘请，能用金钱牵走人心哩。"

"不。"木老爷摇晃着头说，"假若有人愿意到丽江传授技术，我拿重金酬谢他；有人愿意落籍丽江，我答应给他盖住宅，给优厚的俸禄，划给他世袭的领地。可是丽江离京城万里，恐怕重金牵不走师傅的心吧？"

"老爷，汉族兄弟不是有一句'千里为官只为财'的老话吗？我想老爷的心事一定能实现哩。"

第二天，太阳刚露脸的时辰，木老爷翻爬起来，草草地洗漱了一下，就催着司通赶快上路了。他和司通相伴着来到皮袄制作坊里，浏览了作坊里的皮革坊、鞣制坊、缝纫坊，最后他们找了作坊主，司通把来意向作坊主作了说明。

作坊主看着这两个身着老羊皮袍的陌生人，心想，边疆的土人，居然有如此远大的眼光，有如此的胸怀，难得哩！作坊主感动了。他热情地让了座，沏茶水，说："二位客人要聘邀皮革师傅，坊里的匠人，若有愿意应聘的我愿意放人，不知有没有人愿意去？"

作坊主牵着木老爷的手，来到作坊里，作坊主对着匠人把木老爷招聘的事情一一说了，匠人静悄悄地不吭声。沉默了有一袋烟的工夫，突然有一个黄头发的小伙子站起来，说："我愿应聘。"

人们都惊诧地转过头来，看是黄头发的年皮匠。他从小病殁了父母，孤零零的一人，九岁进这座皮革坊当童工。刚进坊时他给坊主扫地、倒尿罐，当了三年的勤杂工，后来才得当学徒，现在有十二个年头的工龄了。他聪颖精灵，作坊各种工序他都摸得一清二楚，他听了作坊主的话，又看见两个招聘师傅是外地人，穿着一身又粗黑又肮脏的羊皮袍，一定是老实人，就一口答应了。

年皮匠来到丽江，开创了第一个皮毛坊，带了九个徒弟。后来他愿意落籍丽江，木老爷给他划了领地，给了丰厚的俸禄，盖了住宅；还亲自给年皮匠做媒，说了一个年轻美貌的纳西姑娘做媳妇。这样年皮匠家就世世代代落户在丽江了……

丽江的皮革驰名各地，是年皮匠手里传下的技术在丽江开花的结果，也是木老爷引进内地先进技术开发丽江文明的一件事情。

楚沙扒起事（傈僳族）

讲述：木成恩 纳西族 68岁 农民 不识字
记录：王震亚 45岁 丽江教育学院副教授 本科
1980年采录于玉龙县巨甸镇、石鼓镇

民国初年，丽江县三仙姑一带连年大旱，老百姓的日子真难过。更难过的还数山里的傈僳人，他们刀耕火种，靠天吃饭，老天不下雨，撒下种子雀鸟吃，种下洋芋老鼠刨，最后连种子也收不着。收不着粮要饿肚子啰，没想到，瘪肚子偏又碰上泻肚药。原来三仙姑地方有个财主叫木廷，他趁机硬逼着傈僳人交租。那年月，人家肚子饿得起火，哪来的租子交？交不起租，他就吆喝一伙人，挨家逐户地搜，整得傈僳人像山麂子见了老虎，一个个没命地逃呀，躲呀，最后连家也不敢回。大伙儿恨木廷恨得入骨，都叫他"木老虎"。

"楚沙扒起事"就是木老虎一手惹起的。

一

楚沙扒有个一百四十岁的祖奶奶。这么大年纪，莫说逃难，就是走路也难，可木老虎追得紧，闹得凶，楚沙扒只得背起祖奶奶逃了。

翻过一山又一山，走过一岭又一岭，楚沙扒汗水顺脸淌，终于爬到一个山坡上。奶奶说："歇歇气吧。"楚沙扒说："好哇。"他轻轻放下奶奶。刚放下，还没歇，木老虎就追来了。只听得他那骡骡嗓子叫骂着："死傈僳，不交租子就想跑，我追到阎王殿也要追你回来！"楚沙扒瞪眼望了望，狠狠吐口唾沫说："豺狗木老虎，你逼得我们大气不得喘，总有一天我要出这口气！"说完，背起奶奶又跑。

翻过一山又一山，爬过一坡又一坡，他们下到一条箐沟边。奶奶说："歇下吧，我要喝口水。"楚沙扒说："好哇。"就把奶奶放在一棵麻栗树下。刚放下，还没来得及去找水，木老虎又追来了。只听得他牛吼马叫："死倮倮，你是麂子脚，我是山骡腿，看你往哪里跑！"楚沙扒回头一望，只见木老虎一伙人骑骡跨马已经站在山顶啦。他气得两眼血红："豺狗木老虎，你逼得我们水也不得喝，总有一天，我要喝你的血！"说完，顾不得奶奶唇焦口燥，背起她就跑。

跑啊跑，楚沙扒一趟跑了三天三夜，终于跑到鱼美都地方。他放下奶奶说："奶奶，歇歇气吧，我给你找水去。"可一看，奶奶只是动着嘴，再也说不出话了。楚沙扒心疼得手脚打颤，连忙把奶奶放下，找了点水灌给她。奶奶吞下几滴泉水睁开眼，痴呆呆地望着楚沙扒，嘴唇一动一动。楚沙扒想是奶奶有话要说，便把耳朵贴下去，只听得奶奶断断续续的声音，好像从多深多深的山洞里传来："世道不成，我要去了。往后我坟头上会长出一蓬黄竹，一棵麻桑树，等它们削得箭，做得弓，你们就起事吧！"说完，眼一闭，断了气。楚沙扒黑着脸，牙齿咬得格巴响，伤心极了！他把祖奶奶埋在鱼美都的山头上。没多久，奶奶坟头上真的长出一蓬黄竹和一棵麻桑树；又过不多久，楚沙扒砍下竹子削了箭，放下桑树做成弩。打那以后，他就背着弓箭去联络傈僳人起事。

二

楚沙扒回到三仙姑后山的老家后，见人就讲，要打富济贫，跟木老虎算账。住在阴坡山上的东沙扒听说后就来找他，楚沙扒把祖奶奶临死说的话一五一十讲出来。那东沙扒也是被木老虎逼得铁了心的人，别看他是个独眼龙，大麻子，可心眼灵，点子多。他把楚沙扒拉到羊圈后面说："祖奶奶一百四十岁，活着是精，死了是仙，她的话准灵验。"两个人决定把祖奶奶的话传出去。这一传，周围四舍的人，都来找楚沙扒。

住在阳山上的热喜扒也来了，他个子细高细高的，爬山做事麻利得很。热喜扒对楚沙扒说："老辈子讲，挡得住刀，防不了箭。要起事，我就约起人去削箭做弓。"住在三岔河的阿戈玛，是个高高大大的傈僳女人，她也对楚沙扒说："做了弓箭，还要有箭药，我约起女人去挖草乌熬药。"

就这样，男男女女白天在山里做事，夜晚就聚在一起，燃起大火熬药，吹葫芦笙跳舞。傈僳们一面吹，一面跳，一面唱；吹一阵，跳一阵，唱一阵，然后歇一阵。歇下来的时候，楚沙扒就讲起木老虎的豺狗心，讲得众人净流泪，都说要跟木老虎算账。

冬月初四那天，几百人聚拢在一起，正听楚沙扒讲话，没想到，木老虎却派暗探来偷听。有个暗探正悄悄躲在木楞房后面听，被一个傈僳汉子发现了，他拔出砍刀大声吼道："你做什么？"那暗探吓得屁滚尿流，结结巴巴说："傈僳爷爷，我是赶……赶马的……"一面说，一面转身就跑。大家认定他是木老虎的暗探，便一窝蜂地追上去，可最后没追着。

晌午时候，木老虎却带着一伙人来了，他一面走还一面大声地说："死傈僳，官军来了，快投降！"走一阵，叫一阵。可他们连一点声音也没听着。木老虎最狡猾，看看没动静，便说："你们上去，不消怕。死傈僳们一定躲起来了。我回去再喊些人来。"这里，木老虎缩回来了。那里，楚沙扒正领着大家要跟他算账。而木老虎丢下的那伙人以为傈僳人真的躲起来了，便大摇大摆地挥刀舞棍，吼吼叫叫地走上去。哪晓得楚沙扒早有准备，他见木老虎那伙人走近了，便"嘎"地射出一箭，霎时，几百傈僳人像一窝葫芦蜂，一齐涌出来，砍的砍，射的射，杀的杀。木老虎手下那伙人喊天呼地，没命地逃，有三个被砍死，有一个颈脖子上挨了一刀，抬回家，遍身是箭，也死了。木老虎像见了猫的老鼠，呆呆地没了魂。楚沙扒召拢大家说："跟木老虎算账，不算也算了。从这时起，男的拿刀拿箭，女的熬药做饭，决心跟木老虎算账去。"

楚沙扒起事就是从这一天开始的。

三

木老虎吃了亏，这才晓得馒头是面做的。他一面派人去城里请兵，一面在家里想呀想，终于又想出一条毒计。他把后山的彝人请下来说："你们没得吃没得用，就去找傈僳要，谁弄着归谁，我不收你们的租子。"那些彝人平时就跟傈僳有些纠葛，听这一挑拨，就真的去抢傈僳的东西。楚沙扒一伙人早就横了心，便和他们斗起来。没斗几回合，彝人就被赶下山来了。木老虎偷鸡不着反蚀米，下山的彝人都找他要饭吃。没办法，他只得一面供饭，一面疏通村里的金先生招他们住下。可是傈僳不饶，他们硬是要惹到底。

冬月十三那天，楚沙扒领着百十人下来了。他们每人挎两个箭包，背一把冷弓，吊一个竹筒箭药瓶，插一把明晃晃的刀子，一路上严严整整，威风凛凛，嘴里叫着"木老虎，木老虎"，那阵势真吓人。进了三仙姑村子以后，界限很是分明：对穷人，他们秋毫不犯；对富人，他们说啥就啥，一点也不怕。

住在山羊坡下的财主金先生，一冲房子由下而上，直到坡头。傈僳恨他为木老虎出力，便围着房子要和他算账。金老财吆喝彝人把门全顶上，然后从里面往外打火枪，这下子更惹怒了傈僳人，百十人团团围住，乱箭齐发。金老财的房子是木楞房，箭头钉在木头上，无可奈何。

这时，东沙扒想出一条计来，他凑近楚沙扒的耳朵说："金老财的房子一栋连一栋，净是木楞房，刀箭攻不破，我们何不背上木柴放火去烧。"楚沙扒听罢连连点头，忙叫人背来木柴，又派人猫着腰把木柴堆放在金老财的房脚底，然后点燃松明等着瞧。不一会儿，火顺风势，"哔哔剥剥"燃起来。不多久，那屋里的男男女女，哭的哭，叫的叫，上天入地都不得，一个个变成了火神爷。被金老财招留的那伙彝人从火中冲出来，不要命地逃跑。这一回合，木老虎又吃了亏，他躲去十里外，提心吊胆地等着城里的救兵。

四

救兵来了，可净是些持刀拿棍的民团，木老虎像是落水遇着牛角刺，反正抓住就不放，马上就要他们去进攻楚沙扒。那领头的和大人不买账，日爹操娘地臭骂说："放你的屁！老子日行三十，夜行二十，还没吃饭睡觉呢。"木老虎没法，只得杀猪做饭服侍了一夜。

第二天，太阳出来丈多高，和大人的民团吃饱喝足后，就开始出动。队伍前面两个人抬着一个大铜锣，一面走，一面鸣锣开道："当——嗡，当——嗡……"后面跟着持刀拿棍的民团队伍和一门火药炮，那样子不像打仗，倒像迎亲。

楚沙扒这边呢，什么都准备好了。他们分作三股人马，北面坡由楚沙扒率领，小河边由东沙扒率领，热喜扒埋伏在板栗园。板栗园里坑坑洼洼，枯枝落叶遍地是，只有一条小路从中穿过。

那和大人骑着马，鸣着铜锣，一路走来了。快到板栗园时，和大人东张西望，疑神疑鬼地说："先轰一炮，看看动静。"那一炮"轰"地打出去，正好打到板栗园，一个埋伏的傈僳汉子被打死了。热喜扒气得沉不住气，张弓搭箭射出去，埋伏着的人也一齐射箭。北面坡的楚沙扒，小河边的东沙扒他们，也一齐射箭、吼叫。阿戈玛领着傈僳妇女，在四面山上呼喊助威。几百人一齐吼起来，地也颤，山也动，和大人一伙慌了手脚，不知如何是好。

天上飞箭如云，八九十人的民团一下成了夹尾巴狗，攻也不是，退也不是。正在这时，三支毒箭一齐射中了和大人，只听得他刚喊出一个"退"字，便从马上仰翻跌下，再也爬不起来。剩下的民团不要命地逃呵、跑呵。楚沙扒、东沙扒、热喜扒一伙，趁势从三面冲出来。民团团丁丢下刀刀棍棍，跑得比兔子还快。楚沙扒几个人一直追到岩脚底，没有撵上，只好回来。再看那和大人，已经没气了。楚沙扒对大伙说："我们跟木老虎算账，关他和大人什么事？他硬要跟我们过不去，那就挖个坑埋了罢！"

这一回合，傈僳死了一人，可和大人顶了他的命。打了败仗的民团，一口气跑进三仙姑村子里，躲进一所高大的四合院土墙内，再也不敢出来。

五

楚沙扒连续三次攻打四合院的民团，因那围墙是石头砌的，光靠刀箭棍棒拿不下，最后一次用火攻，也没成。这时，东沙扒又出谋说："这里留几个人看着，我们先去组织人，组织粮，有了人和粮，就什么都不怕了。"

不多久，楚沙扒打富济贫的事，被周围的穷百姓一传十、十传百，到处传开了，大家都称赞他是个能人。四面八方的傈僳人走几天路来找他，跟着他起事的人越来越多。这事很快传到官府，府官大人吓慌了，连忙派了好些人来，把三仙姑村子都填满了。

这时，楚沙扒想：我们人少，官军人多，自己死了不打紧，还有那么多老老少少、男男女女，万一也跟自己一块死，太不值得。当晚，他跟东沙扒、热喜扒、阿戈玛他们商量。楚沙扒说："你们带着大家走吧，往山里走，走进老林子里去，走得越远越好，走得越快越好。这里由我一个人来顶住，就是死，也要把大家保住。只要大家还在，木老虎的账一定能清算！"说罢，大家抱着头痛哭起来。

当晚，东沙扒、热喜扒带着大伙往山里撤去了。可阿戈玛始终惦记楚沙扒，走几步又转过头来看他。

天亮了，密密麻麻的官军像羊群似的，从小河边、北面坡、板栗园搜来。当他们一步一停地走到三岔河的时候，太阳都当顶了。这时，楚沙扒站在三岔河山顶上等着，官军快接近他时，他立即用石头砸，弓箭射，一直和他们斗到太阳偏西。最后，官军从四面围拢过来，楚沙扒身边连石头也没有了，终于被官军捉住。

官军用绳子捆了他，押到三仙姑村子里，拴在一棵柳树上。官军问他："楚沙扒，你想当皇帝呀？"楚沙扒仰着头，眯着眼，好半天才说："啥子黄地白地！我们傈僳只是没饭吃，木老虎逼得我们不能活！"官军又问了好些话，他都眯着眼，不说话。没过半个月，楚沙扒就被那些刽子手拉到石鼓戏台上杀了头。

跑进山区的阿戈玛出来找楚沙扒，也被埋伏的官军捉住了。官军要押她下来，她硬是不走，也被那些刽子手砍了头。东沙扒、热喜扒杳无音信，有人说，解放那年还见过他们，胡子都齐地啦。

楚沙扒起事平息后，官府把木老虎也捉去了，治他一个"养贼害民"罪，先关了十年，后来又关三年，关死了。

杨玉科的传说（纳西族）

讲述：和顾本 纳西族 77岁 农民 不识字
记录：木丽春
1980年采录于玉龙县石鼓镇

杨玉科是个穷孩子，他在十四五岁的时候，从家乡兰坪流浪到石鼓江边一带卖工度日。据说杨玉科长得高高大大，一张马脸形的长脸盘，衬着高耸的鹰嘴鼻，又有一双想攫取什么东西似的鹰样机灵的眼睛。他会说一口带着浓重的白族口音的纳西话。但是杨玉科不知道是身高腰梁长，还是苦难的生活对他的残酷折磨，他的背微微些儿拱弯，所以人们都叫他"杨拱背"。杨玉科从小最见不得清朝官员的贪赃枉法，爱打抱不平，他同穷家子弟称兄道弟，情同手足。在石鼓地区一带，流传着杨玉科几个这样的故事。

石鼓在清朝时候是一个保，设有官员保总。那时候，石鼓保总是一个叫和秀的人，这个和秀是个秀才出身的粗通文墨的人，他念的是中庸之道，行的却是尔虞我诈，男盗女娼的豺狼之道。石鼓一带那时经常发生盗贼的事情，这些盗贼到了黑夜，画着黑脸黑面，打着火把，舞刀弄枪地围着为富不仁的财主家，进行打家劫舍。

有一年的腊月间，石鼓保的一家富户失窃了，县里责令和保总限期捉拿归案，过了期限唯罪是问，这就把和保总抓麻了。和保总捻着黄秋秋的山羊胡子，黑眼珠一转悠，锉了一下钢牙，就吆喝着保丁，如此这般地说了一番，保丁们执刀舞棒地把村里的三个穷汉诬控盗贼抓走了。

和保总一拍桌子，要三个穷汉交出金银赃物，三个穷汉矢口否认，说捉贼拿赃，赃证在哪里？和保总牛卵眼睛一瞪，咬牙切齿地说："好，我拿赃证给你们看。"唆使保丁把三个穷汉吊在屋梁上，还指使在每个人的脚上吊挂着一扇沉重的石扇磨，拿起鞭子就劈头盖脸地抽打起来，打得三个穷汉眼里飞金花，汗流如注，皮开肉绽，但是三个穷汉紧咬牙巴骨，至死也不屈招。和保总气急了，就指使保丁们继续加吊石磨扇，石磨扇一直擩到七块了，弄得把人的身体拉长变形了。这般的酷刑，不死也得扒一层皮。他们意识到招认了也一死，不招认也是一死。于是三个穷汉就屈打供认了。

和保总要把人犯起解送县城的这一天，他就以什么石鼓到丽江城山高林密，盗贼会逃跑为借口，指使保丁把三个穷汉的脚筋割断了……

原来，这三个穷汉曾同杨玉科在富人家里卖过短工。失盗的那天晚上，他们还在一起钻草楼，伙约着串姑娘。一夜都没有出过寨子，他们哪里是盗贼，是他们的魂当了盗贼吧？杨玉科的心里明知三个穷汉是屈打成招的，受了天大的不白冤枉，但他一个卖工度日的穷汉，他的价值在和保总的眼里就如一只狗，有什么办法？若是他闯门喊冤，哪个会相信他的话，弄不好飞蛾扑火，自讨灭亡。杨玉科思前想后，满腹的愤懑紧紧压在肚里……

有一天，杨玉科看见和保总来赶石鼓街，他一见这个大腹便便的土霸王，气得鼻子酸楚楚的，恨得直咬牙。他的心里暗自思量，今天我要戏弄他一番，也给受冤枉的穷汉出一口晦气。杨玉科拱着腰，慌慌张张地跑过来，然后，气喘吁吁地让在路旁，深深地作了一个揖，说："哎呀喂，保总老爷喂，你还蒙在鼓里哩，难道你还不知道县太爷要来石鼓保体察民情，八抬大轿也抬到冷水沟了，你还在这里悠闲着，不怕失迎县太爷，怪你轻主之罪吗？"

和保总一听说县太爷来了，他真的害怕失迎县太爷，犯欺主之罪，哪里还来得及想一想杨玉科的话是真是假？弄得他手忙脚乱地跑回家里，忙叫保丁备了马，换了官服，出门时还嘱咐屋里人杀鸡宰羊设宴招待县太爷的事情……

和保总骑着马慌慌张张跑到五里牌,下了马,心里暗暗庆幸着县太爷还没有到来。他抹了抹额头的汗水,长出了一口气,整冠抖衣,躬着腰迎候在五里牌前。

日影慢慢地西移了,和保总被江边炎热的天气晒得汗流浃背,站得腰酸背痛,但他生怕县太爷突然来临,丝毫不敢懈怠自己献媚上司的恭候姿势。夕阳落到西山垭口,慢慢地躲到石鼓高拉山的背面去了;彻骨的江风在柳林深处游荡起来,黑夜龇着牙在山谷里探头探脑了;此时,还不见县太爷到来,和保总越来越感觉蹊跷,他伸长脖子往冷水沟方向看去,江边雾霭蒙蒙,但是和保总还是不敢离开,派保丁前往冷水沟村探听虚实。

夜气袭人,和保总冷得禁不住连连打起了喷嚏,肚里的饥肠也咕噜噜地响,一直恭候到半夜,才知是杨玉科戏耍了他。

和保总问明情况,气得麻黑了眼睛,一肚子的晦气。他想着跟这个穷鬼算账,他跌跌跄跄地到了三星西斜时辰,才摸回屋里,看到家里准备下的佳肴醪酒,更是火上泼瓢油,气愤使他忘记了肚子饿,晦气憋得他的肚子胀鼓鼓的,差些儿可以当皮鼓擂摇了。他急着把这一肚子晦气泼出来,瞪着牛卵眼睛,支派保丁,很快把杨玉科捉拿起来。

杨玉科揽了一天的苦活路,蜷曲在草窝里睡得正香,如虎似狼的保丁们,蜂拥上草楼,把杨玉科五花大绑。和保总看见杨玉科,跳着脚扑过来,狠摔了他几个巴掌。然后甩着摔疼了的手,大声吆喝着把杨玉科吊了起来,恶狠狠地指着杨玉科的鼻子说:"老子吊不死你,也要给你扒下一层皮。"

杨玉科的脚上从一扇手磨石加到九扇手磨石了,把他吊在梁上兜圈子,弄得他骨头都散架了,筋骨拉长了,本来就高大的身体差不多拉长了半截。杨玉科只觉眼前一黑,就昏厥过去了。等他醒来的时候,却躺卧在屋地上了。和保总真是黑透了心,一不做,二不休,他想指使保丁们把杨玉科丢进江里,斩草除根,以防后患。

保丁们走到关押杨玉科的房门口,撬开铁锁,蹬开房门,呵喂,发现有一只白虎睡在屋地里,保丁们骇得尿湿了裤裆,一个个骇瘫了。

半夜里,杨玉科从疼痛里醒了过来,发现屋门洞开着,他趔趔趄趄地爬起来,逃了出来。他躲藏在山里,而他自己也识得几种专治跌打损伤的草药,便找了几棵草药,在嘴里囫囵嚼食了,用自己找的草药治好了伤。

杨玉科的病治好了,但他无亲无戚,无依无靠,专靠朋友接济也不是长久之计。这一天,他又出去揽工,但他走遍了旧主顾的家,他们都现出惶恐的神色,冷冷地说:"屋里没有活路,以后再说吧。"一句话把杨玉科挡出门来了。

杨玉科心生疑惑,眼下是秋收秋种的大忙时辰,村里的人恨不得一双手变成九双手来打发这忙活的日子,他们为什么不雇我的短工,莫不是和保总使鬼作梗?杨玉科又走到一家旧雇主家里:"我不取工钱,管我三顿饭好了。"

主人露出惊慌的神色,叹了一口粗气,莫奈何地说:"杨大哥,不是屋里没有活路,也不是舍不得出你的工钱,我也恨不得一个人变成三个人来使唤,但和保总有话,哪个揽你的工,罚洋十元,我们罚不起这罪孽款哇。"主人粜出一升米,送到杨玉科的面前说:"你装上一升米做盘缠,人间的地方大得很,到处都有男子汉立脚的地方。"

杨玉科这时才清楚了为什么石鼓一带不敢雇请他打短工的内幕,是和保总逼人太甚了,四面八方的生计都被他堵死。多么狠心的毒计,我哪天有出头日子,非得要出这一口难咽的晦气不可,叫他知道杨玉科不是软蛋,轻易不能让他捡了便宜。

夜里,杨玉科潜入和保总的马厩里,夜深人静的时候,杨玉科解开和保总坐骑的缰绳,偷偷地把马牵了出来,一把火点燃了马房,杨玉科翻身上马,向着大理的方向星夜奔逃而去。

和保总的马房被烧了,坐骑也被盗了,他就怀疑到这些都是杨玉科干的好事情。他火速地派了保丁循着蹄迹追踪,杨玉科把马骑到鸡足山,把马以一百元大洋的价钱卖给了一户有钱人家。

这一天,他上鸡足山来,恍惚间发现有四个执刀提棒的人追踪着他。他隐进老密林一觑,呵呀,是和保总派来的保丁,脚跟脚地来追踪他的,杨玉科原想走鸡足山烧一炷香拜一拜佛,抽一支卜凶吉的签。但眼下的紧急情况,再也不允许他去烧香拜佛,卜知凶吉了,杨玉科悄悄缩出老林,隐进一户独家户的白族人家。屋里有一个老大爷,杨玉科用白族话对老大爷求说:"阿爷,有人要捕杀我,请你救我一条命,二天我得志了,我会报恩情。"

白族老大爷眼看面前的这个衣着褴褛,蓬头垢面的拱背的小伙子,被人追得走投无路了,但他还说日后得志了,还报恩情的大话,老大爷被弄得惊奇了,抬起头,打量了这个后生一眼,他浓眉大眼,大耳轮,鹰嘴鼻。更奇怪的是他的两只大手,长过膝头,生得一副富人相哩,不像歹徒之辈,他暗暗惊服这小伙子临危险还不忘日后的得志事情。白族老大爷匆忙打开屋角的一只柜子盖子,叫杨玉科蹲进柜子里,还落下了一把大铁锁,再往柜子平头上摞上了几张牛皮，他踅出屋门，自顾在院坝里破柴火。

老大爷还没有破完柴火，四个彪形大汉便执刀提棒地闯了进来，问道："一个拱背，长脸，长手，大耳轮的贼，来过这里吗？"

老大爷愚愚地抬起脑壳，抹了一把脸上的汗水，佯装着耳朵背重的样子，说："呵，呵，什么柴那个，你们要买我的柴火吗？这堆柴火，出几文价钱？"

"不是买你的柴火，我们是抓贼的。"

"呵，呵，我屋里有一只豺狼一样的恶狗，你们看，拴着哩。"

弄得四个保丁哭也不是，笑也不是。悻悻地退出屋门去了……

等到四个保丁走远了，老大爷把杨玉科从柜子里放出来。杨玉科感激老大爷的搭救，他从怀里掏出五十元大洋，捧给老大爷说："大爷，我没有什么东西报答你，先用这五十元大洋抵当一下空了的茶罐和盐盒吧。"

老大爷哪里肯收杨玉科的施舍，弄得他没有了办法，临走的时候，杨玉科把大洋悄悄搁在空了的盐巴盒里。他又从头上抓下了一顶破毡帽说："老大爷，日后我杨玉科得志了，我俩就凭着这顶破毡帽相认，你家好生留着吧。"

这样，杨玉科离开鸡足山走了。

杨玉科从鸡足山走后，又回到兰坪家里。但家乡无亲无故了，他又翻过老君山取道维西，来到维西叶枝王土司的家里。他起先在王土司家里当马夫，他每天把马放到山坡上，而他自己经常去找当时驻守澜沧江边的云骑尉和耀增闲谈，一去二来，和耀增非常赞服杨玉科谈吐非凡，见解不俗，又看他一表人才，这样两人就成了很要好的朋友。后来，杨玉科这个王土司家的马夫，就和云骑尉成了结拜弟兄……

有一天晚上，王土司的婆娘尿胀起夜，她刚走出堂屋门，看见一只雪白的老虎睁着灯笼似的一双大眼睛，蹲坐在马厩前的房檐下。王土司的老婆一声惊叫，骇昏在堂屋门口。王土司婆娘的一声惊叫，惊动了王土司，王土司慌忙跑出来，发现婆娘昏倒在堂屋门口，他扶起婆娘，掐了人中，又拿麝香捻子熏燎，王土司的婆娘慢慢苏醒过来，长出了一口气，惊惶地指着马厩的方向说："有……有……有一只老虎。"

王土司将信将疑，战战兢兢地抬眼望去，啊哟！一只雪白的老虎，睁着星朵似的眼睛，蹲坐在马厩门前，王土司浑身惊出了一身冷汗，惊慌地反手关上堂屋门，传呼家丁。家丁们听到半夜里主人的呼喊声，认为是出了盗贼的事情，一个个手执武器赶了过来。王土司结结巴巴地说："白老虎，白老虎，马厩门口有一只白老虎……"

家丁们擎着火把，手执武器，来到马厩门前。哪里有什么白老虎，原来是杨玉科蜷曲在马厩的屋檐下。王土司长出了一口气，暗忖：刚才明明看见一只白老虎，还有我的婆娘也被白虎骇得昏厥了，怎么杨玉科却躺在出现老虎的地方？莫非是虚幻的影子？难道这个拱背马夫是白虎星，是他现了原形？哎，他将来一定是个定国安邦的栋梁材……

第二天，王土司对杨玉科另眼相看了，不再让他当马夫了，提升他为护家的士兵头目了。

后来，云南回民起义，杜文秀夺州攻城，滇西四处燃起了回民起义的烽火。当时杨玉科和和耀增在维西起兵，他们沿着巨甸到石鼓的江边一带地方，招兵买马，扩大队伍。

他们在剑川九河一带跟杜文秀的回民起义军打仗，结果他们被回民起义军打得丢盔弃甲，吃了败仗。杨玉科又只身逃回石鼓，那时正值八月洪水暴涨的季节，后面有追兵，而石鼓一带的冲江河淹没了道路，杨玉科跳进水里，凫游过来。对岸的百姓看见柳树林里有一只白虎横渡江水凫游过来了，大惊失色地呼喊："一只白虎，一只白虎凫游过来了。"百姓们惊惶着四处逃散，杨玉科发现人们躲逃，大声地呼喊着："父老乡亲们，不要惊慌，杨玉科回来了。"

惊惶奔逃的百姓，看见凫游过来的白老虎，呼喊着"杨玉科回来了"。大家都惊奇地停住了脚步，这时杨玉科已游拢岸边来了，哪里是白老虎，杨玉科真的回来了，四乡的百姓传讲着"杨玉科是白虎星"的故事，大家都说：杨玉科现原形了，他是白虎星，跟着白虎有出路了。

杨玉科又在江边一带招兵买马，四乡的各族人民，纷纷传讲着白虎星的故事，都投军到他的帐下，没过几天时间，杨玉科帐下投军的各族儿女就有三四千人。

杨玉科在江边一带招募了兵丁，他带领各族儿女，打到大理，后来他又亲率各族儿女，开赴越南，与法国侵略军浴血奋战，最后杨玉科战死在沙场上，为国捐躯，名存青史。

杨玉科提升大理总兵后，他忘记不了石鼓地头蛇土恶霸和保总，这个欺压百姓，贪赃枉法的豺狼，也该到他的末日了。杨玉科要为石鼓各族人民出这口受欺压的晦气，便派了身边的石鼓人千长陆，星夜兼程到石鼓来捉拿和保总。千长陆捉拿了和保总，连夜起解到大理总兵府里。杨玉科升堂了，问说:"你是石鼓和秀吗?"

"我是石鼓和秀。"

"石鼓有几个同名同姓的和秀?"

"只有我一个和秀。"

杨玉科验明正身后,努了努下巴颏,千长陆已明白杨玉科的意思,把和保总拉到城外正法了。

后来,和保总的脑壳被装在一个木箱里,带回到石鼓,挂在铁索桥桥亭飞檐上示众。杨玉科为石鼓人民除了这个地头蛇。

在石鼓街上和保总有一个姘头,相爱至深,当和保总的脑壳拿回石鼓示众的那一天,这个姘头也来观看,当她看到和保总脑壳的时候,这个女人猛受刺激,弄得神经错乱了。每天当她看见和保总脑壳的那个时辰,这个疯了的女人,梳洗打扮后,就爬到粮架杆的顶梢,对着铁索桥的方向,呜呜咽咽地唱起了情歌。这个疯女子直到她有了孙子,头发都花白了,仍然到了这个时辰,梳洗打扮,爬到粮架杆上,对着铁索桥呜呜咽咽地唱起了怀念和保总的"谷气"调……

杨玉科也确实是个知恩报德的人,那次他烧了和保总的马厩,骑走了和保总的坐骑,和保总派出保丁追捕他,是一个鸡足山的老汉搭救了他,离开的时候,杨玉科留下了他的破毡帽,要老汉前来相认。但是杨玉科来到大理总兵府三个多月的时间了,不见总兵府里找他相认的人。莫非是老汉死了?还是老汉忘记了这件事情?这一天,杨玉科骑着马,前呼后拥地来到坐落在鸡足山的老汉家里,房屋还是原模原样的木板房,但迎出门来的不是老汉,而是一个年轻的白族媳妇。

杨玉科被弄得糊涂了,莫非是摸错了门?还是老汉把房子出卖了?但他为了打听着老汉的下落就说:"大嫂,屋里有个老汉吗?"

这一问,年轻媳妇倏地红了眼圈,哭嗓哭音地说:"阿爸去年冬天去世了。"

这一说,杨玉科才注意了这个女人头上戴着白孝布哩,他歉然地说:"你家的男人在家吗?"

"我的男人到丽江揽短工去了。"

杨玉科马不停蹄地赶到丽江,他叫县太爷四乡打听一个从鸡足山来到丽江揽短工的汉子的下落。这一天,有个衙役在白马村木逢春家里打听到了这位汉子。杨玉科大人慌忙准备一乘空轿,来到白马村木逢春的家里,向这个汉子叙说了他的阿爸搭救他的事情，还问及他的阿爸是否给他留下一顶破毡帽的事情……

年轻的汉子如梦方醒，他才恍然想起那顶夹在墙缝里的皮毡帽，惊喜地说："有，有一顶破毡帽，我爹弥留之际，是他交给了我一顶毡帽，说什么找一个大人相认，我把它搁在家里了……"

杨玉科真是喜出望外，请年轻汉子上轿，抬回大理，在他的帐下封赐了一个官职。穷汉子一下擢升官位，在丽江、大理一带地方传成了佳话。杨大人就是这样一个嫌富爱贫、知恩图报的爱国将军。

姚小七的传说（白族）

讲述：王培炎 白族 55岁 民营企业家 本科
记录：姚会龙 白族 28岁 小学教师 高中
1989年采录于玉龙县九河乡

清朝道光年间，九河义芝古村一户姓姚的贫穷农民家里，降生了一个男孩。因为他是老七，父母便给他取名叫姚小七。

姚小七家田无一垄，房无一间，仅有一座垒在半山腰的磨房。姚小七很小就开始做活，舂米、磨面、打短工，还跟着大人到山上解板子，历尽了生活的艰辛。

九河坝子北面的白汉场，有个蓝莹莹的小海子。传说海子里有条凶恶的小白龙，专门跟坝子里的老百姓作对，一滴海水也不肯给坝子里。人们只能闻雷下种，听天由命。逢到干旱年头，坝子里的土地裂开了几尺宽的缝隙，老百姓只有眼巴巴看着禾苗干死。小白龙还经常兴风作浪，搅得满天乌云滚滚，暴雨倾盆，把四山五岭的洪水全灌进坝子里，顿时九河坝子又变成一片汪洋。每遇这样的情景，乡亲们只好扶老携幼，离乡背井，出去逃荒要饭。九河一带曾流传着这样一首歌谣：

> 铁甲山上朝南望，
> 九河坝子宽又大。
> 天干地旱去逃荒，
> 家家院落长荒草。

> 暴雨一来变汪洋,
> 尸浮水面无人捞。
> 春风吹来草会绿,
> 苦难何时了?

姚小七很小就经历了几番水灾、旱灾,跟着父母到处逃荒,乞讨度日。生活的艰辛,家乡的苦难,激发了他的壮志。他自小立下誓愿:长大了要做一个有作为的人,替穷苦百姓解忧排难,为家乡人民造福。

姚小七身体力行,八岁起就苦练武功。他先是用双手举砖,然后再把砖绑在双脚上使劲弹跳、奔跑,直练到汗流浃背、精疲力竭。他从举一块砖、两块砖,到举十块砖。后来,举十块砖也嫌太轻了,索性打制了十块铁瓦来练。

有一回,姚小七家要换磨盘。他父亲在中甸买下四扇石磨,姚小七约了几个年轻力壮的伙伴去背石磨。他一个人背两扇,四个伙伴搭伙背两扇。姚小七一口气把两扇石磨背回家,又赶紧去接他的伙伴,见四个伙伴轮换着背两扇石磨,正吃力地在半路上走着。他轻轻地抱过两扇石磨放在背上就走,伙伴们空着手紧跟快跑,可是怎么也追不上姚小七。从此姚小七出了名,远远近近的人都喊他"大力士"。

姚小七二十五岁那年,听说杜文秀领导农民起义,便编了几双草鞋,连夜奔大理参加起义军。由于他英勇善战,武艺超群,杀得清兵丢盔弃甲,望风披靡,深得杜文秀的器重。不久姚小七被提升为大司卫,成为起义军十八大将之一。

姚小七南征北战,战功卓著,地位显赫。可是他时刻不忘抚育自己成长的家乡和父老乡亲。这年,姚小七率领起义军驻扎在九河一带,为了报答父老乡亲,以遂平生之愿,他趁战事缓和之机,倡导挖掘河道,要把白汉场海子里的水引进九河坝子里来。

听说姚大将军回来领导开挖河道,把白汉场海子里的水引进九河坝子,穷苦百姓无不欢喜雀跃,也得到了拔贡姚述舜等一批九河文人学士的拥护。姚述舜主动给姚小七献计献策,草拟治河方案。可是有几个土豪劣绅却放出阴风说:"谁要得罪小白龙,谁就要遭灭顶之灾!"

有一次,有个外号叫"三角眼"的恶霸地主,眼见挖河道将要占去他大片土地,竟公然聚众抗挖河床,拔掉了标志河道的木桩。姚小七闻讯,立即赶到现场，查明原委后，下令把"三角眼"处死。还叫人竖了一根四丈多高的旗杆，将"三角眼"的首级挂在旗杆上示众。

姚小七拿出他多年来积蓄的俸银，买下一些土地，尽量不因开挖河道而占用穷苦农民的土地。并且贴出告示：凡因开挖河道被占用土地的百姓，按所占面积发给银子补偿。又下令铸造了一面八十斤重的大铜锣，挂在那些反对开挖河道的土豪劣绅脖颈上，叫他们敲打着游街，以示惩罚。

这期间，姚大将军释放了大批清王朝刺配流放到滇西一带的无辜囚犯，打碎枷锁，叫他们也一起来帮忙挖河道（据说九河一带背背用的背板是当时把枷一开两半做成的）。在挖河期间，姚大将军日夜和挖河的民工在一起。玉皇庙峰上有一个六七百斤重的水缸，传说是姚将军每天一次从海子里舀来水给民工烧水解渴的，河西岸有一块青青的草地，传说他曾垫着蓑衣在那里睡过觉。

起义军将士和九河百姓齐心协力，终于制服了小白龙。经过一个冬春的苦战，坝子里出现了一条三十里长的河床，河里流着清澈的河水，使成千上万亩的土地得到灌溉。

放水的那天，坝子里张灯结彩，姚大将军也来和乡亲们一同欢庆。小伙子们弹着三弦，姑娘们唱起山歌，男女老少欢呼着、跳跃着，沉浸在狂欢之中。大家亲昵地向姚大将军扔泥巴、泼河水，以表达对他的感激和爱戴。

这种欢庆活动，一直沿袭到现在。九河坝子里，在栽完秧子的最后一天，男男女女都穿上节日的盛装，在秧田边互相追逐着，给对方扔泥巴、泼泥水，以欢庆满栽满插，祝愿五谷丰登。

风物传说

玉龙雪山的传说（纳西族）

讲述：和耀淑 女 纳西族 50岁 民间歌手 小学　和茂根
记录：和强 纳西族 26岁 文化局文艺创作员 本科
1980年采录于玉龙县黄山乡

一

　　传说很古的时候，玉龙雪山和哈巴雪山是一对孪生兄弟。他们的父母死得早，也没有五亲六戚，兄弟俩相依为命，居住在金沙江边，靠耕种几亩山地和淘金度日。每年一到江水落潮的冬春两季，正是淘金的难得时机，兄弟俩披星戴月，每天天一亮就带上晌午饭出发，来到金沙江河滩上淘金，一直到傍晚天黑才收工回家，一天也舍不得闲。

　　一天，正是春播节令，哥哥玉龙要去山里撒荞子，就叫弟弟哈巴独自去淘金。正当哥哥玉龙在地里撒荞种的时候，哈巴兄弟哭着惊慌地跑到他面前，上气不接下气地说：“哥哥，从北方窜来了一个大魔王，霸占了金沙江峡谷，说要在金沙江里淘金挣钱。谁敢再往江边迈一步，他就要吃掉谁。”哥哥玉龙听了，把装着荞种的小箩往田埂边一扔，挽起袖子，说：“走！找魔王算账评理去！"

　　于是，哈巴兄弟身佩明晃晃的大刀，在前面领路，哥哥玉龙提着寒光闪闪的十三把宝剑，紧紧跟在后面。两人来到了金沙江边时，大魔王早已蹲在那里了。两兄弟就同他评理，说金沙江自开天辟地以来就是他们两兄弟管辖的地盘。但是讲了九十九条理由，劝了七十七句好话，大魔王全听不进耳朵。

这样，双方便你死我活地争斗起来。哥哥玉龙挥舞着十三把巨大的宝剑，哈巴兄弟也拔出腰间的大刀，与大魔王拼杀。双方都使尽了平生的气力，和魔王大战了三天三夜，还是不分胜败。哥哥玉龙砍缺了十三把宝剑锋刃，累得大汗如雨，汗水沿着他的脊椎骨流到脚后跟，又从他的脚后跟流淌到大地上，变成了一年四季在玉龙山上奔流的白水、黑水、三思水。

最后，大魔王终于被赶出了金沙江峡谷地带，但哈巴兄弟的头不幸被他砍落在江里了。传说这就是哈巴雪山秃顶的由来。哥哥玉龙为了防止妖魔鬼怪的侵犯，压住心头的悲痛，使出全身的力气，高高地举起十三把锋利无比的宝剑，插在金沙江岸边，这就是后来拔地摩天、四季有雪的玉龙雪山十三峰。

二

传说，很久很久以前，玉龙雪山是一个身材魁伟、慓悍而年轻的美男子。每年阳春三月，远近山乡那些能歌善舞的姑娘们，就来逗玉龙出来与她们对歌谈情。玉龙是一个勤劳而又腼腆的人，他不爱说话，不会唱歌，也不爱到人多的地方凑热闹。每天天一亮，他就帮阿爸、阿妈在田里劳动，傍晚归来又忙着喂牛喂马，挑水做饭，吃了晚饭后蹲在自家的火塘边烤烤火，与亲人叙谈几句家常话，便独自一个人睡去了。从来没有见过他在夜里出去串门，邀约姑娘弹口弦吹箫，谁也没有听到过他的歌声。

一天夜里，他因白天劳累，便早早地睡下了，但一夜都不能入睡，几次刚要入睡，就被门外姑娘、小伙子们的笑声和歌声吵醒。他没法子，就干脆爬起来，披上羊皮褂套上鞋子，从屋里钻出来，看看外面的动静。

这时，月光下，一群群姑娘、小伙子在追逐笑闹和对歌，眼前的情景逗得他心里痒痒的。于是他随手把门带上，破例在夜里出了家门。当玉龙来到大门外，一位像牡丹花一样漂亮的年轻姑娘就靠近他，轻轻地拉住他的手，要同他对歌谈情。生性不善言谈、笨嘴笨舌的玉龙，虽然一再推辞，但拗不过姑娘的缠绵温情，只好和她一起来到一棵粗大的棕榈树下。姑娘叫他对歌，玉龙不会；姑娘又叫他弹口弦，玉龙也不会弹。姑娘对玉龙说："说话你不能不会吧？我俩就对话吧，我说什么，你就应什么，你的话可要满足我的要求。"玉龙同意了。姑娘便直爽地对他说:"我早就看上你了,你得答应和我成亲。"尽管玉龙一再说没结婚的彩礼,今年不能成亲。但是姑娘向玉龙表示:只要心诚,答应了她,没有彩礼也不怕。玉龙听了姑娘这番话,也动了心,就答应在来年新春结婚。两人约定后,就各自回家了。

新春来到了。玉龙不失前约,每天都到约定的地点去等姑娘,从早晨到天黑,又从夜里候到清晨,却不见姑娘的影子。等啊等,盼啊盼,不论天晴下雨,还是刮风下雪,每天都去等姑娘一次。就这样,年复一年,不知等了多少个年头。

他哪里知道,轻薄爱变卦的姑娘,早就攀上了有钱有势的阔家大门。

玉龙心头悔恨无穷,怀着一肚子怨恨,来到金沙江南岸安家落户,发誓永生永世不再与任何一个女子谈情说爱。

从此,他独自站立在群山之中,头发也变白了,传说这就是玉龙雪山一年四季白雪围裹的来源。人们还传说,纳西族的"痴男白等薄情女"这句俗话是从这件事里来的。

金沙江姑娘出世(纳西族)

讲述:和树代
记录:和集琼 女 纳西族 45岁 工人 高中
1956年采录于玉龙县石鼓镇

传说,金沙江姑娘的母亲是马头山姆,父亲是红胡子天神雷公。这个天神雷公,来无影,去无踪,谁也搞不清他的住处。

马头山姆怀了九千九百九十九年的孕,到要分娩的那天晚上,月亮孃孃弯着身子笑着,默默地等候在山姆身旁。当天上的吉星刚刚冒出时,在山胯间,发出了"哇"的一声,滚出个胖胖的女娃娃,这就是金沙江姑娘。母亲由于产痛疲劳,面带笑容,呼呼睡去了。

月亮孃孃用金浆为婴孩洗礼,给婴孩洗去污浊,穿上缀满金珠宝贝的初生衣。月亮孃孃携着她的小手,告别了她睡得甜甜的亲娘,走向山谷。

一路上,小弟小妹——小溪细流为她添气增力。她高兴得蹦蹦跳跳,越蹦越强壮,愈跳愈长得美。她一路走一路唱,唱得空谷腾起钟鼓的乐声,唱得岩穴冒出绿茵茵的枝叶。金沙江姑娘就这样奔向了自己的前程。

不知经历了几次月圆月缺，不知过了多少坡坡坎坎。一天，金沙江姑娘的眼前豁然出现一片平坦坦的土地，走出了一个美丽的姑娘，大声欢呼着："哦，依布！"

金沙江姑娘也欢乐地呼喊着：

"哦，依古！"

金沙江姑娘伸出她柔美的手臂，把身子扑在这片平坦的土地上。

这样，依布、依古——金沙江和纳西人相处在一起，结下了解不开的缘分。

金沙神女与石鼓青年（纳西族）

讲述：和铁武 纳西族 75岁 农民 不识字
记录：木丽春
1980年采录于玉龙县石鼓、塔城

很古很古的时候，地上没有河流，全是一片白茫茫的洪水。一天，住在天宫里的米利东阿普带着他的三个女儿出来游玩，他们拨开云雾，看到了地上的情景。米利东阿普心里十分不安，便对女儿们说："大地被洪水淹没，人们只能居住在高山头上，日子十分艰难。你们姐妹三人去地上开辟河道，把横流的洪水引到米利达吉海，让出地面给世人去开田造地，建立家园吧。"

米利东阿普的三个女儿都长得美貌，然而最美的要数三妹，三妹不戴金饰银也是光艳照人。大姐、二姐和三妹都很热情、爽快、豪放，而三妹还有像金鹿那样善良的心地，像大海那样宽广的胸怀。米利东阿普了解自己的女儿，他叫大姐引怒江水，二姐引澜沧江水，三妹引金沙江水。三姐妹愉快地接受了天父的使命，告别了天父，来到大地上。

大姐、二姐是急性子，一到地上就恨不得一下把水引出去，便各自引着怒江和澜沧江水，奔腾咆哮着，急急匆匆地往前赶路，高山挡不住，险谷不停留，抄近路向米利达吉海奔去。

三妹金沙神女却不像两位姐姐那样匆忙，她早就打好了主意，不辞辛苦，不怕路远，要冲过层层高山峻岭，流过条条深谷幽箐，为世人引走更多洪水，造下千里平原。所以，她引着金沙江水，劈山开道，千回百折，一路上经历了无数艰难险阻。

这天，金沙神女来到石鼓，前面有一座大山挡住了去路，她想找个垭口或山箐冲过去。当她来到一个垭口时，忽然听见"乒乒乓乓"的声音，随声望去，只见前面升起一阵阵尘土，一块块巨大的石头从垭口直滚下来。尘土中，一个小伙子光着臂膀，汗流浃背地在那里挖土撬石头。神女觉得奇怪，便开口问道："请问前面的阿哥，你挖土撬石为哪般？"

小伙子听到说话的声音，转过身子，上下打量着面前的这位陌生姑娘。神女的心猛地一惊：啊，好一个标致的小伙子！尽管他身上沾满尘土，汗水从脸上、手臂上一道道往下流，但仍然掩盖不住他的威武和俊美。

原来，这个小伙子生长在石鼓地方，他恨洪水占据着大地，人们不能安居乐业。当他听到金沙神女引水造地要经过石鼓时高兴得心都要跳出来了。他恨不能马上见到神女，尽力去帮助她。他了解石鼓的地形，知神女必然要从这个垭口出去，所以在神女来之前，就来到这里为神女开道。

正当他埋头挖土撬石头时，听到身后银铃一般清脆的叫唤声，便回过头来。他眼前一亮，一位从来没有见过的美丽、善良的姑娘站在面前，姑娘的后面是滚滚翻腾的江水，他知道这就是金沙神女了。小伙子的心"扑腾扑腾"直跳，他红着脸，回答神女的问话："美丽而善良的神女，我是石鼓的一个凡人。你的善良叫人敬佩，请暂停住你高贵的脚步，待我挖山为你开道。"

小伙子的话像一股暖流流进神女的心窝，她深深地爱上了这个英俊、淳朴的小伙子。但是，洪水正在危害人类，她怎能在这里耽搁呢。于是，她克制住自己的感情，对小伙子说："感谢多情的阿哥，你的情谊妹记心间。为了引水归大海，历尽千难万险也心甘。阿哥的帮助妹感激不尽，可妹不能半边休息来偷闲。"

说完便引着江水向垭口冲来。小伙子在上面挖土撬石，神女在下面引水冲缺口，他们相依相伴，昼夜不停地开路引水，共同的愿望使他们越来越亲近，小伙子在神女身边，心里觉得热烘烘的，神女和小伙子在一起，心里也是甜滋滋的。

不久，石鼓这一段路开完了，神女要继续赶路，他们就要分手了。小伙子的心，好像有几十把锥子在扎，他像掉了魂一样痴痴地看着神女，半晌，才哽咽着说："神女啊，在你身边，我心里洒满了阳光；和你分别，我心头压上了冰霜。有心留你，却怕耽误你造福人间；让你离去，却又使我痛断肝肠。"

金沙神女热泪盈眶，强忍着悲痛说道："阿哥啊，你莫悲伤，神女不是木石心肠。相会的日子虽然短暂，阿哥的情义已刻心上。等妹把水引到米利达吉海,再回来和阿哥相聚永不分开。"

他们就这样约定了。金沙神女恋恋不舍地离开了小伙子,她一步一回头,在石鼓转了一个大弯子,然后含着热泪奔向远方。小伙子呆呆地站在江边,目送神女远去。这就是在石鼓出现"长江第一湾"的原因。

一对恋人分别了,彼此都很想念。小伙子每天都站在江边看,忘记了吃饭,忘记了睡觉,盼望着金沙神女早日回来。不论白天和夜晚,也不管风吹和雨淋,等啊等,盼啊盼,日子一天一天过去,等了三千三百三十九年,还是不见神女转来,小伙子最后变成了一尊石人,站在江边,依旧在望,依旧在盼。

再说金沙神女和小伙子分别后,走了不远,就遇到玉龙雪山和哈巴雪山挡路,神女趁他们熟睡,悄悄地从他们身边冲了过去。

一路之上,她又遇到了无数的险关和暗卡,经过了多少迂回曲折,凭着她的智慧和力量,闯过了一关又一关。她心里惦念着小伙子,但她更想到千千万万的世人还在高山头上,不能建立家园。因此,她引着洪水,拼命地冲闯、奔跑,历尽千辛万苦,用了很长很长的时间,才把洪水引到了米利达吉海。

在这漫长的日日夜夜,金沙神女没有一刻忘怀石鼓的小伙子,她来不及喘一口气,就急匆匆地返身赶回了石鼓。可是四顾茫茫,只见一尊石人立在江岸上,再也见不到她日夜思念的小伙子了。神女悲痛欲绝,猛一转身,踅回米利达吉海,再也没有回来。

直到今天,这尊石人依然站在金沙江边,深情地望着滚滚东去的江水。而金沙江水到了这里也流得特别缓慢,总要在石人面前绕个大弯,才依依不舍地离去。

金沙江姑娘(纳西族)

讲述:和树玉
记录:杨嘉明
1980年采录于玉龙县古城区大研镇

在滇西北高原的丽江县境内,耸立着一座海拔五千五百多米、终年积雪的玉龙雪山。在它对面的中甸县,也有一座终年积雪的哈巴雪山。两座山犹如一对孪生兄弟相对而立，金沙江水像一条洁白的玉带，从它们中间缓缓流过。

相传在很古的时候，玉龙山要为儿子——太子山讨媳妇，他一眼就看中了美丽的金沙江姑娘，觉得这姑娘样样都合心意。

几次派人带上聘礼去说媒，但金沙江姑娘却倾心于东海龙王的儿子，决心要嫁到东海去。她对玉龙山的三媒六聘绝不答应，惹得玉龙山恼羞成怒，便邀约了自己的弟弟哈巴山堵住了金沙江姑娘的去路。

聪明、美丽的金沙江姑娘早已料到玉龙山会百般阻挠，便迈着轻盈的舞步，唱着美妙动听的歌，在玉龙山和哈巴山前面歌来舞去，伺机逃走。玉龙山和哈巴山弟兄俩都被金沙江姑娘妩媚动人的歌声和舞姿陶醉得昏昏欲睡。就在这时，金沙江姑娘便从他们眼皮底下溜了过去。

当玉龙山一觉醒来时，发现金沙江姑娘已经悄悄溜走，霎时，连头发胡子都气白了。他责备弟弟哈巴山为什么不看好金沙江姑娘，哈巴山不服气，争辩说："你刚才不是也被迷昏了头吗？怎么来怪我！"就这样，兄弟俩互相埋怨起来。蛮横的玉龙山一怒之下，拔出宝剑一剑削去了弟弟哈巴山头上的帽子，又立即吩咐自己的儿子太子山赶快到前边截住金沙江姑娘的去路。

金沙江姑娘对玉龙山再三无理的阻挠十分气愤，她奔腾着、咆哮着，以排山倒海之势向太子山冲去，无能的太子山终于挡不住这一泻千里的江水，被拦腰斩断了。

气白了头发胡子的玉龙山和秃顶的哈巴山，失望地望着不争气的太子山，千百年来默默不语，相对无言。而冲破重重阻挠的金沙江水却欢笑着、跳跃着向东海奔去，一路上用她那柔情的双手，抚摸着两岸盛开的鲜花。

金沙江内为什么有金子（纳西族）

讲述：和玉贵 纳西族 60岁 农民 小学
记录：木无 纳西族 44岁 文化馆工作人员 高中　　赵金云 女 纳西族 20岁 学生 高中
　　　牛运奎　　阿红
1980年采录于玉龙县塔城乡

传说金沙江只有上游产黄金，那里住着一位神仙，是上天派下来挖黄金的。他每天挖呀挖呀，挖个不止。一天接一天，一月又接一月，一年又接一年，挖出的金子一堆连着一堆。

一天，天上派了另一位神仙，来检查他究竟挖了多少黄金。挖金神仙向检查神仙说："我的老母亲活在人世间，这几年也不知她在怎样过活，我想去看望看望老母亲。"检查神仙看着堆积满地的黄金说："不行啊，你挖的金子还不够人间使用，等挖够了以后，你才能去。"听了检查神仙的话，挖金神仙很生气，也很伤心，自言自语地说："有个老母亲都不得去看，我还有什么挖头。算了，让世上要用黄金的人自己去江里捞吧！"说着，他把挖下的黄金，全部撒到金沙江里去了。

江水冲着金子，金子随着江水，流到了江的中游，流到了江的下游，整条金沙江都撒遍了黄金。

从此，金沙江畔的人们，只要不怕苦、不怕累、辛勤劳动，就能在金沙江里淘到黄金。

红石岩（纳西族）

讲述：和阿奶 女 纳西族 71岁 农民 不识字
记录：和时杰 纳西族 52岁 中学教师 本科　和经雁 纳西族 16岁 学生 高中
1980年采录于玉龙县石鼓镇红岩村

在金沙江边，有一座红色的岩子，岩壁陡峭，像刀削斧砍，直冲云霄，人称"红石岩"。

相传古时候，这座岩子是个很凶恶的家伙，它与江对岸的阿可吉山紧紧地连在一起，头顶着头，脚并着脚，不让任何人通过。

有一年，金沙江姑娘要去东海找妈妈，一路上得到崇山峻岭的同情，都让路给她通过。但当她走到阿可吉山下时，却被这座岩子堵住了去路。起初，金沙江姑娘哀求说："石岩爷爷，请您让让路，我是从老远老远的地方来的，要到很远很远的东海找妈妈。我们原来是三姐妹，可是两位姐姐都走错了路，与我失散了。我只有一个人去东海见妈妈了。"说完，金沙江姑娘就伤心地哭了起来，哭得多可怜啊！但是这石岩的脸色铁青，心像铁块，哪里听得进金沙江的哭诉，更说不上同情她了。它仍然一动不动，挡住金沙江姑娘的去路。金沙江姑娘又哭诉着哀求了多次，它还是一动不动。

金沙江姑娘火了，愤怒地把口一张，随即大水泛滥，把石岩淹得喘不过气来，但它仍然铁青着脸，不肯挪动一下身子。这样一来，居住在沿江一带的人们都遭了殃，住房、畜圈被大水冲了，田园被淹了，人们几乎绝根断苗了。金沙江姑娘想起了小时候妈妈讲过的故事，存心害人的人都不得好死，就千忍万忍，将泛滥成灾的大水又一口吞下，让已逃到山头上的人们都又下山来，重新安家立业。

人们都恨这石岩，但也没有办法制服这坏家伙。金沙江姑娘虽然很想念妈妈，但也留了下来，帮着人们灌田、浇树、育苗……人们都感激她，都说她是个好姑娘，并说等生活好了，要拿上大锤去制服那坏家伙，为金沙江姑娘开出一条通道。

这时，玉皇大帝知道了这件事，就叫一个天将去制服那蛮横霸道的石岩，给金沙江姑娘开出一条道路。天将奉命下凡，他带上银弓、金箭、玉锤，在半空中就大声说："老家伙，你还不快点给金沙江姑娘让路！"石岩只是眯着眼晒太阳，对天将装出一副不屑一顾的模样。天将火了，张开银弓，搭上金箭，"嗖"地一箭射去，正中石岩的胸脯。只听"轰隆隆"一声巨响，顿时天昏地暗，烟尘冲天，土石飞上半空，飞鸟坠落地上，终于给金沙江姑娘开出了一条通道。金沙江姑娘便依依不舍地离开了乡亲们，到东海找妈妈去了。

石岩眼看远去的金沙江姑娘，心里愤愤不平，便对着苍天叫骂起来。这更加激怒了天将，他轻轻落在岩头上，飞起一脚，石岩被踢得向后倒去，把沿江一带的山都震得高矮不齐，震出道道深沟。

当天将飞出那一脚的同时，口里也喷出一条火龙，不但把那铁青色的大岩子烧红了，而且烧熔了，岩浆像千万道烛泪流淌下来。这大火烧了三天三夜，才被玉皇大帝扑灭了。从此，岩子变成了红色，道道烛泪似的岩浆凝固在岩壁上，人们也就叫它"红石岩"。

石鼓的来历（纳西族）

讲述：杨四
记录：杨润光 纳西族 42岁 编辑 高中
1979年采录于玉龙县石鼓镇

金生丽水的金沙江像一条巨龙，从青藏高原浩浩荡荡奔腾向东南，至横断山脉的海罗山，急转向北，形成著名的"万里长江第一湾"。在江滨，立有一面直径四尺五，厚近二尺的圆形石碣，因这石碣状似鼓，故得名石鼓。

远古时候，金沙江水流至今石鼓一带，因四周围高山阻挡，没有出口，成了高原湖泊。江水不停地向上猛涨，严重威胁着四周百姓的生存。

相传大禹治水来到若水（今金沙江石鼓一带），把船停在望江山顶，观察水情。他见西南方被老君山、凤凰山挡住，东南方被海罗山拦截，这些山的周围住着成千上万的人民。唯有东北方向无人居住，但有两座六千多公尺的大雪山拦住。大禹反复思索，决定从东北角把江水疏通。

大禹派随身最勇猛的将军前去疏浚。去了多时，不见动静，大禹就亲自去察看。只见那将军在半途立足而睡，鼾声如雷，把治水的大事贻误了。大禹一怒，抽剑朝将军颈部砍去，将军的头颅滚进滔滔的江水里，鲜血冲散江水，冲开淤泥，滚滚向东北流去，冲开了玉龙雪山和哈巴雪山之间的万丈悬崖陡壁，形成驰名中外，称为"金江劈流"的虎跳峡。从此，江水一泻千里，流入东海。

在冲江河与金沙江合口，有一尊高近十米的苍黑砥柱，人们叫它"将军断头石"，据说就是那位将军的头颅被大禹砍后，身子在那里屹立不动，以表虽死犹忠，弥补过失。

大禹一怒之下砍掉心腹将军的头，疏通了江水。为纪念这位将军，大禹亲自做了一个状似将军头颅的圆石，嵌接在那根石柱上。圆石像鼓，石鼓也就是这样来的。

石鼓的传说（纳西族）

讲述：和铁武
记录：木丽春
1979年采录于玉龙县石鼓、塔城

远古的时候，金沙江边住着纳西族禾、梅两个部落。这两个部落的头人，就像乌鸦和黑鹞子一样，一见面就眼红。他们争夺着山川牛羊、金银财宝，把部落的人像羊子一样赶向冤家坝，进行残酷的械斗。

有一次，禾和梅两个部落在金沙江边的冤家坝进行械斗。梅部落把禾部落打败了，他们杀了禾部落的人，割下人头挂满了梁架。有的人杀人太多，干脆就割下敌尸的耳朵来请功，割下的耳朵数不清，就拿筐子来量计，被活捉的禾部落的人，都变成梅部落会说话的牛马，从此冤家坝就改名为胜利坝了。

被屈死在胜利坝的两个部落的百姓，他们的尸骨堆成了山，村寨里断了烟火，一到夜间，胜利坝上只听到冤屈的鬼魂哭声。

这凄惨的哭声惊动了天神，天神派遣一个白发苍苍的老妇人，背着个石鼓，来到胜利坝，为屈死的冤鬼超度，让他们的灵魂升天。这个石鼓是从玉龙山背来的，从雪山上来到金沙江边，天气就像夏天和冬天一样差异大。老妇人背着沉重的石鼓，承受着江边暑气的熏蒸，汗流浃背。当她来到冲江河边，眼望隔岸就是胜利坝时，她想喘口气，再把石鼓背过冲江河。但是，她刚歇下背，村寨里的报晓鸡就此起彼应地鸣叫起来，她不能再往前背了。这样石鼓就竖立在冲江河与金沙江交汇的地方了。

胜利坝上的冤死鬼魂听到了石鼓的擂响声，他们的灵魂得到了安慰。从此，哭嚎声断了。金沙江边也安泰了。

玉龙雪山与文笔山（纳西族）

讲述：梁前女 女 纳西族 60岁 农民 小学
记录：和强
1979年采录于玉龙县白沙乡

很古的时候，文笔山是一个肚里喝过许多墨水的识字懂理的"女状元"。本来"文笔山"姑娘家境贫寒。"文笔山"姑娘七八岁时她的父母先后去世，她的唯一依靠就只剩下了一个六十多岁的老爷爷。在那时候，家里没有能干农活的强劳力，爷爷就带着七八岁的"文笔山"姑娘到大山里开地点种，到了秋季收回来为数不多的一点荞麦、洋芋蛋来糊口度日。爷爷和小孙女相依为命地艰难生活着。

时间过去了两年，当"文笔山"姑娘刚迈进十岁，论年纪，寨子里别家经济富裕的人们都把子女送到了山前山后的山村学校去读书认字了。还有些家道富裕的门户，出钱从外乡请来装满了一肚子文墨知识的先生到他们家里，让他们上了八九岁的开始记事的子女跟着私塾老师读书认字。那时候，因为"文笔山"姑娘家里穷，没有钱供她上学，更不可能请老师来家里给她教书，她长到十岁还没有读书求学的机会。

有一天年迈的老爷爷与"文笔山"姑娘从外面大山的山地里跨进低矮的家门时，爷爷对"文笔山"姑娘说："我的宝贝小孙女，你这么小小年纪就天天跟在爷爷屁股后面挥锄劳动，使吃奶力气，爷爷从心眼里疼你却不……"说着说着老爷爷的话被一股从胸口往上涌的气给堵住了。又过了一会儿，稍松了一口气后老爷爷走过来，拉住"文笔山"姑娘那被大山里的山风吹冻得像细瘦的胡萝卜那样紫红的小手指头，带着微微颤动的哭音爱怜地对"文笔山"姑娘说："我们家里虽穷，穷得吃了上顿就要算计下顿用什么下锅来填饱肚皮。可人家的孩子与你一般大甚至比你小一两岁的，都送到山寨里的小学读书认字去了，爷爷再苦再累也一个人顶着到地里劳动，没有钱就早早晚晚钻到山里捡点菌子，砍几背柴到城里去卖几个钱来供你上学。从明早起你就别跟着爷爷起早摸黑地上山劳动了，就到别的寨子头的小学去报名读书去吧……噢……"

当爷爷这样打发"文笔山"姑娘去山村小学报名去读书时，像大山里的野桃果那样过早熟透，懂得了世事艰难的"文笔山"姑娘倚在大门门框上，神情凄然地对爷爷说："爷爷一个人怎么干得了地里的活？再说，咱家里哪来的钱来供我上学，我不去……不去……我不离开爷爷……"说着说着"文笔山"姑娘用小手蒙住小脸呜呜地哭起来。

在"文笔山"姑娘哭鼻子时，爷爷走过来抚摸着年幼的孙女"文笔山"姑娘的头，撩起破烂通洞了的衣襟角又给孙女"文笔山"姑娘抹揩泪迹，一面满有把握地用手拍了拍腰间褡裢说："爷爷有钱，供你上学完全没有问题。明天一早你就到学校报名上学去吧，家里的事爷爷一个人顶着，你就放心去吧！"

第二天"文笔山"姑娘拗不过性格倔犟的爷爷，服从了爷爷的吩咐，背着爷爷给她用手工制作的兽皮缝成的书包，一步三回头地依依惜别前来送她的爷爷，独自往山村小学校走去。

后来爷爷与孙女"文笔山"姑娘，节衣缩食，省吃俭用。没有学费，爷爷就从大山里背一背柴到城里去卖回几个钱，艰难地供孙女"文笔山"姑娘上学求知识。而"文笔山"姑娘也眼看着年迈的老爷爷一把鼻涕，一把泪，别人休息，他不歇气，别人睡觉，他做活，一年四季不知疲倦地下地劳动，回到家里又是做饭又是挑水，还要喂牛放马，忙得上气不接下气，忙死累活地供她上学。"文笔山"姑娘看在眼里，疼在心上，她深深知道爷爷的本意是想叫孙女识字懂理，不变成不识大字的"睁眼瞎"，才不顾死活地供她上学的，从而打动了"文笔山"姑娘的心。

从此以后，更加激起了"文笔山"姑娘拼死拼活奋发读书求学，不甘落于人后的精神。这样，春去冬来，时间一年又一年地过去了，而拼命啃书的"文笔山"姑娘也在爷爷的供助下，整整坐了"十年寒窗"，连屁股上都磨出了一层又一层茧皮，她的学习门门第一。并且在后来有一年的考试中，考上了第一名，选中了"女状元"。从此，"文笔山"姑娘从小奋发苦读考中"女状元"的美谈佳话在山前山后的远近四邻传开了。

本来"文笔山"姑娘考中女状元后，当时的大官们准备把她留在城里，只是"文笔山"姑娘念念不忘曾经把她一手扯拉大的老爷爷，说死说活也不愿留在城里，吃大酒大肉与细米白面。哪怕喝一口家乡大山里的凉水与从小吃惯了的荞麦粑粑、洋芋蛋，也要守候在从小把她拉扯大的爷爷前过日子，她存心伺候好爷爷兼父母的老人，让他心情愉快地度过剩下不多的晚年。

"文笔山"姑娘考中状元后，从城里回到她土生土长的乡下山寨时，已是快到二十岁了。本来在寒山僻乡的人们一到这个年龄，攀亲的攀亲，说媒的说媒，该是找伴侣结婚成家的时候了。而且她从城里回到山寨老家时，爷爷像催命那样，早一个催她去找个称心如意的终生做伴的伴侣，成一个家；晚一个劝她到附近山寨里去结识一个伙子，早点选嫁到实心眼的人户家去。并且多次对"文笔山"姑娘说："爷爷的事不必你牵挂，我老了，手脚不便，就死死地守住这个家，你就别挂念我了，别误你的终身大事。每逢过年过节时领着你的丈夫一道来看一眼爷爷就行了，你尽早一点成一个家，放心地去吧……"

每当老爷爷这样劝"文笔山"姑娘走出家里去相男子成家时，"文笔山"姑娘就说："老爷爷，我的终身大事你就别费心了，以往你的精力花在我身上已经不少，叫我一辈子偿还都偿还不了呢。再说我一辈子不结婚成家，也要守在老爷爷身旁，就是变成女尼姑也没有什么。"

老爷爷眼看着这个不听话的倔孙女，打从心眼里佩服，无奈地摇摇头，回挪到烧水煨茶的火塘边去烤茶吃去了。

这样老爷爷催"文笔山"姑娘成家一次，"文笔山"姑娘应付"抗婚出嫁"一次，一拖再拖，一直拖到"文笔山"姑娘快跨进三十岁年纪时，时光老人是不饶人的，再不结婚成家，"文笔山"姑娘就可能真变成"女尼姑"了。于是快到八九十岁的老爷爷有一天劝孙女"文笔山"姑娘说："我快入土了，我入土后，你总得有个伴侣，总得有个说话处，你就尽早物色一个如意的伙子，成个家吧！唉……"说着说着叹起气来。

　　只有到了这一次"文笔山"姑娘才从大梦初醒，她才感受到她已经不是初春早开的小桃花朵了，而是大山里迟开易谢的山杜鹃花了，如果再迟一些时候，她一般大的年轻人却结婚成家完了。"文笔山"姑娘心里也开始有些着急起来，但她不愿说出口，更不愿年迈的爷爷焦心，把一切的心事深深埋在心底，更不愿因岁月赶人而扔下八九十岁的老爷爷嫁到他乡异地。"文笔山"姑娘是实在不忍心扔下把她拉扯大供养成人的相依为命的老爷爷啊！

　　可是岁月时光是不会等人的，等到三十岁年纪的姑娘已是老姑娘了，如果再不结婚，那就也许这一辈子都别想结婚成家了。在爷爷催促、岁月驱赶的情况下，"文笔山"姑娘无论如何不想离开爷爷半步，而不成家也难做人。这样，在她进到第三十个年头的那年春节，物色选上了一个愿意到她家上门的青年男子，草草将就着成了个家，把一个老实巴交、壮实憨厚的庄稼汉子招进了家里，与"文笔山"姑娘做伴上山砍柴，下地劳动，用两个人的起早摸黑用辛勤劳动的汗水来供养老爷爷。一家人和和气气，你敬我爱，生活得很是愉快，顺心。

　　自从"文笔山"姑娘招进那个老实如牛的男伴以来，老爷爷乐得常常是合不拢嘴。就在"文笔山"姑娘成家后的第二年里，她生下了一个白嫩嫩的小女孩。这样，一家三代人在相互和睦融洽生活的时候，先是年迈的老爷爷老死了，已经有了孩子的"文笔山"少妇，跪在死去的老爷爷面前，哭得死去活来，一把鼻涕一把泪地与丈夫一道给老爷爷送了终。

　　谁知祸不单行，老爷爷死后不久，"文笔山"少妇的丈夫也因一年四季风里来雨里去，奔波在外做活，累得染上了大病。尽管"文笔山"少妇背拖着不满周岁的娃娃到山前山后的土草医那里给丈夫治病，但最后还是没有好转，"文笔山"少妇老实憨厚的丈夫也尾随着老爷爷死去了。

　　从那以后，"文笔山"少妇成了这个家庭的顶梁柱，她抹揩掉失去亲人的辛酸眼泪，咬牙支撑起了这个残破不堪的家庭。为了糊口，为了母女俩生存下去，白天天一亮，"文笔山"少妇就背拖着小女孩到寨子背后的山地里去劳作，黄昏后，她又背着小女孩从老远的大山里赶回家，忙着烧火做饭，挑水喂猪喂鸡，忙得透不过气来，要是有尾巴的话，也会甩掉了。母女俩就这样相依为命地艰难度日。

　　有一年，天旱得大地河川都干裂了，到了农历五月的农忙收割季节，地里的山麦颗粒无收，就连荞子、洋芋也难种下去，到了秋后，整个山寨闹了饥荒。有些在上年里积下了余粮的大户人家，遇上天灾人祸，还能顶挡一阵子，而缺少劳动力，家里吃一顿算一顿，没有颗粒粮食库存的"文笔山"少妇母女俩，没地方去取拿粮食下锅糊口。没有办法，只有背着小女孩出来讨饭了。

这样，"文笔山"少妇背上驮着一两岁的小女孩，从南端的家里出发，一路上讨着饭，讨着一点算一点，给饿得"哇哇"哭叫的小女孩充饥，哄着她，一直朝着北边方向颠簸着走来，到了正北方向的玉龙雪山脚下。

母女俩正在失望地悲号哭泣的时候，站在"文笔山"少妇母女俩头顶，身材高大，高高的头一直插到白云缭绕的玉龙雪山从天的云层里缩回头，站在高高的空中居高临下俯视着"文笔山"母女俩。玉龙雪山那如同天上亮星般大的一双眼睛，一眨不眨，高高地望着"文笔山"母女俩，弄得"文笔山"少妇不知说什么好，搓动着手，用深情求救的眼神回敬玉龙雪山"伟男"一眼，这样相互对视半晌过后，先是玉龙雪山开口说话了："你……你不是当年的'文笔'少女吗？我找得你好苦啊！这几年你都到……哪里去了？你看，我等你等得头发都白了呀！"说完伸出手来指了指他头顶的满头白发银丝。

玉龙雪山对几经周折过后，终于寻找到他的青年时代的伙伴"文笔山"少妇说了这么一句话后从空中弯下头，以期待的眼神望着"文笔山"少妇的回话。

后来"文笔山"少妇也一五一十向玉龙雪山诉说了她考上女状元，如何结婚生下了一个小女孩等的生活往事，同时也如实地向玉龙雪山男子说她家乡如何干旱无雨闹旱灾，地里庄稼颗粒无收，背着相依为命的小女孩出来讨饭的经过。

"文笔山"少妇说着说着，抹起眼泪来。玉龙雪山男子听了"文笔山"少妇的倾诉禁不住从心眼里同情起"文笔山"少妇来，答应给"文笔山"少妇接济帮忙，闯过因天旱造成的饥荒，并且玉龙雪山男子把"文笔山"少妇与小女孩请到他家住宿。

就这样，"文笔山"少妇与她的小女孩吃住都在玉龙雪山男子家里，度过了旱灾的饥荒岁月。后来"文笔山"少妇动了心，从心眼里感激玉龙雪山男子在她与小女孩遭灾难关头时，诚心实意救济帮助的情谊，向玉龙雪山透露了爱慕之心。而作为光棍汉的玉龙雪山也对"文笔山"少妇早就等急了，于是两人像久旱裂干张嘴的旱地幸遇了山里流下的泉水，在玉龙雪山与"文笔"少妇相互交心时，玉龙雪山几次问"文笔山"少妇有什么条件，"文笔山"少妇说："其他没有什么了，只是有个小小的条件，不知道该不该说出来。"说完，文笔山少妇又闭上了嘴。

"说吧，你就痛痛快快地说出来吧，只要我能做得到我就有求必应，尽心尽力……说呀……"玉龙雪山男子真心实意地催促了几次。

在玉龙雪山男子诚心实意的催促下，"文笔山"少妇痛快地说："别的我没有意见，我都依你，我从小上学，在我年迈的老爷爷的拉扯与供养下，苦坐了十年寒窗，考中过'女状元'，为了让所有的后世子孙们铭记先祖爷爷不顾挨饿受冻供养我读书的历史，如果将来你在我后面死的话，你一定在我的坟头上立一块笔状的石碑，能答应吗？"

玉龙雪山男子当即回答说："能！这有什么难的，我一定钻到大山里，找来最硬最牢的石头给你立一块尖尖的笔状纪念碑，让子孙后代们记住曾经在贫寒与饥饿中节衣缩食苦读学成的'女状元'。"玉龙雪山男子与"文笔山"少妇之间这个条件说定之后双方满意地结婚，成了一个新家。一家三口人恩恩爱爱，你呼我应，和睦地生活劳动着。

过了许多年以后，当"文笔山"少妇老了，断气时，玉龙雪山与他们已长成的少女一起给"文笔山"老妇人送了终，并且玉龙雪山老人亲自拄了拐杖，到深山老林里挖来一块尖尖的石头，栽立在"文笔山"老伴的坟头上，满足了"文笔山"老妇人生前的心愿。相传，当年玉龙雪山老人给"文笔山"妇人立下的"笔状石碑"，就是现在丽江坝子南端，像一支巨大的毛笔，直插向云天的"文笔峰"，谁知道是真是假呢。

象山和狮子山的传说（纳西族）

讲述：木金良
记录：木丽春
1976年采录于玉龙县拉什乡

河水会说话，大山会走路的古时候，象山和狮子山这对兄弟还生活在澜沧江边。

传说大象和狮子在遥远的澜沧江边的时候，他们看见了洁白如玉的玉龙雪山。神奇美丽的玉龙雪山诱惑了他们的心，使兄弟俩禁不住日夜翘首北方，瞻仰着玉龙雪山的圣颜。但是有些时候，无情的乌云把玉龙雪山吞裹了，大象和狮子望穿了眼睛，也看不到心里思念的玉龙山圣颜。有时重重的青山列着队拥挤过来，也阻挡了他们的视线。这使大象和狮子感到很懊丧，他们相邀着走到一块，你一言我一语地商量起来。

大象说："狮子弟呀，我们老蹲在家乡思念着玉龙山的圣颜，还不如离开家门去玉龙山朝圣呢？虔诚地烧一炷天香，磕一个响头，祈祷我们家族子孙的兴旺昌盛。"狮子说："大象哥呀，我也想过到玉龙雪山朝圣的事情，可是听说雪山的天气冷得滴水也会冰冻，我俩若去朝圣了，冻不死，也会脱一层皮哩。"

大象又说："狮子弟呀，只要你我的心诚，雪山的天气冷也会变成火一样温暖。只要我俩的心热，雪山也会溶化成温泉水。何况弟弟还有一身厚绒绒的毛，我呢？"

狮子看了一眼自个儿身上，又看了一眼大象，他羞红着脸盘，勉强地点了一下脑壳，哑口无言了。

大象领着狮子弟弟，相伴着走上了朝圣的路。他们渡过了澜沧江，走出了碧罗雪山的老林，又沿着澜沧江北上。但是狮子弟弟心里存着怕冷的余悸，他时而走走，时而停停，回头顾盼着深藏在云窝里的家乡，这使他老是远远地落在大象的后面。大象发现狮子弟弟老掉在后面，生怕耽搁了朝圣的事情，就回过头来催促着狮子弟弟快些走。狮子弟弟在大象的催促下，也跟跟跄跄地跟上来了，但是没有紧跟几步路，狮子弟弟就心事重重地停了下来，痴呆呆地望着身后的家乡。这时候，大象就嗤着鼻子，吵嚷着叫狮子快些跟上来，而狮子在这呵斥声中，犹如从睡梦里惊醒，惊惊惶惶地又跟了上来⋯⋯

大象催着狮子弟弟，而狮子弟弟走走停停，他们在路上耽搁了时间，等到两兄弟跌跌撞撞地走到丽江坝的时辰，突然在如星朵罗列的村寨里，传来了此起彼应的公鸡啼叫声。原来，大象和狮子听到了鸡叫声，他们就不能走动了，得永远待在那个地方，回不去了。这时落在大象身后的狮子，气愤大象诱骗他上朝圣玉龙山的路，整得自己永远回不到澜沧江边了，狮子一时急红了眼睛，焦急地跳了起来，龇着獠牙去咬大象的尾巴。兄弟俩在丽江坝上撕咬起来了，这时丽江的山神看见了两头外来的奇兽，难分难解地相互咬架，弄得山神惊惶失措，他拿起手里的赶山鞭一挥，突然，象山和狮子山之间就出现了玉河水，把象山和狮子山扯离开了⋯⋯

大象受到了狮子弟弟的撕咬，弄得他也走不到玉龙山里，也气愤了，他气呼呼地把长鼻子一伸展，狠狠地拱了一下玉龙雪山，致使玉龙山从睡梦里惊醒，猛地抬起了胸膛。从这以后，玉龙山挺着胸膛，昂着脑壳，而象山却气呼呼地伸长着鼻子，狠狠地拱着玉龙雪山……

拉什海（纳西族）

讲述：杨伟 纳西族 65岁 农民 不识字
记录：杨世光 纳西族 38岁 编辑 本科
1979年采录于玉龙县拉市乡

在"家家流泉，户户垂杨"的丽江西面，翻过马鞍山脊，有一个清汪汪的高原湖泊——拉什海。

传说这个美丽的湖泊，原来是个无名海子。海北面的黑山麓，有一个古老的纳西村庄。村东住着一个英俊的小伙子，叫阿鲁，父母相继过世了，他独自一人早出晚归，又盘庄稼又打猎，十分勤快。村西一户穷苦人家，有一个姑娘叫拉什，长得像六月的火把花一样美。她说出话来，像弹起悦耳的口弦；走起路来，像白鹤轻盈地飞翔。

多少小伙子的眼睛围着她转，当中就有阿鲁那火一样的眼光。而拉什的心眼里，只有一个阿鲁。俗话说："有情有义不用媒"，阿鲁和拉什悄悄相爱了。拉什锄地，阿鲁挖田，两人在海子边会面，总是忘记回家吃午饭；阿鲁打猎，拉什砍柴，两人在山林里倾诉衷肠，太阳落山也不觉得。他俩一起发了誓愿：生要生成对，死要死成双。阿鲁没有亲人，不得不自个儿硬着头皮到拉什家，提心吊胆地求婚。拉什的父母素知阿鲁诚实、善良、能干，一说就欣然允诺了。阿鲁和拉什又高兴，又害羞。

村里有个霸王财主，仗着几文臭钱，欺压百姓，胡作非为。他看到拉什越长越标致，一心想把她讨作自己的二老婆，连做梦也在淌口水。当他听说拉什同阿鲁相好，嫉妒得像被马蜂蜇了一针，急忙请个大媒去拉什家说亲。拉什的父母知道财主不好惹，婉言告诉媒人："我家姑娘已经许给阿鲁，实在没有办法了，请你回复财主老爷，望他多多见谅。"媒人回去照实说了，财主气得暴跳如雷："好香的一朵花儿，要被乌鸦啄去了，我怎能甘心！明媒来娶她不成，那就赤手去抢！"

第二天，财主领着两个仆人，闹闹嚷嚷，直奔拉什家来。但拉什的父母早有盘算，知道财主看中的东西弄不到手，是绝不会罢休的，不如提前出嫁，便连夜把拉什送到阿鲁家成了亲。财主一进门，拉什的父母就笑嘻嘻地端酒来敬："我家姑娘昨天嫁了，请老爷喝杯喜酒。"财主一看这光景，心里装满了酸涩苦辣，却又不好发作，只恨自己下手晚了一步。他本来想追到阿鲁家去抢，但一想到自己和几个仆人远不是阿鲁的对手，只得暂缓一阵，叹了一口酸气，怏怏而回。

拉什来到阿鲁家，两人你情我爱，感情像冬天的火塘一样暖和，日子像秋天的蜂蜜一样香甜。下田一起走，上山一起去，财主虽然眼馋，也实在没有办法钻到个空子。

过了一年，拉什生了个珍珠一样的小女娃，取名珠命，两口子巴心贴肝地养育她。白天，要是阿鲁出门，拉什就把大门闩住，一面做家务活，一面照料珠命。整日闲游浪荡的财主还像黄鼠狼那样尾随着拉什，但每次来都是大门紧闭，只好干瞪眼，暗自发狠："嘿，总有一天……我看你能飞到天上去！"

珠命长到八九岁，会做事了，煮饭、喂猪、割草，没有一件不麻利，成了爹妈的好帮手。

一天，阿鲁上山打猎了，拉什照例关上大门，在堂屋里给珠命缝件衣裳。珠命看到牛草没有了，便瞒着妈妈，挎个篮子去割草。她以为妈妈白天关大门是防猪鸡跑出去，便关了猪，悄悄开大门出去了。拉什缝好衣裳，喊珠命来试，没有应声，忙出堂屋一看，见大门开着，知道珠命出门了，慌忙追着去找。哪料到，财主带着几个仆人在附近转悠，一见拉什美丽的身影，便像饿狼见了羔羊一般猛扑过来。拉什正要转身回屋，后路早已被挡住，左看右看，也无路可走，只得朝海边逃去。跑呀跑呀，汗水像蚯蚓在脸上爬，气喘得像拉风箱，可是财主一伙人紧追不放。跑呀跑呀，不知不觉到了海子边上，路断了。她回头看看，财主离她只有几丈远，已经逃不脱了。拉什站定脚，恋恋不舍地望着阿鲁打猎的黑山头，噙着一包热乎乎的泪水，发出碎心的呼唤："阿鲁——"接着一铁心，像一只燕子飞进了海里。财主忙叫仆人下海打捞，可是拉什早已化成一朵白浪花，融入茫茫的海子。

拉什的呼喊声飞上山头，回荡不息。阿鲁从这清脆而又饱含悲愤的声音里，听出是自己的爱妻。他忙朝海边张望，恰好瞧见拉什在财主逼迫下跳海的情景，顿时悲恨交加，痛得像掏肝摘心，只来得及大喊一声"拉什——"，便扑在一棵松树上昏了过去。猎狗悲痛地在他身边叫着。

忽然，天空里打下一声雷，阿鲁惊醒了。他只觉得自己像一团雪，在阳光下慢慢溶化着。化呀化呀，终于变成一股清冽的泉水，悲吟着泻下山去。山泉朝着海子淌，海水也迎着山泉涨。淌呀，涨呀，海子接住了山泉，山泉淌进了海心。

珠命高高兴兴割草回来，却不见了妈妈，到处去找也找不着。直等到月亮出来，她做熟了晚饭，阿妈没有回来，阿爸也没有回来。她流着眼泪，等呵等，慢慢地睡着了。天亮醒来，阿爸阿妈都不在身边。珠命到处去找，直到太阳落山，还是没有找到。她孤单单地回到家里，邻居来告诉她昨天发生的事，珠命伤心地哭了。

这时，猎狗也"哪哪"地哀叫着回来了，珠命看着猎狗，心想阿爸定是救阿妈，也落到海里了。这么一想，她哭得更伤心，不顾夜深天黑，朝着海子跑去。蓝黑的海子闪着亮光，珠命对着它哭喊："阿妈，阿爸，我找你们来了！"一面喊，一面扑进海水里。可是很奇怪，珠命的脚一碰着海水，海水就退了下去。珠命不断地哭着追着，海水不停地响着退着。

珠命追到一个石岩洞前，海水都从岩缝落下去了。珠命走进洞去，只见洞中央长着一棵珍珠树：翠玉的枝干，金子的树叶，银子的花朵，满树结着珍珠果，把整个洞照耀得像白天一样，一股从山上淌来的泉水，绕着树根儿流着。珠命站在树下，暖暖的泉水把她的身子托起，垂下来的枝叶抚摸着她的头，就像阿妈的巴掌，使她感到无比温暖。可是，阿妈和阿爸在哪里呢？海子干了都不见影子，她只得回家去。刚走到门口，又回头望望，那海子又涨得满满的了。

晚上，珠命做了个梦，阿爸回来了，领她去山上打猎，忽然他变成一股山泉，载着她淌进海里，碰见了阿妈。妈妈把她搂在怀里，含着眼泪对她说："可怜的孩子，你莫要想死，你要活下去。要是没有吃的穿的，到每月初一、十五的晚上，海子会落干，你坐上那股新出的泉水来摘珍珠吧。"说完就走了。珠命追上去，大声呼唤着："阿妈！阿妈！"阿妈一闪身变成了那棵珍珠树。这时，珠命醒了，是刚才自己在梦中的叫声弄醒的。她相信梦是真的，阿爸一定变成了那股圣洁的山泉，阿妈一定变成了无价的珍珠树。

初一到了。珠命等天黑尽，来到新出的那股泉水边，纵身跳下去，只觉得身子像羽毛一样，轻飘飘地浮在水面，鞋子和衣服都不曾浸湿。海子早已落干了，一眨眼工夫，泉水便把她载到石岩洞里的珍珠树下。泉水的浪朵高高地托起她的脚，珍珠树的枝叶久久地爱抚着她的面颊，使她感到无比温暖、舒适。她顺手摘下一枚珍珠果，海水便又慢慢上涨了，倒流的泉水把她送回到村子边。第二天，珠命拿着珍珠到外面卖了，买回来粮食、油盐和新衣裳。到十五那天晚上，珠命又去了，也和初一晚上一样。从此，她日子越过越好，只是心里时常悲伤。

过了几个月，财主一直不见阿鲁回来，满以为珠命饿死了，想看看拉什留下什么值点钱的东西。哪知一出门，就瞧见珠命穿着崭新的衣裳，长得五红四白，像拉什一样漂亮，倒使他愣住了。财主转过身，忙叫不大出门的大老婆去珠命家探探是怎么回事。

狐狸一样狡猾的财主老婆，扮成个可怜的叫化子来，善良的珠命殷勤招待了她。她东问西问，等问出珠命家发生的惨事，假惺惺装着同情的样子，问珠命怎么度日？珠命本不想说，但见她那副可怜样子，不由开了口："我可以告诉你，你可不要说给第二个人呵！"财主老婆忙答应："不说不说。"珠命还有点不信："说了怎么办？"财主老婆指天发誓："我要是说给第二个人，叫我变成水牛让你骑。"珠命于是把初一、十五晚上摘珍珠的秘密都说了出来。

财主老婆一回到家，就把珠命说的话一五一十告诉了财主。财主想到有了发大财的日子，乐得笑眯了眼。到下一个初一，天一黑，财主就叫大老婆仍然装做叫花子去缠住珠命，自己骑着一匹驮马直奔海边。海已落干了，他使劲甩两下马鞭，驮马就向石洞跑去，果然找到了光芒四射的珍珠树。贪婪的财主心花怒放，一头扑在树上拼命地摘，把金子的叶子、银子的花朵、珍珠的果实，装成满满的两个驮子拴在马背上，还不住地把珍珠往自己胀鼓鼓的衣袋里塞。

忽然，海水像煮沸了的豆浆，从岩缝里涌出来，泉水倒流着，变得像开水一样滚烫。驮马一惊，脱缰而去。财主抱着珍珠逃命，可是跑了不多远，后面的浪头便像大山一样压在他的身上。水头追着马来，马狂奔猛跳，驮子蹦散了，金叶、银花、珍珠果，撒得遍地都是，一片白花花、亮晶晶。那马直朝东北面驰去，直到马鞍掉下来变成一座山（就是现在的马鞍山），挡住了海水，才得以死里逃生。后来丽江多马，而且能驮善跑，就是这个缘故。

财主的老婆正缠住珠命闲唠，不知不觉从头上长出两只弯角，慢慢变成了一头水牛，气得她叫不出声来，只会"嗳、嗳"地叹气（丽江拉什坝子水牛多，都是"嗳、嗳"地叫，典故出在这里）。珠命一看，心里都明白了，便骑上水牛来到海边。海子又慢慢落下去了，可是再也看不到石岩洞和珍珠树了，只见满海子都是金黄色的虾子，银白色的鲫鱼。原来，被驮马蹦散的金叶、银花、珍珠果，都变成金壳虾和银鳞鱼了。据说这是拉什留给女儿珠命的取不完的珍贵食粮。

从那以后，这个海子就有了虾子和鲫鱼，时而漫涨，时而落干，一到落水时节，遍地是蹦跳的鲫鱼，任人捕捞。穷乡亲们尝到这样的美味，心里默惦着美丽善良的拉什。为了纪念她，就把海子称为"拉什海"。于是，在纳西人民中间开始流传着"拉什海子干，拿鱼谁个快"的俗谚。

那么，拉什海的水落到哪里去了呢？据说是从海子的西南角穿山而过，落到山背后一个叫"三股水"的地方，流入一条大江。因为珍珠树上的金叶子被驮马蹦碎后，许多金粉粒随海水落到了江里，所以这条大江从此变成了有名的"金沙江"。淘金的人从不间断。

不死山（纳西族）

讲述：木生
记录：木罗
1980年采录于玉龙县拉市乡美泉村

很久以前，丽江拉市坝西北山谷中，住着一对善良的老夫妇。这对老夫妇五十多岁啦，还没有个儿女，心里很是焦急；他们四处烧香许愿，花了不少钱粮，一直没有求到佛灵保佑，眼看香火要断了，没料到就在他们五十八岁那年，却喜出望外地得了个儿子。这件事把老两口高兴得不得了，他们金子银子似地捧着儿子，给他取了个名，叫"五十八"。"五十八"在爹妈抚育下，很快长大成人，十二岁就像小伙子一样，耕田犁地，砍柴放羊，样样活路都能干。

一天，"五十八"上山砍柴，因为天气热，他砍好柴，就坐在一棵大树下休息，由于劳累，他靠着大树睡着了。

森林里静悄悄的，只有微风轻轻地拂动着他的头发。"五十八"仿佛走进另一个天地，那儿，天空蓝蓝的，蓝得醉人，抬头看去，心里很舒坦。忽然，他看见天上出现一朵彩云，那彩云向着"五十八"飘来，然后又姗姗坠落在他的身边，一眨眼，彩云变成一个美丽的姑娘，那姑娘微笑着，用衣袖给他拭额上的汗水。

"五十八"从来没遇到过这样的事，他心一急，头一偏，一下子惊醒了，原来是做梦。等他揉揉眼睛，睁开一看，呀，眼前真的站着一个如花似玉的姑娘，和梦里见的一模一样。"五十八"先是惊异，后是欢喜，左望望，右看看，便一把拉着那姑娘坐在树下，问长问短，两个人亲亲热热，谈了好久，最后，"五十八"领着姑娘回到家里，父母亲见了也非常高兴，于是，两个人成了亲，从那以后，"五十八"一家人的日子过得真幸福。

不知过了多久，这件事被石鼓的大财主阿林知道了。阿林已经六十二岁，家里娇妻美妾一大群，还不满足。他听说"五十八"讨了个天仙似的美人，便派人装了几驮金银绸缎，爬山穿林，来到"五十八"家，硬要"五十八"把妻子让给他。天下哪有这样的事！"五十八"气得横眉竖眼，他抄起黄栗木棒就往那伙儿押驮赶骡的人头上打去，打得他们喊爹叫妈，丢下驮子就跑了。

阿林得知这个消息，眼睛气得冒绿火，几颗黄牙咬得咯咯响。第二天，他领着一伙人，佩弓带箭，要亲自去找"五十八"，"五十八"一家人听说阿林亲自带人来，便连夜逃进深山去了。

阿林一伙人来到"五十八"家一看，人都跑了。他气得像条疯狗，便放火烧了房子，然后又驱赶猎狗四处搜山，箐鸡被赶得满天飞，鹿子被追得"霍霍"叫，一连两天什么也没搜着。

到第三天，他们发现"五十八"一家人正在爬一座高山。于是，阿林狂吼乱叫，下令不准放箭，一定要抓活的。"五十八"在山顶上早有准备，他居高临下，用石头、毒箭痛打阿林一伙，没一杯茶的工夫，就打死了四五十人。阿林蹲在山脚下，急得手脚打颤颤，他瞪着眼想了一阵，便叫他的爪牙们用箭射，除了"五十八"的妻子，全部射死。不多一阵，"五十八"的父母中箭死了，接着，"五十八"也中箭倒在血泊中。"五十八"的妻子眼看着善良的父母、亲爱的丈夫被阿林射死，她悲痛欲绝，伤心极了。山下，阿林一伙吼吼叫叫，就要冲上来了，她怀着深仇大恨，站在山顶，满脸泪痕，怒视苍天。

阿林抬头一看，见那天仙似的美人正站立在山顶，早已魂飞了，便赶忙命令手下人收弓插箭，他提衣拽襟，上山迎接。他们一伙气喘吁吁地爬到半山腰，突然乌云盖天，狂风四起，整个山林天昏地暗，阿林一伙人鬼哭狼嚎，摸不清方向了，就在这时候，一声惊天动地的炸雷响起，从半空中蓦地飞出一座大山,直往阿林头上压去,阿林一伙人连"哎哟"一声都没叫出来,便被压成稀汤烂泥了。

大雷雨整整下了三天三夜,待到雨过天晴、云开雾散的时候,一座新的大山矗立在人们眼前,山里人望着那座巍然屹立的大山,都说"五十八"一家人没有死。不信,你瞧,那座新的大山还虎视眈眈地望着石鼓那边呢!后来,人们就把那座大山叫做"不死山"。

宝山石头城的传说（纳西族）

讲述：和金　和义光
记录：和茂根
1980年采录于玉龙县宝山乡

在丽江县城北面一百多公里的群山怀抱中,有一座三面危崖、一面临江,唯有南面一条小道可上的石头山,名叫石头城。山上住了七八十户人家。

远看石头城,活像一颗龙头正在江中饮水。可又奇怪,这龙头没有和龙身连在一起,仿佛是一条头身分开的巨龙。这是什么原因呢?

相传很久以前,宝山是丽江土司木天王所管辖的要地之一,也是纳西先民最早居住的地方。

这里地处江边,气候条件好,土壤肥沃,盛产米粮,也出过好些人才。但是木土司对能人志士怕得要死,恨得要命。生怕别人来跟他争江山,所以能人志士都逃不脱被木土司暗害的命运。

有一年,一颗明亮的星星落在金沙江东岸的阿主山上。木土司从天象上看出阿主山那边要出现一个不平常的人物。于是他不择手段地日夜巡视那里。

一天下午,木土司和地方的绅士们正在饮酒作乐的时候,天气突然变了。一阵狂风,从四面卷来一团团黑锦绒似的浓云,在半空里翻滚着。一道强烈的电光,刺得人们的眼睛发黑,撕天裂地的雷声能把人们的耳朵震聋,倾盆大雨弥漫了山山水水。在一片雷电风雨中,一股巨大的浓云重雾,滚翻着直涌地面,煤烟般的云团中出现了一条龙影,吞云吐雾,电光闪闪,直向阿主山方向卷腾。正在消遣的木土司和他的"打狗棍"们,被这种突变的天象搞得惶恐不安，他们如坐针毡。木土司更像是热锅上的蚂蚁，命令他的爪牙们冒雨巡视，自己也提了金鞘玉柄大宝刀，冲出了房门。只见那条龙披云戴雾，直向阿主山去了。他气急败坏地喊着、叫着，活像一只被麂子蹬了一脚的撵山狗，既害怕又生气，跌倒了又爬起来，好似在烂泥塘里滚了三年五载似的。

那条龙径直向东腾去，以为一过江就大功告成了，到了江边就低下头尽情地喝起水来。正在这条龙埋头喝水的时候，木土司恰巧也赶到了。他呼呼地喘着大气，双手举起大刀，照龙脖子就是一刀，龙头被砍断了，龙血像河水一样往两边淌流。原来这条龙是阿主山圣人的前身，所以，阿主山的圣人出不来了。

于是，龙头变成了石头城，龙身变成了蜿蜒连绵的阿主山脉。

只因为龙血浇灌，石头城两边的土地特别肥沃，粮食才年年丰收。

金垒岭（纳西族）

讲述：和李才 纳西族 59 岁 农民 小学
记录：赵兴文 纳西族 39 岁 歌舞团编导 高中
1980 年采录于玉龙县巨甸、鸣音

在丽江县宝山公社境内，有一座青松苍翠、云缭雾绕的山岭，叫金垒岭。远远望去，好似亭亭玉立的少女站在云端。

相传很古的时候，有个勤劳、美丽、善良的纳西族姑娘，她朝踏晨露，晚披彩霞，辛勤地劳动在西山边，开出了一丘丘梯田。她头顶骄阳，脚踏荆棘放牧在东山之岭，培育出一群群膘肥体壮的绵羊、山羊。她能用三两羊毛纺出四两毛线，四两毛线能织出五丈氆氇。

她的美名传遍了七七四十九个山村、九九八十一个寨子。善良的人祝福她的父母养了这样一个好女儿。有钱的财主一肚子坏水，想娶姑娘为妾，用她当摇钱树。勤劳的纳西小伙又想与姑娘并蒂成双，以求丰衣足食，白头偕老。

有钱的财主来说亲的有七七四十九个，数第一个来说亲的斜眼财主最坏。他装神弄鬼，威逼姑娘说："若不嫁给我，我会使神法，叫你化成山岭，山岭长出青草，叫牛羊成天来吃，踏着你的脊梁，山岭长出树木，叫人们成天砍伐,剥尽你的皮肉。"对他,姑娘一家是又恨又怕。

天长日久,来说亲的纳西小伙有九九八十一个,数最后来说亲的小伙子最能干。他对姑娘表白:"勤劳美丽的姑娘喂!天上的星星北斗最亮,地上的牧羊人数我最穷,请不要嫌我贫穷。我有勤劳的双手,上山砍伐紫檀,下地采掘灵芝,用劳动创建我们美满的未来。"

对小伙子,姑娘最了解。她亲眼见过小伙子在狩猎中,赤脚翻过九架山梁把马鹿猎获。她亲耳听到过小伙子赤手打死了金钱豹,救下了一对母女。她早已倾心于小伙子,父母亲也希望他们成双。

姑娘转动着像流星一般明亮的眼睛,脉脉含情地向小伙子表白:"勤劳勇敢的小伙子喂!凤凰栖息在桂花树上,是因为桂花芳香。杨柳生在水旁,是因为靠水滋养。我愿和你在一起,是要创建像蜂房一样香甜的家庭,但愿你我永远在一起。"

从此,姑娘和小伙子,旭日东升时一同去耕种,红日落山时一起回村庄。当星星缀满天空,他俩弹着铮铮口弦,倾诉心中的爱情。

喜鹊成天在树梢欢唱。两家的父母忙着为儿女备办婚礼。两家的老人去找能卜会算的文笔老人,请他选择良辰吉日。文笔老人说:"八月十五喂!太阳这天暖,月亮这夜亮,星星这夜明,日子这日好,就定这一天。"

春风吹遍山寨,姑娘和小伙子定亲的消息传到斜眼财主的耳里。他气歪了嘴皮,扯着公鸭似的嗓子吼叫着:"到嘴的肥肉,我岂能让穷牧羊的抢去。两个贱人竟敢顶撞我,难道真的吃了豹子胆。"他发誓要给姑娘和小伙子一点颜色看看。好心的人来劝姑娘的爹妈:"邻居啊!穷不与富对,鸡蛋怎能碰过石头,就大不就小,还是把姑娘嫁给斜眼财主,免得惹是生非。"

日子一天天过去,婚期一天天逼近。姑娘一家,忘了烧火煮饭,牲畜关在栏里忘了放牧,姑娘愁眉不展,一下子苍老了许多。

日子一天天过去,婚期一天天逼近。小伙子一家急得像热锅上的蚂蚁,邻居叫门听不见,小伙子急得一头黑发变成了银发。两家的父母,只好又去找文笔老人,文笔老人十分愤慨。他对斜眼财主的霸道无比愤恨,对无辜受罪的两家亲人深表同情,他两眼射出智慧的光芒,久久地向西北方向瞭望。最后,他向两位老人开口:"无辜受罪的两家亲人,请回去告诉你们的儿女。望他们远走高飞,去到西北方向的勾奏松罗。那里有一个米利达吉海,海边是个广阔的牧场。望他们到那里去,今晚就动身,千万不能给斜眼财主知道。只要过了金拍金那①,他的魔法就无法施展。请代我向他们祝福,愿他们一路平安。"

夜幕刚刚降临,两家的老人匆匆给两个孩子带上一些路上吃用的东西,把他们送出了村口。

两家人一样的悲哀,六颗心一样的辛酸。无声的泪啊如泉涌,滚落在地上,化成了寒冷的三思吉②。

一对金孔雀飞在黑夜里,一对情人走在山林中。快到金拍金那了,自由幸福的未来,在他们心中激荡……

突然,一阵狂风,呼啸着扑向漆黑的山林。斜眼财主知道姑娘和小伙子已偷偷出走,他狂叫着,用呼呼的黑风把姑娘和小伙子吹散。他一边使劲吹着黑风,一边破口大骂:"大胆的贱人,我今天要叫你们化成山岭,永世不得见面。"狂风中,姑娘和小伙子勇敢地回答:"我们要朝夕相见,世代相见。"

狂风越刮越猛,姑娘被吹向西方,小伙子被吹向北方。姑娘渐渐飘远,她张开双臂呼唤着小伙子的名字。她每喊一次,小伙子的躯体就长高三百丈。姑娘喊了五次,小伙子的躯体变成了一千五百丈。狂风再也吹不动了,小伙子怒吼一声,将斜眼财主猛踩在脚下。斜眼财主挣扎着惨叫一声:"把他们化成山岭……"便口吐鲜血,惨死在小伙子的脚下。

风停了,一轮旭日升起。大地上出现了一座巍巍的雪山——玉龙山,它就是小伙子的化身。他脚踩着恶贯满盈的斜眼财主变成的告高坡③,自豪地遥望着西方。而西方,化成了金垒岭的姑娘也仰起她那俊美的脸庞深情地望着玉龙山。

今天,我们在宝山境内仍可看到金垒岭和玉龙山遥遥相对,他们朝夕相望、世代相望。

---

① 金拍金那:地名,在丽江正北方。
② 三思吉:水渠名,在丽江正北方,以水寒冷著称。
③ 告高坡:地名,指在丽江正北方的一小坡。

厄则坎美（纳西族）

讲述：和正义 纳西族 55岁 农民 不识字
记录：杨增烈 41岁 歌舞团演奏员 高中
1980年采录于玉龙县宝山乡

在金沙江畔那"燕飞不到关，伸手摸着天"的拉伯太子关下，有一条坚固牢实、横贯陡坡的大水沟，清澈的流水长年不断，浇灌着陡坡上的层层梯田，养育着世代在这里居住的纳西族人民。这条大沟名叫"厄则坎美"。为什么叫这个名字呢？这里有一个古老而优美的传说。

相传，居住在拉伯地区的纳西先民是从达支勒帕窝地方搬迁来的。初到拉伯定居时，分为和姓与木姓两个宗族。木姓宗族人多势众，占着下半坡。那里面临金沙江，气候温和，坡度平缓，地势开阔。和姓宗族人少势弱，占着上半坡。那里背靠雪山，气候寒冷，土地贫瘠，坡陡崖险，但生长着茂密的树林，有着充足的水源。

开初，和姓的人曾恳求木姓的人让出部分平坡，以便开田耕种，但遭到木姓的拒绝。为此，两个宗族之间结下了疙瘩，相互间很少往来。

木姓的人利用地形优势，不分昼夜地砍树刨根，挖土平田，撬石垒埂，在下半坡开出了层层梯田。

和姓的人也利用水利资源，团结一心，在陡坡上凿岩炸石，开沟理水，将山箐中狂奔怒吼的水引进沟内，用它浇灌山间坡地。他们截断水源，不让山泉水流到木姓地界。

结果，和姓的人有水无田，木姓的人有田无水，两姓人民各有所难。

木姓的人开出的田地无水灌溉，撒下的种子长不出苗。他们着急了，不得不派一个名叫窝得高的老人去向和姓一个名叫窝科的人求水灌田，但却被和姓宗族拒绝了。后来，在木姓人的再三请求下，和姓的人经过商量：为了共同种好庄稼，有碗饱饭吃，为了两姓人民的和睦相处，同意给木姓放水灌田，但要以木姓所开田地的一半作为交换条件，木姓的人答应了这一要求。

两姓人民之间结下的疙瘩，就这样解开了。开沟放水那天，和、木两姓人民在水沟边宰牛摆酒打平伙，大家都穿上新衣裳，唱歌跳舞，立约盟誓，欢庆和解。

为了纪念两姓人民的友好和睦，大家把这条沟取名为"厄则坎美"，意为"宰牛庆睦大沟"。

自那时起，居住在拉伯地方的纳西族和、木两姓人民，世代和睦相处，安居乐业。

鸡公石

讲述：舒文 65岁 农民 小学
记录：舒家政 49岁 丽江师范学校校长 本科
1984年采录于玉龙县巨甸镇

在古镇巨甸下亨土村东面的金沙江心里，兀立着一个硕大无比的巨石，高约六十丈，顶部面积近六亩地，远远望去，犹如一只浮在江面上振翅啼叫的雄鸡。

传说远古时代，在金沙江上游有一条蛟，修行即将成"气候"，便从青藏高原赶着一块巨石顺江而下，企图赶到玉龙山和哈巴雪山之间的虎跳峡。蛟蜕变成龙后，便在江水被堵住而形成的海里修建龙宫，兴风作浪。当巨石赶到下亨土村附近时，观音菩萨为了拯救黎民百姓，便学鸡叫、狗叫，巨石终于赶不动，就停在江中。

后人为了缅怀观音菩萨的恩德，便在巨石顶端修建了观音庙。巨石纳西话叫"儿迫鲁美"，直译成汉语叫"鸡公石"。公鸡引颈高鸣的村落后来改为"上亨土"、"下亨土"，村名一直沿传到现在。

过去，每年都要在岩顶举行"观音庙会"。庙会这天，岛上岛下，热闹非凡。可惜，檐水能滴到江里的观音庙在"破四旧"的声浪中被摧毁了。

神奇的造化，使"鸡公石"成为中流砥柱。汹涌的金沙江水流到这里，向它发起猛烈的冲击，想要把它撞倒，但面对傲然屹立在江心的鸡公石岛，金沙江屈服了，它只得分为东西两股低头匆匆而去。

望着"鸡公石"，不禁使人默诵"不知江月待何人，但见长江送流水"的诗句。

后箐地名的传说

讲述：和秀富 纳西族 50岁 农民 小学
记录：鲍树森 23岁 小学教师 中专
1988年采录于玉龙县巨甸镇后箐村

打猎"刺足落"

"可扣觉呐扣，萨比落呐萨，败开得呐开，坎迈呐买。"这四句纳西语，写了木天王与猎人兄弟一次打猎的经过，也为"刺足落"沟的很多地方取下了地名。诗的意思是：猎人在放狗山上放开了猎狗，猎狗在深箐中追赶一只马鹿，随后猎人开弓射箭，鹿受伤后在箐沟尾被猎人捕获了。

猎人兄弟准备好弓箭，木天王带着家丁侍从，驮着粮草，溯金沙江北上，浩浩荡荡来到了"刺足落"。当时"刺足落"还没有村户，只有高山密林，是野兽生活的天堂。

木天王一行人马来到离金沙江边二里许，面前是一块较平坦的草场，这时已是下午，人困马乏，便停下来休整。家丁们急忙挖土理沟，修了一间简单平房，让木天王安歇。后来这个地方就叫做"纸比堆古"，翻译成汉话为"沙滩坝"。

第二天，一行人在木天王的率领下，来到深箐里的一座山脚下，猎人兄弟说："这里地势平坦，你们在这儿休息做饭，我们哥俩到山上寻觅猎物。"得到木天王的同意后，兄弟俩便开始寻觅猎物，放开猎狗开始搜山。后来这座山被叫做"可扣觉"，译成汉语为"猎狗山"。

这座高山上有一块凹地，积满了清清的泉水，春冬季节也不干涸。早上太阳刚冒出的时候，成群的野兽到塘里喝水；中午，爱好水的动物到塘里戏水、洗澡、凫水，悠哉乐哉。这时一只马鹿从箐里顺山下来到这个塘中洗澡，以洗去身上的尘土和驱逐炎热。兄弟俩来到塘边，见马鹿身子浸在水中，只露出头和脖子。哥哥见时机已到，便张弓搭箭，一箭射去，不偏不斜，正射在马鹿脖子上。后来这儿被叫做"败开得"，译成汉话为"射箭地"。

马鹿受伤，不顾一切地挣扎起来，朝着"萨比落"方向逃去。

木天王在"可扣觉"的林间休息,听到猎狗追撵鹿的叫声,早已坐不住了,便带着侍从赶到"萨比落"箐沟的山脚边,准备助战,这里是通往"萨比落"的必经之地。这时,只见猎狗追着受伤的鹿向着他们的方向跑来。木天王拿出弓箭,"嗖"的一箭向马鹿射去,马鹿应声倒地。这就是本节开头纳西语诗中说的"坎迈呐买",翻译成汉话为"箐尾边",这里至今也叫做"坎迈",即箐边的意思。

"刺足落"的来历

木天王猎到一只马鹿,心里十分愉悦,回到"纸比堆古"与猎人兄弟一起喝酒、谈天,直到深夜还没有睡意。忽然寂静的山野里传来虎啸声,回荡在山谷,他们停止了谈话,细细再听。那老虎似乎有好几种不同的叫唤声,有时是威严的啸叫,有时像骡马叫,有时像牯牛叫,在人静夜深时这叫声仿佛充满了整个空间。猎人兄弟兴奋不已,眼里迸发出亮光,各自心里打算着怎样拿下这只大虫,好叫木天王高兴高兴。

第二天天刚亮,兄弟二人来到昨晚老虎叫唤的地方。老虎常走的一条小路一直通向密林深处,兄弟俩便顺着小路直往前走,察看地形想着捕捉老虎的方法。突然,一块巨石拦在路上,兄弟俩爬上巨石一看,右面光滑平整,足有一间房子地面大。巨石的另一边,老虎走的小路继续通往大山深箐。

也许老虎从金沙江对岸的山上过来,到山高谷深、树大林密的"刺足落"寻食,吃饱了就在这高大平整的巨石上休息。这块巨石被后人叫做卧虎石,至今还在"刺足落"村。

经过几天的观察,猎人兄弟似乎摸到了老虎活动的规律,就在老虎常出没的路上砍伐树木,建造了关老虎用的带有"机关"像木楞房一样的栅栏,并在里边拴了几只引诱老虎的小动物,还在老虎必经的路上挖了陷阱,专等活捉老虎。

后来,人们把这次木天王打猎的活动范围,统称为"刺足落",汉话为"打着老虎的箐"。

谁知,木天王与猎人兄弟得意地谈论怎样活捉老虎的时候,老虎却没有来,也许是老虎嗅到了生人的气味,或是看见了新挖的泥土和砍伐的树木,提醒了老虎这里是危险之地。这可急坏了木天王。

为了抓到老虎,他们只好耐心等待。

老天爷却不管你急不急，是雾是云罩满山野，雨随之而来。兄弟俩还是冒雨上山下扣子，换了栅栏中死去的小动物又放了几只活蹦乱跳的小动物。

时间在等待中过去了，挖开的泥土上长出了青草，栅栏上树枝干枯了，生人的气味也消失了。

一天夜里，正在熟睡的人们，听到传来的老虎凄厉悲壮的叫喊声，响彻整个"刺足落"山谷。跟随木天王的侍从吓得心惊胆战，只有猎人兄弟异常兴奋，他们知道老虎被关住了，便连夜制作带有箭药的铁头箭，磨快了随身佩戴的猎刀，为杀老虎做着精心准备。

第二天，一群人在猎人兄弟的带领下，上山去看老虎。老虎被关在卧石旁边的一个木楞栅栏中。人们一看，威风凛凛的一只斑斓大虎在栅栏里走来走去。嘴里不停地怒吼着、咆哮着。一见来人，更加激怒，在木栅栏里乱蹦乱跳，张开血盆大口，啃咬着粗实的木栏杆，向人发出威胁。见了这种场面，一个家丁吓昏了过去，几个侍从尿了裤子，猎人兄弟也慌了神。

哥哥拿出弓箭想射老虎，手却不听使唤；弟弟拿出弓箭想射老虎，手却不停地颤抖。这时，木天王说了声"让我来"，只见他脚下站稳并靠在一树桩上，取出毒药箭、拉圆了硬弓，趁着老虎前爪搭在横木上乱啃的一刹那，手疾眼快给了老虎当胸一箭，直没箭柄。

老虎挨了这一箭，更加拼命蹦跳，用身子把粗大的栏杆撞断，把结实的木栅栏掀倒，逃向深山。猎人兄弟找了几天几夜，才在"刺科"（汉语为"杀虎的地方"）找到老虎，剥了老虎皮回到"刺足落"，把虎皮献给了木天王。

木天王得到这张老虎皮，心里特别高兴，当场奖给兄弟俩三百两银子，还许诺回家后，挑两个漂亮侍女给他哥俩做妻子。因为木天王实现了心仪很久的夙愿———张象征地位和权势的老虎皮椅子。据说这张虎皮椅子被木天王坐了一辈子，他死后，被后几代的木老爷保存和沿用，一直收藏在木府里。

从此以后，木天王便封猎人兄弟在"刺足落"打猎。兄弟俩巡山打猎，每年给木府送一次晾干的野兽干巴。

猎人定居"刺足落"

木天王走后，猎人兄弟留下来。在离他俩的居住地一两里的地方住着一户人家，也是木天王家的佃户，因为常来常往，两家成了好邻居，亲密得就像一家人。

几个月后,木天王许配给猎人兄弟的姑娘来到"纸比堆古",与兄弟二人成了婚。哥哥的媳妇漂亮、俏皮;弟弟的媳妇温柔、贤淑。邻居家眼看猎人家四口同住,生活上有诸多不便,就叫忠厚老实的大哥两口子住到他家,目的却在老大媳妇上,想把老大媳妇弄到手。

每天老大打猎回来,邻居就拿出一些干核桃和一大碗酒让老大解乏,由于酒与核桃都是燥热之物,再加上打猎的奔波劳累,半年后,老大得了肺疾死了。就此,这里流传着一句歇后语:杀人不见刀,吃酒下核桃。

猎人老大一死,他的媳妇被强留下来,做了这家人的大儿媳妇。

猎人老二是个聪明人,早就看出这家人表面看对大哥好,心里肯定不怀好意,也劝过大哥,但大哥是个老实人,只知道知恩图报,不听弟弟的,落得了这样的下场。从此,弟弟对这家人有所戒备,与妻子一起来到第一次打猎做午饭的地方"可扣觉",盖起了简易的茅房,居住下来,养育后代。后来,这里发展成一个较大的纳西村寨,也是整个"刺足落"沟最早有人居住的地方,被人叫做"得禄"。

松树结糍粑

强占猎人老大媳妇的这家人,每年春节前都要到木府上贡送粮食,并带去核桃、板栗等干果,还有金沙江边特产的饵块、糍粑。饵块、糍粑还兴用青松毛垫着盖着,象征团圆和亲密之意。

木天王已归天,承袭位子的是他的儿子,世人称为木老爷。

一年春节前,这两口子来到木府,把敬献的物品摆在木老爷面前。木老爷见糍粑上粘有松毛,以为这是对自己的不敬,便问:"这是怎么一回事?"曾是木府中的那个侍女,还不会解释金沙江畔纳西族糍粑上青松毛的寓意,又不敢说青松毛被糍粑粘上取不下来,灵机一动便跟木老爷开了一个玩笑说:"'刺足落'的松树上都结有糍粑,我们是从树上采下来的,所以糍粑上带有松毛。"

木老爷没有看见过糯米制造糍粑,听了这个进贡女人的话,觉得好奇,要马上尝尝树上结的糍粑的味道。

那山上来的媳妇到厨房里炸了一盘糍粑,趁热将粘在糍粑上的松毛拣干净。木老爷一吃,又香又软,十分可口。嘴上夸赞这个俏媳妇,心里却在想:"刺足落"这地方的松树真可恶,竟结出这么好吃的糍粑,如果这样下去,人们只需要到树上采来吃,还有谁会种我的田地呢?不行,得马上治一治。

"刺足落"来的那两口子回去后,木老爷来到藏经楼,找来一本《赶山经》,根据经书的旨意,打制了一批铜桩,到刺足落、巨甸坝一线的山头上栽下了铜桩,念下咒语,让这里的松树永远不能结糍粑。

木老爷人马走后,"刺足落"村的人到山头上挖铜桩,把土挖深三寸,铜桩下落一寸,把土挖深一尺,铜桩下陷一尺,挖了几丈深的天坑,也没能把铜桩挖出来。

传说,有的铜桩还会移动位置,在铜桩周围挖了房子大的坑,也找不到铜桩。有的铜桩还会变,有人见到铜桩,在周围的树上做好记号,回家拿了锄头去挖的时候,铜桩却不见了,只留下做下的记号……

飞人洞的传说(傈僳族)

讲述:和莲 傈僳族 46岁 农民 不识字
记录:和文琴 女 傈僳族 26岁 黎明乡干部 大专
1977年采录于玉龙县黎明乡

在黎明的丹霞丛林中,有一座耸立在腊卡洞村头松树林中的高峻红霞岩峰,峰中有一个椭圆形岩洞,处身其中,就能看见十万八千里外的景物。这里被当地傈僳人称为"聪壁昂"。其含义是:聪为人,壁为飞,昂为岩,也就是叫做飞人洞的地方。

传说在很古的时候,岩洞里住着一个鬼样的男飞人。他的长相除了左右两肋长着一对宽长的翅膀外,与人一模一样。他凭借这对宽长翅膀,出进自如,能飞十万八千里,所以人们叫他"聪壁"——飞人。

飞人是个为非作歹,为富不仁的妖魔。自从妖魔住进这岩洞后,黎明百姓没有过过一天太平日子。方圆十万八千里的金银财宝被他抢劫一空,做熟的饭菜连桌背去,牛羊被他叼走,后来发展到吃人肉、喝人血的地步。黎明百姓胆战心惊,人心惶惶。

有一天腊卡洞村子里的阿纳咪,到村头的草甸上去放羊,由于寂寞唱起了牧羊曲,不幸被妖魔飞人发现抓去。飞人把阿纳咪带回岩洞,正想和往常一样,先吸干鲜血,然后准备把她吃掉的时候,阿纳咪拼命挣扎着,嘶喊着:"救命啊","求求你不要吃我"。飞人定睛一看,这才发现,这姑娘长得如花似玉,天姿国色般美丽动人,刹那间飞人的食欲被情欲所代替。可怕的鬼脸马上变成人脸,嬉皮笑脸地说:"姑娘,你长得这么漂亮,是我今生今世见过的天下第一美女。我喜欢你,爱你,只要你愿意做我的媳妇,我不但不会吃你,而且让你享尽人间的荣华富贵。"

就这样妖魔把姑娘紧紧拢抱在怀里,在万丈高空的岩洞里,阿纳咪上天无门,下地无路,被迫成了妖魔的妻子,也是妖魔掌下唯一活着的女人。

从此,阿纳咪人不像人,鬼不像鬼,在与世隔绝的岩洞里,生活、度过了十年的光阴,并生下了鬼崽两男一女。飞人看到自己的妻子天天闷闷不乐,就想在万仞峭壁上开凿一条小路,让心爱的妻子走出去看看,散散心,也好让岳父、岳母和兄弟姐妹上来到石洞中玩一玩,陪陪自己的妻子,共同享享福。

飞人的想法正合妻子的心意,飞人便飞出山洞,来到腊卡洞村,找本地最有名的铁匠翁金师傅打造凿石用的錾子等工具。翁金师傅见飞人嬉皮笑脸找上门来,认为他又来找什么麻烦事,吓了一大跳,听完飞人找他是为了打造凿石工具的事,翁金师傅心里暗自高兴,有了计策,对飞人说:"你要在如铁如削的岩壁上开凿石台阶,没有最好的铁制工具是不行的,何况这几天天气寒冷,我好长时间没有做铁匠活了,工具都生锈了,材料也不齐。"妖魔听了焦急万分,哀求道:"翁金师傅你行行好,行个方便吧,再过几天进入雨季,我就没法在岩壁上凿路了。"翁金师傅说:"那也没办法,这几天,黎明山上刮山风,我的打铁作坊不好操作,不行不行,你还是另请高明吧。"飞人急得"扑通"一声,跪倒在翁金师傅前,边磕头边乞求说:"谢谢你了翁金师傅,你想想办法吧,今后我定会重金酬谢。"翁金师傅无奈地皱了皱眉,敲了敲自己的脑袋说:"好吧,目前唯一的办法,就是只要你来帮忙当助手,用你的大翅膀做挡风的屏障,就有办法发出熊熊炭火,也就可以打造成最好的凿石工具。但是这样做你要流血流汗的。"飞人妖魔说:"这算不了什么,我愿意赴汤蹈火,就这么定了,请你给我赶快打造出最好的凿石工具就是了。"

翁金师傅在炉子里烧起了炭火,然后选出几块最好的铁放入炉中,让飞人展开翅膀,围在火炉旁边挡风。翁金师傅不紧不慢地一边呼哧呼哧拉起风箱,一边和飞人闲聊,从中知道了洞中的一些情况。时间一分一秒地过去,那些铁从青变红,越烧越赤烈。飞人顿时被烤得汗流浃背,满面通红,他只觉得全身筋疲力尽，有点快要支撑不住的感觉，就大声嚷道："铁块都烧得比烈火还赤热了，都烧得快变成钢了，还不行吗？"翁金师傅说："急什么，火候还不到，你若是漏进一丝风，那就前功尽弃，只好重来。"

翁金师傅暗中观察着飞人的神态，见他双眼迷迷糊糊，显得非常疲惫，就飞快地拿起铁钳子，迅速地夹出烧得通红的铁片，对准飞人翅膀"咔嚓、咔嚓"两声，飞人的翅膀被烧落下来。同时，他又倏地夹起第二块铁片朝"哇哇"大叫的妖嘴塞了进去，飞人痛得满地打滚，七窍流血，那妖血喷洒遍地，眼睛转了几转就断气了。杀死了妖魔飞人的事一时成了黎明当地的一件喜事，人们奔走相告，大家赞扬翁金师傅为黎明除了一大害。

飞人的妻子阿纳咪，望穿双眼，苦苦等待着飞人的归来，十天半月过去了，可飞人还是没有回来。她的三个小孩，由于断粮缺水，吃完洞中的食物后，找东西爬到岩洞口时一个接一个摔死了。

阿纳咪的妈在翁金师傅那里得知，失散多年不知去向的女儿还活着的真相后，扛着木耙背着背架，到飞人洞周围的松林里，一连数十天拉来松毛在岩洞的山脚下不断地堆积加高，一层一层往上垒，铺到数十丈高的时候，便翘首对飞人洞里的女儿说："妈妈给你拉来松毛，铺在下面软绵绵的，你就跳下来吧，你会平安无事的。"

女儿觉得不太安全，就对母亲说："阿妈，我把手上戴的玉镯丢下来，若完整无损，说明可以跳下来，反之说明不能跳。"说完阿纳咪把手上戴的玉镯，从高高的飞人洞口，往松毛堆丢下来。她妈用力爬上松毛堆一看。天哪！玉镯断成大小一样的两半。母亲见女儿心切，并想这玉镯是太脆的缘故，因此，很快地把玉镯合在一起，举过头顶对女儿说："女儿，你看这玉镯完整无损，没有一点损坏，你跳下来吧。"

女儿信以为真，留下飞人洞里数不清的金银财宝，壮着胆纵身从飞人洞口往下跳。只听阿纳咪的一声惨叫，她再也没有爬起来。村子里的人安葬了她。

从此以后，人们为了得到飞人洞里的金银财宝，费尽心思，但都未能取到。有人从洞顶放下梯绳，顿时会变成毒蛇，不是把人吓跑，就是把人毒死。有的人从岩脚下凿路往上爬，但不是被老虎吓走，就是被吃掉。

中国民间故事丛书

云南 丽江

古城玉龙卷

故事

生活故事

阿山和九妹（纳西族）

讲述：和文虎 纳西族 43岁 农民 初中
记录：沙蠡 纳西族 27岁 工人 初中
1980年采录于玉龙县白沙乡

夜明珠

很早以前，有个靠打柴割草度日的孤身小伙子，名叫阿山。有一天，他来到玉龙山麓的玉湖旁，看见湖中央有块土包露出水面，上面长着茂盛的青草。他就砍几根竹子扎成竹筏，划过去割了来，背到城里卖给人家，然后买回来吃的。半路上，他遇见一个白发老人，拄着拐杖靠着路边的树干叹气。阿山问："老大爷，您怎么啦？"老人说，他只身一人，无人招呼，找不着吃的，快要饿死了。阿山把自己的那点分了一大半给老人吃。

第二天，阿山去打柴路过玉湖旁，看见昨天割了草的土包上又长起很旺的草，跟昨天一样高。他惊奇了，又割了一大捆去卖了买回吃的，回来又遇着那个老人，他看着怪可怜的，又分给老人吃的。一连三天都是这样。第四天，老人说："年轻人，玉湖龙王有九个女儿，小的最好，她有心嫁给人间老实巴交的小伙子，我看你挺合适，你去娶她做媳妇吧！"阿山想问问怎么个娶法，老人说："你去割草的土包下面……"就不见了。

阿山想看看这蓬青草下面藏着什么秘密，便带着锄头去，挖了半天，终于挖出来一个黄灿灿、光闪闪的夜明珠。阿山把它拿回家，夜里，草屋都被珠子照亮了。他把明珠包起来,珍藏在身上。

好媳妇

一天,阿山在玉湖边歇脚,拿出夜明珠在水里洗,洗洗玩玩,又用珠子往水上打了几下,突然,水底冒出一条大虾子,对他说:"喂,你想要什么赶紧说吧,不要用夜明珠打我家龙王的眼睛啦!快说啊。"

阿山想了想说:"我要一把好犁和两头黄牛,我要好好地耕田种地。"

虾子说:"知道了,你先回家吧,一会儿就送来。"他回到家,草屋边真的有两头肥壮的黄牛和一张好犁头,阿山好不快乐,就辛勤地开田耕种起来,后来还盖起了房子。

这下,他又要忙田头,又要忙屋头,他想:应该讨个媳妇才行呵,可是,上哪儿找呢?

有了!他想起白发老人说过的话。又用夜明珠打了几下玉湖水,大虾子慌忙跑上来:"哎呀!别打啦,要什么你就说吧!"

"我要个好媳妇!"阿山说。

"什么,要好媳妇?没有。"虾子回绝。

阿山求它说:"听说龙王有九个女儿,能让小的嫁给我吗?虾子大哥请帮我跟龙王说一说。"

"我问问。"虾子扭着身子游下水去了。

龙王不想让女儿去人间受苦,而且龙女怎能嫁给凡人?他一口拒绝了。

阿山不甘心,便使劲地打起水来,直打得龙王的眼睛疼痛难当,眼泪直流,火星直冒。

最后,龙王答应出嫁一个女儿来换回夜明珠。听到人间贫穷辛苦,八个姐姐都不愿出嫁当凡人的妻子,后来,心灵手巧,贤惠漂亮的九妹自愿嫁给阿山,其实她早就讨厌水晶宫里吃了玩,玩了吃,吃了睡,睡了吃的生活。

离开水晶宫的时候,九妹不要嫁妆,只要了一个"高兴盒"带去。

从此,阿山和九妹,两人一颗心,男的犁田,女的织布,男的种菜,女的做饭,恩恩爱爱、同甘共苦,靠着共同的智慧和两双勤快的手,小两口日子过得很香甜。

烧"火山"

一天，在城里闲得无聊的木天王出来撵山。

不久，他们玩累、跑饿了，木天王叫一个家奴去附近人家烤饵块粑粑。按一般规矩，过路人来要水、要火或热饭时，纳西族妇女都不回避。那家奴找到了阿山家，正值九妹在屋里纺线，那家奴一见九妹，连魂儿都丢了。他一边烤粑粑，一边看九妹，直到粑粑烧煳了，九妹叫他，他才惊醒过来。

木天王饿急了，又派个人去看，这个人找到九妹家，也呆住了。

木天王左等右等不见烤粑粑的人回来，就怒气冲冲地亲自来找。当他一见九妹那如花似玉的容貌时，一下子魂飞天外，忘了肚子饿，恨不得马上把九妹抢过来。

当天回去后，贪心的木天王想出一个恶毒的主意。

第二天，他把阿山叫去说：如果五天以内烧不出七十七岭的"火山"，就要把九妹抓去。阿山当然争不过无理霸道的木天王，只得悲伤委屈地回到家。

九妹见丈夫锁着眉，就问："他们欺负你啦？"阿山唉声叹气地把事情说给九妹，九妹笑了起来，叫他放宽心。

九妹叫男人砍一些松明子，捆成七十七把，到了第四天晚上，九妹叫他背上松明子，带上火镰子，阿山翻了七十七道岭，插了七十七把松明子，回来时一路打火镰点火，一直点完回到家，天已亮了。回头一看，七十七岭的"火山"已经烧成了，一岭也不多，一岭也不少。来抓九妹的狗腿子们只好垂头丧气地溜走了。

抓老虎

阴毒黑心的木天王不死心。

过了几天，他又把阿山叫去说："你必须在七天之内抓来九只活老虎交天王府，不然，要把你当油灯来点，把你的婆娘抓进府里当女奴。"

阿山一路掉泪回到家，把此事说给了老婆："从今以后，我们夫妻只能在黄泉阴间再相会了。一只老虎就要吃许多人，九只老虎谁能抓得着？"

"你莫伤心！我有办法对付他，他木天王和老虎一样都是野兽，我们是人还怕野兽吗？"九妹劝阿山，并叫他到干涸的河沟里拣回来九颗圆圆的鹅卵石，她在每个石头上画了四只尖利的脚爪和一张张口龇牙的虎嘴，然后，又叫阿山用凿子凿。阿山很纳闷：这些石头凿得再好看也只能玩玩，有什么用？九妹边织布边笑着说："你只管凿，到时候自有妙用。"

第六天天一黑，九妹就叫阿山带着那些凿好的石头进山，每座山顶放一颗，然后返回来对放好的石头吹一口气，装进衣袋里，一边装四颗，手里拿一个，途中不管碰到什么都不要回头，天亮前务必赶回到家。阿山照九妹说的那样，一连翻了九座山，放好九个石头，一路上，天黑得像锅底一样，只听到后面有个可怕的喊声："等等我！等等我！"

阿山差不多要回过头去看了，忽然，他想起九妹的嘱咐，又壮起胆儿朝前走，回到家，鸡才叫头遍，天刚亮，木天王的走狗就来催逼，要他快交老虎。

九妹悄悄地对丈夫说："放心去吧！没有事。今晚煮肉吃，我等着你。"

到了天王府邸，木天王见阿山两手空空，就对打手喝道："还不赶快把这个穷小子抓起来点灯！"又对家奴吩咐道："赶快把那山野婆娘抓来，天王我有用处哩！"

阿山不等他们动手脚，就把手里的那个石头朝天王扔去，又把衣袋里的石头掏出来掷去；奇怪，一颗颗鹅卵石落在地上，碰在墙上又蹦又跳，都变成了张牙舞爪，血盆大口的真老虎、活老虎。木天王一伙全都屁滚尿流、连滚带爬地躲了起来。

高兴盒

木天王见难不倒阿山，得不到九妹，很是恼火，恨不得一口吞下阿山，把九妹弄到手。可又害怕做得太露骨、太显眼，被人说太伤天害理，不得好死。

左思右想，终于想出了一条鬼主意。他把阿山叫去说："听说你两口子心眼灵、手儿巧，没有一样不会做。好嘛！这回你做个'高兴盒'给天王府热闹热闹。做出来了自然没说的；搞不出来呢，嘿嘿！请你两个一个去天堂，一个去地狱。"

"什么'高兴盒'？"阿山问。"木头做的盒子，四四方方，会唱会跳，能哭能笑。限十天内造出来！"木天王摇头晃脑地哼道，阿山一听，心想这回真的没有法子啦！

木头怎能又唱又跳，又哭又笑呢？只有一死，他伤伤心心、悲悲戚戚地回到家里。九妹见他愁眉苦脸的就问:"什么事儿把阿山哥搞得这般伤心呀?说给我听听,我也分担一点儿。"阿山把原委说了,妻子却咯咯咯地笑起来:"这下好啦!我正在为我这个盒子找不到用场而发愁呢!"

阿山以为九妹在开玩笑,便说:"我和你做夫妻,不能好好地照顾体贴你,很对不起!现在木天王狠心烂肠整天欺侮你,你就先回玉湖龙宫去吧!我死后来水底与你相会。"

说罢,眼泪又掉了下来。九妹低声说:"阿山哥,你莫伤心。只要靠着我们勤劳的双手,今后的日子比现在还好过呢!我来的时候带来一个'高兴盒',它四四方方,能唱能跳,会哭会笑,你送给木天王不是正好吗?"

阿山半信半疑,世界上真有这般巧事、奇事?

第十天,阿山去交"高兴盒",临走时,九妹给他带上火药面儿和一把火镰子,要他如此如此……

木天王一看阿山的盒子真的会哭会笑,能唱能跳,大吃了一惊,心里暗想:什么事都难不住他,只能一不做、二不休,干脆杀掉阿山,抢来九妹,不然夜长梦多。

忽然,他看到"高兴盒"不动了,便厉声问道:"怎么不跳啦?"

"它肚子饿,跳不动。"

"给它喂饭!"阿山便赶紧给盒子喂饭——塞满火药面儿,说是吃炒面。

盒子跳了一阵,忽然又停下来,木天王叫起来:"怎么又不唱啦?"

"它渴了,口干,唱不了啦。"

"给它喝水!"阿山便掏出火镰子打出火烟子给"高兴盒"点上说:"它吃的水是火烟子。"

刚吃进火烟子,"高兴盒"就又蹦又跳、又唱又笑,把上上下下,左左右右,所有天王府里作恶多端、吃闲饭、干坏事的人都吸引住了。

阿山趁他们不注意,悄悄地跑了出来,才到半路上,只听得一声"轰隆"巨响,"高兴盒"把木天王和那些坏家伙送上了天。

从此以后,听说玉龙山下的纳西族人就过上了安居乐业的好日子,阿山和九妹也过着平平安安的幸福生活。

宝妹（纳西族）

讲述：和锡典 纳西族 75岁 民间艺人 小学
记录：高建群 纳西族 35岁 党校教师 高中
1980年采录于玉龙县黄山乡长水村

很早以前，有个叫阿崩当牛的人，住在仄那山脚下。他娶的老婆名叫宝妹，宝妹天性贤淑，但容貌不怎么出众。成婚多年，宝妹只生了一个姑娘叫吉命，就再也不生孩子了。

阿崩当牛想要个男孩，便又讨了第二个老婆，名叫隆吐。她面貌虽秀，但是心肠毒辣，欺贫爱富，是一个雌老虎。隆吐一来，虽然也只生了个姑娘鲁命，没生过男娃，但她诡计多端，又长得漂亮，很得丈夫的宠爱，家中所有的财产都是她经手。

宝妹被阿崩嫌弃，又遭隆吐虐待，常受呵责辱骂，成天去砍柴、割草、做苦活，就像是阿崩和隆吐的奴隶。

吉命和鲁命这两个异母姐妹，长到十七八岁，虽然同住一个家庭，同吃一锅饭，但是每天都要斗嘴争吵。妹妹仗着隆吐之势，欺凌姐姐，闹得不可开交。

有一天，宝妹领着女儿吉命去山上砍柴，走到一座树林边，看见一蓬嫩草，迎风摇动，翠绿喜人。宝妹平时吃不饱，这时肚子饿得咕咕叫，便对女儿说："我的姑娘吉命呵，妈妈真想吃这蓬嫩草呀。"

吉命不解："妈妈您说什么？草能吃吗？"

宝妹掩饰道："你有所不知，这是仙草呀，吃了它，会解除百病，延寿长生，妈妈的满腔辛酸也会消失了。"说着拔起一束来，美滋滋地嚼了咽下去。

忽然间，宝妹变成了一头水牛，吉命喊妈妈也不会答应了。吉命又惊又悲，泪如泉涌，哭得死去活来，没办法，只好牵牛回家，把发生的事告诉给父亲阿崩。

阿崩大发雷霆，拍案捶腿，指着水牛大声呵斥："你同我做了半辈子夫妻，原来是孽畜，丢了我的脸，坏了我的名，我没脸见人了。"忙叫吉命把水牛关进圈里去。

次日，阿崩和隆吐私下商议，叫吉命去山上放宝妹变的水牛，拿灶灰做成两个饭团给她做午饭，还交给她十绺麻皮，叫她在一天之内搓成细麻线。

吉命牵着牛来到山林里，心里十分难过。

突然，树上的一只黄鸟叫起来："放牛的吉命姑娘呵，何必这样悲伤！羊皮系在牛尾上，麻绺夹在牛角间，装饭口袋挂树上，甜甜美美睡一场。"

这黄鸟不停地唱，吉命觉得奇怪，就照黄鸟唱的做了，把饭袋挂在树上，麻绺夹在牛角间，羊皮拴在牛尾巴上，躺在地上迷迷糊糊睡着了。等她醒来一看，太阳偏西了，牛角上的十绺麻皮已搓成一捆细麻线，树上饭袋里的灶灰团变成两个又香又甜的馍馍。吉命回家来，隆吐看她不带饿色，十绺麻皮都搓成了细麻线，心里有疑问，但不吭声。

第二天，他们仍像昨天那样叫吉命去放牛，吉命回来也是跟昨天一样。一连三天都是如此。

阿崩和隆吐越想越奇怪，想探个究竟，便说："明天鲁命去放水牛，吉命改去挖地。"

次日天一亮，隆吐起来做饭，把两个麦面粑粑和一束搓好了的麻线装进口袋里，喊鲁命上山去放牛。

鲁命挎着粮袋，撵着水牛到山林边放牧，只听一只黄鸟唱道："羊皮系在牛尾上，麻线夹在牛角间，粮袋挂在树枝上，甜甜美美睡一场。"

鲁命照着睡去，好一阵才醒来，看看牛角上的麻线，被牛吃光了，取下树上的粮袋，麦面粑粑变成了灶灰团。鲁命又气又急，忍着饿把牛赶回来。阿崩和隆吐听了鲁命说的怪事情，气呼呼地说："不好了，这定是宝妹在作怪了，明日一刀杀掉这头水牛，出出气。"吉命听着，一夜不歇地痛哭，一滴水也咽不下去。

第二天天一亮，阿崩先逼吉命去挖地，又叫鲁命请来一个屠手，杀掉水牛，剖成四大块，摆在院子里。

吉命在地里，哭一阵，挖一阵，太阳一偏西，就急忙赶回家来。当她看见由妈妈变成的牛已被劈成四大块，悲痛万端，扑倒在地上，泣不成声。

这时，屋后树上有一只黄鸟叫了："吉命姑娘呀，何必这样哭，牛肉一块挂门背，一块挂圈里，一块放堂屋，一块放箱里。"吉命照黄鸟的话，收拾得干干净净。

次日清晨，隆吐起来开门，有个缺唇的人对隆吐说："我来做你家的仆人。"隆吐到圈里，有一匹玉顶骏马，"嗨嗨"地叫起来。隆吐走进堂屋，丈夫阿崩正害头痛，在被窝里呻吟。隆吐打开箱子，有个白胖胖的白鹤般的男孩。隆吐又惊又喜，从此家里有仆人、有骏马、有男孩了，只是丈夫的头痛一直没有好。

隆吐叫缺唇仆人去挖地，仆人扛锄到地头，只管把禾苗铲掉。使劲挖了一阵，忽然听见田边树上的一只黄鸟在唱："阿崩当牛好吗？白鹤孩子好吗？玉顶骏马好吗？缺唇仆人好吗？"仆人越听越有趣，挖不出多大点地，一连三天都是这样。

阿崩问仆人："你三天挖了多少地？"仆人答："实话对您讲，只挖出簸箕大的一块。因为有一只黄鸟对着我唱：'阿崩当牛好吗？白鹤孩子好吗？玉顶骏马好吗？缺唇仆人好吗？'我忙着听歌，顾不上挖地了。"

隆吐在一旁发话："你明天带把弩弓去，如果黄鸟再来唱，你对它说："'你要命就歇在弩弓上来；不要命，我就射死你，莫忘了'。"

第二天，仆人带着弓箭去到地头，黄鸟又来唱。仆人便照隆吐的吩咐说了，黄鸟飞到弩弓上来。仆人把它带到家里，每天它都一刻不停地唱。隆吐听得厌烦透了，捉起黄鸟塞进灶窝洞里烧死了。

邻居有个老奶奶来要火种，恰恰夹着黄鸟变成的火炭，火星乱溅。老奶奶以为不吉利，抛在猪槽里，等喂猪食的时候，发现猪槽里有一把银闪闪的剪刀，老奶奶捡起来藏在箱子里。

隆吐把黄鸟烧死不久，就到了七月中元节，村里要举办赛马会。阿崩穿着盛装，骑着那匹玉顶骏马去参加，忽然头痛症发作，玉顶马跑了半圈，就把他掀下来，阿崩跌死了。

转眼又到过年，村里放花灯、舞狮子、跳麒麟、打秋千，热闹非常。吉命、鲁命忙着洗头梳妆，准备去看热闹。隆吐不想让吉命去，便故意喊她："吉命，我的顶针掉床下了，你给我捡上来。"

吉命伏在床下细心寻找，隆吐乘机端一盆水泼在吉命头上，淋得她满头满身是水。看热闹去不成了，吉命蹲在家里哭，料理白鹤孩子。

鲁命打扮得漂漂亮亮，头也不回地走去看热闹。她到各处看了个够，便去打秋千，只顾一时高兴，荡到空中一失手，摔落到地上死了。

阿崩死了，鲁命死了，恶婆隆吐任意挥霍，对吉命欺凌得更厉害了。

一天，吉命背着白鹤孩子到邻居老奶奶家玩，孩子看见房里一个箱子外边拖着一根丝带，上前抓住带子哭道："异娘乳汁苦，亲妈乳汁甜。"再哄也哄不住。

吉命恳求老奶奶："您家箱子里装着什么呀？娃娃哭闹得不行，请您开一开吧。"

老奶奶打开箱子，忽然从箱里跳出个美女来。老奶奶大吃一惊："这是怎么回事呵？"那女人说："我就是宝妹呵，因为被隆吐毒害，不能当人，变了水牛。隆吐杀牛，我的灵魂变了黄鸟。隆吐还不甘心，又烧死黄鸟，您来要火时夹去的那个火炭就是黄鸟的化身。火炭丢在猪槽里，变成了银剪刀。剪刀藏在箱里有多久，我就在箱里有多久了。这白鹤孩子是我的一块肉。"

吉命听了，搂着小弟弟，扑在妈妈怀里大哭。

老奶奶将这件奇事传给左邻右舍，又状告于官府，把隆吐五牛分尸处死了。

宝妹和两个儿女从此过着和和美美的日子。

青蛙伙子（纳西族）

讲述：和锡典
记录：王川蓉
1981年采录于玉龙县黄山乡长水村

很早以前，雪山下有个老奶奶，她没儿没女，又没有其他亲人，一个人孤零零地住在一间木楞房里。老奶奶白天上山砍柴，挖野菜，夜晚，就睡在冷冰冰的床板上，日子过得很艰苦。

有一天，老奶奶背着柴从山上回来，突然间，草丛里跳出一只青蛙，那青蛙跳到路中间，挡着她的去路，老奶奶心地很善良，便绕开路走，可青蛙又跳到她面前，这样连续多次，老奶奶没办法，就用树枝把青蛙扒到一边。回到家里，她推开屋门，屋里却有声音说："阿妈，阿宝先到家啦。"老奶奶大吃一惊，心里想：是谁和我说话呀？她四处张望着，什么也没看见。最后，却在屋中间发现了那只青蛙。

老人十分惊慌，按照纳西人的风俗，青蛙跑进屋里是不吉利的。于是，她给青蛙身上撒了灶灰，把它扔出去，然后又去庙里求神保佑。可当她从庙里返回到家时，那只青蛙又蹲在屋里了，一连四五天，老奶奶又气又烦，实在没办法，只好不管它。

一天中午，老奶奶从山上拾野菜回来，她又劳累又饥饿，歇了好一阵才开门。推开门后，却望见屋中间盖着一只簸箕，她好生奇怪地揭开簸箕，啊，原来是冒着热气的饭菜。老人高兴得手都颤抖起来，她顾不得什么，坐下来就美美地吃了一顿。

第二天、第三天，只要老奶奶揭开簸箕，就能吃着香喷喷的饭菜了。第四天，她上山去劳动，走到半途，忽然又折身回家，她想看看究竟是哪位好心人给她做的饭菜。

她躲在门外的柴堆旁边，悄悄地从木楞缝往里瞧，不多久，只见灶灰一腾，跳出那只青蛙，青蛙一抖身子，立即掉下一张蛙皮，就在掉下蛙皮的刹那间，一个壮壮实实的小伙子站起来了，接着就开始烧火做饭。

老奶奶心想：那美味的饭菜原来是这位好心的青蛙伙子做的。她跑进屋里，抓起那张蛙皮撕着。这时，青蛙伙子却也不急，只是深情地叫着："阿妈。"老奶奶高兴极了，从此，青蛙和老奶奶住在一起，他们就像亲生母子一样，生活得很愉快。

过了一段时间，青蛙伙子对老奶奶说："阿妈，我要娶阿不丹牛家的姑娘，你给我说说亲吧。"老奶奶一听，吓了一跳："阿不丹牛是有钱有势的富人，我们是穷人，相亲要门当户对，人家会把姑娘嫁给你吗？"青蛙伙子说："不怕，你去说说，我一定要娶阿不丹牛的姑娘。"老奶奶左劝右劝，他都不听，于是，第二天，只好领着青蛙伙子来到阿不丹牛家。

阿不丹牛看见穷老奶领着个粗黑壮实的小伙子，沉着脸问道："你们来找我有什么事？"老奶奶笑着说："我家这小子，想要娶你家的姑娘……"还没等老奶奶说完，阿不丹牛就愤怒地说："你说什么？你这样子也想娶我的姑娘？没那么容易，给我滚开！"

这时，青蛙伙子不慌不忙地上前说："阿不丹牛呀，我是真心实意来讨你的姑娘的。要是你不同意，我就要哭了。"阿不丹牛一听，哈哈大笑说："你哭就哭吧，关我什么事！"青蛙伙子说："是真的吗？"阿不丹牛不以为然地说："真的嘛。"

于是，青蛙伙子大哭起来，瞬间，黑云翻腾，天昏地暗，倾盆的大雨，铺天盖地下起来。不一会儿，山洪暴发，洪水包围了阿不丹牛家的房屋，渐渐地连楼上也站不住人了。

这时，阿不丹牛才慌了，他忙对青蛙伙子说："别哭啦，别哭啦，好好好，我把姑娘嫁给你，嫁给你。"

青蛙伙子马上停止了哭声，一下子，天空转晴，万里无云，洪水全退了。

阿不丹牛见了这情景，心里盘算着：不把姑娘嫁给他，他要呼风唤雨；嫁给他，他又那样穷，想来想去，便说："明天来吧，我们还要商量商量。"

第二天清早，青蛙伙子牵着一匹马，又来到阿不丹牛家。

阿不丹牛经过一夜的左思右想，决定还是不能把姑娘嫁给他。所以，当青蛙伙子一进门，阿不丹牛就急忙摇手说："你回去吧，回去吧，我的姑娘不给你了。"

青蛙伙子听后，又不慌不忙地说："阿不丹牛呀，我是真心实意来讨你姑娘的，你不把她嫁给我，我就要笑了！"阿不丹牛用白眼瞟了他一眼，说道："你笑就笑，关我什么事！"

青蛙伙子看一眼阿不丹牛，又望望高高的青天，便放声大笑起来。一眨眼工夫，天空火辣辣，树木草丛立即被烤得枯干了，整个大地像要燃起火似的，住在房里的人全都闷热得奄奄一息，阿不丹牛满头大汗，全身冒着热气，他坐在地上，有气无力地说："别笑了，别笑了，我把姑娘嫁给你。"

于是青蛙伙子停止了笑声，天空立即和往常一样，快要枯死的树木草丛又复生了。阿不丹牛想来想去又说："你明天来接吧，我还要准备准备。"

第三天，青蛙伙子又牵着马来到阿不丹牛家，阿不丹牛半理不理地说："我姑娘要嫁给门当户对的富人，不嫁给你这个穷汉。你前天哭了，昨天笑了，今天还能把我怎么样？"说完洋洋得意地看着一边。

青蛙伙子非常气恼，他说："你今天要不给我，我就要跳了。"阿不丹牛不以为然地说："你跳就跳，关我什么事！"

刚说完，青蛙伙子手脚一缩，便大跳起来。顿时，天旋地转，雷鸣海啸，天要塌了，地要陷了，房子全都哗哗剥剥响起来，阿不丹牛家的粮仓炸裂了，东西全都往外掉，昏头昏脑的阿不丹牛躺在地上哀求道："别跳了，别跳了，这一回我一定把姑娘嫁给你。"

青蛙伙子停下来说："好吧，那我就要把你的姑娘领起走了。"说完，就把马牵过来，在那里等着。

阿不丹牛很不乐意，可是又没办法，便暗暗地装了一袋石头，并悄悄地对女儿说："在半路上，用石头把那穷汉打死，你就跑回来。"青蛙伙子把阿不丹牛的姑娘扶上马，就往家里走。

半路上，那姑娘从口袋里果然取出石头往青蛙伙子的头上砸去，石头从头上掉到地上却变成一坨金子。青蛙伙子想：这是我妻子的宝贝，应该给她捡起来。他拾起那坨金子送还给姑娘，姑娘接了金子也没看，又取出石头砸去，可石头掉在地上，又变成了金子。青蛙伙子仍然捡给她，连续几次都没把青蛙伙子打死，而且石头都变成了金子。姑娘想：他人虽黑，心还是好的，便不砸了。回到家，他们成了夫妻。

老奶奶很喜欢自己的儿媳，可也看出了儿媳的心思。有一天，她领着儿媳去看赛马，到了赛马场，比赛已经开始了，只见骑手们争先竞赛，一个个骑得非常好，特别是第三匹马的骑手，骑术特别出众，儿媳妇看了很高兴，赛完后，她把手上的金圈子送给那位骑手了。

第二天，老奶奶又约儿媳去看射箭，她们到射箭场上，看到第三个靶位上的射手百发百中，射得很好，儿媳很喜欢，便取下耳朵上的玉片送给他。

到晚上，青蛙伙子洗脸时，一挽袖子，手上的金圈子掉进盆里，一脱上衣，衣服里的玉片掉在地上。媳妇看见这两样东西都是自己送给第三位骑手和射手的，没想到原来他就是自己的丈夫，姑娘心里很高兴。

从那以后，夫妇俩相亲相爱，尽心尽力地孝敬老奶奶，日子过得很幸福。

青蛙骑手（纳西族）

讲述：和金良
记录：白庚胜
1981年4月采录于玉龙县龙蟠乡

从前，雪山脚下住着一个没儿没女的老妈妈，她白天上山砍柴、拾菌、采蕨菜，晚上睡在木楞房里的火塘边，孤苦伶仃，很是可怜。

这天，她又到山上砍了一背柴，刚要下山，忽然听到一个男人说话的声音："老妈妈，莫背柴了，把柴架在我的骏马脊背上吧，它会把柴送到您家的。"

老妈妈抬头一看，只见一匹壮实的高头大白马站在离她十来步远的松树下，却不见人影。她疑惑地说了一声："唔——，是哪个好心人在说话呀？请出来吧！"

大白马走上前来了，可还是不见人影子，老妈妈好生奇怪。忽然，她脚边又响起说话声："老妈妈，我来了，请您把柴驮在马背上吧！"

老妈妈低头一看，原来是只青蛙牵着马缰绳，不觉失声笑起来："呵哟，是小青蛙呀，究竟是马牵你，还是你牵马？"

青蛙说："我是骑手，是马的主人，您就把柴驮上马吧！"

老妈妈觉得好笑，但自己也累了，便顺从地把柴捆拆做两捆，驮在大白马背上。青蛙跳转身，牵马下山了。青蛙在白马前面跳，老妈妈跟在马后，轻轻快快地回到了家里。老妈妈下了柴驮子，说："谢谢你了，小青蛙。"

青蛙说："老妈妈，我做您的儿子吧，这大白马也是您的啦，我看您太孤单了。"

老妈妈想想也是，有个伴也好，就亲切地说："小青蛙，你真会说话，就当我的儿子吧。"

青蛙很高兴，把马牵到屋檐下拴好，就来到火塘边，甜甜地喊了声："阿妈！"

老妈妈心头热烘烘的，答应道："我的青蛙儿子，你真好！今晚就在火塘边睡，跟我做伴吧！"

第二天清早，青蛙对老妈妈说："阿妈，您天天上山下地，今日就在家闲着吧，我去打猎，下午才回来哩。"说罢牵着白马走了。

老妈妈舒舒服服地睡了个够，打算起来做早饭吃，可想起青蛙和大白马，她又放心不下，就慢慢走到山上去找。找呀，转呀，总是不见白马的影子。太阳偏西了，肚子也饿起来，只得先回家来。她前脚刚跨进屋，后面大白马就飞也似地跑回来了。马背上挂着几十只野鸡、斑鸠，还有一头麂子，青蛙骑在马脖子上。老妈妈好生奇怪："这么多猎物是从哪里要来的？"

"不是要的，是我打来孝敬阿妈的呀！"青蛙大声地说。

老妈妈乐得眉开眼笑，马上动手，做了一顿美美的饭，又把剩下的猎物做成干巴挂起来。

第三天，青蛙独自上山去了。走前留下话儿："阿妈，我去砍柴，等一会您牵着马来驮吧。"

老妈妈暗暗好笑，心想：小青蛙能砍什么柴呢？吃过早饭，她就牵着大白马上山来了。走到山坳里，只见小路上东一小堆，西一小捆，摆满了直瞄瞄的细柴。她以为这些细柴轻得很，弯下腰去抱上一捆，可是哪里抱得动！原来那不是细柴，而是一根根的银条条。这时，青蛙跳出来说："阿妈，这点柴真不好砍，您快让马驮上吧。"

老妈妈有了许多银子，就盖了两间新房子，一间自己住，另一间叫青蛙住。还盖了一间马厩，让大白马住在里面。

青蛙看着新房子，嘻嘻笑着："阿妈，这回该给您娶个儿媳妇啰，让她好好服侍您老人家。"

老妈妈又"扑哧"笑了："青蛙儿子，你这模样还想娶媳妇？谁家姑娘会愿意跟你？"

青蛙满不在乎地说："阿崩当纽的姑娘最漂亮，手艺又好，让我去到他家求婚吧！"

"阿崩当纽是有钱有势的领主，他会把姑娘嫁给你吗？莫做梦了。"

"阿妈，我有办法，您只管放心。"

青蛙径直来到阿崩当纽家，跳上墙头，大声喊："阿崩当纽，我来求婚，把你姑娘嫁给我吧！"

领主阿崩当纽慌忙跑出来，四下里望望，不见人影，说了声"怪事"，刚要进屋，青蛙又在墙头叫起来："我在这里，是我要娶你家的姑娘。"

阿崩当纽见是一只青蛙，厌恶地吐了口唾沫："呸，背时鬼，我的姑娘怎么能嫁给你！"

"你不答应，我可要哭了！"

"管你哭不哭，就是不答应！"

青蛙仰起头来，对着天空"咕呱咕呱"地大哭起来，天上立即乌云密布，雷鸣电闪，下起了大雨。青蛙越哭雨越大，不一会儿，洪水冲进了领主家院子，眼看房子就要被淹没了。阿崩当纽着急了，大声恳求青蛙："莫哭了，我答应把姑娘嫁给你！"

青蛙止住了哭，雨也就停了，云开雾散，洪水慢慢退出去了。阿崩当纽看着青蛙实在难瞧，想反悔，就说："你求婚的事，我还得跟家里人商量，请你明天再来吧！"

第二天，青蛙又跳在领主家墙头喊："阿崩当纽，商量好了吧？快把你家姑娘嫁给我！"阿崩当纽说："家里人不答应哪，请你转回去吧！"

"不答应，我可要笑喽！"

"管你笑不笑，就是不答应！"

青蛙仰面朝天睡着，一个劲儿地笑。这一笑，太阳越来越辣，天空像个大火炉似的，烤得人直流大汗。阿崩当纽热得受不住，上气不接下气地恳求青蛙："请你莫笑啦，我答应把姑娘嫁给你，你明天就来接她吧！"

青蛙止住了笑，太阳不辣了，到处又变得凉爽爽的，花园里的花木也重新开放。

　　青蛙回去住了一夜，就又牵着银白色的骏马来到领主家。它把马拴在门口，前去叫门。不料阿崩当纽又变了卦，把大门关得紧紧的，叫半天也不来开。青蛙生气了，跳上墙头喊道："阿崩当纽，昨天答应了的事，今天怎么把我关在门外？还不快来开门。"

　　阿崩当纽装做为难的样子，说："昨天答应了，可我姑娘她还没有打定主意。"

　　"你要反悔，我可要咳嗽了！"

　　阿崩当纽不知道青蛙咳嗽的样子，就无可奈何地说："你要咳嗽就咳吧，关我什么事呀！"

　　青蛙弯着腰大声咳嗽，一眨眼工夫，四方八面刮起了暴风，飞沙走石，大树折的折，倒的倒，阿崩当纽家被沙灌满了，瓦片稀里哗啦往下掉。阿崩当纽被风沙迷得睁不开眼，透不过气来，只得恳求青蛙："请你莫咳嗽了，我叫姑娘答应你，明天让你把她娶走。"

　　青蛙止住咳嗽，风沙停了，一切又变得和刚才那样明媚。青蛙骑着白马回去，过了一夜，又一大早来到阿崩当纽家叫门。可是叫了半天，没有人来开门，青蛙又跳上墙头喊："阿崩当纽，昨天答应的事怎么又忘了？还不快出来给我开门！"

　　阿崩当纽又找借口说："我想了一夜，我是富人，你是穷鬼，门不当户不对，我怎忍心让姑娘去受苦？这事有点难说。"

　　"怎么又反悔了？我可要跺脚了！"

　　阿崩当纽不知道青蛙跺脚的厉害，以为没什么了不起，就说："你要跺就跺吧，关我什么事！"

　　青蛙一跺脚，忽然地动山摇，房子摇晃起来了，墙也摆动个不停，屋里的东西直往外摔。阿崩当纽家像被簸箕簸着，难受极了，慌忙又恳求青蛙："请你莫跺脚了，把姑娘嫁给你，马上就娶走吧！"

　　青蛙听了，停下脚来，一切又恢复成原来的样子。阿崩当纽把大门打开，请青蛙牵马进院。但他心中实在不乐意，暗地里把一袋石头交给女儿，嘱咐她半路上把青蛙打死。

　　姑娘终于嫁出门了，她骑在白色骏马上，看着前面一跳一跳的青蛙，想到它就是自己的丈夫，心里又好笑又好气。

　　走到半路上，她想起父亲的话，偷偷拿出一颗石头，朝青蛙头上打去。

石头从青蛙头上滑下来，变成了一块金子。青蛙以为是姑娘的心爱之物，就捡起来还给她。又走了一段路，姑娘又掏出一个石头朝青蛙打去，石头从青蛙背上滑下来，又变成一块金子。青蛙以为是姑娘心爱之物掉下来，又捡起还给她。姑娘见石头一碰着青蛙就变成金子，非常惊奇，又见它两次好心地把金子捡还给她，再也不忍心打它了，把剩下的石头抛到马后去。

媳妇接到家了，老妈妈非常高兴，做出可口的饭菜来招待，又安排她在青蛙房里住。这姑娘可不像她父亲，不但漂亮，也很贤惠，对老妈妈服侍得很周到。

晚上，姑娘孤零零地睡在床上，回过头看看蜷缩在火塘边的青蛙，想到自己这么漂亮能干，却嫁了这么个"丈夫"，真是天大的冤屈，情不自禁地伤心落泪。想着想着，她睡着了，做起了美梦。她梦见自己和一个英俊的小伙子成了亲，一起上山、下地，多么幸福快乐。好梦一直做到天亮，醒来却只有青蛙蹲在火塘边。她想：要是面前的青蛙丈夫变成梦中的英俊小伙子，那该多么称心如意呵！

这时，青蛙说话了："我的妻子呀，那边大寨子要办三天射箭赛马的盛会，你打扮得漂亮些，自个儿去赶热闹吧！"

姑娘喜欢赶热闹，也就去会上观看。那天，先是比赛射箭，许多小伙子都背着弓箭赶来参加。当中有个年轻男子，一连射下来两只飞着的大雁，夺得了头奖。姑娘看他就像梦中和她成亲的那个英俊小伙，不由自主地走上前去，把自己的金戒指送给了他。

射箭比赛完了，姑娘想找那个英俊小伙说句话，却怎么也找不到他，只得走回家来。一进屋，青蛙对她说："哦，好玩吧？刚才有个小伙子来我家，把他得奖的金银放在这儿。"

姑娘疑惑地看看那堆金银，里面还夹着自己那只金戒指呢，难道那小伙子……

晚上，她又做了和昨晚一模一样的好梦。

早晨起来，青蛙又说话了："今天要赛马，你可得早些去，好瞧嘞！"

姑娘梳洗打扮一番，又去看赛马。这天，骏马有百匹，骑手也有上百个。牛角号一响，一百个骑手骑着一百匹各色骏马，像一阵狂风一齐向远处跑去。她看见昨天夺头奖的射手，也就是梦中那个英俊小伙，骑着一匹白骏马，远远地跑在最前头。她忽然发现：那匹马不正像青蛙骑的那匹吗？想到这，她无心再看了，马上跑回家来。先到马圈去看，白骏马被牵走了。回到屋里，青蛙也不在，火塘边却留下一张青蛙皮。她想：那英俊的年轻骑手、射手和梦中见过的小伙子，就是这青蛙变的呀！啊！自己的青蛙丈夫，竟是这么一个称心如意的英俊骑手，可不能再让他变回青蛙了！想罢，姑娘把青蛙皮丢进了火塘。

这时，那年轻骑手突然闯进来了。他一把将青蛙皮从火中抢出，可是只剩小半了。骑手把小半张蛙皮一裹，下半身立刻变成青蛙腿。姑娘见了这情景，扑过去抱着骑手的青蛙腿哭起来："丈夫呵，我求你莫变回青蛙，莫让我伤心了，我可是个好心人哪，可怜可怜我吧！"

姑娘的泪水流在青蛙腿上，青蛙皮就慢慢化了。英俊的骑手没有变回青蛙，和姑娘相亲相爱，一起侍奉着年老的阿妈。

白塔与丹桂的故事（纳西族）

讲述：和四发
记录：木崇生　王震亚
1980年采录于玉龙县黄山乡五台村

玉龙山下，一股股清泉冒出地面，窜过草间，流呀，流呀，流到丽江坝子汇成小河。小河经文笔峰脚，像舒开的弯弓，轻悠悠地往东南方向流去，纳西人把这条小河叫做漾弓江。

相传很久以前，漾弓江边有个美丽的村庄，庄里人姓木，人们都叫它木家庄。木家庄有二十来户人家，分别住在漾弓江两岸，联结他们的是一座凌空飞架的石拱桥，那石拱桥出入荷花翠柳中，远看，像雨后的彩虹，美极了。

就在石拱桥南边，住着一对老夫妇。夫妇俩都六十多岁，只有一个独生女儿，名叫丹青。丹青从小爱劳动，白天，她伴着父母种田；晚上，在松明火把下织布。她织的细布又美又牢，少女们都向她学。丹青长到十八岁，眼睛像天上的星星，笑脸像雪山的彩云。她的勤劳和美貌，传遍小村十寨，撩拨着小伙子的心。

可是，丹青的心没远飞呀，她多情的眼光落在石拱桥北边。

那里，几株翠柳围着两间木板房，房里住着一位勤劳忠厚的青年木三郎。三郎从小死去父亲，只有年老的母亲和他相依为命，生活的重担全由他挑起。七八岁，三郎会割草，十来岁，三郎会犁田，不到十五岁，农家活他样样都会了。

三郎心肠好，村里人都喜欢他。哪家有困难，三郎总是主动去帮忙，农忙活干完了，他又下江打鱼。一年四季，风里来，雨里去，练得筋骨强健，力大无穷。

丹青把这些看在眼里，心儿呀，好像蜂窝里的蜜，甜得醉人。

三月里，菜籽雀尽情欢唱，农家开始撒秧了，丹青和三郎家的秧田紧紧相连，两人在一处劳动，情话说不完。六月里，稻谷抽穗，纳西人的火把节到了，丹青和三郎把鲜花和松柴扎成火把，火把点燃了，丹青和三郎的心呀暖融融的；八月里，金谷成熟了，丹青和三郎的爱情也成熟了。两家老人约定：来年八月十五，丹青和三郎要做一家啦。

消息乘着喜鹊的翅膀飞走。不知道什么时候，传到象山脚下的黑龙潭。龙潭里住着一条长须吊眼的黑龙，这黑龙暴虐乖戾，荒淫无道，经常倚财仗势，破坏别人的幸福，闹得黑龙潭一带的水族、人类日夜不得安宁。

听说美丽的丹青要和三郎成亲，黑龙的心窝里像是钻进了毛毛虫，走起路来宫殿摇晃，喘着大气海水翻腾。两个蟹臣看出黑龙的心思，便要帮黑龙去求丹青。黑龙高兴了，忙叫它们快快去，并嘱咐说："只要丹青答应，我这里珠宝如山，要什么给什么。"

两个蟹臣顺着清流，进了漾弓江，然后向木家庄游去。远远地望见荷花翠柳，拱桥如虹，他俩便游出水面，变成人形，直奔丹青家。见了丹青父母，一个说："你们的鸿运到了，我家小主人是个年轻漂亮的土司，他看上丹青姑娘啦。"一个说："我们小主人家珠宝堆成山，丹青答应了，珠宝任她选。"

可是，丹青父母摇着头不答应，母亲说："砍刀砍在松树上，刀印砍上了，丹青许给木三郎，婚约不变了。"

父亲说："珠宝留给别人选吧，我家丹青没福了。"

两个蟹臣从太阳出说到太阳落，说得满嘴起白沫，都没有说通，只好垂头丧气地回去了。

黑龙听完两个蟹臣的报告，捻着龙须，沉吟好半天，最后决定亲自走一趟。

于是，他领着随从出了水面，腾云驾雾来到漾弓江上。从云端上往下看，只见木家庄江水悠悠，翠柳飘忽，渔船在荷花中穿行，燕子在田野飞翔。

黑龙暗想：真是个好地方，比黑龙潭还美。

它落下地面，变成一个年轻的土司，由一群随从簇拥着，趾高气扬地走进了丹青家。

丹青父母见是个土司，又惊又怕，连忙打整座位。

这黑龙一坐下，两只眼睛像发亮的茄子，东张西望，左觅右寻，最后终于耐不住高声大气地问："你家丹青姑娘呢？"

这时候，丹青姑娘手捧茶盘出来了。黑龙一见丹青，张着大嘴，咽着口水，半晌说不出话来。

等丹青搁下茶杯，进了灶房，这黑龙才如梦初醒，忙对丹青父母说："把你们的丹青姑娘嫁给我吧。"

丹青父母一听，顿时为难起来，好一阵，父亲才恭敬地说："女儿有婚约了，订婚的礼酒已收了。"

黑龙骄横地仰起头，大大咧咧地说："收了多少礼酒不消怕，统统由我赔。"

正在这时，丹青站在门口说话了，那声音不快不慢，不高不低，字字句句说得在理："白鹤飞进云层里，那是白鹤愿意的。丹青收了三郎的礼酒，那是丹青喜欢的。谁要你来赔？"

黑龙听了丹青的话，答也不是，不答也不是，心里又恼又气，越气越答不上话。最后，脸色一变，拂袖起身，现了原形，腾空飞走了。

黑龙回到龙潭，气得全身冒黑汗，手下的龟相蟹臣想来想去，又想不出个好办法，最后，还是黑龙想了个办法：把龙宫搬到漾弓江，然后趁机把丹青抢走。龟相蟹臣一齐附和，并献策说："抢不走丹青，就先把三郎除掉。"

不多久，一座富丽堂皇的龙宫在漾弓江里建成了，黑龙立即搬进新龙宫。

这时，木家庄的善良人民还和往日一样生活，他们根本不知道漾弓江已被黑龙霸占。

黑龙住进漾弓江后，整日里带着随从，打扮成各种身份的人，在木家庄游来荡去，好几次看见丹青，都不好下手。

一天，黑龙刚出漾弓江，远远看见三郎和一群青年人，提着渔网渔叉，正要下江里打鱼，黑龙立即起了坏心，等三郎与伙伴们刚撑开船，它驱使水族作法变化，想把三郎淹死在江里。

霎时，阴云密布，狂风大作，平静的漾弓江骤然翻起丈多高的恶浪。三郎与伙伴们靠着平时苦练的本事，顶风破浪，赶紧靠岸，才没翻船落水。

自此以后，丹青十分担心三郎，每当三郎下江打鱼，丹青总是站在岸上瞭望。

不料，这一切又被黑龙窥见。

一天，丹青送三郎上了渔船，黑龙便暗中施展手段，让三郎与伙伴们追捕鱼群，越追越欢，离岸上的丹青越来越远了。

这时，黑龙指使手下的鱼将虾兵突然变成抢亲的武士，一拥而上，把丹青拖走了。

可是，清风带了口信。三郎听到丹青的呼号声，立即提着渔叉与伙伴们飞跑上岸。只见远处尘烟滚滚，丹青被架着拖走，一个满身发亮的黑怪物手舞足蹈跟在后面。

三郎一看，怒火万丈，他沉着冷静地举起渔叉，向那黑怪物用力投去，只见一道白光划破长空，轰然一声巨响，渔叉准准地插在那黑怪物的背上。

那家伙大嚎一声，化作一团黑云升上半空，其他怪物丢下丹青，入江下水，无影无踪。

三郎奔向丹青正要相见，那团黑云却迅速下沉，落在漾弓江南岸，变成一条黑色巨蟒。

黑蟒张开血盆大口，吐出滚滚毒液，毒液浩浩荡荡流入漾弓江。

顿时，漾弓江里白浪滔天，数十丈高的水迎头盖来，冲毁了村庄，冲走了牲畜，淹没了田野。木家庄的乡亲们在洪水中挣扎号叫，刚刚得救的丹青也被洪水卷走了。

听着丹青凄厉的呼声，望着美丽的家园被冲毁，三郎义愤填膺，满腔仇恨，心都快炸了。他知道这一切都是黑龙造下的罪孽，他决心消灭黑龙，为民除害。

于是，他使出全身力气，如巨石砥柱，逆阻洪流岿然不动。可是，漫天的洪水像无数咆哮的狮子向三郎凶猛地扑打。眼看洪流逆挡不住，三郎瞪着闪电般的双眼，千仇万恨，怒目而视。

霎时，天昏地暗，山摇地动，只见三郎从滚滚洪流中奋力跃出，腾空而起，在闪电雷鸣之中，变成一座指天倚云的白塔，呼啦啦地从九天之上飞落下来，正正地压在那黑色巨蟒的头上。那血盆大口闭住了，滚滚毒液停止了，滔滔洪水消退了，丹青和木家庄的乡亲们终于得救了。

可是，勤劳忠厚的三郎却再也见不到了。美丽的丹青从洪水劫后的泥淖中站起来，奔向白塔。她扶着巍然屹立的塔身，望着高耸入云的塔尖，眼泪默默地流呀，流呀，流湿了塔身。

为了表达对三郎忠贞不渝的爱情，丹青变成了一株纯洁的丹桂树。当乡亲们赶到白塔时，他们没见着丹青，只看见美丽的丹桂紧靠着白塔，亭亭玉立。多少年了，丹桂就这样日日夜夜地陪伴着白塔，散发出无尽的幽香。

如今，丽江东坝子靠南横卧着蜿蜒曲折的山脉，一列莽莽苍苍的山脊就是蛇山，山的最前端立着一尊白塔，据说就是三郎变的，白塔旁边开着芳香的丹桂，据说就是丹青变的。

为了怀念三郎和丹青，每年八月十五，漾弓江边的纳西人都喜欢带着月饼、瓜子、核桃、梨等，来到白塔面前的丹桂树下，欢庆象征着幸福团圆的中秋之夜。

牧牛姑娘阿寿命（纳西族）

讲述：和玉海 女 纳西族 70岁 农民 不识字
记录：阿密 纳西族 49岁 云南省社会科学院研究员 高中　阿向
1980年采录于玉龙县塔城乡

从前，寨子里有个叫阿当麻的富人。阿当麻嫌老婆太憨厚老实，又讨了个心眼多的女人做小老婆。两个老婆都生了一个女儿，大老婆生的姑娘叫阿寿命，小老婆生的姑娘叫阿茂命。不久，阿当麻得急病死了。

有一天，大老婆和小老婆一起出门去赶街。走到半路上，看见小溪边长着一窝嫩汪汪的青草。小老婆跟大老婆说："阿姐，你看这草长得多逗人爱呀！听人说是仙草哩，人吃了能长寿呢。"忠厚的大老婆信以为真，便把草拔起来在溪水里洗干净，然后衔在口里咀嚼起来。才走了几步路，忽然"哞——"的一声，大老婆一下子变成了一头母牛。

小老婆找来一根麻绳，穿进牛鼻子里，把母牛牵回家来。

阿寿命不见阿妈回来，忙问后妈："我阿妈呢？"

后妈绷着脸，恶声恶气地说："你阿妈吗？她不会回来了，到你舅舅家吃火烧猪肉了。阿寿命，从今天起，你给我放牛去，每天带上一个饭团和一捆麻皮，一边放牛，一边绩麻，回来再把绩好的麻交给我。"后妈说完，把牛缰绳丢过来，又进屋拿来一大捆麻皮和一只盛饭团子的口袋，一起塞在阿寿命手里。

阿寿命噙着眼泪，牵着母牛来到树林子里。树林静悄悄的，只听得见母牛吃草的声音。她独自一个人坐在树下，一边绩麻，一边想念着阿妈。她感到饿了，解开装饭团的口袋，一看原来是一坨灶灰团，她伤心极了，眼泪像断线的珍珠一样落在地上。

一会儿，一只乌鸦飞过来，歇在对面的松树梢上，朝着阿寿命唱道：

　　　　牧牛姑娘阿寿命，
　　　　莫忧愁，莫悲伤。
　　　　麻皮挂在牛角上，
　　　　口袋放在羊皮上，
　　　　只管甜甜睡一觉，
　　　　等到醒来再看看……

阿寿命听了，觉得十分惊奇。她照乌鸦的话，把麻皮拿来挂在母牛角上，又解下披在背上的羊皮，把装饭团的口袋放在上面。她又困又乏，躺在草地上，一会儿就睡着了。

一阵雀鸟的鸣叫声把阿寿命唤醒。她睁开惺忪的眼睛，咦，面前烧着一塘火，旁边烤着一个又香又软的包谷粑粑，再看看母牛角上，一捆麻皮已变成又匀又细的麻线……

天擦黑时，阿寿命牵着母牛回来。后妈见母牛吃得胀鼓鼓的，阿寿命的脸色是红润润的，拿去的一大捆麻皮也绩成又匀又细的麻线。她嘴里不说，心里却很纳闷。

第二天，阿寿命又牵着母牛来到树林子里放牧。昨天看见的那只乌鸦又飞来，歇在树子上望着她歌唱。阿寿命照乌鸦的话，把后妈交给她的一大捆麻皮挂在母牛角上，把装着灶灰团的口袋放在羊皮上。随后，便躺在软绵绵的草地上呼呼睡去。

太阳偏西时，阿寿命睡醒了。解下母牛角上的麻线，吃了烤在火塘边的包谷粑粑，眼看母牛也已经吃饱，才慢悠悠地牵着母牛回来。

后妈心想：我天天给阿寿命吃灶灰团，交给她三个人也绩不完的麻，可她的脸色一天比一天红胖，绩的麻也越来越多，一定是有人给她好东西吃，帮她绩麻。她越想越感到蹊跷，是红是白，得叫阿莪命去看看才行。于是，她把阿莪命喊来，悄悄说："好姑娘，你明天放牛去吧。阿妈给你带上你最爱吃的油烙粑粑。你要一边放牛，一边绩麻，回来再把树林里看到的事儿告诉阿妈。"

吃过早饭，阿莪命照她妈的吩咐，牵着母牛到树林里放牧。她刚坐下来要绩麻，忽然听见一只乌鸦在对面的树上唱着：

> 牧牛姑娘阿莪命，
> 何必劳神来绩麻，
> 麻皮挂在牛角上，
> 口袋放在羊皮上，
> 只管甜甜睡一觉，
> 等到醒来再看看……

乌鸦的话，正合阿莪命的心思。她把麻皮拿来挂在母牛角上，又把装油烙粑粑的口袋放在羊皮上，然后伸了伸懒腰，打了个哈欠，倒在草地上闷头睡去。

太阳落山时，阿莪命才醒来。她又饥又渴，忙去解开装油烙粑粑的口袋，一看油烙粑粑变成了灶灰团。再看看挂在母牛角上的麻皮，全被母牛嚼烂了。阿莪命十分伤心，牵着母牛一路哭着回来。

后妈听了阿莪命的诉说，气得又扔火钳又砸碗，咬牙切齿地说："哼，死老婆子，变了母牛还要作弄人。过两天我把你宰掉，叫你亲生女儿吃你的肉，喝你的血！"

后妈照样叫阿寿命去放牛，每天交给她一大捆麻皮，叫她带上一坨灶灰团做干粮，阿寿命想起后妈的虐待，想起慈祥的阿妈，心头阵阵悲伤。这时，乌鸦又飞来了，叫她不要伤心，把口袋放在羊皮上，把麻皮挂在牛角上，然后好好睡一觉。阿寿命照着做了。她睡醒了，吃了烤在火塘边的包谷粑粑，取下母牛角上的麻线，看着天色已经不早了，便牵着母牛走出树林。

走着走着，母牛的眼睛里流下泪来，开口对阿寿命说："阿寿命，我的好女儿！后妈心狠毒，她要把我宰。还要把阿妈的肉拿来叫你吃。阿寿命，你莫吃。碗里五块肉，放在五处吧，一块放在马厩里，一块放在马槽里，一块放在碗柜里，一块放在铜盆里，一块放在屋角里……"阿寿命知道亲阿妈变成了母牛，难过得紧紧搂住母牛的脖颈痛哭了一场。

这天晚上,狠毒的后妈把母牛宰了,煮了满满一大锅牛肉。她舀了一碗牛肉给阿寿命,假惺惺地说道:"阿寿命,看把你累瘦了,快吃掉这香喷喷的肉,快喝掉这油油的汤!"

阿寿命坐在黑房子里,捧着碗哭了一夜。她见碗里有五块牛肉,便按照阿妈的嘱咐,分放在五个地方。

过了几天,寨子里传来了一个大喜讯:年轻的国王要选妃子了,邀请有女儿的人家前去应选。寨子里的人们都知道阿寿命是个既美丽又聪明又能干的姑娘,纷纷劝说她的后妈领她去应选王妃,后妈满口答应了。

这天清晨,后妈叫阿寿命和阿莪命一块洗头,说好谁的头发干得快,就领谁去国王家里做客。俩姐妹洗好了头,后妈见阿寿命黑油油的头发,又恨又嫉妒。她叫阿莪命坐在火塘边烘头发,叫阿寿命坐在屋门口。谁知阿寿命的头发被冷风一吹,一会儿就吹干了。后妈说:"阿寿命,头发干了还要梳,木梳掉在床底下了,赶快捡起来。"阿寿命弯着腰去捡木梳,后妈端了一盆冷水,从她头上泼了下来,浇得满头满身湿淋淋的。

后妈扯着公鸭嗓子骂道:"哼,看你这样子,还想当国王的妃子呢!阿寿命,明天要撒种了,你给我在家把这九箩荞种分清好!"后妈说罢,气势汹汹地端来九箩苦荞甜荞拌在一起的种子,放在阿寿命的面前。

后妈给阿莪命梳好头,扎上头绳,穿上新衣新裙,戴上包头帕,母女俩又说又笑,高高兴兴地出门去了。

对着九箩荞种,阿寿命不知道该怎样才能分清,她又想起亲阿妈,心里一酸,一个人坐在屋门口啜泣。

一阵"丫——丫——"的叫声,阿寿命抬起头来,看见屋檐上歇着一只乌鸦。乌鸦跟她说道:"牧牛姑娘阿寿命,莫流泪,莫悲伤,国王就要选妃子,等着姑娘来做客。"

阿寿命回答乌鸦说:"国王选妃子,我想去应选,后妈心肠狠,苦荞拌甜荞,九箩荞种难分清,叫我怎么能脱身?"

"拿张细筛子,拿张粗筛子,左边筛三下,右边筛三下,苦荞归苦荞,甜荞归甜荞。"

阿寿命找来一张粗筛子、一张细筛子,左一下、右一下地筛了起来,一会儿就把九箩荞种分清了。

筛完了荞种,阿寿命还不肯动身。乌鸦催促说:"国王家的大门大大开,进出的客人如潮涌,姑娘呀,快去做客吧!"

阿寿命回答说:"心想做客去,没有快马骑。"

　　　　快马在厩里,等着姑娘骑。

阿寿命又说:"虽然有马骑,大山几十座,大河几十条,没有伴当呀,叫我怎么行?"

　　　　马槽卧壮汉,牵马做伴当。

"姑娘要出门,没有包头帕,怎么去做客?"

　　　　头帕新崭崭,放在碗柜里。
　　　　有了包头帕,没有百褶裙。
　　　　新裙鲜艳艳,挂在屋角上。
　　　　有了百褶裙,还缺腰带呀!
　　　　腰带绣彩花,放在铜盆里。

　　阿寿命来到马厩里,厩里拴着一匹高大的枣骝马,马背上备着一副漂亮的鞍子。再看看马槽里,一个又黑又壮的小伙子坐了起来,赶快给阿寿命牵马。她又走进屋子,找到了新裙子、新头帕和绣花腰带,便一件一件地穿戴起来。顿时,满屋金光灿灿,阿寿命美丽得像仙女一样。

　　且说年轻的国王邀请了九十九个寨子有姑娘的人家,一心要选一个美丽、聪明又能干的姑娘做王妃。国王向姑娘们提出了三个条件:一是要姑娘们从满院子的鹅鸭群里走进屋里来,二是要走过九十九条险路,三是要开九十九把锁。

　　九十九个寨子的姑娘们来了,她们一个个打扮得花枝招展,争先恐后地涌进院子里来。满院子的鹅鸭"嘎嘎"叫着,伸着长长的脖颈,拼命去啄姑娘们的眼睛,弄得她们进也进不去,出也出不来。国王叫姑娘们走九十九条险路,又叫她们开九十九把锁,可是谁也不敢走一步险路,谁也打不开一把锁,所有的姑娘都垂头丧气了,所有的母亲都唉声叹气了。国王摆了几十样好吃的饭菜招待她们,但谁也没有心绪好好吃一口。

　　就在这时,阿我命忽然惊叫起来:"阿妈,阿寿命骑着高头大马,穿着新衣裳来了!"

　　后妈头也不抬一抬,说:"傻姑娘,你花了眼吧,阿寿命怎么会到这里来呢?那九箩荞种把她牢牢拴住了,三年三月也出不了门哩!"

阿荞命见母亲不相信，使劲摇着她的膀子说："阿妈，是真的呀，阿寿命要进院子里去了。"后妈抬起头来，只见阿寿命骑在一匹枣骝马上，打扮得像仙女一样，正大摇大摆地朝国王家的院子里走去。后妈又气又恨，霎时变了脸色，一口痰涌上来，倒在地上不省人事。

阿寿命走进院子里，鹅鸭们赶快闪在一旁给她让路，还不住地拍打着翅膀欢迎她。她连一口气也不喘就走过了国王安排下的九十九条险路，又毫不费劲地开了九十九把锁。国王见阿寿命这样聪明能干，又生得像杜鹃花一样美丽，十分喜欢，立即把她选做王妃。

过了一年，阿寿命生了一个又白又胖的小王子。国王更加高兴，爱她和小王子如爱掌上的明珠。

有一天，阿寿命对国王说："国王啊！我是个牧牛姑娘，蒙您选做王妃，待我这样好，叫我怎样感激您才好呢？听说我的后妈死了，家里只有一个妹妹，我很想念我的妹妹阿荞命，请您让我回去看看吧！"国王很体谅阿寿命的心情，马上叫人备马送她回去，并叫把小王子也带去。

阿寿命回到家里，抱着阿荞命痛哭了一场，还把国王给她的新衣裳和金银首饰送给妹妹。

一天，姐妹俩到河边洗菜。洗着，洗着，阿荞命把阿寿命推到河里。河水又大又猛，把阿寿命吞没了。阿寿命死后，变成了一只鹌鹑鸟，鹌鹑鸟飞呀，飞呀，飞到国王家附近。

阿荞命急急忙忙回到家里，穿上了姐姐的衣裳，戴着姐姐的首饰，背上背着小王子，装扮成阿寿命来到国王家里。

国王见王妃回来，很是高兴。可是还没有几天，国王觉得王妃有点变了，走一步路，说一句话，都不像以前一样舒心、顺眼。

一天，国王对阿荞命说："我们家背后有块园子地，白白闲了好几年，你去挖一挖，明天好种上菜。"

阿荞命不敢回嘴，扛上锄头来到园子里挖地。挖着，挖着，老听见有只鹌鹑鸟在头顶上叫："阿荞命，不害羞，阿荞命，不害羞……"气得阿荞命直跺脚，拿石子去打鹌鹑鸟，鹌鹑鸟飞了飞，又在附近高声叫着。阿荞命没法，撂掉锄头，双手捂住耳朵，躺在地上睡起懒觉来。

国王知道阿荞命没有把地挖完，很生气。阿荞命编谎说："国王啊，我去挖地，听见有只鸟儿在树上唱歌，它唱得多伤心呀，我难过得没有力气挖地了。"国王听了，觉得很奇怪，说："既然有会唱歌的鸟，你带它进来吧，我很想听听它唱的那支歌呢。"

第二天一早，阿羡命来到园子里。一见鹌鹑鸟，便恨恨地说："死鸟儿，国王叫你进去呢。"鹌鹑鸟拍了拍翅膀，"扑棱棱"飞进屋子里，它见小王子坐在羊毛毡子上，对着火塘取暖，便飞到小王子的头上，用翅膀摩挲他又圆又嫩的小脸蛋。阿羡命气急败坏地跑进来，尖声尖气地叫道："死鸟儿啄小王子的眼睛啦！"说着，一把抓住鹌鹑鸟，狠狠扔进火塘里。鹌鹑鸟被烧死了，变成了一块红彤彤的火炭。

国王家的隔壁，住着一个孤苦伶仃的老头。这天，老头来国王家里要火种。他看见这块红彤彤的火炭，便用火钳夹了回去。老头拢来一撮干松毛，对着火炭使劲吹，吹呀，吹呀，嘴皮烫坏了，可是怎么也没有把松毛引燃。老头一生气，把火炭扔在地上，"当——"的一声，火炭变成了一把金剪子。老头也不在意，把剪子捡起来挂在墙上，便自个儿走出门去。

天擦黑时，老头从地里回来。推开木楞子屋门，鼻孔里闻到一股菜的香味。他走到火塘边，揭开锅盖，锅里闷着热腾腾、香喷喷的饭菜。

一连三天，老头从地里回来，就有人给他烧好火、煮好饭。"这到底是哪个做的好事呢？"老头决心要弄个明白。

这天，老头装着出去做活，半路上又折回来，悄悄躲在屋角里。没多阵儿，只听"当"的一声，挂在墙上的剪子掉下来，倏地变成了一个年轻美貌的姑娘。姑娘走近火塘，吹燃了火，就动手淘米煮饭。老头跑过去，紧紧拉着姑娘的手，噙着热泪说："姑娘，你的心地这样善良，做我的女儿吧！"

姑娘回答说："阿佬，我很愿意做您女儿，我现在就喊您阿爸，可是您也要答应我一件事：把国王请到家里来吧！"

老头感到有些为难："我可以去把国王请来，可是我们拿哪样招待他呢？"

姑娘说："只要国王肯来我们家，我会给他摆出最好吃的饭菜。"

老头跟国王是老邻居，老头一请，国王就来了。姑娘端上来鲜美可口的饭菜，把三张桌子都摆满了。国王见面前摆着一碗热饭和一碗冷饭，一钵热汤和一钵冷汤，一双长筷子和一双短筷子，感到很诧异，便问这究竟是哪样意思。

姑娘忙上前回答说："国王啊，这一冷一热，一长一短，只不过是要人们有了新的莫忘了旧的啊！"

国王抬起头来，见面前站着的正是心爱的王妃阿寿命，心里全都明白了。他拉拉阿寿命的袖子，悄声说："王妃，我要回去一趟，一会儿就来接你。"

国王立刻骑上马儿，飞也似地朝家里跑去。这时，阿莪命正坐在院子里，披散着长长的头发对着镜子梳妆打扮。国王跳下马来，走到阿莪命的背后说："王妃，你的头发黑油油的，像黑缎子一样好看，叫我也摸摸吧！"国王一把揪住阿莪命的头发，紧紧拴在马尾巴上。阿莪命没有回过头来，还以为国王喜欢她呢。国王咬了咬牙，举起鞭子狠狠朝马抽了一鞭，惊得马扬起四蹄飞跑起来。阿莪命"啊唷"一声被惊马拖走了。马儿朝着旷野里跑去，把狠毒的阿莪命拖死了。

当天，国王家里张灯结彩，像过节一样热闹。国王亲自把阿寿命从老头家里接了回来。

从此，阿寿命同国王相亲相爱地生活在一起。阿寿命协助国王治理国家，使人民过着安居乐业的日子。

龙女树（纳西族）

讲述：杨增华 纳西族 70岁 农民 不识字
记录：杨世光
1979年采录于玉龙县白沙乡玉湖村

过去，玉龙湖湖心有一株古老的海棠树，叶茂荫浓，如撑天巨伞覆盖着湖面。这就是众口相传的"龙女树"。关于它，流传着一段动人的故事。

很早以前，统治丽江的木天王，为了扩大地盘，聚敛财富，实现独霸一方的美梦，一面不断派兵四处征伐，一面施用计谋并吞周围地方。

一天，木老爷听说北人（普米族）和纳西人聚居的永宁那个地方，山清水秀，土地肥美，牛羊成群，很想把它并入自己管辖的领地。但因为路途遥远，兵丁不足，考虑了半天，决定不用武攻，而靠计夺。

于是，他亲笔写了一封信，派一个使者前往永宁拜望北王，向北王致意，说愿结两家姻亲，永远和好往来，并邀请北王在木天王五十大寿之日，前来缔订婚约。北王盛情款待木天王的使者，并在木天王庆寿之日，带着王子来丽江祝贺。

木天王有一位年轻的公主，美丽，聪明，善良。人们都喊她龙女。她看到父亲连年征兵打仗，连累百姓受苦，独自在闺房里叹息。

父亲庆寿那天，她从窗子洞里偷看往来祝寿的客人，蓦然瞧见一个穿着北装的青年男子，长得十分英俊，又非常老实，和蔼识礼，心里不觉悄悄地爱上了他。过后问问服侍她的使女，原来那人就是永宁的北王子。龙女很想再看到他，可是从那天以后，总是看不到。听使女说，北王和王子就要回永宁去了，她更心神不定，坐卧不安。

一天晚上，龙女推说要去赏月，冷不防绕到北王子的住处来。北王子一见这个美丽的纳西姑娘，又是喜又是怕，连忙下拜问安。喜的是这次来木府缔结婚约，配的莫非就是眼前的天仙？怕的是晚上和木府公主私自相见，万一被木老爷发现，难免要闯祸。但见木公主既脉脉含羞，又有胆有识，北王子也就宽下心来，侃侃而谈。两人倾吐互相爱慕之情，各自早把心儿拴给了对方。

北王子走后，母亲告诉龙女：木府和北王做了亲家，龙女就要嫁给永宁北王子了。龙女一听，心里十分高兴，想不到父亲猜透了她的心，做了件好事。所以在出嫁的时候，她没有大哭，只是在离开养育自己多年的家乡时洒下了几滴清泪。

到了永宁，她宽柔对待"北"同胞，上上下下、里里外外都十分尊敬她，爱戴她。她和北王子相亲相爱，过着和平美满的生活。

不久，老北王去世了，王子当了北王。这时，木老爷就以北王的老丈人自居，发号施令，叫女婿北王臣服岳父，把永宁并进木家的管辖范围。可是想不到，北王看透了木老爷的伎俩，一口回绝。

木老爷见夺不来梦寐以求的永宁地盘，反而赔了公主，大发雷霆，要派兵去攻打。但事后又想想，觉得还是不如用个计谋，便假说有病，把龙女从永宁喊回来。龙女回到娘家，见父亲好好的，并没有生病，提出要返回永宁，但父亲不准。

一天夜里，龙女出来到院子里散步，瞧见厢房里亮着灯，像是父亲在和什么人谈话。她轻轻地走近前去，隐隐约约听到父亲这么说："……你到北王家，就说我木天王病重，公主守了我几夜，也病了，叫北王赶快来看公主，接她回去……等他一到，我就把他斩了，到那时，永宁就是我木老爷的地盘了，哈哈哈……"

听到这里，龙女吓了一大跳：原来父亲把我嫁给北王子，不是猜着我的心，更不是为两族百姓友好往来，而是为了霸占永宁。龙女又气又悲，跑回闺房焦急万分：亲人就要受骗中计，就要无辜遭害，可自己在家里像关在牢狱里一样，无法脱身回去，怎么办？怎么办？不由伏在枕上暗暗哭泣。

忽然，龙女觉得有一样又暖和又柔软的东西在脚上摩擦。低头一看，原来是从永宁带来的那只大黄狗，正亲昵地舔着她的脚。看到这只狗，公主眼睛一亮，脸上露出了笑容：我应该马上写信，让它捎回永宁去。

夜深了，公主点起小油灯，铺纸磨墨，多亏从小读过一些书，写呀写，油灯点干了，又添上金黄的菜子油，直到半夜鸡叫了，才写完了信，随后她又拿剪子剪了块布，把信包在布里，牢牢地缝在狗脖子上的那圈皮带的内壁上。

把这一切安排停当，天开始亮了，她把黄狗叫过来，摸摸它的头，拍拍它的背："快去，快去，快把信儿捎回去！"大黄狗呆呆地看着她，无声地点点头，就转身窜出了房门。

木老爷的使者先到北王家，老实的北王听说岳父病重，爱妻也病了，真是着急得很。他送走使者后，马上打点行装，牵来坐骑，即刻动身去丽江。当他和随从刚刚跨出门槛，只见自家的大黄狗，从山路上像箭一样飞跑而来。它喘着大气，一头扑在北王身上，用前脚爪抓着它脖子上的皮圈。北王明白了，连忙解下皮圈，拆下布包，取出龙女的密信，急不可耐地读着。

这时他才发现自己一向尊敬、信任的岳父，竟是这样的杀人暴君！他假惺惺地联姻订盟，原来是要并吞永宁，糟蹋北人。这口气怎能咽下呵！年轻的北王马上招集兵马，背上弓箭，挎上长剑，浩浩荡荡向丽江进发。

可是，木老爷派来的使者还没有走远，他在半途探听北王什么时候动身。当他得知北王带兵要攻打木天王府，大吃一惊，昼夜兼程赶回丽江，把消息报告给木老爷。木老爷一听，气急败坏，不知是谁把密计泄露出去，暴跳如雷，马上升堂商议，调集兵马，在要道口上安排埋伏，打算把北兵一网打尽。

老实的北王只凭一股怒气而来，完全没有料到半路会有伏兵。一进雪山脚下的要道口，就遭到木家兵马的伏击。箭如雨点般射来了，剑如雪片般砍来了。北王带领兵将，矛对矛，剑对剑，奋勇迎战，可是寡不敌众，势弱难支，不幸陷入重围，左突右冲，总是冲不出去，所带的北兵都英勇地战死在战场上。北王也身负许多箭伤、剑伤，血战到最后一口气，也壮烈地倒下了，鲜血染红了三司河水。

木老爷残酷地镇压了北兵，又从北王身上搜出了一封信，一看是女儿写的密信，气得吹胡子瞪眼睛。他怒冲冲跑到龙女房里痛骂："你是我的女儿，木天王府的公主，居然手肘往外拐，偷听、泄露王府的机密，忤逆不孝！"龙女气得脸色发白："您不是常说'嫁狗随狗，嫁鸡随鸡'吗？我嫁了北王，就是北王家的人，就要替老实的北王着想，我是纳西人，就要为两族人民的和平安宁着想。可您，表面装好人，心里藏毒计，想害死我的丈夫，您这是把我当女儿吗？您不配当我的父亲，您不仁不义不要脸！"木老爷想不到女儿这么厉害，顿时哑口无言。半晌才挤出一句话："你丈夫反叛我，被我打死了，你还有什么说的？"

一听丈夫被打死，龙女像刀绞心，痛哭失声："亲人哪，可怜的亲人……我跟你来了呀……"木老爷余怒未息，愤愤走出房门："你想死，我还不想叫你马上死。"

木老爷为了惩罚告密的女儿，命仆人把雪山脚下玉龙湖中央的游春亭改为囚亭，把龙女锁禁在亭里，不给她水喝，不给她饭吃。木老爷还叫兵丁把瓦片、瓷碗敲碎，乱铺在亭子里，让赤着脚板的龙女在碎瓷瓦上踩。

可怜的龙女从亭子上眺望丈夫被害的"北时当"（即今白沙，意为"北"人死的场所），看见尸横遍野，血染砂石。龙女只觉得头晕目眩，心肝俱碎，放声痛哭，大声呼唤："亲爱的北胞丈夫，醒醒吧，你的纳西妻子在喊你哪，醒醒吧，亲爱的北胞丈夫……"她哭着喊着，在无法立脚的碎瓷瓦上麻木地走着。尖利的碎瓷、碎瓦把赤脚划开戳烂，鲜血滴红了亭子。眼泪哭干了，嘴唇哭裂了，肚子饿扁了，鲜血流尽了，美丽、聪明、善良的龙女终于静静地躺在血泊中。

住在玉湖周围的纳西乡亲们，看到"北"族兄弟惨遭屠戮，看到可怜的公主受折磨而死，又悲伤又气愤，他们恨死了这个骑在百姓头上的木老爷。

在一个吉祥的日子，他们安葬了"北"族死难同胞，又不顾木家兵丁的阻挠，把湖心亭烧了，为龙女举行了隆重的火葬礼。他们当中的民间艺人，根据以前南征元军经过丽江时留赠的乐曲，创作了一部哀婉动人的乐曲"北时细梨"纪念她，超度她。

其中有"一封书"一章，是追忆龙女给"北"王写信时的情景；"公主哭"一章是描写龙女哭悼"北"王时的心情；"跺匆"一章叙述了龙女在碎瓷瓦上麻木地走着跳着的惨状；最后"母布"一章，表达了纳西乡亲们给她送魂时的深切悼念之情。

第二年春天，当乡亲们再到玉湖边悼念龙女的时候，大家看见从烧了的湖心亭原址上，长出了一棵海棠树。人们为了悼念美丽善良的龙女，便称这棵海棠为"龙女树"。

普米情人节的故事（普米族）

讲述：李树槐 普米族 67岁 农民 不识字
记录：和克纯 纳西族 45岁 教育学院副院长 本科
2002年采录于兰坪与丽江交界处

从前，老君山上普米族山寨正在闹饥荒。一天晚上，在火塘边，熊家五兄妹围坐在风烛残年的爷爷奶奶和面黄肌瘦的爸爸妈妈面前，聆听熊家的家史。

老大阿格已经满十五岁，明天就要去做长工。

那天夜里，阿格立下了志向：人穷志不短，不管怎么吃苦受累，一定要尽力帮衬家里，挣钱养活全家。

那天晚上，四个弟妹挨着阿格睡下，睡梦中还紧紧抓住他的手，好像怕他一下子消失了似的。爷爷奶奶也没合过一下眼，父亲母亲连火塘都没离开。

第二天清早，天还没有亮，阿格悄悄起了床。细细看过几个弟妹后，又到爷爷奶奶跟前磕了头，揣上妈妈炕好的荞麦粑粑，在父母的护送下离开了村子。

一路上，他边问路边做活，走走做做，到处漂泊，来到了丽江白沙一个姓木的大财主家。

阿格刚到财主家，管家让阿格放羊喂马。

阿格时时记着家人的教诲，不惜力气干活。他放的羊天天吃得饱饱的，他喂的马又肥又壮。管家高兴，阿格也渐渐定下心来。

眨眼间，两年的时光过去了，阿格长成了大小伙子。管家喜欢阿格，每天晚上只要有空，就教他识字。一天一字，百天百字，两年里学会了近千字。后来，阿格在财主家露面的机会多了，很多时候财主要出远门，管家总要阿格做随从。这样没多长时间，财主家的主人、仆人、大人、小孩都晓得了阿格这个普米小山沟沟里来的长工小伙子。

木财主家三妻六妾，却没给财主生个继承家业的男娃娃，木财主这一辈子最苦恼的还是这事。

　　木财主家有三位美若天仙的女儿，三个女儿当中阿三妹最受父亲宠爱。老大三年前嫁给了相隔千里的木里曹大财主家，老二已于一年前嫁给五百里外的维西首富王氏家族，阿三妹在她二姐出嫁前就与附近的另一个木氏财主的二公子订了婚，等阿三妹过了十六岁生日就办婚宴。

　　最近，阿三妹经常在父亲的马前座后见到聪明能干又逗人喜欢的阿格之后，突然间心情时好时坏。见到阿格的那天她就高高兴兴，有说有笑的；如果连续两天没见到阿格，她就丢了魂一样，不说不笑，愁眉苦脸，不吃不喝，拿她一点办法也没有。

　　婚期一个月一个月靠近，阿三妹与阿格的约会一天一天增多。阿三妹不能一日不见阿格，阿格不在阿三妹就觉得孤单伤感。阿三妹的婚宴定在冬月十八日，时间不足百天了。

　　阿三妹的心情更加复杂，多想跟父亲说明自己喜欢的是阿格，然而，阿三妹明白，父亲要的是面子，什么门当户对、有钱有势……根本不承认只有爱才能使人相互依靠的道理。

　　阿三妹一天天消瘦了，阿妈似乎看出了什么，又不好点明。她该怎么办？要是站在丈夫一边，女儿的犟脾气该怎么应对？如果有个三长两短，让人怎么活？要是站在女儿一边，怎么跟女儿的婆家交代？在地方上还怎么做人？左思右想，还得跟女儿去说。女儿呀，女人生在世上就是为了享福的，你放着好日子不过，偏要跟叫花子穷小子吃苦受累，是不是脑子少根筋呀？

　　听着阿妈旁敲侧击的话语，阿三妹心里翻江倒海，无法平静。好多个晚上，她一个人坐在后花园赏月亭对月发呆；有时候走到盛开的花木前喃喃自语；有时候又走到廊坊鸟笼旁呆立着；要不就在鱼池边苦思。

　　阿格心里也只有阿三妹。阿格也憔悴了……

　　天气一天比一天冷，酷烈的寒风把砂石刮得满地乱飞，鸟儿不时送来凄凉的叫声，离冬月十八只有三天了。

　　冬月十五晚上，银盘似的月亮高高悬挂在天空，慢慢、慢慢向西移动。阿三妹和阿格悄悄来到后花园西面的来凤亭旁，在刻有"月明星稀"几个大字的巨石下倚石而立。阿三妹的悲泪如断线的珍珠簌簌而下，两只玉手搭在阿格双肩，脸紧贴在阿格胸口。阿格没有眼泪，阿三妹从阿格的眼睛里看出了幸福的明天。

　　北斗偏西，月偎西山。打鸣的雄鸡叫过了三遍，仆人们已经在忙着起床,开始新的一天的忙碌了。

两双滚烫的手紧紧捏在了一起,他们约定十七日夜间双双逃离。

从十六日中午始,远客近客纷纷登门。到了十七日,木家前后人山人海,亭台楼榭人头攒动,大红灯笼到处高挂。

大喜之日,张灯结彩,喜气洋洋。木氏家道兴旺起来已有六百年,在这个宅院里不知操办过多少场宴席了,但从来没有这么热闹过。

几日来,木财主随时眯缝着眼,连睡觉时都是笑眯眯的。酒香在村子里弥漫不散,几十口煮肉的大锅一天到晚冒着香喷喷的热气。牲口身上都挂了红,眼睛似乎比平时亮堂了许多,跑起路来蹄子下刮着欢快的小风。

十七日午饭后,南面文笔峰顶聚拢了大片厚厚的黑云;眨眼工夫,玉龙山上空也黑下来了,黑得一塌糊涂。突然,刮来了一阵黑旋风,席卷着砂石像疯了般猛扑猛打,好多灯笼都被打破打扁了。风过之后,下起了漫天的大雪。大雪一直下到夜间子时,还没有要停的意思。

夜深了,风小了,闹腾了一天的人们先后进入了梦乡。

阿格和阿三妹手拉手来到后花园,悄悄到了高高的祭坛下,磕了三个响头,挥泪告别了木氏家园的一草一木,掉头而去。

他俩知道已经闯下了大祸,犯的是大逆不道千刀万剐的死罪。他们不敢走大路,也不敢过村子,只能走山路。

天亮了。木氏财主家香火弥漫,被打破的灯笼焕然一新,唢呐锣鼓与爆竹齐鸣,响彻云霄。这是大喜的日子,宾客们、主人们都沉浸在无比的欢乐与幸福之中。

当阿三妹的使女进了阿三妹的闺房时,屋里根本没有阿三妹的影子。伸手一摸,被子是冷的。再看看衣橱,今天要穿的新娘服好好挂着,金银首饰、珠宝物品一样也没少。使女冲到主人面前,跪倒在地,面如死灰,战战兢兢地说:"三小姐不知去向,被子是冷的。"管家也急匆匆来报:"那个穷小子阿格不见了。"

木氏财主一听女儿跟阿格跑了,顿感五雷轰顶,倒在地上口吐白沫,两只眼珠直朝上翻着。在场的和东巴连忙施法,草药医生赶紧弄些草药面灌进去,又找了半截人参塞在财主嘴里,又是掐人中,又是揉四肢胸口,忙了半天才把财主弄醒。

等财主醒转来,新郎及那边的迎亲队伍人马百十骑已等候在门口。这边的人马正在由管家清点。木氏财主气急败坏、声色俱厉地吼道:"该死的,把两个贼患给我弄回来！我就不信他们能上了天去！就算钻进了屁眼也要给我找出来剁了！"

　　财主一声令下，从白沙通往四面八方的路上都是兵马。好在阿三妹和阿格夜里已经翻过了好几道山梁，到了文海后山的悬崖下。那儿山陡无路，不远处有一潭水，崖下是茂密葱茏的栗树林，只要不生火不冒烟，谁也不会料到他们躲在那儿。阿格和阿三妹在悬崖下一躲就是十几天。没有吃的就捡栗果充饥；渴了就喝旁边那潭供鸟兽饮用的水；困了就找来松毛铺在地上当床。等风声稍微松些了，这才穿上上路前准备下的普通人穿的破旧羊皮褂子麻布裤子。几十天没梳头了，就算遇到了熟人，一见之下也难以分辨。

　　他们继续上路，白天还是不敢过村子。他俩不敢直接朝老君山方向走，而是从江东面的山上慢慢地走，一天只走几里路。饿得受不了了，就到住在山坡头的庄户人家要上几口炒面几个烧洋芋。遇到好心人家就住上天把，稍稍缓过劲又上了路。大约走了半年，跨过了金沙江，翻过了无数座山，他们来到了普米族人居住的维西拖支一带。

　　阿三妹和阿格逃到维西，有人猜测他们就是阿三妹和阿格。消息一传出，几十号兵马就追到了维西。还好他俩警惕性高，立即钻进了茂密的原始森林之中。这里山高水深，在里面就像一枚针掉进了水草丛，就是有翅膀的老鹰也难寻踪迹。偌大的山，到处是山坳，粗壮得六七个人也抱不拢的大树多着呢，只要钻进一个树洞，就像钻进了保险柜一样安全。人是安全了，但人在野外，又时值寒冬腊月，饥饿、寒冷、疲惫像吸血虫一样吞吸着他们残存的那点精力、那点温度。

　　阿三妹洁白酥嫩的手变得粗糙发黑，面色萎黄，身体更单薄了。看着一天天暗淡下去的阿三妹，阿格的心如刀绞一般难受。阿三妹为了阿格可以不顾一切，阿格为了阿三妹，就是上刀山下火海也心甘情愿。

　　在深山老林里躲藏了又一段时日之后，他俩相互搀扶着沿老君山脉向阿格家的方向赶路。他们已经一连几十天靠吃野果野菜维持生命，又加上多日的劳累，一整天只能走出二三里地。

　　也不知在不见天日的山沟沟里走了多少时日，也不知经历了多少艰难困苦，终于，他们走出了大峡谷，来到了一片开阔的草甸。天空黑了下来，慢慢地下起了大雪，四周山上的参天大树一派银装素裹。整个草甸已经被大雪覆盖起来，方圆数里的山坳草甸成了茫茫雪海。天气越来越冷，那雪花一落到地上，还来不及化成水就结成了冰，偶尔有些冻僵了的鸟儿从树枝上掉下来的声音，阿格和阿三妹再也不能挪动半步。他们在洁白无瑕的雪海里紧紧拥抱着，幸福地微笑着，他们的灵魂慢慢离开了躯体⋯⋯

　　一年后，在阿格和阿三妹倒下的地方长出了两棵红杉树，他们美丽感人的故事也传遍了大大小小的普米山寨。后来，普米山寨的人们为了纪念这对恋人感天动地的壮举，就把那两棵树取名为情人树；他们献身的那片草甸被叫做情人坝；他俩走过的桥叫情人桥；住过的山洞叫情人洞，涉过的河叫情人河；他们山盟海誓的那天正好是五月端午，普米族人民就把这一天当作情人节。每年，他们都要在情人树下举行一次为期三天的情人节活动。这期间，来自各地的普米族青年男女以及来自省内外的人们都要参加歌舞、打跳、观光、商贸、会友等颇具特色的民间文化活动。

龙女和樵哥（纳西族）

讲述：木柱
记录：云南省民族民间文学丽江调查队
1958年采录于玉龙县黄山乡

　　从前有一户贫苦人家，只有母子两个人。母亲的眼睛看不见了，全靠儿子天天砍柴、打鸟维持生活。儿子非常孝顺母亲，每天卖了柴，就带了米粮回来，煮好饭送到母亲手里。

　　一天晚上，小伙子梦见在他砍柴的地方，淌出两股水来，一股是白的，一股是黄的。他拉开弓朝着白水射了一箭，那股白水淌了一滴血，突然干涸了，那股黄水仍旧哗哗地向前流去。醒来时，回想起梦里的事，觉得很奇怪。

　　第二天，他带了弓箭，拿了斧头、绳子到山上去砍柴，果然像梦里一样，见到两股水，一股是白的，一股是黄的。他拉开弓，朝白水射了一箭，白水真的淌了一滴血就干掉了，黄水仍旧哗哗地向前流去。他更惊奇了，一路走，一路想着这件稀奇的事情。

　　忽然看见一个姑娘微笑着向他走来，到了他跟前，对他说："刚才我父亲黄龙王跟白龙王打仗，几乎输给白龙王了，多亏你的帮助，才战胜了白龙王。我父亲特地叫我来请你。"

　　他更加感到奇怪了，同时心里想："世上哪有这样美丽的姑娘，莫非我遇上妖精了吗？"但又想："她不是说自己是黄龙王的女儿吗？那可能是真的。看她那端庄的样子，不会是妖精吧？"想到这里，就不由自主地向姑娘点了点头。于是，姑娘带着他一直往前走去。

在路上，姑娘对他说："你到了我家以后，我父亲一定会送你许多金银珠宝，你都不要接受，你只说要竹篮罩着的那只白鸡和那根抵柴棍。"樵哥含含糊糊答应了。

不一会儿，他们走到了深绿色的湖边。那位姑娘对他说："凡人不能随便到我家里去的，你把手搭在我的肩上，闭上眼睛。"小伙子听了，心里有些害怕，但是看到姑娘含笑等待着，他又不知不觉地把手搭在她肩上，闭上了眼睛。

他只觉身体轻飘飘的，过了一会儿，就听姑娘说："我们到了。"小伙子睁开眼睛，看到眼前一片新奇的景致。珊瑚树微微摇动着，大颗的夜明珠闪闪发光，大幢的金碧辉煌的宫殿正门朝自己开着。还没来得及看清一切，早有许多人出来迎接他了。

他被迎到一座富丽堂皇的厅堂里，一个留着银白长须、穿着绣金龙袍的老人，热情地招呼他。马上在客厅里摆上丰盛的筵席，山珍海味，样样俱全。老人不断地劝他饮酒吃菜，并对他说："樵哥，今晨要不是你的帮助，我的命就要送在白龙王手里了。你是一个好射手，我特地派女儿请你来，想请你当我的大将，你愿不愿意？"

樵哥想：自己是砍柴的，不懂得兵法，怎么好当大将呢？而且家里双目失明的老母亲还饿着肚子在等着自己，就再三再四地谢绝了。

黄龙王见他怎么说也不肯留下，就叫蟹兵托出一大盘金银珠宝，送到樵哥面前说道："你既然不愿留下，我也不好勉强。这点东西请你收下吧！"樵哥顿时想起路上姑娘告诉他的话，表示不肯接受金银珠宝，要求给他白母鸡和抵柴棍。黄龙王听他要这两件东西，脸上显出为难的样子，但略微想了一下，还是送给他了。

樵哥又照样闭着眼睛，手搭在龙女肩上，回到了天天砍柴的地方。这时天色已晚，他想起今天没有打柴去卖，不能带米回家，母亲还在挨着饿，心里不免有些后悔，不该拒绝龙王的金银，如今要了这只白母鸡和这根抵柴棍，顶什么用呢？

回到家里，他把剩下的一点包谷面熬了一点稀饭给母亲吃，一面对母亲详细说了一天的遭遇，母亲也觉得很奇怪。他把白母鸡罩起来，把抵柴棍靠在门背后，服侍母亲睡下以后，自己也就睡了。

第二天早上，他仍旧带着斧头、绳子到山上去砍柴了。晚上回家，放下绳子、斧头，就提着买回来的包谷面到厨房里去，揭开锅盖一看，里边放满了一盘盘在龙王那里吃过的山珍海味。

他跑去问母亲，这些菜是哪里来的。母亲说："我也不知道，前会儿工夫，有一个人拿一大碗好吃的东西给我吃了，也不对我说一句话，我也正在奇怪呢！"他想：既是做好了饭菜，肚子又饿，不管是谁做的，吃了再说。吃过饭，他去看了一看那只鸡，仍在罩子里，他随便撒了一点包谷，放了一碗水。

以后几天，每天他砍柴回来，锅里都早已放着煮好了的饭菜，母亲也早有人服侍吃过饭了。可是到底是谁做的呢？这个谜他怎么也猜不着。

一天清早，他照样去砍柴，走到路上，突然想："我何不跑回去看一下，究竟是谁在替我们煮饭做菜？"就转身跑回家来，悄悄地爬到厨房顶上，揭开两块瓦，凝神地注视着下面。只见那只白母鸡走进厨房，脱下鸡皮，变成了一个美丽姑娘，原来就是龙女。她把鸡皮挂在柱子上，拿起那根抵柴棍，扭开棍子，从中掏出了许多山珍海味，放在锅里煮。樵哥看得清清楚楚，就悄悄地用一根竹竿把鸡皮挑出来，拿到山上去砍碎了。他想，这回姑娘再也变不成鸡了，便高高兴兴地回家去。

一进家门，樵哥赶快跑到厨房里，只见那个姑娘正待在门背后。他就很有礼貌地问她："你是谁？为什么到这里来？"那姑娘回答说："樵哥，你怎样就忘记我了！我就是黄龙王的女儿，到山上请你的那个姑娘呀！"

樵哥又故意问："那么你怎么会来到我家里呢？"

姑娘说："你不是向我父亲要了一只白母鸡吗？那只白母鸡就是我呀。本来我是许给白家的，后来打听到白家非常残暴，我的父母不忍心让我去受罪，曾多次派我的大哥去退婚，但是他家不答应，因此就闹翻了。我的大哥被白龙王家杀死了，我的父亲亲自出阵，也几乎被打败了，多亏你的帮助，才战胜了白家。从那天起，我就爱上你了。不知你是不是也爱我？"

樵哥欢喜地说："我也是爱你的，但我家这样穷，恐怕你过不惯，我又有个双眼失明的母亲。"

姑娘说："贫穷不怕，我们有那根抵柴棍，可以变出各种需要的东西。母亲我也很愿意服侍，只是我不是凡人，要过一个百日关，才能和凡人结婚，所以用张鸡皮遮盖着，过了百日以后，我们就可以成婚了。现在你快把鸡皮还我吧！"

樵哥说："鸡皮已被我砍碎了。"

姑娘听了，大吃一惊，说："我本来想用这张鸡皮度过百日，现在鸡皮既然被你砍碎，后悔也来不及了，但你千万不要把我的事情说出去，每天你还是同过去一样，砍柴火去卖，一百天后我们再结婚。"

樵哥真的照着她的嘱咐，每天去砍柴，没有向任何人提起龙女的事，姑娘也每天躲在家里不出门。好容易过了一百天，他们结婚了，一家三口过得快快乐乐。

再说这里的领主，每年要挑选一个美女做妻子，这时正派人四处搜寻。樵哥着急地把这消息告诉了龙女。龙女说："不用怕，等他们来时，我在厨房里炒炒面，我用火钳敲一下锅，你就问客人来做什么？敲两下，就请他们喝茶，敲三下，你就说还有事情，把客人送走。"

过了一会儿，几个人骑着马真的来了，樵哥请他们坐，龙女用灶灰涂乌了脸，穿着烂衣服，在灶房里炒炒面。那些人进厨房里看了看就出来坐下。姑娘在里面敲了一下锅，樵哥只管和来人讲话，姑娘敲两下锅，樵哥没有请客人喝茶，姑娘敲三下锅，樵哥还是只顾回答着来人的问话。

姑娘在里面急得没办法，淌下了一滴汗珠，马上闪出一道金光照亮了全屋，引起了来人的注意。他们又跑到厨房去一看，只见一个仙女一样美丽的姑娘。他们就问樵哥："这姑娘是你的什么人？"他回答："是我的妻子。"那些人说："不管是你的什么人，我们奉了领主的命令，用五十两银子来买她去。"于是他们拿出一些银子放在桌上，就要到厨房去带走姑娘。樵哥忙拦住他们说："慢来！莫说五十两银子，就是金山银山，我也万万不卖。"

"不管你卖不卖，这大片土地上的一草一木都是领主的，你是领主的，你的妻子也是领主的。别说买你的妻子，就算是买你的妈，我们也一样要办到。"樵哥听来人这样说，气得咬紧牙关，昏倒在地。龙女连忙从厨房里赶了出来，俯身大叫："樵哥！樵哥！快醒醒……"母亲听到儿子昏过去了，跌跌撞撞地扑过来，一面喊着："救命！救命啊！难道领主就能这样欺负人吗？"一面就哭倒在地上。

龙女眼看丈夫昏迷不醒，婆婆哭倒在地，来人又不走，她低头想了一下，就对来人说："诸位客人，他们不答应，我也是要去的，领主的命令谁敢不依。只是未走之前，我单独和他们母子两人告别一下。"那些人说："好吧，我们暂时到门外等你，只是要快一些，不要拖延时间！"于是那些人都退到院子里去了。

龙女赶快叫醒了樵哥，对他悄声说："你不要着急，我暂时跟着他们去，只要你照着我的吩咐去做，不久我们就可以团圆的。"樵哥问："要怎样做呢？"龙女说："他们的五十两银子你只收下四十九两，要装着欢欢喜喜的样子送我走，我走后你就用这份银子开销，等你银子用完时就来找我。沿路你一边打鸟，用它充饥，一边把鸟皮留下。这件事情如果做到了，我们就可以团圆了；如果做不到，就没有希望。"樵哥听了，沉默了一阵，也只好答应了。

龙女被带到府里，领主一见，乐得眉开眼笑，口水直流。一面走过来拉她，一面叫奴隶把最漂亮的衣服捧来给她穿，又吩咐大摆酒席。

尽管领主像只哈巴狗一样在姑娘身旁转来转去，说这问那，姑娘却总是愁容满面地站着。领主强拉她坐下，她还是不吭一声，不说一句话。领主越献殷勤，姑娘的眉毛皱得越紧。领主为了使她高兴，特地举办了四十九天迎神赛会，可是姑娘却没有一天舒展过眉头。

领主要当天就成亲，姑娘回答他说："我遍身都长满了疥疮，要成亲非等疥疮好了不可，否则就会传染给你。"说着，拉起一点袖子，果然手臂上尽是流血流脓的疮，领主看了也就只得答应了。

领主天天请医生替她医治，他哪里知道这疮是姑娘用炒面抹在身上变成的，医生哪能治好。领主见疥疮总不见好，就把医生痛骂了一顿。医生说："姑娘的疥疮是因为终日愁闷，气结起来了，只要能使她高兴，气顺了，疮也就好了，药物是难以见效的。"可是姑娘一直是锁着眉头，板着脸。

樵哥自龙女走后，和母亲郁郁不乐地过着日子。母亲忧闷成病，不几日就死了。樵哥剩下的银子刚够买棺木，安葬了母亲，自己就带了一把弓，开始去找龙女。

他爬过了无数高山，穿过了无数森林，每天用打来的鸟肉充饥，剥下的鸟皮挂在身上，经过很多天，他的衣服成了一件花花绿绿的羽衣了。

这时他已走到领主的宫廷外面了，恰巧看见宫墙上站着一只斑鸠，他拉开弓，朝斑鸠射了一箭，斑鸠中箭落在宫院里。他朝宫里走去，卫士上前拦住他。他说："我的鸟带着箭落在里面了，我要进去拾。"卫士还是不准他进去，他再三要求，卫士再四拦阻，结果就吵起来了。

吵嚷的声音传到宫里，惊动了领主。领主叫奴仆出去看看是什么事。

不一会儿，奴仆匆匆跑回来说："一个穿着羽毛衣服的男子，说他打的斑鸠落在宫里了,要进来拾,因此和卫士争吵起来。"龙女一听,知道是丈夫到了,就对领主说:"人怎么会穿鸟衣?把他叫进来看看是什么人。"

领主忙传出令去,不一会儿,一个穿着花花绿绿的羽毛衣服的男子跨着大步进来了,龙女一见,展开了锁着的眉头,露出了笑容。

领主见了非常高兴地说:"我无论怎样逗你笑,你都不笑,我举办迎神赛会,你还是不笑,今天看见这羽毛衣,你就笑了,你很喜欢这件羽毛衣吗?好吧!让我也来穿上这件羽毛衣,逗你笑吧。"于是领主把自己的龙袍脱下,换上樵哥的羽毛衣,在姑娘面前扭来扭去。

姑娘放声大笑。樵哥赶快穿上龙袍去击鼓,随着鼓声来了许多将官,跪在樵哥面前。樵哥对他们说:"这个穿着羽毛衣的疯子进宫来胡闹,你们还不快把他杀了!"将官答应:"是,是!"于是不管三七二十一,一齐冲上去把穿着羽毛衣的领主杀了。

龙女和樵哥出了宫,骑上了两匹高头大马,高飞远走了,等到将官发现杀死的是领主时,已经不见龙女和樵哥的影子了。

穷女婿(纳西族)

讲述:赵文山 纳西族 54岁 农民 小学
记录:阿蓉 女 纳西族 17岁 学生 高中
1980年采录于玉龙县白沙乡玉龙村

从前,有个嫌贫爱富的老头,十分贪财。他有三个女儿,其中两个嫁给富人,另一个嫁给穷人,他非常看不起穷女婿。有一天,老头请三个女婿吃饭,两个富女婿带了很多的东西,还用马驮来了被子、褥子,而那个穷女婿只带着一床破烂不堪的被子。

晚上,全家都睡了。可是,穷女婿因为被子烂,冷得直发抖。没有办法,他就悄悄起来,到园子里去。他在园子里发现一个磨石,眼睛一亮,找来一根绳子,把磨石背起,然后,在园子里跑,不一会儿,豆大的汗珠从他额头上流出来。这时,他轻轻地放下磨石,又蹑手蹑脚地走进房里睡觉。到了半夜,老头起来摸摸穷女婿的被子,发现他的被子是热乎乎的,他睡得挺香。

第二天一早,老头就问他:"你的被子这样烂,为什么睡得这样暖和?

我的被子这样好，为什么还这样冷？"穷女婿笑着说："阿公，你不知道，我这床被子，冬季盖热乎乎的，夏季盖凉爽爽的。"老头忙说："啊！有这样好的被子，我们两个换一换，我给你金子、银子。"穷女婿故意装出不愿意的样儿。老头又说："我会给你很多很多的。"穷女婿便答应了。

第三天，穷女婿回到家，从街上买了一匹马，他把马拉进园子里，然后给马喂了一块金子，把园子打扫得干干净净的。

这时，老头跑进穷女婿家骂道："你这个骗子，昨晚上，我盖了你的被子，冷得我一夜睡不着。"穷女婿若无其事地说："阿公，你先别说话，我今天买了一匹好马，它会下金子。"老头更气，说道："我不相信，马怎么会下金子。"穷女婿说："哎，阿公，你看嘛，它要下了。"这时，那匹马真的下了一块金子。老头奇怪地看着，使劲眨了两下眼睛，真的是一块金子。

于是，他又微笑着对穷女婿说："我再给你一些金子，你把这匹马送给我吧。"穷女婿说："不行。"老头说："你放心，我给你两匹马的金子。"穷女婿便答应了。这样，老头就高高兴兴地拉着马回家了。

一到家，老头就把马拉进园子里。把园子打扫得干干净净，坐在马旁，等着马下金子。可是，老半天，都不见马下金子。过了一会儿，马屙了一堆屎，他就细心地用棍子扒，可怎么扒也没有金子，他气极了。心想：明明看到它下过金子，怎么这会又不下呢？老头还是耐心地等着。

两天以后，穷女婿请老头及其他两个富女婿吃饭。穷女婿先用火烧着石碓，把石碓烧得烫烫的，只待他们来就炒菜。

老人和富女婿到了他家，见他不做饭菜，便问他："你请我们，为什么饭菜还没做好。"穷女婿满面笑容地说："阿公，你别急，我马上就炒菜。你来看，我这就炒。"说着把油放进石碓里，瞬间，油就冒烟了。

老人吃惊地看着，说道："为什么柴都不烧就可以炒菜，你这是从哪里弄来的宝贝？"穷女婿自豪地说："是我自己的。"老头便用讨好的口气说："我给你一些金子，你把这个石碓让我用用。"穷女婿一口答应了。

老头把石碓背回家，就准备着炒菜，他把油倒进石碓里，好半天，油还是冷冰冰的，他知道，这次又上当了。他立即把两个富女婿找来商议，老人说："他骗了我三次，我非要把他杀掉。"两个富女婿也很支持。

于是，三个人跑到穷女婿家，不让他说半句话，就把他捆起来，抬到一座高山上，他们把穷女婿吊到树上后，因为天气热，三个都累得大汗直淌。老人说。"反正他跑不了，我们先回去吃饭，吃饭后再来砍他。"三个人刚走，穷女婿被一个过路的放羊人看见了。他说明原因后,放羊人就把他放了。

不一会儿,老头和两个富女婿到树边,一看,穷女婿不见了。三个人到处找,却找不着了。老头又气又恨,回去就病倒了。

我吃我的福气(纳西族)

讲述:木金良
记录:木丽春
1976年采录于玉龙县拉市乡

从前大山里有一个拥金万两的大富翁,他的家里人口渴了,就拿牛奶解渴;肚子饿了,就拿坨坨肉当馒头。

这个富翁有三个待嫁的姑娘,一天,全家人围拢着火塘火冲壳子的时候,富翁阿爸好像忽然想起了一桩揪心事似的,冲着女儿们没头没脑地说:"大囡呀,你的笑声像金铃铛摇响了,没有一丝儿郁愁的音响,阿爸问你你口渴了,拿牛奶解渴;肚子饿了,拿坨坨肉当馒头。这般像跌进蜜汁潭里似的甜蜜生活,是靠托哪个人的福气才有的?"

大女儿满脸堆着媚笑,不假思索地说:"这般比蜜还甜的幸福生活,不靠天,不靠地,只是靠托了阿爸的福气,囡是吃阿爸的福气。"

大姑娘的话音还没有落地,二姑娘就急忙抢住话头,嬉皮笑脸地说:"阿爸呀,二囡不靠神,也不托鬼,也是和大姐说的一模一样,靠托阿爸的福气。有了阿爸的福气,才有女儿享不完的福。"

阿爸听了大囡和二囡的话,她们的奉承把阿爸送到云里雾里,心里热烘烘的,比揣着一塘火还暖和,心里也直往外冒蜜汁。但富翁阿爸一回头,发现幺姑娘像根冰棍一样,冷冰冰地坐在一旁。富翁阿爸好生觉得奇怪,问说:"阿三,屋里的富贵生活,靠托哪个人的福气?"

三姑娘扬起弯弯的眉毛,抬着垂下的眼睛,好像她刚从睡梦里醒过来似的,冷冷地说:"不靠爹的福,也不托妈的福,我靠托自己的福气,才有口渴喝牛奶、饿了肉坨当馒头的幸福生活。"

三姑娘的答话,像一阵残酷的雹子,把阿爸脸上的得意神色砸灭了。难道阿三着疯魔了,才说出这般的疯癫话,还是她做了惊心动魄的噩梦,才胡乱说着梦话?儿女悖逆着爹妈的心,朝着爹妈的心上砸铅砣,难道这不是忤逆不孝的行为?

　　阿爸气得脸庞苍白,弄得鼻子酸楚楚的,一股晦气冲上了心头,他指着三囡的鼻子骂道:"呸,你不靠爹的福,也不靠妈的福,既然你有如此齐天的福气,我打发你一头水牛,你马上离开我的火塘,滚出门,自个儿去吃你自己的福气吧。"

　　三姑娘牵着水牛,走出生养自己的家门,她的心里暗自赌咒道:"不靠爹的指点,不靠妈的引路,我要叛逆常人的做法,倒骑着陪嫁的水牛,走进哪家的门洞,就做哪家人的儿媳妇。"三囡想到这里,"噌"地一下跳到水牛的脊背上,翻转身倒骑在水牛背上,冲着富翁阿爸说:"阿爸呀,我不怨你心狠毒,女儿走了,等二日女儿拿起坨坨肉吆喝拦狗的时候,我再来认自己的爹妈吧。"

　　三囡丢下这句赌咒话,离开了家,离开了村寨。她倒骑着水牛,任凭水牛爱怎样走就怎样走,她从没有吆喝水牛,也没有挥鞭。

　　水牛喘着粗气,慢腾腾地走村过寨,有时候,水牛走过竖着高楼大厦的富户门前,水牛连睬也不睬一下,梗着脖子蹒跚着走了过去。忽然,又走到门侧蹲着牦牛和老虎神的大户门,也见门扉敞开如岩洞,但不知是水牛怯怕门神还是什么原因,它也闪身走过去了。

　　三囡倒骑着水牛,她悄悄地仄转头,发现远处有一户屋脊上悬挂着七彩串幡的大户人家。大户人家的串幡顺着风脚也在飞翻着跳舞,朱红的大门敞开着。三囡禁不住暗暗想道,假若我把水牛吃进这户人家,他家殷实的家底也不会浅于阿爸锁着金银的仓库,也可以坐享这份财富了,我何不如把牛拦进这户人家?三囡抓紧牛鼻绳的手勒出血迹,可是水牛梗着脖子,任凭三囡使狠劲摆弄,就仿佛岩柱一样丝微动摇不了。水牛哎哎地叹了一口气,昂着头颅,连睬也没有睬一下那洞门,犟着脖子往前走了。

　　走着,走着,前面出现了一座鸡窝似的茅草房。四周的篱笆不知是被风吹倒的,还是被牲畜撞倒的,七零八落地倒塌在蓬乱的野草丛里,水牛走到这座破败的茅草屋边,冲着天空"哎唔"地叫了一声,摆动冲天的大板角,把拦蹄脚的篱笆撞倒了,慢腾腾地走进这家破败的院坝里,跪下双膝,"啪哒"一声,躺瘫在院坝的中央。任凭三囡使劲地拉牛鼻绳,扬起鞭子抽打水牛,水牛的眼里翳着忧郁的一层水雾,水牛像一座生根的岩石,再也牵不出这家人的门口了。

　　三姑娘叹自己的命苦,丢下牛鼻绳,走向房门,悄悄地推开了虚掩的门扉，看见一个白发苍苍的老太婆，佝偻着腰蹲坐在火塘边凑火。她撮起干瘪的嘴唇，"呼哧呼哧"地吹着火苗，免不了把塘坑里的灰也吹了起来，扑白了她的脸，火苗呼地吹旺了，老太婆抹了一把满是皱纹的脸，然后哆哆嗦嗦地开了锅盖，拎起勺子搅着锅里的苞谷稀饭。三囡走到屋里，对着老太婆柔声暖气地问道："老阿妈，屋里还有什么人呀？"

老太婆懵懵懂懂地抬起脑壳，看见眼前这个漂亮的姑娘，莫不是天女进了屋，还是哪家的姑娘摸错了门？怎么她不识着臊地无根无由地问起屋里还有什么人？弄得老太婆像突然堕进云雾海里，摸不着头脑了。老太婆叹了一口气，说："阿妹哎，有一个……个……"

三囡慌忙接口道："阿妈，说心里话，你有儿子我就做你的儿媳妇，没有儿子我就做你的女儿。"

老太婆闪着惶恐的眼神，慌张地上下打量了一下姑娘，她摇了摇头，说："哎，姑娘，你莫开玩笑了，鸡窝里能留得住凤凰吗？"

"不，阿妈呀，鸡窝里不是也能抱出凤凰吗？你有儿子我就做你的儿媳妇，没有儿子我就做你的姑娘。"

"哎，我有一个憨儿子。"她慌忙摇头晃手，又说："不，不，你不能做我的儿媳妇，瓦雀哪能同百灵匹配？"

"阿妈呀，你的儿子娶媳妇了？"

"除开他自个儿的影子，没有第二个人。"

"阿妈呀，就算你的儿子是瞎子、聋子、瘸子，我都不嫌弃他，我做阿妈的儿媳妇吧。"

老太婆被这突然的喜讯弄得瞪大了眼睛，眼眶里汪着水濛濛的泪影子，哽咽着说："难道我在做梦？我在做梦吗？"

"阿妈呀，不是做梦，是真的。"

三囡抓住老太婆的肩膀摇晃着。

晚上，老太婆的憨儿子回家了，老太婆牵着儿子的手，哆哆嗦嗦地说："儿呵，这个阿姐愿意做你的婆娘，你要疼她，听她的话，脸上不能飘冷雾，只能开鲜花，懂了吗？"

憨儿子听了阿妈的话，日里想婆娘，夜里做梦也梦媳妇，眼下如花的媳妇进家门了。憨儿子咧着嘴巴冲着三姑娘"哧哧"地一个劲儿地憨笑，看着三姑娘忘记了眨一下眼睛，生怕眨一下眼，三姑娘会逃跑了似的。

三姑娘看着憨儿子的憨厚相，忍不住也"扑哧"地笑了，然后哆嗦着从怀里掏出一砣银锭子,递到憨儿子的手里说:"你别老是看着我,忘记了你我拜堂成亲的事吧?赶快拿上这砣银子,籴回几升大米,灌一壶酒,张罗个猪脑壳,邀请隔壁邻居的老人,为我们的拜堂祝福。抹额头油,伙烧百年偕老的合心火,快去快回吧。"

憨儿子接过银子掂了掂,拎了一只空口袋和空酒壶,沉甸甸的银子捧在手里,他越走越不是滋味了,越起怀疑。难道这砣白石头,能买到大米、酒浆、猪脑壳吗?假若这疙瘩白石头,也能换回这么多的东西,那么我何消每天都诅咒这些白石头咬塌我的斧口的晦气事情?他越想手里的银砣子,越像散落在他的划柴火场上的白石头。哎!我还嫌它把我的斧口咬塌了,累得我每天喘气流汗地磨斧子,这白石头哪能换到大米、酒浆、猪脑壳,她简直是红口白牙地欺骗人。憨儿子气呼呼地一跺脚,把攥在手里的白银砣子,冲着大山远远地抛了出去。

憨儿子气呼呼地回到家里,梗着脖子站在火塘边,三囡看见男人拎着空口袋、空酒壶,塌着一张乌云脸,不哼也不哈,活像个怄气的憨哑巴。

三囡问说:"阿哥,大米、酒浆、猪脑壳怎么没有买了回来,莫不是你把银子丢失了?"

"你的一张嘴巴是骗人的八哥嘴巴,什么银子?全是些没用场的石头。你不该拿石头充银子欺骗人,你若不信实,在我的划柴火场上,到处都堆着这些白石头,我还嫌它咬缺我的斧口哩,你的石头我丢到山沟里去了。"

"石头是石头,银子是银子,石头怎能充银子,是你看错了银子吧。"

"我天天生石头咬缺我的斧口的晦气,你若不信我的话,眼见为实,看看去吧。"

憨儿子和三姑娘披着如水的月光,他们双双来到憨儿子的划柴火场上。哟,白晃晃的一摊银子,堆积在划柴火场上,好像满天的星斗洒落在地上。三姑娘高兴地跳着说:"是银子、银子。"她扯着男人的手,跑回家里,他们挎上筐子,连夜又摸着夜色上山,把划柴火场上的银子,一筐筐往家里搬运,直到东方发白的时辰,他们才把银子背完了。

背回的银子,堆得触到茅屋的梁柱上了,一夜之间,憨儿子家马上发旺起来。他们请来工匠,拔除了鸡窝似的茅草房,盖起了雕龙画凤的大瓦屋,养上了牛群,也养上了羊群,置下了南庄田,北坡地。使唤的奴仆像蚂蚁一样多,憨儿子突然做梦似的变成了大山里的首富户了。

憨儿子玩魔术一样变成了大富翁。真是天有不测风云,人有旦夕祸福,可谓祸福同步。憨儿子的老阿妈突然病瘫在床上了,两口子花费了几口袋的银子,请来东巴祈神禳鬼,也邀医生号脉诊断,但是老阿妈还是病殁了,阿妈回到北方祖先落居的地方去了。

按照山里人的习俗,阿妈死了,得进行七天七夜的开悼。按乡规,屋里宰杀牦牛、羊子,开悼阿妈的时候,凡是进门的人不论是奔丧的亲戚,还是讨饭的叫花子,一律都算是奔丧的亲戚和朋友,主人得热情地赐饭团,授肉坨,敬大碗酒浆,席面上绝挑不出卑贱的座位,亲疏的缝隙,塘坑里也不烧冷暖不一的火塘火。

三囡倒骑着水牛离开家后,富翁阿爸的家境像塌崖似地没落了,厩里的母猪流产了,牛群生疥癣似地脱毛病倒了,羊群像误进了毒草滩似的,一只只口吐白沫咽气了,地里的庄稼遭冰雹的蹂躏了,弄得仓库落耗子窝了。富翁阿爸像做了一场噩梦似的,突然变穷了,人说狗不嫌家穷,但阿爸穷得连瘦狗也离开了他。阿爸的锅生锈了,火塘火熄灭了,无情的生活,逼得富翁阿爸拄着打狗棍,出门来当乞丐了。

这一天,阿爸走村串寨戳狗嘴拍门扉地讨饭,来到了三囡落居的这个寨子里。他刚进村口,听说有一户富人死了阿妈,大摆排场进行开悼,这可动了富翁阿爸的心。纳西人有习俗:凡是开悼父母,进门的人都是尊贵的客人,叫花子当客人,得去吃一顿丰盛的开悼饭。

富翁阿爸想到这里,拉起打狗棍,慌慌忙忙来到办丧事的女儿家里。富翁阿爸刚跨进门,看家狗龇牙咧嘴地冲出来,咬着乞丐不让进门。

三囡突然听到门口恶狗在狂咬的声音,慌忙跑出来拦狗,她一看这个白发苍苍的老乞丐,好生眼熟,但想不起在哪里见过这个老倌。她顾不得再思想下去了,一时又找不到拦狗棍,急急忙忙顺手拎起一只羊腿肉来拦狗。

富翁阿爸看见主妇拿着一只羊腿肉拦狗,心里"咯噔"一下,心儿提到喉咙口。人间哪有拿着肉坨拦狗的道理,他战战兢兢地抬着脑壳,朝着这个女人打量了一眼:哎哟喂!是她,是三囡!

富翁阿爸猛地受了刺激,脑壳嗡地炸开了,趔趔趄趄地跌瘫在地上昏厥过去了……

两兄弟分家（纳西族）

讲述：和月康
记录：杨润光
1981年采录于玉龙县七河乡

有两兄弟，从小就死了父母，哥哥生性狡猾，弟弟为人憨厚。

两兄弟都长大了，按照纳西族的规矩，就要分家。家里除了一些家什外值钱的只有一匹骡子和门前的两亩肥田，另外还有一头快要死的老水牛和远处长满白蒿的旱地两亩。

分家前一晚，弟弟因为要与哥哥分开，心情不悦，早早躺在床上，哥哥也在床上躺着，反复琢磨分家时如何算计弟弟。突然他在床上哭了起来，边哭边说："明天就要分家了，水牛腿粗，骡子脚细，弟弟肯定要把水牛牵去，往后我犁田就没有牛了；房前狗屎马粪田，臭烘烘的，弟弟不会要，只会要远处卫卫生生的白蒿地，我是哥哥，只能让弟弟先挑了。往后的日子可怎么过啊！"哥哥哭着说的这些话，弟弟全记在心里。

翌日，请来亲戚六眷分家，弟弟抢先说："昨天晚上我哥哥哭着说的话我全记住了。水牛腿粗，骡子脚细，我就要骡子算了，把水牛留给哥哥耕地；房前的田都是狗屎马粪田，臭乎乎的，我不怕脏，我来种算了，远处卫卫生生的白蒿地留给我哥哥。"说完牵着骡子走了。

亲戚六眷暗中称快，而哥哥却哑巴吃黄连，有口难言。

放猪栽桃（纳西族）

讲述：袁阿敏　和德明
记录：云南省民族民间文学丽江调查队　戴美莹
1958年采录于玉龙县拉市乡海南村

种桃

有一座不很高的山上，每天都有两个孩子到这里来放猪。

一天，他们到了山上，像往常一样，把蔓蒿扒出土，让猪去啃食，他们就坐在大树下面。男孩用一根树枝在地上画着字，一边教女孩子念。过了一阵，又一齐唱起"月亮朦朦"来，唱倦了，就拿出桃子来吃。正在吃着，叫安中拉来命的小姑娘，忽然想起什么似的，笑着对男伙伴说："孜蒲孜德若，我们把桃核栽下吧，等到桃树结果的时候，我们就可以来吃桃子了。"孜蒲孜德若马上同意了，并且说："不但可以吃桃子，桃树长叶子的时候，我们还可以一齐来吹叶子；桃树开花的时候，我们还可以摘朵桃花戴在头上。"于是他们种下了桃核。

以后他们天天赶着猪上山，又赶着猪回家。桃核发芽了，芽儿抽条了，桃树长得有小猪高啦，这时候，孜蒲孜德若和安中拉来命也长大成人了。

孜蒲孜德若长得像一棵柏树，挺秀而高大；安中拉来命的脸就像一朵莲花，他们的爱情像桃树一样成长了，可是，他们的家里也不再让他们去放猪了。

老鹰带信

孜蒲孜德若从小就死了父母，后母待他很不好。当后母知道孜蒲孜德若和安中拉来命相好以后，心里大不高兴，因为她早就盘算着给孜蒲孜德若物色一个有钱人家的姑娘，可多得一些陪嫁。而安中拉来命家里却很穷，后母天天交给儿子许多重活，让儿子没有时间去会情人。

青青的桃叶长满枝了，安中拉来命欢喜地跑到树下等候孜蒲孜德若，孜蒲孜德若没有来；红艳艳的桃花开满树了，安中拉来命急不可待地跑到树下来会情人，还是不见孜蒲孜德若来。大个大个的桃子压弯树枝了，安中拉来命又到树下来等候，孜蒲孜德若还是没有来。

安中拉来命失望了。她想：是不是他忘记了我们的情意……不会的。我们的深情他永远忘不掉，就像玉龙湖水永远不会干一样。是不是他又爱上了别的姑娘，……不会的。孜蒲孜德若像金子一样的心是不会改变的，就像玉龙山的雪永远不会溶化一样。可是，为什么他不能来呢？

安中拉来命就这样地等在树下想啊，想啊！最后，她撕下一片卡达（围裙），咬破指头写了一封血书，恰好一只老鹰从她头顶上飞过，安中拉来命忙对老鹰说："好心的老鹰啊！请你飞下来帮我把这封信带给孜蒲孜德若吧。"

老鹰果然飞下来，停在她旁边，她把血书绑在鹰脚上，老鹰拍拍翅膀飞去了。

这时候，孜蒲孜德若正在牵牛犁田。他看见一只老鹰总是在他头上盘旋，他犁到东边，老鹰飞到东边，他犁到西边，老鹰也飞到西边。

他很奇怪，拾起一块石头朝老鹰掷去，从鹰身上落下一块白布，他拾起一看，只见上面血迹斑斑地有几行字："孜蒲孜德若，我的亲人，我们种的桃树，长叶已三年了，你为什么不来吹叶子？我们种的桃树开花已三年了，你为什么不来采花？我们种的桃树，桃子已经熟了，为什么不见你来吃桃子？"

孜蒲孜德若看了，想起从前的事，非常难受。于是，他故意把吆牛的鞭子弄断，推说回家拿鞭子，就跑去和安中拉来命相会。

安中拉来命见他来了，高兴得心里开了花，她对孜蒲孜德若说："花儿缺水长不艳，我离了你就难生活。阿哥啊！红艳艳的鲜花专等你来赏；熟透了的桃子，只等着你来采。"

孜蒲孜德若本来就爱着安中拉来命，如今听她这样说，更是爱她了。他对安中拉来命说："桃树长叶时我要来，后母叫我浇园来不成；桃树开花时我要来，后母叫我砍柴来不成；桃树结果时我要来，后母叫我犁田来不成。阿妹啊！鲜花开在高山上，哪怕路远刺戳我也一定要来赏；桃子结在树上，哪怕树高难爬，我也一定要来采。"

后来孜蒲孜德若终于冲破了后母的种种阻挠，把安中拉来命娶回家来了。

永不分离

结婚后不久，官家就把孜蒲孜德若抓去当兵了。孜蒲孜德若走后，后母百般虐待安中拉来命，吃饭不给吃饱，夜里不给睡足，做活不让稍歇。

安中拉来命实在挨不下去了，就把自己的银戒指、银耳环脱下来递给洋巴说："阿妹，我要走了，这些首饰送给你，等你哥哥回来，就叫他到门前的海里来找我。"说完，她就跳到海里去了。

三年以后，孜蒲孜德若回来了。一进家门，妹妹就把这件事情告诉了他。孜蒲孜德若听到这消息，伤心极了。他一面流着泪一面拿了一把钉耙朝海边跑去。他跌跌撞撞地跑到海边，只见海面上翻起白色的波浪，却没有妻子的影子。

他悲哀地向着大海喊道:"安中拉来命,我的妻子,要是你对我还有情的话,你把白生生的手臂漂上水面来吧!"话刚喊完,一对手膀就漂出了水面。他忙用钉耙去捞,捞不着。

他又喊:"安中拉来命,我的亲人,要是你对我还有情的话,把你的双脚漂到水面上来吧。"果然水面上又出现了一双脚。他又用钉耙去捞,还是捞不着。

他又再喊道:"安中拉来命,我的亲人,要是你对我还有情的话,把你青黝黝的头发漂到水面上来吧。"水面上真的又露出一绺黑发。他用钉耙去捞,捞着了。

孜蒲孜德若把妻子放到岸上,就回家去驮干柴,用干柴围起她来,再倒一些酒在上面。然后点着火,火烧得很旺,他骑着马,沿着火塘急急忙忙地绕圈子,并对着火塘喊:"安中拉来命,我的亲人,要是你对我还有情的话,你把火吹得像野鸡飞起一样,'噼啪'一声来吓我的马。"

话刚说完,烈火忽然"噼啪"地响了一声,马惊跳起来,孜蒲孜德若乘势跳进火里,柴烧完了,两人的骨头烧成了一堆灰。

后母知道了这件事,心中很是气愤。她找了一把筛子来筛骨灰,一边筛一边喊:"男的上面来,女的下面去。"把骨灰筛成了两堆。一堆埋在海的东边,一堆埋在海的西边。

后来,在两个灰堆上长出了两棵又高又大的树,树的枝条交结在一起;树叶重叠在一起。后母见了很生气,就叫了两个人来砍树,自己亲自在旁边监督,不准有一片木渣掉到水里去。

中午,后母回家吃饭去了,那两个人故意丢两片木渣到水里,立刻从水面上飞起了一对鸳鸯。

每天,这对鸳鸯都飞到后母家里来寻食,后母知道这是孜蒲孜德若和安中拉来命变的,就用网捉住了它们,把它们关在竹笼里,转身到隔壁去请人来杀它们。

后母出去以后,雌鸟就对洋巴说:"阿妹,我走的时候把戒指、耳环都送给你了,你把我们放了吧!"洋巴真的打开笼子放了它们,一对鸳鸯拍拍翅膀欢笑着飞走了。

这时,后母正回家来,见它们飞走,就拾了一块石头向它们掷去,嘴里一面咒道:"你们这两只烂鸳鸯,但愿你们翅膀断了摔下来。"尽管她咒干了喉咙,可是一对鸳鸯却欢叫着飞远了。

金钟的故事（纳西族）

讲述：张一花 女 纳西族 56岁 农民 不识字
记录：和时杰 纳西族 48岁 中学教师 本科
1980年采录于玉龙县石鼓镇大同村

滚滚滔滔的金沙江，从北向南，日夜奔流。江边有个依山面江的纳西寨子，寨子里有个阿六，家里只有他夫妇俩。他们盘田种庄稼，终年辛苦劳累，但家里常常是吃了早饭，又缺晚饭。家境贫寒暂且不说，两夫妇还因为年近半百还没有养下一个儿女而备觉悲凉、凄苦。

这一年春天，阿六家黄板房后的那棚金竹发的新笋格外多，而且分外粗壮。阿六天天看着旺盛的竹棚，心头也高兴了，还自然而然地在心里唱起了"屋后青竹竿，本是旺种啊，青竹根连根，不会断了根"的歌。心想他阿六一辈子安分守己，是远近闻名的好心人，眼下虽无儿女，但天有眼睛，不致使自己没了根根，断了香火，屋后的新笋就是个好兆头。

果然不出阿六所料，妻子有喜了，阿六要多高兴有多高兴，也更小心翼翼地做人了。

妻子快临盆了，喜事临门，阿六更高兴了，又宰羊又杀鸡，一切都准备停当，可是当妻子临盆时，却在阿六头上浇了一瓢冷水。妻子生下来的不是男，也不是女，而是一只又白又胖的手。

阿六看着那只会动不会哭的手，认为自己晦气，想把那只手偷偷丢到大江里。但当阿六刚产生这一念头的时候，有一个客人来了，只见那客人满面红光，头发、眉毛、胡子都白得像雪花一样。他一进门就亲切地叫着阿六的名字，并向阿六道喜，说："恭喜，恭喜，我是头客，该先请我喝瓢冷水！"

阿六迎进客人，听着客人的话，心里更为难受。但客人又主动要冷水喝，也不能拒绝，就从灶房里舀了一瓢冷水出来，双手捧给客人。

客人喝过冷水，又说起吉利话来："大发大旺，大发大旺！"

阿六摇头不语。

客人见状，又说："阿六，我都知道了，你女人生下的不是男，不是女，是一只又白又胖的手，你可千万不能小看它，它是千金买不到的宝贝。你可知道，你门前的大江里有多少宝贝，其中，有个金钟，是所有宝贝中最宝贵的。它在江底沉没了千千万万年，就在你门对面的那个大旋塘里，任何人也不能得到它，只有你那只又白又胖的手，才能把它从江底提上来。"

大江里有个金钟，在人们当中一代一代传下来，不知传了多少代，但谁也没有看见过它，更别想去得到它，阿六听了客人的这番话，还半信半疑。

客人继续说："要是你得到了那口金钟，千年万代也吃不完、用不尽。不过，你还得等待，要有一根很牢很牢的绳子，接在那只手上，才能让它沉到江底，把金钟提上来。看你是个好心人，我回去就帮你去备办绳子，你一定要好好抚养好那只手。"

客人说完话，便转身出门去了。等阿六醒悟过来，想款待客人，赶出门来招呼客人时，客人已不知去向了。

阿六听从客人的吩咐，把那只手抚养下来。说来也奇怪，那只手不吃不喝，只要偎依在妈妈的怀里，受着妈妈体温的热气，便日见长大起来。

时间一天天过去，那只手一天天长大，可是还不见去备办绳子的客人回来。

那只手一天天长大了，不到两个月工夫，已长得像大人的手一样粗壮了，但仍不见去备办绳子的客人到来。

日子长了，阿六家生下了一只手，而且是一只能提起大江里金钟的手的事，也就在寨子里传开了。寨子里有个阿六的远房哥哥，来找阿六商量，说可以自己备办绳子，接在那只手上，沉到江底去，把金钟提上来。

阿六开始不肯就这么办，还是要等到那位去备办绳子的人，说："不，还是等一等。"

过了半年，那只手越长越大，有大人的两只手那么大了，可是仍不见那位去备办绳子的客人来到。

阿六的远房哥哥等急了，又来商量，阿六还犹豫不决，拿不下主意。

远房哥哥就说："你知道那客人是什么人，说不定他在骗你呢！就算是真的，把金钟提上来了，你能得到它吗？也说不定一提上来，他就把金钟拿走。到那时，你后悔就来不及了。"

听了远房哥哥的话，阿六的心也活动开了，就说："可是那根很牢很牢的绳子怎么办呢？"

远房哥哥满不在意地说："嗯呀！那不好办吗？寨子背后山梁上，长有上好的岩金竹，用那岩金竹拧的篾绳最牢，九头牛也挣不断，还怕把一个钟儿提不上来吗？"

阿六觉得远房哥哥的话有理，便点头称是。

第二天，阿六和他的远房哥哥就请了全寨子的人到山上，去砍最好的岩金竹。全寨子的人砍了三十天，砍了三个坡的岩金竹，又花了三个月，拧了一根又长又粗又牢实的篾绳。说长度，绕寨子三圈还有余；道粗细，足有碗口粗，论牢实，九头牛也挣不断。

篾绳拧好了，又请了整个寨子的人把篾绳拉到大江边，为了慎重，阿六的远房哥哥先在篾绳的一头拴上个大石头，坠到大旋塘里，看绳子够长够牢了没有。石头带着篾绳下了江，阿六和远房哥哥捏着绳头，整个寨子的人帮着他们放篾绳。篾绳还剩老长一截，石头坠底了，长度够，在大伙的帮忙下，篾绳又很快提着那个大石头上了江岸，也算是够牢的了。

阿六和远房哥哥都高兴了，全寨子的人也为他们高兴，都以为如果那只手当真灵验，金钟就可以到手了。

阿六高高兴兴地抱来了那只手，结结实实地绑在篾绳头，远房哥哥还加上了几籀篾箍子，把手绑得更结实。

那只手带着篾绳沉到江里，坠底了，篾绳就在大旋塘里转了一圈，整个大旋塘的水都翻滚起来，冒起白花花的水沫。不一会儿，手拿绳子的阿六也感到绳子格外沉重起来，就忙请全寨子的人赶紧拉绳，他的远房哥哥在一旁喊着号子，要大家一起使劲。

大家都感到，那只手的确是拉着一件很重很重的东西，很自然地也使起劲来了。

那只手快到水面了，只见水面上金光闪闪，耀人眼目，仔细一看，又见那只手的确提着一个挺大挺大的金光闪闪的钟上来了。

手已露出水面了，那闪光的金钟更灿烂辉煌。

阿六的远房哥哥看得眼红了，心里暗说着："的确是个金钟，足有几百斤重！"

众人也嚷开了：

"真是宝贝！"

"不知有多重？"

"起码上千斤！"

金钟上部已露出水面，人们感到分外的重，使尽了力气，也无法把整个金钟拉出水面。

金钟在阳光的照耀下，金光闪闪，使江两岸的一切都闪着金光，把天空映黄了一大片，太阳光在这金钟面前，也黯然失色了。

阿六的远房哥哥还以为大伙忙着看宝物，不使劲了，才使这眼看就要到手的宝物提不上来，心里一急，吆喝起来，要大家一起使劲。

可是这样一来，事情就坏透了，大伙一使劲，"嘣"的一声，把篾绳挣断了，人们手里只剩了一根空篾绳。金钟呢？连同那只手一起，又沉到江底去了。

就在这时，去备办绳子的那位阿六的客人，皓首银髯，飘然而来，问阿六要手。阿六手指翻滚着的大旋塘，说不出话来。

客人一看阿六的神态，已知道是怎么回事了，就从腰间拿出一根没有筷子粗的五尺来长的绳子，说："你怎么这样性急呢？不能等等我吗？"

阿六还找不出话来回答，他的远房哥哥就抢着说："请问，您是想拿这根鸡肠子粗细的绳子来提金钟吗？"

客人甩动着手里的细绳，只说："是呀！"

阿六的远房哥哥又说："别做梦了，我们用这碗口粗的岩金竹篾绳都提不上来。"

客人含笑说："篾绳怎能取宝呢？宝物只能用宝物来取，这叫做以宝取宝。你看！"说着，把细绳一甩，要多长有多长，一下就沉到江里去了，又一甩动，马上又变成了一根金光闪闪的金链子。

那位皓首银髯的客人一撒手，"嗖"的一声，整根长长的金链子钻到江里去了。嘴里说着："没有了宝手，我这链子也无用了，还是让它与金钟在一起，住在江底吧！"说完，头也不回地飘然而去。

等阿六清醒过来，他非常后悔，但已来不及了。

金窝的故事（纳西族）

讲述：张一花 女 纳西族 56岁 农民 不识字
记录：和时杰
1980年采录于玉龙县石鼓镇大同村

阿才家的祖上，本来是很穷的，可是现在已成为有碗饭吃的人家。这全靠他家祖上几代人的积攒，置上了几亩地，住上了两小所木楞房。到阿才这一代，只要不偷懒，肯下力盘那几亩地，生活是可以过得不赖了。

阿才的祖上是靠什么积攒，置上产业的呢？

原来在他家门前的金沙江边，有一个金窝。每年清明前后的枯水季节，江水落到了低水位时，在江边的岩壁上，那个小碗大小的金窝便露出水面，每年一到那时，就可以现成地到金窝里取金子。阿才家的几代人，就是父传子，子传孙，把金窝这宗财富传下来了。祖上还立下一条规矩，等上一辈将要去世时，才传给下一代，以免泄露了这宝藏的秘密。因此，他家的这一秘密家产就从未被人知道，一年一度取宝的事也从未被人发觉，也就从来未因此而发生过任何纠纷事端。

阿才的阿爸临死前，也照祖上定下的规矩，把这一秘密的家产传给了他。

父亲死后，他当然继承了这份家产。每年清明前后，照样在金窝里取得了金子，可是不几年，阿才的心里可活动开了。他想：把金窝錾大一点，不是积的金子就会更多吗？可是他又不会錾石头，请别人錾是不行的，会把事情败露了丢了金窝，至少也要分一半给錾金窝的石匠，如果自己是个石匠就再好也没有了。于是，自那以后，他就下决心学石匠了。

由于阿才有他自己的目的，学得格外勤奋，很快就出了师，并成了远近闻名的石匠师傅，尤其精于錾石碓窝。

就在他出师那年的清明前几天，他刚把金窝里的金子挖净以后，就动手把金窝錾大了。他一面錾，一面想：他的祖上太笨了，如果祖上能像他一样学会石匠，錾大金窝，家里的日子早就不像今天了。他一面想，一面錾，用了粗錾又用细錾，把金窝錾得有帽子大小，规规整整，圆圆范范，才住了手，满意地回了家。

那年的涨水季节，洪水来得特别大，特别猛。据往年的经验，阿才以为洪水越大越猛，金窝里的金子就越多。他想，来年清明前后，一定可以在金窝里得到一笔可观的收入。这样一想，他的手脚也慢慢变懒起来。

阿才天天屈指计算日子，好容易盼到了清明节，金窝露出来了。当他满怀希望到金窝里取金子时，发现他的手艺半点也没有损坏，帽子大小的规规整整、圆圆范范的金窝摆在岩壁上，可惜的是金窝被江水冲得干干净净，一无所有，连一点泥沙也没有留下，好像它是故意在阿才面前显示它那高明的手艺似的。

酒丹（纳西族）

讲述：和锡典
记录：和孟翔 纳西族 45岁 小学教师 高中
1979年采录于玉龙县黄山乡长水村

丽江城北面，有座巍峨高耸的玉龙山，山顶积雪终年不化，银装素裹，金碧交辉，把丽江坝子点缀得非常美丽。

传说在很久以前，玉龙山上住着一个慈善的仙人，身材魁梧，蓄着五绺胡须，常骑一匹高大的白马，奔走于穷乡僻壤，做些扶穷济贫的好事。

从雪山到丽江城的路上，住着一户人家，八口人，老夫妇都将近七十岁了。后来，儿子和媳妇被官府抓去服劳役，相继因劳累过度而死了，丢下四个儿女，整日里喊着肚子饿。两个老人靠酿酒卖酒糊口，抚养四个孙儿孙女，过着十分清苦的生活。

一天，风和日丽，晴空万里。老妇人正在愁眉苦脸地卖酒，有个驼背老人，拄着拐杖来买酒喝。他蓄着五绺胡须，两眼亮如明珠，笑容满面。见老妇人无精打采，他一面喝酒一面问。待老妇人诉说了家里的遭遇，他一耸眉毛，付了酒钱，便拿出一个丹来，去到水池边转了一圈，飘然而去。

第二天清早，老妇人出门挑水，刚到水池边，股股浓烈的酒香扑鼻而来。她感到奇怪，舀上一瓢尝了一口，却是上好的酒，家里酿的酒还不及它哩。这究竟是怎么回事？她想一定是天菩萨有眼，照应她家了，她高高兴兴地从池子里挑上一挑好酒回去。

从此，老妇人家里生意兴隆，门庭若市，生活富裕起来了，竖起了新房子，使起了奴仆，真是芝麻开花节节高了。

三年后的一天，那个驼背老人又来老妇人家买酒喝。只见老妇人穿着绫罗绸缎，高高地坐在上面，对他十分淡漠，连说句话都显得很不耐烦。他笑着上前问道："这几年，酒好卖吧？"老妇人爱理不理地答道："酒倒是好卖，可就是没有喂猪的酒糟。"驼背老人仰天大笑，心里想：哼，清水变酒卖，还嫌酒无糟。世人一变富，贪心何时足？便付了酒钱，又到酒池边转了一圈，飘然走了。

次日起来，老妇人照例从酒池里挑回酒来，不多一会儿，酒客又坐满了。可是，喝酒的客人一个个吵嚷起来，纷纷指着老妇人骂开了："怎么把清水当酒卖？黑良心！""骗子！"从那天起，酒客们不再上门了，老妇人的生意做不成了，不得不关了店门。

原来，那个驼背老人是玉龙仙人变的。他头次来喝酒，见老妇人一家着实可怜，便把一粒酒丹放进池子里，池水变成了上等美酒，再挑也挑不完。第二次来，见老妇人虽然变富裕了，良心却又变丑了，一气之下，便把酒丹收走了。

阿寿与龙女（纳西族）

讲述：杨清璧 纳西族 44岁 农民 小学
记录：和钟华　王川蓉　牛相奎
1980年采录于玉龙县白沙乡玉龙村

很久很久以前，大青山下有一座孤零零的木楞房子，屋里住着个名叫阿寿的小伙子和他双目失明的阿妈。阿寿每天起早贪黑到大青山里砍柴，再挑到街上换回一点包谷、荞面养家糊口。

眼看阿寿长成了一个二十岁的小伙子，阿妈心里着急，张罗着要给儿子找个媳妇。阿寿只是笑笑，说："阿妈，再等些日子办吧，迟早我会找到个好媳妇的，那时叫她好好孝敬您老人家呀。"阿寿口里这么说，心里却想道：像我这样的穷汉，苦死苦活也填不饱肚皮，哪个姑娘会来嫁给我呢？就算是喜欢我的，我也不忍心叫她跟着我一辈子受苦。

不久，阿妈去世了。阿寿找媳妇的念头也丢掉了，他每天照样起早贪黑到山上砍柴。

阿寿砍柴的地方，要经过一个碧幽幽的龙潭。他每次砍柴回来，总要在潭边歇口气，喝几口清甜清甜的龙潭水，吃几口炒面充充饥肠。

一天，阿寿砍下来一担柴，来到龙潭旁边。看见一块白石头和一块黑石头像两只好斗的公鸡那样，在草坪上碰来碰去，发出叮叮当当的响声。阿寿感到很是奇怪，忙放下柴担，把两块斗架的石头隔开。他解劝道："白石头，黑石头，不要吵，不要打，是争吃的吗？有米有肉你们也不会吃，是争住的吗？山这么大，地这么宽，尽够你们安身嘛。"

正说着，两块石头忽然变成两个鸽蛋大小的石球，蹦蹦跳跳着滚进他的皮褡裢里。阿寿想，这石头不会是寻常的物件，也就顺便带回家来。

第二天，鸡一叫，阿寿又到山里砍柴，从山上下来一位白胡子白眉毛的老人。阿寿上前向老人问候说："老人家，您早。走这么高陡的山路，怎么不叫个年轻人招呼呢？"

老人见阿寿对长者这么尊敬，很是喜欢。他说："小伙子，你就是阿寿吧？听说你在龙潭边捡到两个宝贝石头，这事可是真的？"

"老人家，昨天我捡到两块古怪的石头。一块白，一块黑，但不知是不是宝贝？"阿寿扶老人在路旁的草坪上坐下，慢慢地把怎样遇见两块石头在斗架，石头又怎样变成石球滚进皮褡裢的经过，一五一十地讲给了老人。

老人拍拍阿寿的肩膀说："阿寿，这哪是石头，那是龙王家的两颗神珠呀！那个白的能使海水干涸，黑的能使海水满盈。听我的话，你把白颜色的神珠放进龙潭里，龙潭水就会很快干涸。那时，龙王就会来求你，拿金银宝贝来交换你的两颗神珠。可是，你哪样也不要要，只要那只乌木匣子。"说完，老人转身不见了。

阿寿又惊又喜，他想马上试试老人的话是否灵验，便立刻拿上皮褡裢来到龙潭边，把白色的神珠放进龙潭里。霎时，龙潭水浅了下去，变成一个干滩。那些大大小小的鲤鱼、鲫鱼、细鳞鱼，全都翻着银白色的肚皮，鼓着眼珠，"呼哧呼哧"地张着嘴巴喘气。忽然，龙潭里闪出了一条路，几十名虾兵蟹将抬着一顶龙轿来到阿寿跟前，请他立刻去见龙王。

阿寿坐上轿子，一会儿就来到一座金碧辉煌的水晶宫里，见龙王和龙子龙孙早已毕恭毕敬地等候着他。

龙王开口道："尊贵的客人，眼看着我的水族就要毁灭，请将您的神珠还给我吧，我可以送您九匹牲口也驮不完的金银和珠宝。"

阿寿回答说："龙王，我可以把神珠给您，但您得答应给我那只乌木匣子。"

"您把龙宫里的财宝都拿走吧，唯独这乌木匣子不能给您。"龙王为难起来。

"您既然舍不得您的乌木匣子，那我也舍不得我的神珠。尊敬的龙王，谢谢您的款待，我要走了。"阿寿说罢，朝门口走去。

龙王见阿寿要走，十分着急。他立即叫人去拿出乌木匣子，急忙拉着阿寿的手说："事已如此，我只好把真情告诉您了。我曾说过，谁得到这只乌木匣子，谁就是我的女婿。这乌木匣子是我第七个女儿的嫁妆。为了我们水族的安危，我不但要给您乌木匣子，还要把我心爱的七姑娘也嫁给您。"

龙王招了招手，从屋里飞出来七只银白色的鸽子，七个像杜鹃花一样美丽的姑娘姗姗走了出来。白鸽翩翩起舞，老在一个最年轻、最美貌的姑娘头顶盘旋。龙王对阿寿说："她就是我七个姑娘中最珍贵的一颗明珠。请您把她领去吧！"

阿寿一见身着绫罗绸缎，满身宝珠耀眼的七个龙女，一颗心儿咚咚地乱跳起来。他吞吞吐吐地说道："尊敬的龙王，我……"

龙王见阿寿作难的样子，叫龙子龙孙和七个龙女都退了出去，"您有什么话慢慢跟我说吧。"

"龙王，我是个砍柴的穷汉，怎么能娶您的女儿呢？怎么能叫金枝玉叶一样的龙女跟我一道受苦呢？请您收下两颗神珠，收回珍贵的乌木匣子吧！"阿寿双手捧着两颗神珠和乌木匣子送给龙王。

龙王见阿寿心地这样善良，很是感动，他不再提龙女的婚事，只是要阿寿一定收下乌木匣子。并嘱咐他说："它是个宝匣，你想得到什么，只要对着匣子喊一声，它就会给你什么。"

龙王挽留阿寿在龙宫住了一宿，第二天才把他送上岸来。阿寿回头看了看，只见龙潭里注满了碧莹莹的泉水，一群群的鱼儿在水里游来游去。

阿寿回到家里，两只手抱着匣子，想了整整一天：到底要什么好呢？最后他想到大青山背后有一大片荒地，便决定要一对耕牛和一袋麦种。

"宝贝，宝贝！我要去开荒种地，给我一对耕牛，一袋麦种吧！"阿寿刚说完，门口传来"哞哞"的牛叫声。他跑出木楞子屋，见柳树上拴着两头又肥又壮的大牯子牛，他忙跑去割来一背青草喂给牛。回到屋里，凳子上搁着一袋鼓胀胀的麦种。

有了耕牛和种子，阿寿不再上山砍柴了。天一亮，他就牵着一对大牯子牛，到大青山背后开荒种地。

这天，他从地里回来，远远看见木楞子屋顶飘着袅袅的炊烟。他走进屋里一看，屋子收拾得干干净净，火塘里燃着火焰，铁三角上放着一口锅。揭开锅盖，锅里煮着香喷喷的饭菜。阿寿正又饥又渴，来不及细想，忙端起热腾腾的饭菜津津有味地吃起来。

第二天，阿寿收工回来，锅里又煮好了鲜美的饭菜。咦！这到底是哪个好心肠的人帮我烧的火，做的饭？这一夜，他裹着一床毡子躺在火塘边，翻来覆去，一直没有合眼。

天一亮，阿寿又牵着两头大牯子牛去犁地，刚犁了两垄地，他就把牛拴在松树上，独自一个人回来。他轻手轻脚走进屋里，悄悄躲在墙旮旯里头。

不一会儿，乌木匣子轻轻响了一下，一个年轻美貌的姑娘从匣子里走了出来。"哦！这不是龙王家的七姑娘吗？"阿寿怕喊出声来，用手紧紧捂住嘴巴，连气也不敢出。姑娘抹起衣袖，收拾好屋子，就动手烧火做饭。阿寿看了一阵，再也按捺不住了，在背后喊了一声："龙女！"

姑娘吃了一惊，转身朝乌木匣子跑去。阿寿一把拉住她说："龙女，你莫走！"姑娘站住了，霎时，脸颊飞起两朵红云，低着头一句话也没有说。

阿寿目不转睛地盯着龙女美丽、善良的脸庞，动情地说："龙女，你待我这样好，叫我怎么感激你才好呢？你要是不嫌弃，就在这屋里住下来吧！"龙女没有回答，点了点头。此时，她的脸庞越发红了，红得像一朵艳丽的山茶花。

就在这天晚上，阿寿和龙女烧起松枝柏叶，插上神柱，拜过天地，祭过家神，结成了夫妇。

过了好些日子，阿寿才从龙女口里知道，龙女很早以前就悄悄地爱上了老实厚道、心地善良的阿寿了。

那两颗龙王家的神珠，是龙女想法偷偷送给他的。龙女还叫乳娘装扮成白胡子老人，教阿寿跟龙王要乌木匣子，好叫龙王答应把女儿嫁给阿寿。当阿寿拒绝了亲事，龙女很是伤心，她不顾父母的劝阻，一个人跑出来找阿寿。阿寿听了龙女的叙述，更是对龙女百倍钟爱。

从此，小两口越发亲亲热热地过起日子来。白天，两人一起盘田种地，夜晚，一块儿坐在火塘边纺线绩麻。

阿寿得了个宝贝匣子，又娶得了个年轻美貌的媳妇，消息像风一样，一传十，十传百，很快就传到了头人的耳朵里。头人又恼又恨，说："哼！穷光蛋倒有福气！"他朝思暮想，要把阿寿的宝匣子和他如花似玉的媳妇抢过来。

这天，阿寿和龙女到地里做活去了。头人领着一伙打手闯进了阿寿家里，翻箱倒柜抢走了乌木匣子。

阿寿和龙女回来，见屋门砸开了，锅碗瓢盆摔了一地。阿寿气愤至极，抓起一把柴刀要去找头人拼命。龙女忙拦住说："乌木匣子是个宝匣。好人得到宝匣，它会带来幸福；坏人得到宝匣，它会带来灾难。头人是个狼心狗肺、贪得无厌的人，宝匣只会给他惹来大祸。"

头人抢走宝匣以后，回到家就把自己反锁在屋子里，抱着宝匣拼命喊着:"金子!银子!"不一会儿,屋子里马上堆满了金银。头人还嫌不够,四脚朝天地躺在金银堆里发狂地嘶叫:"金子!银子!珍珠!"恨不能把宝匣也砸开来。

突然"轰"的一声,从乌木匣子里喷出了股熊熊的烈焰,直朝他扑来。火焰越烧越旺,顷刻,变成了一片火海,把头人和整座院落烧成灰烬。

乌木匣子也在烈火中烧毁了,阿寿心里很难过。龙女劝慰他说:"寿哥,我们放着宝匣也没有多大用处,我们会盘田种地,会放牧牛羊,会绩麻纺线,这比宝匣稀奇。只要脚勤手快,吃的、穿的、用的,哪样也不愁啊。"

听了龙女的话,阿寿又快活起来。他说:"龙妹,我们搬到大青山背后吧。在新开的地头,盖起一座崭新的木楞屋,再开上一块荒地,再养上一群羊子吧!"

不久,阿寿和龙女一起搬到大青山背后,小两口一边劳动,一边歌唱,日子过得像蜜一样香甜。

穷渔郎与仙女玉菊(纳西族)

讲述:阿宝
记录:高继修
1980年采录于玉龙县古城区金山乡德为村

从前,漾弓江边有个岩洞,洞里住着个打鱼的年轻人,他从小失去父母,过着艰难的生活。衣裳脏了,顾不得洗;破了,不会补。整天起早贪黑地打鱼、砍柴。尽管那样劳苦,也只能糊口。

有一天,他从早到晚没有打着鱼,心里很忧愁,回到岩洞里,他叹了口气,倒在床上想睡一觉,可是,饥饿使他怎么也睡不着。

正在迷迷糊糊的时候,他突然听见咪咪的猫叫声。他翻身坐起,看见灶上点着一支蜡烛,蜡烛下有一只洁白的猫儿向他叫着。旁边的锅里好像冒着热气,他惊奇地走上前,揭开锅盖看,锅里正搁着热气腾腾的饭菜。他好惊讶,揉揉眼睛,四周仔细地看,不错,这正是自己住了二十三年的家呀,他什么也没看着。

于是,他顾不得多想,拿起来就吃,吃饱了,忽然想起那只洁白的猫儿,可是看看周围,连影子都不见,他也没再找,又倒在床上睡了。

第二天，他打鱼回来，揭开锅盖，又见锅里搁着热气腾腾的饭菜，这回他边吃边想着，一定要看看，是谁在做饭，于是，他决定躲在家里看看。

第三天晌午，一只洁白的天鹅，在岩洞上空盘旋，不一会儿，静静地落在洞口，天鹅马上变成一只洁白的猫儿。猫儿咪咪地叫着走进来，在洞里走了几圈后，脱下猫皮变成一个美丽的姑娘，姑娘把猫皮挂在洞壁上，就烧起火来。

渔郎心里明白了这一切，他趁着姑娘烧火做饭的时刻，悄悄地取下这张洁白的猫皮，藏在另一个地方，然后，走上前去，抓住她的胳膊说："美丽善良的姑娘啊！你从哪里来？你给我做这么好的饭菜，我怎么感谢你呢？"姑娘并没有被这突如其来的事惊住，她温和地说："我是天上的仙女玉菊，你勤劳、朴实，一个人艰苦过日子，我帮助你也是应该的。"

渔郎听完仙女玉菊的话，不知怎么说才好，想了半天，才转身把雪白的猫皮捧出来，双手送还给仙女玉菊，可玉菊接过猫皮却把它丢进火里了。从此，渔郎打鱼，玉菊织布，他们俩成了一家。

那时候，漾弓江一带有个财主，名叫噜若，他家有钱有势富得不得了。为了给儿子办喜事，有一天，他找到渔郎，硬要渔郎打九百九十九条半斤大的红尾鲤鱼。

渔郎是憨厚的老实人，回到岩洞里愁眉苦脸，又不好给玉菊说，害怕玉菊着急。可是，聪明的玉菊却看出来了，经询问，原来是这么件事。

玉菊说："这点小事不要急。你去街上买来一捆红纸和一把剪刀，我自有办法。"渔郎按照玉菊的吩咐，买来了红纸和剪刀。又说："再去借只大木缸来，缸里满满地装起水。"渔郎又照着玉菊的话，借来大木缸，挑满了水。一切准备好了。玉菊又对丈夫说："你再用木棍使力搅缸里的水。"渔郎真的找了根木棒，使劲地搅着木缸里的水，水在缸里飞速地旋转着。玉菊拿着这九百九十九条纸剪的红鱼放进水里，不一会儿，满缸就蹦跳着活鲜鲜的红尾鲤鱼了。

渔郎挑着九百九十九条活鲜鲜的红尾鲤鱼来到财主噜若家，噜若见了高兴死了，于是吩咐拿出一勺子黄金来酬谢渔郎。噜若的儿子兰督忙跑过来，咬着父亲的耳朵说："阿爹，这小渔郎手段这么高强，我们何不把他弄到家里来，这样不是天天可以吃红尾鲤鱼吗？"噜若听了儿子的话，连连点头说："叫他先回去，明天一早又来吧。"于是，兰督给渔郎吃了一顿饭，吩咐他明天又来。渔郎说了一句"记住了"，便高高兴兴地回家去了。

第二天醒来时，太阳已经一竹竿子高了，渔郎吃了饭，拿着渔网正要出去，忽然想起昨天兰督的话，他想先去噜若家后，再回来打鱼。

正在他放下渔网的时候，兰督却领着三个家奴赶到了岩洞。这个花花公子一进洞看见玉菊，乐得眼睛都看呆了，好一阵回不过神来。等他回过神时，却像疯狗似地大叫着："你们三个干什么，还不给我把这小子捆起来？"三人一起扑过去，渔郎奋力抗拒，但却无济于事，最后，终于被他们捆住了。

这时玉菊却昏倒在地，兰督叫三个家奴把渔郎押出去，自己转身看着玉菊，他笑嘻嘻地弯下腰，刚伸出手要接触玉菊的身体，只见一道耀眼的白光闪过，紧接着一声震耳的响雷声，破裂的岩壁上，忽然飞出一条巨大的蜈蚣。那蜈蚣一口咬着花花公子兰督，还没等他叫出声来，就被咽下肚去了。蜈蚣咬死了兰督，又追出洞外，三个家奴吓得魂不附体，丢下渔郎就逃跑了。

后来，玉菊醒来了，他们又幸福地生活在一起。可财主噜若一伙，见着那岩洞就心发慌，脚发抖。听说他们后来拿出些金银财宝，在洞外修个庙宇供香火，终于遮住了那个叫他们心惊肉跳的岩洞。

白龙鸡（纳西族）

讲述：和达 纳西族 70 岁 农民 小学
记录：赵桂菊 女 纳西族 17 岁 学生 初中
1981 年采录于义和村

很久以前，丽江的玉龙山下有两个美丽的湖，一个叫白龙湖，一个叫黑龙湖。白龙湖风景优美，四季如春，湖里的龙王十分善良，所以湖边的村子风调雨顺，人民过着美好的生活。黑龙湖比白龙湖小，黑龙王一贯骄横，总嫌地盘小，一心想夺白龙湖，常常兴风作浪，两湖经常发生战争，给黑龙湖边的人民带来许多灾难。

白龙湖边有个小村庄——雪嵩村，村里有家贫苦的农户，只有母子二人，阿妈年老体衰，双目失明；儿子阿瓦三，忠厚老实，非常孝顺阿妈，他起早贪黑，以砍柴为生。

有一个夜晚，阿瓦三做了一个梦，梦见一个穿白衣的男人，对他苦苦哀求:"明天在你砍柴的山头上,你会看到两条蛇在搏斗。白的那条蛇就是我,黑的那条蛇是恶毒的黑龙王,我请求你把黑蛇砍死。"

天将明了,村里的公鸡把阿瓦三从梦中唤醒。睁开眼睛,他心里想道:"这是真的吗?"起来后,他把自己的砍刀磨得亮亮的,然后用凉水洗了个脸,就去山上砍柴了。

他来到山上,平时难找的柴,今天特别多,一会儿就砍了一大背。他刚要背起柴回家的时候,突然刮来一股大风,把他摔倒在地。风停了,他慢慢地醒过来,只听得"刷、刷"的声音,他看见前面有两条蛇,两只眼睛就像两颗大珍珠似地瞪着,可怕极了。他飞快地拔出腰间的砍刀,但是这两条蛇并没有向他扑来,而是在那里搏斗。眼看着白蛇将要被黑蛇打败,他便毫不犹豫地举刀向黑蛇砍去,把黑蛇砍成两段,黑蛇就这样死去了,可是白蛇不见了。

阿瓦三松了一口气,便坐下来休息。在擦汗的瞬间,背后传来了一个姑娘的叫声:"大哥,多谢你了。你救了我父亲的命,他特意叫我来请你,请你到我家里去!"

阿瓦三回头一看,呀,好一个美丽的姑娘!

他问:"你叫什么名字?家住哪里?"那姑娘连忙答道:"我叫白龙鸡,是龙王的女儿,我家住在白龙湖里。"

阿瓦三听后,惊讶地说道:"我是个凡人哪,怎能到你家?"

姑娘忙说:"是我来请你去的,你只管闭着眼就是了。"

阿瓦三答应了。白龙鸡把阿瓦三背着,阿瓦三觉得自己在飞似的。

过了一会儿,白龙鸡对阿瓦三说:"你是我父亲的救命恩人,他一定会感谢你,你要回去的时候,他会送你一件礼物。要是我父亲叫你自己选,那么你就说要那只小白花鸡,他一定会给你的。别忘了,要记住!"

阿瓦三连忙答道:"记住了,我不会忘记的。"

又过了一会儿,白龙鸡又对阿瓦三说:"大哥,你可以把你的眼睛睁开了。"

阿瓦三睁开了眼,不禁惊讶起来:这是什么地方呀?好似天堂一样!

姑娘进去后,又很快转来,她后面还跟着一大群人。

白龙鸡向阿瓦三介绍说:"这是我父亲,这是我母亲……"

白龙王见到阿瓦三,欣喜万分,忙把他领进龙宫里。龙王把两个湖争战的经过向阿瓦三讲述了一遍,阿瓦三听后,更是同情龙王,为自己所做的事而高兴。

这时乌龟、鲤鱼等端来酒食，桌上摆满各式各样的饭菜，龙王便请阿瓦三用饭，阿瓦三的肚子早已饿得干瘪瘪的，他没说客气话，就上前用饭去了。

吃完饭后，龙王又领着阿瓦三观看白龙湖里的一切。他们走向龙宫的时候，阿瓦三突然想起年老多病的母亲，便说道："龙王，多谢您了，我家里还有一个双目失明的老母亲，我该回去了。"

龙王听后也不再挽留他了，便说："你要走了，那我一定得送你一件礼物。这湖里所有的一切，你都看见了，你要哪样就自己选吧！"

阿瓦三连忙说："我来到你家，吃了饭，还能要东西吗？"

龙王答道："你是我的救命恩人，又何必客气呢？假如你不要，我就要让你自己住在这儿。"

这时阿瓦三的耳边响起了那姑娘的话，便说："实在对不起您，如果一定要给我东西的话，就给我那只小白花鸡吧！"

霎时，龙王显得为难的样子，王后拉拉龙王的袖子，提醒他，龙王沉吟半响，笑着说："那么你先等一等，我到里面看看。"

龙王到"双凤海"对女儿说："如今我的心肝宝贝要离开爹爹了，实在对不起你，你愿随那小伙子去吗？"白龙鸡红着脸答应了她父亲。

这时龙王拿出湖里最宝贵的五颗大珍珠对女儿说："阿瓦三是个老实人，你就随他去吧！这是爹爹的一点心意。"

龙王出来后对阿瓦三说："拿去吧，阿瓦三，你抱着这只小白花鸡，闭着眼睛。如果你听到小白花鸡咯咯地叫两声，你就可以把眼睛睁开了。"

阿瓦三抱着小白花鸡离开了白龙湖，回到了村子里，刚进家门，就看见母亲正在哭泣。

阿瓦三大叫一声"妈！"这时母亲听到了儿子的叫声，一头扑过来，紧紧抱住阿瓦三说："我的儿哪，你总算回来了……"

母子二人重新见面，悲喜交加，阿瓦三把自己遇到的喜事告诉了母亲。

第二天，阿瓦三去砍柴，走到离家不远的地方，回头看了看，见家里的屋顶冒着白烟。他赶紧跑回来，看见母亲正拿着一碗热气腾腾的米饭往嘴里送。阿瓦三忙拉住母亲说，"妈，这是谁给你做的饭？"母亲说："我也不明白，有个人就是这样拿给我的。"阿瓦三听后有些奇怪，但还是到山上砍柴去了。回来以后，阿瓦三正要做饭，掀开锅盖，锅里早已做好了饭。

一天早上，阿瓦三故意大声对母亲说："妈，我去山上砍柴了。"就躲在房屋背后。

过了一会儿，家里又冒出了火烟，他轻轻地跑到家里，见厨房里有一个姑娘正忙着做饭。

他轻轻地跑上前一把拉住她，可是姑娘不见了，手里抱着的是一只小白花鸡。阿瓦三明白了，这位姑娘就是山上遇到的那个美貌的白龙鸡。

他毫不怀疑地对小白花鸡说："大姐姐，请你相信我吧！我一定不会亏待你的。"话音未落，小白花鸡立刻变成了一个年轻美丽的姑娘，姑娘低着头，红着脸，深情地看着阿瓦三。

从那以后，白龙鸡就和阿瓦三住在一起。家里的日子一天比一天好起来。

有一次，阿瓦三见姑娘拿着一颗闪闪发光的珍珠，走进阿妈的房子里去。不一会，阿妈叫道："阿瓦三，你快来看，阿妈的眼睛又看得见东西了。"阿瓦三见阿妈失明的眼睛又看得见了，高兴得跳了起来。

他说："阿妈，这位大姐名叫白龙鸡，您的眼睛是她医好的。"阿妈听了，拉着姑娘的手看了又看，眼眶里流下欢喜的泪水。

不久，阿瓦三和白龙鸡结成了夫妇。一家三口人从此过着幸福美满的日子。

买岁月（纳西族）

讲述：和即贵 纳西族 63岁 老东巴 小学
记录：和贵斌
1980年采录于玉龙县

古时候，有三姐妹长得异常漂亮，她们有用不完的金银财宝，一直过着奢华的生活。

有一天，三姐妹到水井旁梳妆（因为那时人类还没有镜子）。刚刚站在井旁，水中就映出三个人影，头发白了，两颊刻下不少的皱纹。看到这情景，三姐妹伤心地呆站着，不知过了多少时间，她们才清醒过来，默默走回家里，再也无心打扮了。

第二天，三姐妹狠了心，决定拿出全部金银财宝，去街上买岁月。她们走到街上，到处去问，只有卖东西的，从街头走到街尾，都不见卖岁月的。她们不甘心，到各地去买岁月，可是无论什么地方，都买不到岁月。买不到岁月就会死的，她们伤心得号啕大哭起来。

乡亲们听了都说：

最鲜艳的花儿到时也要谢落，
最嫩的草儿到时也要死亡，
最强劲的树木也会断枝拔根，
人的生死本来是自然规律，
没有什么可悲可伤心的。
要想使寿命延长，
只有多听多闻，多学多做。

三姐妹收住眼泪，回想起她们过去的生活，猛然醒悟：原来岁月是自己丢弃的，过去的几十年，她们吃喝玩乐，嘻嘻哈哈，一样实实在在的事情也没做过。她们终于怀着悔恨和伤感的心情，结束了一生。

金鸭子（纳西族）

讲述：和义光
记录：和占科　杨增烈
1980年采录于玉龙县宝山乡

从前，有个孤儿，他穿着破破烂烂的衣裳，住着四处漏雨的房子。他经常出远门卖工，过着辛酸的生活。

一次，他卖工回来，在路上见有几个人打一只白狗，打得狗瘫在地上，细声细气地哀叫。孤儿很心疼，他三脚两步奔过去，对那几个打狗的人说："莫打莫打！我正需要一只看家狗，这狗你们就卖给我吧。"说罢，他从褡裢里摸出几个卖工得来的钱，给了打狗的人，扛起那只遍体伤痕的狗就走了。

他朝前走了一袋烟工夫，只听"喵"的一声尖叫，循声看去，又有两三个人正拿着棍棒将一只花猫打翻在地，接着又要一顿乱打。孤儿心里一颤，一个箭步冲过去："莫打莫打，我要买这只猫，回家叫它逮老鼠。"他急忙摸出几个剩余的钱，给了那几个打猫的人，又抱起那只半死不活的花猫走了。

他扛着白狗，抱着花猫，走到离家不远的一条河边，又见两个人大声粗气地要打一条水蛇。他急忙叫道："莫打莫打，这不是毒蛇，我要我要。"他就这样护住了这条水蛇。

原来，这条水蛇是龙女变成的。她出来游玩，困了躺在岸上晒太阳，谁知迷迷糊糊地睡着了。水蛇非常感激孤儿，张口吐出个明晃晃的东西，留给孤儿，就到河里去了。孤儿很奇怪，弯腰拾起来，是个小巧玲珑的金鸭子。他细眼端详了一会儿，欢欢喜喜地揣进褡裢里，朝家走去。

孤儿回到家里，因自己出门多日，房子更加破烂不堪了，便长叹一声说："这房子简直住不成人了，哪时我这穷孤儿才会有所新房住啊！"他的话音刚落，揣在褡裢里的金鸭子"嘎嘎"地叫了两声，随即他就住在四合大院里了。

孤儿忙把揣在怀里的花猫和扛在肩上的白狗放在地上，从褡裢里摸出金鸭子，笑眯着眼直盯着它，情不自禁地叫道："宝物，宝物！"这时，他感到肚子饿了，便说了句："呀，肚子饿了。"又听金鸭子叫了两声，八碗八碟便摆上桌，他吃了一顿从未沾过嘴的山珍海味。

他又看看自己的破烂单衣，便说："要穿件新衣裳。"话音一落，好衣裤便随金鸭声出现在他面前，孤儿要哪样，金鸭子都能满足他的要求。他向金鸭子求药，医好了白狗和花猫的伤，它们变得肥胖而美丽，成了看家和逮鼠的能手。

孤儿的日子一下子从苦海中蹦到了天堂上，一只瘦鸟变成了漂亮的锦鸡，他吃得五红四白，穿得华华丽丽。

不久，他讨了个花朵似的媳妇。这以后，夫妇俩终日寻欢作乐，贪图享受，不知人间羞耻地白白混日子。

有一天家里来了贼，金鸭子被识宝的贼人偷去了。

那只白狗急得汪汪直叫，他也不知觉，白狗只有独自去追寻。

白狗翕动着鼻翼，追了又追，寻了又寻，发现金鸭子藏在贼人家中的木柜里，便回来跟花猫一道想办法。

它俩想啊想，想出了个办法，花猫便四处去逮老鼠，把逮来的老鼠集中成群，命它们咬木柜。老鼠哪敢违抗猫和狗的命令呢？便一齐"刷刷"地咬起木柜来。一个碗口大的洞子很快咬通了，花猫进去柜里，把金鸭子衔回来了。

可是，白狗和花猫来到家门口，家门紧闭着。它们"汪汪""喵喵"地大声喊主人，主人只顾吃喝玩乐，哪里还听得见它们的喊声！白狗和花猫拼命地喊啊喊，嗓子喊破了，力气用尽了，最后倒在门口死了，两扇大门仍然紧闭不开。

这天夫妇俩又想要些财宝时，才发现金鸭子不见了。他们翻箱倒柜地寻呀找呀，也没见。开门去外面，在大门口的白狗和花猫尸体中间发现了金鸭子，可当他刚拿到手中时，金鸭子变成了泥鸭子，任凭喊破嗓门，他什么也唤不回来了。

月亮姑娘（纳西族）

讲述：木金良
记录：木丽春
1976年采录于玉龙县拉市乡美泉村

很古的时候，大山里有个独家村，独家村里有个独家户，独家户有母女三人，一个寡妇婆拖拉着两个囡娃。大囡阿胖，生性愚痴憨厚，二囡叫亨美，生性机敏伶俐。

这家独家户，在山边盘有一丘秧田，春天到了，老林的布谷鸟飞到山边叫了，这时候，阿妈领着阿胖和亨美，往秧田里撒上谷种。

有一天，阿妈撒了秧田水，挑了个好日头晒秧苗。阿妈发现馋嘴的雀子，飞落秧田糟蹋秧苗，她粗着喉咙"哒"、"哒"地吆喝着雀子。阿妈吆雀子的声音，传进老林里，老林深处的母猪精被吵醒了，它睁开惺忪的眼睛，竖起撮箕似的耳朵仔细听了起来，然后伸出拱嘴悄悄地学起阿妈吆雀子的声。

母猪精学人的声音，是有它自己的祸心：它把阿妈的声音学得像一个模样后，就装着是阿妈的知心人，想着吃阿妈的肉，又去哄骗屋里的孩子，想把两个孩子也吃掉。

阿妈听到老林里传出的声音，认为是自己的回声，也不当做一回事。母猪精却循着阿妈的呼喊声，钻出了山林，冲着阿妈打量了几眼，又跌跌撞撞地走到阿妈的身旁。它看了一下周围的动静，发现秧田的不远处，有一个寨子，寨里的炊烟朝这里飘着，它想吃阿妈，但又怕人们发现它的罪孽。这样，它就暖和着嗓子说："妹子，你今天吆雀子看秧田，明天做什么活路？"

"屋里缺盐巴了,明天背背柴火换斤盐巴。""哎哟喂,妹子,我屋里也缺着盐巴,我也去,你等我一道上路吧。"

(纳西族有俗,在山里一个人不兴大声大气地呼喊,是犯忌母猪精偷学人的声音,又来伤害人的事情。)

第二天,天蒙蒙亮的时辰,阿妈背着一背柴火,准备出山换盐巴。当她出门的时候,叮嘱阿胖和亨美说:"大囡和二囡莫开门啊!"阿妈便背着柴火上路了,阿妈惦着昨天相约上街的老妇人,她边走边等,但左等右等,老不见老妇人的踪影,当阿妈来到一处横穿老林的山路的时候,突然从背后传来吁吁的喘气声,上气不接下气地叫道:"追赶你把我折腾得气脱了,歇一下,喘口气再走吧。"

阿妈听到背后的说话声,慌忙转过身,看见昨天相约的老妇人踉跄着走来了,她急忙把柴火背子歇落到一块石头上,匆忙去帮扶。

老妇人把柴火背子也歇落了,喘了口粗气,抬头看了一下天,嘻嘻地笑着,凑过来说:"妹子,看来今天的时辰还早着哩,我的头痒酥酥的恐是生虱子了,你帮我瞧瞧。"老妇顿了一下,说:"我看妹子你比我年轻,头发长得密实,我先帮你瞧瞧。"

老妇人说着强拽着阿妈的头,扯下头帕,寻找着虱子。它边瞧边问阿妈有几个儿女?几头牲畜?大囡叫什么,二囡叫什么?突然阿妈发现,老妇人把抓到的虱子,一只一只地塞进嘴里,好脏呀!人怎么能吃虱子,她疑惧地问:"嫂子,你吃虱子不嫌脏吗?"

"妹子,虱子喝人血,吃它才解恨。"

阿妈觉得在理,但突然发觉老妇人嘴里伸出两支尖利的獠牙,张着血盆似的大嘴,她惊吓得想挣脱出来,刚一扭身,母猪精一口咬住了她。

母猪精把阿妈咬死吃了后,抹抹血糊糊的嘴巴,摇身一变,变成阿妈的模样,大摇大摆地朝着独家村走来。来到门口,发现大门紧闭着,它仿着阿妈的声音,冲着大门喊:"阿胖、亨美呀,阿妈买糖回来了,赶快开开门。"

阿胖是个憨痴的人,一听阿妈喊门的声音,就乐滋滋地站起来,说:"阿妹,快开门,阿妈回来了。"

机敏伶俐的亨美,看了一下太阳还挂在中天,阿妈怎么这般早回来?从喊门的声音里使人感到有股冷森气,她慌忙伸手抓住阿胖的手,拦阻说:"阿姐呀,你看时辰,阿妈还在街上,怎么这么早就回来?还有阿妈喊门,没有喊声前就先有笑声,是不是坏人装阿妈喊门,问清爽才能开门。"

亨美转过身，问："喊门的人，听你的声音，不像阿妈的声音。我阿妈声音是甜蜜的，你的声音好像有针刺，你不是我的阿妈。"

门外沉默了，突然又传来一阵窸窣的响声，只见门缝里伸出一只毛森森的手，手腕上还套着一只玉镯："囡呀，你们看，这不是阿妈的玉镯吗？别磨舌头了。"

"玉镯是我阿妈的，可我阿妈的手不长毛，你不是我的阿妈。"

母猪精又把手倏地缩回去，胡乱地拔了一下毛，抓把灰尘摩挲了一下，又把渗着血珠的手伸进来："你们看，阿妈的手不长毛了，快开门。"

"不，不像我阿妈的手，阿妈的手是白生生的。"

母猪精知道骗不过聪明的亨美姑娘，换了口气说："阿胖呀，你是阿妈的小心肝，别听亨美的话，大门有什么闩着门，快告诉阿妈。"

机灵的亨美抢着说："我家的门用铁棍闩着，撬不动，推不开。"

憨愚的阿胖认为是亨美与阿妈作耍，便说："阿妈，阿妹骗你的，我们家的门……"亨美生怕姐姐把真话漏出去，慌忙跳了过来，用巴掌堵住阿胖的嘴，阿胖一急，张嘴咬了亨美一口又说："……是用木棍抵着哩，一推就开了。"

母猪精拼着力气一推，"咔嗒"一声，把大门推开了，母猪精嘻嘻奸笑着进了屋门。她对着阿胖和亨美说："大囡和二囡，阿妈晚上睡觉的时候，爱嗑蚕豆，还爱喝冷水，你们每人炒一碗蚕豆，舀一碗泉水。谁的蚕豆炒得黄生生脆香，舀的泉水清冽冽的甜香，就叫谁睡在我的怀抱里。若是哪个炒的蚕豆焦糊糊苦涩，舀的泉水浑浊，就叫她睡在床下头去，嗅我的脚汗臭。"

精灵的亨美把蚕豆故意炒焦了，活像炭粒，又舀了一碗泥水。而阿胖蒙在鼓里，不知道母猪精的诡计，左一声"阿妈"，右一声"阿妈"地呼唤着。她炒了一碗黄生生的炒蚕豆，又舀了一碗清冽冽的泉水，母猪精故意把亨美撇在一边，却把阿胖一把搂在怀里，亲热地摩挲她的头发，说："我的宝贝，我的小心肝，你最疼阿妈，炒的豆子黄生生，舀的泉水清冽冽，阿妈叫你躺在妈的怀抱里睡觉，叫你的妹妹睡在床尾闻脚汗臭。"

晚上，星星眨着担心忧虑的眼睛，阿胖上床躺在母猪精的怀里，亨美却提心吊胆地睡在床尾。

半夜的时候，亨美突然听到母猪精喝水咂舌的声音，又听到啃嚼蚕豆似的咯嘣响声。亨美骇出了一身冷汗，战战兢兢地把小脚悄悄伸了过去，蹬触到一堆湿漉漉的肠子似的东西。她惊慌地把脚缩回来，心里像敲起了小皮鼓：阿姐被母猪精吃了，还会来吃我的，不能等死，一定要逃走。但怎能逃出它的魔掌？亨美很快镇静下来，故装翻了个身，问："阿妈呀，你在喝什么呀？"

"我在喝你舀给我的那碗泥巴水。"过了一会儿，又问："阿妈，你在啃什么？""我在啃白天炒得像焦炭似的蚕豆。"

亨美在床上又翻了个身，装着尿急的样子，在床上蹬蹭了几下，说："阿妈呀，我尿急了，我要解溲。"

"尿在床上吧。""不，尿了床，会遭人耻笑。""尿在手磨边吧。""磨神不高兴哩。""尿在碓边得了。""碓神会逃跑的。"

亨美叹了口气，说道："阿妈呀，你若这样不放心女儿，就拿根绳子拴在囡的手上，绳子握在手里，你拉一拉，我就呕、呕地应一声吧。"

亨美把一根绳子的一头递给母猪精，一头牵扯着来到猪厩里，然后把绳子的另一头紧紧拴扣在厩里的一只老母猪的脚上，自己却悄悄地溜出了后门，爬到一棵桃子树上躲藏起来。

母猪精信亨美的话，她边吃着阿胖的肉，边担心亨美逃走，时而拉一拉握在手里的绳子，厩里母猪就呕、呕地吭了声，母猪认为亨美在屋外解溲。等她收拾完阿胖的尸骨后，循着绳子来到猪厩里，这时她才发现绳头系在一只母猪脚上，亨美不知逃到哪里去了。

母猪精龇牙咧嘴地扑向老母猪，把老母猪一口咬死了，吃完了老母猪肉，天亮了。母猪精一摇一摆地边走边呼唤："亨美呀，我的囡，你在哪里？"她在屋后转着圈圈找寻着亨美。

最后，母猪精找寻到屋后的桃子树下，树下有潭泉水，映出亨美的影子（传说母猪精不会看天，只会看地，这样它就看不到桃树上躲藏的亨美，只看见她映在泉水里的影子），它就伸出爪，往泉水里去抓亨美，还边喊着："囡呀，出来吧，阿妈在这里，快出来吧。"

亨美眼看母猪精发现了自己的影子，生怕她爬上树来，她在桃子树上招呼母猪精说："阿妈呀，我在桃子树上摘桃子吃，桃子熟透了，可好吃了，我给你吃一个桃子吧。"

馋嘴的母猪精听说吃桃子，说："囡，快摘一个给阿妈吃吧。"

"阿妈，桃子沾灰了不好吃，你张开嘴巴我摘下丢进你的嘴里。"

亨美摘下一颗桃子，丢进母猪精的嘴里，母猪精囫囵地吞了下去，亨美问："阿妈，桃子好吃吗？"

"好吃,再给阿妈摘一个。"

"阿妈呀,有一颗红鲜鲜的桃子,它结在树梢头,够不着。你进屋里抬张犁尖来吧,我把桃子用犁尖打落下来。"

母猪精信以为真,她从屋里抬来一张犁尖,亨美手托着犁尖,说:"阿妈呀,你紧闭着眼睛,张着你的嘴巴,我摘下桃子丢进你的嘴里来。"

亨美手托着犁尖,对准母猪精洞开的嘴,使出浑身的力气,把铁犁尖猛一下掷过去,铁犁尖正击中母猪精的嘴巴,只听见嘶啦地惨叫一声,噗地冒起一缕青烟,母猪精变成了一蓬荨麻,密匝匝地簇生在桃子树的周围,挡住了亨美的路径。(纳西族有俗:驱妖除魔的东巴道场里,东巴抬着铁犁尖,或嘴衔烧红的铁犁尖,是表示驱妖降魔。民间还兴把犁尖竖在粮堆上,是表示避邪,并传荨麻是母猪精变化的传说,出处是这样讲的。)

亨美被荨麻拦了路,她困在桃子树上急得毛焦火辣的时候,突然,迎面走来两个牧羊人,吆喝着羊群从桃子树下走过。亨美发现这两个牧羊人,是一老一少,其中稍显老的一个牧羊人,披着一床崭新的披毡,另一个年轻的牧羊人,却披着一床烂筋筋的披毡。亨美在桃树上呼救:"放羊的大哥呀,救救命呀,请你把我接下来,我就答应做你们的媳妇。"

两个牧羊人站在密匝匝的荨麻前面,他们脱下了各自的披毡,铺展在荨麻蓬上,给亨美铺上了一条披毡路。机灵的亨美望了一下铺就的披毡,又朝两个牧羊人打量了一下,心里作难了,一个人怎么做两个男人的婆娘?老的牧羊人披毡崭新,跳上去荨麻螫不着人,年轻牧羊人的披毡破烂,跳进去遮盖不住荨麻,会螫人。何不先跳进新披毡里,然后又滚进破披毡里?亨美想到这里,对牧羊人说:"牧羊的大哥呀,阿妹只有一人,我可不能做两个人的婆娘,我跳进谁的披毡里,就做哪个的媳妇。"两个牧羊人听了面面相觑,都点头默认了。

亨美从桃树上跳进新毡里,然后就地一下又滚进破烂的披毡里。两个牧羊人便吵嚷起来,老的说是亨美先跑进他的披毡里,应该做他的婆娘;年轻的说是亨美躺在他的披毡里,应该做他的婆娘。

两个牧羊人吵起架来,相互不退让。老些的牧羊人,气呼呼地一跳,倏地现出原形,变成一头长獠牙的野猪,猛扑向年轻的牧羊人,年轻牧羊人也就地一滚,倏地变成了一条大蟒蛇,卷扑过来,两个妖怪缠扯在一块,争过来,斗过去,难分胜负。大蟒铮地虚晃了一下,跳到一旁,上气不接下气地说:"大哥,莫争了,为了一个女人划不着,我看把她吃了吧,也不伤你我的和气。"野猪妖连连点头,喘着大气说:"对,莫伤兄弟的和气,便宜了这女人,我看我俩把她焙吃吧。"

"不,女人皮细肉嫩,生吃鲜美可口,生吃吧。"

"不,焙吃香酥,还是焙了吧。"

两个妖怪难分难解地争吵起来,眼看亨美躲过了母猪精,又碰到恶毒的山妖,她捶胸顿足地冲着天空大叫一声:"美利东阿普天神,救救人间的生灵吧!"

忽然从漠漠的天穹,逶迤着飘下一条彩虹似的彩带,彩带飘飞到亨美的身边,她奔扑过去,紧紧抓住飘带,离开了地上,向着天穹疾速地飞升起来。

两个妖怪看见亨美升天了,急忙奔扑过来,它们张开血盆大口,扑上来咬亨美,这一咬把亨美脚底板上的肉咬去了一坨(从这以后,人们的脚底板缺了可放一个鸡蛋大的空隙,这个空隙里的肉是被这两个山妖咬缺的,人的脚底板就留下了这个空隙缺口。)

美利东阿普把亨美搭救上了天庭,阿普天神称赞亨美智慧和勇敢,让她住在月宫里,成了月神。每到十五月圆的时候,纳西人指着月宫里桃子树下的姑娘,称赞着说:"这是智慧勇敢的亨美姑娘。"

从这以后,纳西人看见美貌的姑娘,就说她像"亨美"一样美丽,或说"亨美若",意思是像月亮姑娘一样美貌,来历就在这里。

穷孤儿的故事(纳西族)

讲述:木金良
记录:木丽春
1976年采录于玉龙县拉市乡海南村

从前,有两户隔墙邻居,一家是富翁,一家是穷人。

穷人家里真是祸不单行,爹妈病死了,家里偌大的一个火塘边,仅留下一个孤儿,一只空甑子。有一天,富家摆宴请客,前来借孤儿的甑子,隔墙飘过来的大米香味,煮坨坨肉的油香味,刺激得孤儿止不住地咽着口水。他指盼着富人家送还甑子的时候,能给他送上一碗米饭和一块肉。但是那家人送还甑子的时候,孤儿的盼望落空了。

孤儿伤心地用竹条笤帚把甑缝里夹着的饭粒，一粒粒地抠出来，他把饭粒都粘贴在自己的鼻洞口，眼眶上，自己却炒吃了仅存的一碗蚕豆，披上一块破披毡，来到父母亲的坟墓边，跪在坟边，伤心地哭了起来。孤儿哭着、哭着，迷迷糊糊地睡着了。

突然，孤儿冥冥中听到一群动物相互呼应的叫声，孤儿从睡梦中惊醒过来，睁开眼睛，见一群猴子在一头青毛猴子的率领下，正扶老携幼地蹦跳过来。孤儿紧闭眼睛，屏住呼吸，像死尸一样僵直地躺卧在坟前。猴群唏嘘地呼叫着，小心翼翼地蹦跳过来。突然，一只小猴子扯着母猴，尖着声气叫喊：

"阿爸呀，看，有一个人躺在这里。"

猴王慌忙赶上前来，战战兢兢扒开孤儿的嘴巴，发现白森森的饭粒粘在鼻孔和嘴上，认为是绿头苍蝇下了蛋，他松了一口气，说："哎呀，是个死人，苍蝇蛋也生下了。"

慈悲的母猴走了过来，唏嘘着说："孩子他爹呀，多可怜的人呀，死了也没有人给他开悼埋葬。"

猴王说："孩子他妈呀，你别伤心落泪了，心都是肉长的，不是拿石头做心。我们给他开悼埋葬吧，免得暴尸人间，被蛆虫糟蹋了，弄得他的灵魂也不安生。"猴王转过身来，招呼众猴子们说："孩子们，我们为这个无人收尸的可怜人办丧事开悼，先把他抬进岩洞里吧。"

众猴子抓耳挠腮地一呼百应，七手八脚地把孤儿抬了起来，走进岩洞里，把孤儿的"尸首"放落在岩洞中央。可是众猴们抬着孤儿的时候，孤儿放了个阴屁，弄得臭气熏熏的，弥漫了岩洞，众猴子捂住鼻子说："哎呀喂，尸体有臭气了。"

"快，我们赶快准备开悼的事情吧。"猴王说着，叫众猴子从山里拿出了金碗，舀了净水，一排七个的净水碗摆下；用银碗盛了米饭，一排七个的献饭摆下；还拿金香炉烧了香，银灯点燃了，敲响金鼓、银钹、翡翠木鱼，猴王当祭司，众猴子跪在地上，呜呜嘤嘤地哭丧起来。

此时，穷孤儿从地上"轰"地一下跳起来，打雷似地大吼一声，这突如其来的惊骇，吓得猴儿们四散奔逃，金碗、银碗、金鼓、银钹、翡翠木鱼全都丢弃在岩洞里，穷孤儿拎起破披毡，把金银器皿都收罗起来，一抱抱回家。

孤儿发了财，他请了工匠，把塌了屋脊的破木屋拔除，在原屋基上修造了一座金碧辉煌的高楼大厦，孤儿还从富人家里赎回了典当出去的田土，买回了一大群的羊和牛，雇佣了如蚂蚁多的奴仆，还娶了一个美貌的姑娘。

穷孤儿突然发旺成富户，邻家的富翁仔细地问他致富的来龙去脉，穷孤儿也挺老实，把他的奇遇详详细细地告诉给富人。

富人听了暗想：你用几粒米饭和一碗蚕豆，却换来这么多的金银财宝，我可要拿出一甑子的米饭，一升的蚕豆，哄骗猴子，看你我哪个人的财发得大。

富人回到家里，真的拿了一甑子的米饭，浑身上下粘上了饭粒，还硬着头皮吞吃了一升蚕豆，披着一床新崭崭的毛毡，也来到荞子地边上的坟墓旁，死了似地躺卧在地上，两耳却竖楞楞地听着猴子的呼唤声。

突然，富人听到从老林深处传来猴子的唏嘘的呼应声，他慌忙闭上眼睛，屏着气地躺着。猴子过来了，一只眼尖的猴子惊惶地尖叫起来："喂呀，这里又死着一个人。"

青毛猴王很快赶上前来，发现这个死人浑身粘着米饭的样子，认为是浑身上下都落满了苍蝇蛋，说："你们看，这个死人全身都落满了苍蝇蛋，他肯定是一具没人领埋的恶人尸首，弄得天地间秽气熏天了。"猴王眨巴眨巴眼睛，招呼众猴子说："孩子们，把这具腥臭天地的尸首抬走吧。"

众猴们一窝蜂地围拢过来，七手八脚地把富人抬了起来，抬到崖上，富人想着悄悄地放个阴屁，但是他吃多了蚕豆，肛门一松弛，却挣了一泡臭烘烘的稀屎，众猴子都捂住鼻子，七嘴八舌地说："哎，太臭了，还流出了脓血哩。"

青毛猴王眨巴眨巴精灵的眼睛，抓耳挠腮地说："哎，这人活着时肯定是不做好事的恶人，不然怎么会流出这般奇臭的血？嗨，太脏了，腥落星星，熏瞎太阳和月亮的眼睛，算我们撞上霉气，快把这个恶人摔到崖下去吧，也不给他开悼会。"

富人一听猴们要把他扔落悬崖下，他着慌了，不顾死活地大声呼喊"救命"，众猴子一惊骇，丢下富人四处奔逃，猴子们这一撒手，富人掉下万丈深谷里摔死了。

寻找妈妈的故事（纳西族）

讲述：和石兰 女 纳西族 69 岁 农民 不识字
记录：木丽春
1975 年采录于玉龙县拉市乡一带

很古的时候，有一个狠心的婆婆，她待儿媳妇真是叫板油里挑骨头，撕下云雾纺麻绩线的苛刻人。

她老是嫌儿媳妇粗手笨脚。火塘冒的烟子熏燎了她一下，她就咒骂媳妇有意烧湿柴，想把她的眼睛熏成烂眼皮；媳妇煮坨坨肉，她说煮的肉像石头一样老硬，是存心想硌坏她的牙齿，真是媳妇做的事情，就像辣椒面扑进她的眼睛里，大堆的诅咒话没完没了。

说也奇怪，一天夜里，婆婆的白发突然变成了黑发，脱落的牙齿，忽然长出了石榴籽似的嫩牙，婆婆倏忽间变成年轻姑娘了。婆婆看见儿媳妇收拾打扮了，她就咬牙切齿地咒骂媳妇是野性不收的烂货，看到媳妇同男人说笑了，她也会嫉妒得浑身泛起鸡皮疙瘩，锉着牙，拍跺脚板，然后眼泪涟涟地大嚎大叫，咒骂儿子说是媳妇的尿甜如蜜水了，可妈的奶汁变黄连苦水了，是忤逆不孝的儿子……

儿子听着阿妈搥胸顿足的哭骂声，束手无策，就跪在阿妈的面前说："阿妈莫哭了，媳妇的裾角怎能遮住儿的眼睛。我也不会把阿妈的奶汁变了媳妇的尿水，阿妈叫儿子上刀梯，儿子哪里会退缩。阿妈呀，你想叫儿子做什么，快说吧。"

阿妈听了儿子的忏悔话，慌忙说："儿呵，你若把妈的奶汁当蜜水，婆娘的尿当毒蛇涎水，就把婆娘从家里赶出门去吧。"

媳妇已生儿育女，做妈妈了，怎能把有了儿女的媳妇赶出门？假若把媳妇赶出门，儿女不是变成了没妈的孤儿？听阿妈的话，儿子还是怜惜媳妇。正当儿子忐忑着的时候，阿妈又说："儿呵，你的眼睛被婆娘的裾角遮住了，你只知道媳妇的怀暖，忘记了阿妈的奶汁甜。你若下不了这个决心，那我就走吧，这个家里有我就不能有她，有她就不能有我。"

儿子慌忙跪在阿妈的面前，牵扯着阿妈的裾角，流着泪说："阿妈呀，火塘火能熄灭，怎能走了阿妈？阿妈离了家，阴间阿爸也不会宽恕儿子，是天地不容的罪孽。我怎敢留下媳妇，让阿妈出走？"

儿子哭着把媳妇送出门，悄悄地藏到一个岩洞去了。当儿子回家的时候，欺骗阿妈说是把媳妇赶到老林里去了。

阿妈想老林里豺狼多，儿媳妇肯定躲不过豺狼的獠牙，过不了三天时间，豺狼就会把她撕成了碎片，阿妈高兴地说："儿呵，你是家神称赞的孝子，是妈的心肝，你做得太对了。"

儿子的儿子一天比一天长大了，他长到七岁了，阿爸把儿子送到老东巴家里学东巴文。一天，小伙伴们冲着儿子啐唾沫，划着羞，说他是刺蓬里捡来的野孩子，是没妈的孤儿。晚上儿子回来的时候，闪着委屈的眼睛说："阿爸呀，我要阿妈，我要阿妈。"

阿爸被孩子的哭声刺伤了心，流着眼泪，心里就像擂鼓似地敲开了，说呢，还是不说？阿爸正犹豫的时候，儿子又流着泪水说："阿爸呀，我要阿妈，我要阿妈。"

"儿呵，你不要说昏话了，你的阿妈在很远的老林里，走不到呀。"

儿子的眼里含着泪水，轻轻地锉了一下牙齿，就再也不哭闹了。从这天以后，儿子去上学，他每天都带着一碗苞米饭，每天从这碗饭里匀出一半饭粒，悄悄地藏在麻袋里。时间不知不觉过了三个月，一只麻袋里，装满了一袋苞米饭了。这一天，儿子准备要去找阿妈了，他对东巴老师谎说是阿奶生病了，要帮阿奶放羊子，他又对阿奶说：他要到东巴家里上学。儿子扛着这袋苞米饭，走进了老林里，他边走边呼喊："阿妈呀，你在哪里？"

儿子喊着喊着，嘴里喊出了鲜血，晕倒在老林里。突然，一股凉风吹了过来，儿子从昏迷中苏醒过来了，发现一个白胡子老倌站在面前，用手轻轻地抚着他的额头。儿子突然感到有力气了，跳起来扯住白胡子老倌，说："阿爷呀，我要找阿妈，我要找阿妈。"

"孩子呀，你要找你的阿妈，牵着我的手，闭上眼睛，就可以飞到你阿妈居住的地方。"

儿子听了老倌的话，闭着眼睛，牵着他的手，突然，儿子只感觉耳边风声呼呼地响着，悠悠地离开了地面，他知道自己腾飞起来了……

恍惚间，儿子感觉双脚触地了，慌忙睁开眼睛，发现眼前竖着林立的崖柱。崖柱的深处，突然闪起了金光，好像太阳躲潜在崖柱间闪晃着。儿子被这奇异的景象弄糊涂了，他迷痴痴地呆看着。这时候，老倌扯着儿子的肩膀摇了一下说："孩子，你阿妈就在这座崖柱林间，你拿上这柄拂尘，边走边摇，就能走到你阿妈住的地方了。"

老倌丢下这句话，倏地不见了，而儿子的手里确实拿着一柄牦牛尾巴制作的拂尘。他慌忙回过头，哭嗓哭音地呼喊着："阿爷，阿爷呀，你别走，你在哪里？"

森然陡立的崖柱里响起一串清爽的回声："孙子呀，孙子呀，我是山神爷，听话，走吧。"

山神？我遇见了山神？儿子遵照着白胡子老倌的叮嘱，摇起了拂尘，发现密匝匝的崖柱倏地让开了一条路，儿子走着、走着，看见前面有一个山洞，儿子慌忙冲着岩洞喊了一声："阿妈，阿妈，你在哪里？"

突然，从崖洞里走出一个妇女，儿子高兴了，他丢下拂尘，捧着装着苞米饭的麻布口袋，奔扑向阿妈，跪在阿妈的面前："阿妈呀，儿给你送饭来了。"

阿妈扶起儿子，抖去了他身上的灰尘，抹走他脸上的泪珠，看见儿子的麻布衣衫破了一个洞，阿妈就拿出了针线，给儿子缝补着。儿子想在阿妈的身边多耽搁几个时辰，他就把自己的麻布衣衫上的纽襻一个接一个地咬断了，阿妈补完了破洞，又发现儿子的纽襻都烂了，她又把纽襻一个又一个地缀连起来，当阿妈给儿子缀连纽襻的时候，儿子却呼呼地躺在阿妈的怀里睡着了……

儿子醒来的时候，惊慌地呼喊着阿妈，阿妈……但阿妈却不见了，他却躺卧在屋里的火塘边，发现火塘里的火苗还呼啦呼啦地燃烧着。儿子揉揉惺忪的睡眼，怎么是做梦呢？白天我明明走进山，还有白胡子老倌的指点，看见了阿妈，为什么眼下我又躺在火塘边呢？这时候，儿子才悟到阿妈死了，是他看见了阿妈的灵魂，儿子伤心地落下了一串泪水……

从这以后，纳西族死了父母，就定下了这样的规矩：送丧的时候，儿子要在一块麻布里包上一包米饭，用麻带拴系在腰间。而孝子戴的麻布帽子，要有皱褶，表示阿妈补缀的痕迹，而穿的麻布孝服，不能钉纽襻，只能钉上麻布条条，是他等候着阿妈给儿子补缀纽襻的意思……

假猎人（纳西族）

讲述：木建春
记录：木丽春
1979年采录于玉龙县拉市乡

很古的时候，山寨里有一个老猎人老了，再也没有力气爬山打猎了，这样，老猎人就把一张祖传的桑木弩弓传给了儿子。还有一只从祖爷手里传下的麂皮箭袋，也传给了儿子。

但是这个儿子是个游手好闲的懒汉，弩弓挎着只装威风，他也没有去练习射箭的本领，把弩弓纯粹当做他的装饰品了。这个儿子生着七片舌头哩，说什么他射的箭无虚发，能把箭射在刀刃上，箭破成两半啦；还说射出的箭能穿铜钱孔。真是吹得神乎其神了……

一天，阿爸把儿子喊到火塘边，指着屋梁上说："儿呵，弩弓交给你以后，屋梁上的野兽肉越来越少了，屋里的火塘里也没有飘过肉香了，也听不到送分肉时村里人的感激话了。今天你得进山猎一头老熊，假若空了手，也不要回来见我了。"

这可把游闲浪荡的儿子难住了。但这个儿子可有个烂脾气，他的面子像雪山一样大，就是办不到的事情，他也要说成易如反掌的小事。

儿子皱了一下鼻子，"嘭嘭"地拍着胸脯，大言不惭地说："阿爸呀，你支使我猎熊，我就上山去猎熊，等晚上扛一头老熊回来，烧熊肉下酒吧。"

儿子夸下海口，挎着弩弓进山了。

当他穿过第一座老林的时候，看见一群箐鸡从林地上"扑啦"一声飞起来，儿子想射回一只箐鸡，但他想起对阿爸夸下的海口，又收回了弩弓。他走进前面的又一座老林的时候，"空冲"一声，一只母鹿喷着鼻息跳起来。儿子被骇得出了一身冷汗，当他看清是母鹿的时候，才稳住了神。儿子想抬起弩弓瞄准，但他想起对阿爸夸下的海口，他又收住了弩弓。

他悄悄地穿过老林，刚走到一个崖洞口，突然从他的背后传来"呵噢"一声大吼，震得岩壁瑟瑟地打战了，他惊慌地抬起头，发现一只胸脯有一块白毛的老熊，龇着牙向他扑过来了。儿子慌忙丢下弩弓，爬到一棵树上，老熊也循着追上树。儿子吓得裤裆被尿湿了，尿水滴落下来，正好滴进老熊的眼睛里。老熊的眼睛辣疼，焦躁地大吼一声，掉转头梭下树来。这时儿子急中生智，他从熊皮袋里拔出一把毒箭，照准老熊的屁眼一把插了进去。

老熊的屁眼里插进了一把毒箭，从树上跌了下去，不一会儿毒性发作，口吐白沫，蜷曲在地上滚翻，翻着白眼死了。

儿子眼看老熊毙命了，才战战兢兢地从树上爬了下来，他生怕再有一只老熊跳出来，那样他就没命了。于是他慌忙背着老熊回家了。

阿爸看见儿子真的猎到一头老熊，高兴得合不拢嘴巴，拍着儿子的肩膀说："孩儿，你把雪山也当门槛一样地翻爬过来了，你是怎样猎得这般大的老熊的？"

老猎人的儿子，抬起脑壳，尖削瘦小的下巴，朝着老熊的屁眼处努一努，阿爸循着指点，才发现一把毒箭都插在老熊的屁眼里。"哎呀喂，我的儿子是神箭手，箭都射进了屁眼，神手，神手，真是箭箭不离屁眼的神射手。"

老猎人的儿子，一天之间变成一个誉满山寨的神射手，人们都称赞他是比老猎人能干的小猎人。

有一个山里的小偷，他想偷老猎人的一个金碗，但他害怕小猎人这箭箭不脱屁眼的神射手，但他转念想道：小猎人的箭法支支不脱屁眼，假若我拿一块板瓦遮盖在屁眼上，金碗不是也能偷到手了？

晚上，伸手不见五指的时辰，小偷果然打了一块板瓦遮盖住屁眼，蹑手蹑脚地来行窃了。

小偷蹲在墙脚，挖了一个能容身子钻进去的洞孔。他想弓腰钻洞的时候，拔下衔在嘴里的旱烟锅，别在背后的裤腰带上。他匍匐着钻进洞口的时候，一弯腰，铁头旱烟锅"当"的一声敲打了一下板瓦片。这一声"当"的响声，小偷认为是小猎人射向屁眼的箭，被板瓦片挡住了。

他的神经一紧张，啊！小猎人发现我了，朝着我的屁眼射箭了。小偷缩回身子，拔脚就逃跑。结果，别在腰眼上的铁头旱烟锅，循着小偷的脚步"当、当、当……"地敲响起来，他跑得越快，"当、当"的敲打声也越急促了。

小偷气喘吁吁地逃回家里，他庆幸的是这一张板瓦片遮盖住屁眼，毒箭才没射进屁眼里，才没有丧命哩。这下箭箭不脱射屁眼的神射手声誉，真是以讹传讹传得整个大山里沸沸扬扬，小猎人真的被讲成神人了。

不过山里人发现这个神射手，自从猎到了那一只老熊后，再也没有看到过他猎回过什么猎物了，"箭箭不脱射屁眼"的故事越来越在山里人的心上变成猜不透的谜了……

贪心哥哥的故事（纳西族）

讲述：木金良
记录：木丽春
1976年采录于玉龙县拉市乡

从前有两兄弟，哥哥是一个贪财鬼，贪得连骨头里也要榨出油水。弟弟是个憨厚的人，他诚实得凡是不经过自己流汗水换得的东西，都不愿沾一丝一毫。

一天，哥哥对弟弟提出了分家。弟弟听了暗想：我的手又没有捆着，只要我舍得流汗水，黄土也能刨出金窝窝，分就分吧，弟弟同意分家了。

哥哥知道弟弟爱喝酒，分的时候，灵机一动提了一坛酒，灌醉了弟弟后，便说："弟弟呀，你说拿自己的汗水换来的饭才又香又甜，爹妈留下来的遗产不沾你的汗水，是不是你不要了？"

"是的，拿我的汗水换的东西我才要，其他的东西就归哥哥了。"

哥哥听了弟弟的话，高兴得很，趁着弟弟酒醉头昏，从神龛壁上取下一张弩弓，说："弟弟呀，这张弩弓是你亲手削制的，是拿你的汗水换来的东西，分给你吧。"

哥哥又从廊口解下链子，把一只瘦棱棱的猎狗牵了进来，说："弟弟，屋里的狗也是你饲养长大的，就给你吧。"又说："房屋田地是祖爷手里传下来的，牛马又是从阿爸的手里传下来，这些家产不是经过弟弟的汗水换的，就留下给哥哥。"

哥哥说什么，弟弟都稀里糊涂地点头同意了。第二天，当弟弟酒醒的时候，他感到懊悔，但是男子汉的舌头说了算数，不兴反悔，弟弟哑巴吃黄连，满肚子的话无处说了。

弟弟挎着弩弓，领着一只猎狗离开了家，向着大山里走去。在山里转悠了一天连一根野兽毛也没有捕捉到，饿得走不动了。他想回家，但家财都分给哥哥了，没有了家，便俯伏在河边，喝了一肚子泉水，钻进一个穴洞里，准备过夜。他依着岩壁坐下来，饥饿和疲倦折磨得他迷迷糊糊地睡着了。

突然，老林深处传来"咔嚓"一声响，他从睡梦里惊醒过来，睁眼寻看洞外。在迷蒙的夜色里，影影绰绰看见一只老虎领着头，后跟一只老熊和一只野猪，还有一只猴子，它们相伴着慢腾腾地走出老林，向着一条河边走去。

弟弟骇得屏住呼吸，连大气也不敢喘一口，紧紧地盯视着这群野物的动静。突然它们在河边烧起了一堆鸡血红的篝火，老虎坐在主座，然后招呼其他几个按顺次坐下来，它们四个环坐在篝火边，一个个烤得暖透了心窝，打起瞌睡来。老虎看着兄弟们，一个个被瞌睡缠得闭起了双眼，心里灵机一动，对着老熊、野猪、猴子说："兄弟们，睡魔在大家的眼皮上跳舞了，我们大家轮着说个笑话，拿笑话把睡魔赶走。但每个只准讲人类最愚蠢的一件事，逗逗笑吧。"

老熊、野猪和猴子都扬着手附和说："大哥的主意好，先由大哥讲一桩人类愚蠢的事。"

老虎抬起爪子，剔了下獠牙，理了理耷拉下来的胡须，眨动着绿莹莹的眼睛说："嗨，我看人类是最愚蠢了。你们看前边这棵空心的树根下埋着颗夜明珠，若是有了这颗宝珠，寨里闹的瘟疫就会消灭了。"

"嗨，大哥说得有道理，人类是愚蠢如呆头呆脑的屎壳郎，你们看那座独木桥下，埋着一坑金子，假若人们挖到了这一坑金子，穷寨子就变成富翁村了。"老熊晃着它的肥厚的大手说。

"嗨，二哥说得对极了，人类可愚蠢了，他们今年旱得连青蛙的嘴壳子也冒紫烟。你们看那块卧牛石下有一股暗泉水，石头撬开，泉水就会涌流出来，寨里再也不会有干旱了。"野猪拱着长嘴巴说着。

猴子在一旁抓耳挠腮地等急了，它见野猪说完，神秘地眨巴着眼睛说："呵嘿，人类真是蠢得比驴子还可怜，这个寨里有一个瞎女，要不是她的眼睛瞎了，她可是比月亮还美丽的女人。若要治好她的眼睛，这个女人的头上长有三根三尺长的头发，若是拔了三根长头发，瞎眼女人的眼睛就会亮了。"

篝火慢慢地熄灭了，三星也斜到西山的阴影里去了，这时远处寨子里此起彼应的鸡叫声传来了，老虎、老熊、野猪和猴子们在越来越亮的曙色中，回老林里去了。

弟弟在岩洞里听完了老虎、老熊、野猪、猴子讲的故事，牢记在心上。

等到太阳爬上东山，老林里有人走动的时候，他悄悄地从岩洞里出来，慌忙钻进那棵空了心的树洞里，往树根扒一扒，哎哟喂，一个光芒四射的夜明珠，像颗小太阳似地从土里蹦出来，眩得他睁不开眼睛。弟弟眯觑着眼睛，慌忙把夜明珠捧起来，拿着夜明珠在寨子里转了一圈，果然应验了老虎说的话，躺卧在床上的病人，都笑着爬起来了，寨里没有遭瘟病的人了。

人们杀鸡宰羊款待弟弟，还送他金子、银子。但他分文不受，辞别了寨子，来到搭着独木桥的地方。他按照老熊讲的地方，一锄挖下去，呵呵，满地是金子，他自己留下两袋后把其他的金子分给了乡亲们。

他又走到卧牛石边，想着把水挖出来，解除寨上的干旱。他来到卧牛石边，看见一群东巴摇着金黄的偏铃，供着蛙头、人身、蛇尾的术神，在祈求雨水。他一句话不说地拿了一根栗木撬棒，"哼哧"一声，卧牛石撬翻了，石下冒出泉水，人们感激他的恩情，杀牛羊款待他，送他金银，但他分文不收。

他离开众人，找到了瞎子女人，从她的头上拔走了三根长头发，瞎女人的眼睛重见光明，瞎女人的爹娘为感激他的恩德，把瞎女嫁给了他。

他娶了瞎女人，在寨里人的帮助下，盖了一幢大木楼。又领着瞎女背回潜藏在独木桥的两袋金子，一夜之间变成了远近闻名的大富翁。哥哥看见弟弟像玩魔术一样地变成了大富翁，看着眼红，想着心痒。

一天，哥哥想盘一盘弟弟变富的奥秘，自己也想当个大富翁。便捧了一坛酒，来找弟弟。

弟兄两人坐在火塘边，哥哥捧着酒坛，递给弟弟，弟弟"咕噜咕噜"地喝了几口，准备把酒坛子移开，狠心的哥哥立即伸手捧住酒坛，强逼着弟弟把酒灌进嘴里。弟弟不好违拗哥哥，头皮一硬，把一坛酒都喝进肚里去了。

酒把弟弟灌得头脑昏了，弟弟把如何变成富翁的经过，点滴不漏地告诉给了哥哥。哥哥听后高兴得笑弯了嘴巴。

他仿照着弟弟，在一个月明星稀的夜里，悄悄潜入弟弟曾睡过的岩洞里。黑夜慢慢从深谷爬上山顶，老林深处传出一阵窸窸窣窣的声音。突然一只闪着绿森森眼睛的老虎大摇大摆地走出来，后面紧跟着老熊、野猪和猴子。

它们来到山谷里，搂了干柴火，大家又凑燃了篝火，环坐在火塘边取暖。老虎大哥看见兄弟们坐着无聊，提议每人讲一个有趣的故事，但是座次排尾的猴子，眨巴着机灵的眼睛，说："兄弟，前次我们吐出了心中的奥秘，树叶有耳朵，石头长眼睛，都被愚蠢的人偷听了，我看我们不能再次受骗上当了。"

野猪听了猴子弟的话，伸出长嘴，朝地上拱一拱，对着泥土闻了一下：

"噫,怎么,我闻到一股人的腥味,莫非有人潜藏在暗处,又来偷听我们的奥秘。"

老熊用后脚站立起来,伸出它的小鼻子,冲着天上嗅嗅:"嗨,有一股人的腥气,小心有人偷听我们的话。"

老虎锉了一下獠牙,也迎着风向闻了一下,焦躁地说:"啊嘞嘞!兄弟好久没有吃荤菜了,今晚有鲜肉送上门,我们去找一找吧。"

潜伏在岩洞的哥哥,听了四只野兽的话,吓得他毛发倒竖,浑身淌冷汗,尿了一裤裆的尿。他想逃回家,瑟瑟作抖地站起来。刚走到洞口,突然发现老虎睁着一对绿莹莹的大眼睛奔过来,四只野兽把哥哥按翻在地上,抓的抓,咬的咬,很快把哥哥咬死了。

做人难（纳西族）

讲述：和文虎 纳西族 41岁 农民 初中
记录：和尚庚 纳西族 25岁 工人 初中
1978年采录于玉龙县白沙乡丰乐村

从前,有一对农民夫妇,丈夫经常责怪妻子不会做人。有一回,丈夫驾牛犁地,妻子怕男人饿了,午饭送早了些,男人很生气,说:"这么早就送午饭了,人家岂不笑话我们两口子好吃懒做?你真不会做人!"

第二天,妻子学乖了,把午饭送晚了些,男人到时候没吃上饭,又累又饿,一见老婆开口就骂道:"你一点也不会做人!午饭快成晚饭了,人家不说我们两口子日脓才怪哩!"

第三天,妻子左思右想,怎么才能做好人,会做人呢?

有了,她终于想出了一个"做人"的法子,她把面团都揉成有头有身子,有胳膊有腿的"馒头人"。蒸好一甑子的"人",正午时分送到田头。哪里料到,丈夫一看这些做成小人儿的面疙瘩,就陡地发起火来,把妻子劈头盖脸地臭骂了一顿,女人很是伤心,哭道:

人世间,什么难?
做人难,难做人。
做出人来人骂人,

从今不敢再做人。

丈夫听了妻子的哭诉,觉得自己做得不对,委屈了妻子,他担心妻子"从今不敢再做人"而有什么三长两短,就连忙向妻子赔礼道歉,并且一再奚落自己才是真正的"不会做人"。他一连吃了好几个"馒头人",说妻子做的"人"做得好,好吃,吃下去一定能做好人,会做人了。

馋嘴媳妇（纳西族）

讲述：和六婶 女 纳西族 49岁 农民 不识字
记录：和尚庚
1970年采录于玉龙县白沙乡

从前,有一个十分贪吃的女人,她从小懒惰而馋嘴,走着要吃,坐着要吃,躺在床上也要吃,半夜躲在被窝里还要吃,一睡醒来就要吃,就像老鼠连箱子、柜子、木头也要啃一样。后来她长大了,嫁了人,仍然很馋,像吃惯了鱼儿的猫,一闻到鱼腥味就要淌口水,始终改不掉坏习惯,她就只知道吃、吃、吃。

有一天,她想独自把家里那只最肥的母鸡杀了吃掉。她思谋了个巧办法,等男人睡熟了后,她就悄悄起来杀鸡吃。

她怕男人起来发觉,就试试男人睡得沉不沉。她拿一把锥子对着男人的肚皮,喊他两声,他不吭气,只在打呼噜死睡。她用锥子对着男人的眼睛喊,男人也不醒。

她以为丈夫睡死了,就蹑手蹑脚把肥母鸡抓来,拧住鸡嘴,那鸡儿还来不及"咯呀"一声就被扭断了脖子。她烧好水,烫了鸡毛,切肉的时候,她害怕响出声来,就用羊皮褂和棉被垫在砧板上。

最后,她害怕第二天男人发觉,就把鸡毛和啃过的骨头丢在灶里烧掉,把吃剩的鸡汤倒在粪坑里。

整完了,她心满意足,撑着肚子去睡觉了。

这一切,都被假装睡死的男人看在眼里。

第二天早饭的时辰,馋嘴媳妇就爬了起来,装着去喂鸡,仿佛才瞅见母鸡丢失的样子,立即大呼小叫,嚷了起来："我家的母鸡不在啰,母鸡丢失啦！"

男人不理睬她。

她装模作样地东找找，西瞧瞧，左邻问了五家，右舍跑了五家。然后，她站在自家门口木墩上又哭又嚷了起来：

> 我的母鸡儿呀母鸡儿，
> 哪个把你偷了哟，
> 哪个把你杀了哟，
> 哪个把你吃了哟，
> 回来哟，我的母鸡儿。
> 养你喂你多不易哟，
> 我的母鸡儿哟母鸡儿。

男人等着婆娘哭够哼够了，走过去说："下来吧！我替你喊一喊，没准这鸡会跑回来哩！"

"真的么？"女人大吃一惊。

丈夫像唱山歌似地哼了起来：

> 可怜的母鸡儿呀母鸡儿，
> 哪个把你扭了脖子哟，
> 哪个把你垫着皮棉剁了哟，
> 哪个把你的骨头烧了哟，
> 哪个把你的汤倒在粪坑哟，
> 你的主人更可怜哟，母鸡儿。
> 针头戳着眼皮睡哟，
> 养你喂你不容易哟，
> 我的母鸡儿呀母鸡儿。

媳妇没脸再见人，跑回娘家，又被兄弟一顿臭骂，她自思无处可投，便跳河了，还是她的男人收殓了她的尸体，并安葬了她。他说："本来嘛，人生一辈子，你还可以吃很多很多的鸡，但你却吃了一只就饱了，就去了，唉——"

挂在扫帚上的铜钱（纳西族）

讲述：木少均 纳西族 56岁 农民 不识字
记录：和尚庚
1980年采录于古城区束河龙泉

以前有个男人讨着个很懒的媳妇，结婚后一年整没有扫过一次地。但她在嘴头从不说懒，在外面，她总是夸自己怎么勤快，怎么贤惠。

男人很恼火，才做夫妻又不好说她，总是自己忍着。第二年，女人还是在外头油嘴滑舌把死人说活，把死猪说活，在家却总是好吃懒做。怎么办呢？说她，她不听。说给别人，别人不信，哪会有这样的媳妇呢？

从不扫地的媳妇，怎么也说不走的。

一天，他倏地心生一计。等到"酒色"节的那天，他邀了五亲六戚，七朋八友，三邻四舍到他家来打牙祭。正当大家又吃又喝玩得兴头正旺时，他猛地站起来，愣头愣脑地东摸摸西翻翻，仿佛在找什么要紧的东西。大伙儿都惊奇地看着他，不知道他丢了什么贵重的劳什子。

他媳妇也感到莫名其妙，问他："你怎么啦，在找哪样？""昨前天，我把两吊铜钱挂在门旮旯头的扫帚上，一时忘了收拾。"男人正经八百地说："这时才想起，可又作怪，却不见了，想必是你今天早上扫地时收了。"男人一边东找西瞧一边自自然然地说。

"喂，我收个屁，地不是你自己扫吗？我根本没动过什么扫帚，谁稀罕那两吊钱？"女人沉下脸嗔道。

丈夫竟怀疑媳妇拿他的钱，她恼怒了："这屋里的扫帚，不管哪把，自从嫁到你家我从没有动过一下！"

"真的？"男人问。

"真的，假的是母猪！"女人很干脆。

最听话的丈夫（纳西族）

讲述：和文虎
记录：和尚庚
1980年采录于玉龙县白沙乡新善村

从前，有个婆娘很喜欢指点别人，而她的丈夫则十分听话，对老婆百依百顺。

有一回，丈夫出去碰到一家送葬出丧的，大大小小一串儿的人跪在路上，高一声低一声地哭号。

他感到好笑，回家说给婆娘。

女人正色教导他道："笑不得，这是死了人，人家在大伤大悲，应该去搀扶人家，劝慰人家。说'莫哭了，死的死了，人死不能活转来了，还是身子儿要紧哟'！"

男人默默地把媳妇的教导记在心上。

一天，有个婆娘在烧火土，跪在地上吹火，眼睛被火烟子一熏，眼泪哗哗直流。他走过去一把扶起那妇女，一边认真地说道："莫哭啦，死的死了，不能活转来了，身子儿要紧哟。"

那女人倏地跳起来，一把推开他，一边喊道："救命，救命！"跑开了。

男人回来说给自己的女人，女人嗔道："那是人家在烧火土，火燃不起来，你应该帮人家扇扇火。"

男人这次听实在记牢了。

有一次，听话的丈夫走到一个地方，遇到有一家房子失火，屋里滚着大烟子，门口的一些女人正在呼天抢地，跪着爬着又喊又哭。他想起老婆的话，赶快捡了个草帽抢进去扇起火来。

大伙一看，连打带踢地把他轰了出来。他跑回家告诉了老婆，老婆骂道："那是房子失火了，你要喊'着火了，快救火'，拿盆子，水桶舀水去灭火。"

这回，他认真地记牢了婆娘的话。

刚好，第三天他走到一个村子，路过一个铁匠铺，炉火烧得很旺。他一看，嘴里叫着："着火了，快救火！"同时找来一个烂盆子，舀起满满的一盆水泼在炉火上,铁匠们把他当做疯子捶了一顿。

后来老婆又教他,那是人家在打铁,你要"你一锤,我一锤"地去帮人家打铁干活。丈夫生怕忘了,又在心里头重复了一百遍。

过后的一天,他看到有两个兄弟满脸通红在打架,你打我一拳,我揍你两拳,他慌忙走上前,握紧拳头往两兄弟身上捶,嘴里哼着:"你一捶,我一捶。"两兄弟一齐把他打得屁滚尿流,狼狈不堪地跑回来。

女人说:"人家两兄弟打架,你怎么去捶人家呢?你应该劝架说'老大老二,算了,有事慢慢讲嘛,都是一家人,动手动脚多不好呀!'"于是他向婆娘保证,这回记得真真切切了。

这天,他看到两头水牛在田里斗角顶架,人们站在很远的地方围看,他急急忙忙跑到两头牛的中间,大声嚷道:"老大老二,算啦,有事慢慢讲嘛,都是一家人,动手动脚不好呀。"

他被夹在两头牛中间,差点被顶死、踩死了。

山里人与江边人(纳西族)

讲述:和兴瓜 纳西族 62岁 农民 不识字
记录:和尚庚
1980年采录于玉龙县石鼓镇

有个山里人和江边人交"罗(老)友"。

他们两个人都互不了解对方的农活特点。

有一天,江边人到山里去,帮山上的老友薅麦子,为了老友能获得好收成,江边老友使出全身力气,深深地挖锄麦苗根部。

结果呢?那一年,山里老友的收成很糟糕,因为麦子快要抽穗时,江边老友薅过的那些庄稼都枯黄了。

山里老友很恼火,心想:我对江边人以友情为重,他却这样"报答"我,我也要像他那样"帮忙"他一回,好好"回敬回敬"江边老友才行。

主意一定,山里人打听好江边老友薅秧季节,然后,瞅准了时间,直奔江边"帮忙"老友去了。

当然啰,江边人很是高兴,老友帮忙嘛。

不消说山上人薅起稻秧来是怎样卖力了,他使劲儿用脚趾头往稻秧根部掏啊掏……

　　山里人硬是干得满头大汗。

　　谁想到，这年江边老友的稻谷硬是发得很旺，获了个大好收成。

　　他十分感谢山里老友薅秧时出大力、流大汗地帮忙，为了报答山里人的友情，江边老友给山里老友驮去整整两驮子谷子。

大枣核的故事（纳西族）

讲述：和为大　纳西族　79 岁　农民　不识字
记录：和尚庚
1980 年采录于玉龙县白沙乡

　　很早以前，有个土司做事很绝，把穷人的大枣都搜缴去了，一颗都不留给穷人吃。土司吃了枣肉，把枣核丢了出来，有一颗枣核很不服气，一心要替穷人出一口气。

　　有一天，它看见土司骑着马儿耀武扬威，趾高气扬地东游西逛，它想出了一个怪招儿：一到晚上，它一骨碌溜进土司家，想把马儿偷了给穷人。枣核正在解缰绳，马儿哼了起来，土司和管马的爬了起来到马厩察看动静，枣核就悄悄地躲进马耳朵里，土司他们看看没有什么事儿就回屋睡觉去了。过了一会儿，马儿又哼了起来，管马人又出来转了一圈，枣核又藏进马耳朵，这样两三次以后，他们懒得出来了。枣核把土司家的所有马匹都放了出来，拉到很远很远的地方分给了穷人。

　　第二天，土司发现马儿都没有了，就四处探听"盗马贼"是谁，后来才打听到是一颗大枣核偷的马。土司带了一伙人去抓大枣核，他们拿了几条铁链子来捆绑大枣核，可是大枣核总是轻轻松松地从链条的洞眼里跑了出来，无论如何也拴不住它。最后，土司就把大枣核塞进一个麻布口袋里，扎紧口子，用一根木棍狠狠地打，大枣核在口袋内东跑西躲，土司的棍子打这边，它就跑那边；土司的棍棒打那头，它就跑到这头，直到打破了麻袋，它从破洞口一骨碌钻了出来。

　　土司一看棍棒没有打死枣核，恼羞成怒，一把抓住枣核，想用石头把它砸碎。刚拿起一块石头，不料，"突"的一下，枣核从他的手中跳到他的长胡髭上，还得意地打起秋千来，从右耳荡到左耳，从左耳又荡到右耳，好不自在。

土司一发狠，看准枣核荡到左耳，一石头砸去，打得自己两眼发黑，疼痛难当，枣核荡到右耳，他忍住剧痛又一石头砸去。

土司把自己打得昏死过去，枣核却高高兴兴地一溜烟跑了。

贡品（纳西族）

讲述：周汝诚
记录：牛相奎
1980年采录于古城区大研镇

哈巴雪山下的白地，是个山清水秀、风景优美的地方。相传历代东巴教主都曾在这里修行。东巴教主阿明什罗，有三个聪明能干的徒弟，名叫塔布达、如布达和益史迪布达。

那时，白地归依古的木天王管辖。老百姓要给木天王服各种劳役，缴纳各种租赋，还要每年给他进贡品：拉洛的清泉水十二驮、松针叶十二驮、琵琶肉十二驮。拉洛的清泉水又清又甜，木天王用它煮茶；白地的松针叶又细又柔嫩，摘下来经久不变颜色，木天王祭天时用它铺地坪；白地的琵琶肉更是远近出名，木天王用它招待宾客。

有一年，老百姓辛辛苦苦把所有的贡品都备办齐全，可是谁也不敢去送。为哪样呢？原来木天王定了个规矩，贡品不但规定了驮数，还规定了斤数；过秤后，如果少了一两就要罚，多了一两也要罚。因此到木天王府里送贡品的人，都吃了苦头回来。

这一年，又到了给木天王进贡的时候，塔布达、如布达和益史迪布达对大家说："这回的贡品，就由我们三个师兄弟送去好了。"

于是，三个师兄弟赶着三十六匹牲口，押着三十六驮贡品出门上路了。他们翻过积雪皑皑的哈巴雪山，又渡过了奔腾咆哮的金沙江，整整走了半个月，才来到了依古木天王府里。

木天王家的把事清点了贡品，又一驮一驮地过了秤，发现一两也不多，一两也不少，就去禀告给木天王。木天王听了，也觉得稀奇，叫把事当场赏给送贡品的脚夫半只琵琶肉。

把事挑了一只小些的琵琶肉，用刀割开，一看，肉里塞满了沙子，又割开一只,还是沙子。十二驮琵琶肉都割开了,没有一只是好的。木天王听到此事,气得暴跳如雷,立即叫人把塔布达、如布达和益史迪布达抓来关在牢房里,说过几天再杀头示众。

没几天,木天王的一个爱妾病了。木天王到处求医问药,不但没有把病治好,而且病情一天比一天严重起来。急得木天王像热锅上的蚂蚁,坐不安,睡不宁,成天拿手下人出气。塔布达三师兄弟听到此事后,叫把事去告诉木天王,他们会治病,木天王听了,立刻放了他们。

塔布达、如布达和益史迪布达来到木天王府里。木天王坐在虎皮椅子上,傲慢地说:"听说你们会治病,究竟要用哪些药呢?"

如布达回答说:"哪样药也不用,有一些杨柳条儿就行。"

木天王叫人掰来一大筐杨柳条。塔布达三师兄弟一齐动手,编呀,编呀,很快用杨柳条编了一对老虎,那老虎就像真的一样。木天王看得新奇,从虎皮椅子上爬了过来。忽然那老虎一声吼叫,张牙舞爪蹦跳起来,吓得木天王府里的人东躲西藏。老虎怒吼着,朝木天王爱妾住的卧房窜去。那女人惊出一身冷汗,病就立刻好了。木天王却吓得个半死,好几天起不了床。

木天王知道塔布达、如布达和益史迪布达是三个有来历的人,再也不敢怠慢,叫人赔了不少好话,放他们回去了。

从此以后,木天王府里,再也不敢刁难送贡品的人了。

能言鸟(纳西族)

讲述:周汝诚
记录:解红 女 纳西族 18岁 学生 高中　赵金云 女 纳西族 21岁 学生 高中
1981年采录于古城区大研镇

很久以前,街上有一个小店铺,住着一对五十来岁的老夫妻,他们没儿没女,靠老倌理发为生。

老两口不甘寂寞,特意请人买来一只八哥,给它饮玉河水,喂它吃稗子和碎米粒。老两口还教八哥读"一、二、三、四、五",教它"你好""客人请坐"等日常用语。没有多久,八哥就会说好些话了。

晚上,老两口坐下来聊天,八哥就会插上几句话。老人高兴极了,把它看成是自己的儿子一样。八哥也很喜欢老人,像牙牙学语的孩子那样亲切地喊阿爸、阿妈。不到半年，这八哥还学会了做许多家务事。把三文钱拴在它的脚上，就会买来一包烟，拴上五文钱，就会买来一筒茶。八哥为老人做着力所能及的事。

一天，八哥买烟回来，见玉河边上有件亮闪闪的东西。它飞下去一看，是一对黄灿灿的金耳环坠着碧玉片。八哥叼着金耳环飞回家里，对老太婆说："阿妈，您辛苦了一辈子，一件像样的首饰也没有，今天我给您找来了一对耳环，您快戴上吧！"

老太婆很高兴，把耳环拿在手中看了又看，然后，打开小木箱，轻轻地放了进去，用铜锁锁牢。八哥见了说："阿妈，您怎么不戴上它，锁着它有什么用呢？"

"小八哥，我会戴的，到过年过节的时候我就戴。"

过了几个月，正逢热热闹闹的三月龙王会。老太婆拿出出嫁时的衣裳，穿上氆氇坎肩，围上百褶围腰，披上七星羊披，然后小心地把耳环拿出来戴上，去约相好的邻居看戏。

因为她太穷，一年到头看不上一场戏，只看了一会儿，她就被戏迷住了，没发现老财主家的小姐坐在自己的后边。那小姐呢，早被老太婆的耳环吸引住了："穷婆子倒戴起这么贵重的耳环，我这个有钱的小姐却变得寒酸了。"小姐越想越气恼，拔腿跑回家里，拉着老财主又哭又闹。

老财主听了，也有点不服气，派管家请来县太爷。县太爷收了财主家的礼物，满口答应把耳环断给小姐。

第二天，县官派差役抓来老太婆。

"老婆子，你偷了人家的东西，还不交出来！"

"老爷，我从没偷过别人的东西。"

"那你的金耳环从哪里来的，快说实话，不然我就要你吃苦头。"

胆小的老妈妈吓慌了，把八哥怎么给她叼回来金耳环的事全说了出来。县官派差役捉来八哥对证。

"八哥，耳环是你给老太婆的吗？"

"是的，老爷。"

"那你是怎么偷来的呢？"

"我从不会偷别人的东西。老爷，我是在玉河边上拾到的。"

"分明是你偷了小姐的耳环，还要强辩，难道你不知道会把你的双爪砍掉吗？"

"老爷,我知道,但我没偷啊。"

"你还强辩。"县官气势汹汹地站起来,对差役说:"把它的羽毛干干净净地拔掉!看它能不能再叼人家的东西。"差役一声应下,把八哥的羽毛全拔掉了。

可怜的小八哥被差役扔到门外,在臭水沟里跳来跳去。它跳到一家人的房后,从滴水沟里跳到了城隍庙里。它拾起没烧过的纸钱当铺盖,拿人们祭供给神像的食品充饥。

到了一百天,小八哥全身长齐了羽毛。它正想飞出庙宇,忽见远远地来了进香的县官老爷。八哥心生一计,缩回身,躲在神像背后。县官虔诚地跪在神像前磕头。这时,八哥学着神仙的口气说道:"吃人鬼,你做尽了坏事,今天是你遭报应的日子!"

县官一听,吓得浑身酥软:"神仙爷爷饶命,我不敢做坏事了。"

"我问你,一百天前你判的那件金耳环案到底怎么断了?"

"那件金耳环,我已经给了小姐。"

"贪官,你拿了人家的贿赂,冤屈了多少好人,你知罪吗?"

"我知罪,下次一定明断,只求神仙爷爷饶命。"

"好吧,这次且饶了你,我看你的这张嘴太坏,得把嘴巴上的胡子拔掉!"八哥说。

县官老爷心里害怕,自个儿使劲拔起胡子来。可是,拔了好半天,也没有拔掉几根。八哥在神像后面厉声说道:"呸,笨蛋,快抓一把香炉灰抹在胡子上,叫差役给你拔。"

县官老爷只好叫差役替他拔。没有多久,差役把县官的胡子拔得光溜溜的。县官抹去满嘴的血污,长长地松了口气。

八哥在他们忙乱的时候,飞出庙堂,站在树上喊道:"县官老爷,山不转路转,今天你终于落到了我的手里,还记得一百天前拔我的羽毛吗?请你记住:善有善报,恶有恶报,再见了!"能言的小八哥欢快地飞向广阔的大自然中,县官老爷却气昏在庙堂里。

憨男人的故事（纳西族）

讲述：木金良
记录：木丽春
1976年采录于玉龙县拉市乡

过去，有一个憨包子男人，他娶了一个聪明伶俐的女人。憨包子的媳妇坐月子，家里准备着要请满月客。媳妇叫憨男人盛了一碗米酒，叮嘱他去娘家道喜送米酒请客。

他的老岳母收下了米酒，按风俗回送给他十二个鸡蛋，并嘱咐说："儿啊，你给媳妇煮蛋吃，要等水烧涨翻起浪花，才能把鸡蛋敲破下锅。要是煮不透了，你的媳妇吃了，会害病痛。"

憨包子男人牢记着岳母的叮嘱。走到半路上，看见一个小瀑布翻着水泡沫的水潭。他痴呆呆地看着这不断冒着泡沫的水潭，想：莫不是岳母说的涨得翻起浪花，就是指的这一潭水吧。这样，他就挽起袖子，慌忙把这十二个鸡蛋都拿出来，一个个敲破放到水潭里，憨男人得意洋洋地跑回来了。

媳妇问他："阿婆没有送你什么吗？"

"送了十二个鸡蛋，嘱咐我要煮在滚翻的涨水里，才能给你吃，我就把鸡蛋都煮进水潭里去了。"

媳妇听了又气又急，说："啃，你怎么把鸡蛋煮进水潭里，真是憨人做憨事。你把鸡蛋白白地丢了，哎呀，太可惜了。"

憨男人看着媳妇为了十二个鸡蛋惋惜的神情，心里如万箭穿心般痛惜地说："我去把鸡蛋捞回来，不要发愁了。"说完，转身跑了。

憨男人脱下衣衫，弓腰在水潭捞鸡蛋，他一时疏忽，一松手，白麻布衫被河水卷走了。

憨男人不但捞不回鸡蛋，反倒丢失了衣衫。他正在气头上，迎面来了一群披麻戴孝的送丧人，憨男人一看缠绕在孝男孝女头上的麻布，误认为是送丧人把他的白麻布衣衫捡走，撕成一条条的麻布，缠绕在头上。他抹袖攥拳地跑了过来，冲着孝男孝女吼道："你们把我的白麻布衣衫捡了去，撕成条条戴在头上，还我的白麻布衫。"

他伸手拦住送丧人，送丧人听了，认为他是个疯子，打了他一顿，把他拉到路边走了。

憨男人遭了这场不明不白的毒打，遍体鳞伤地转回家里，对媳妇诉说了他去捞鸡蛋，丢失了麻布衫，被送丧人痛打了一顿的事。

媳妇听了后，忍住笑，开导他说："孩子他爹，这是你的不是了，你怎么去拦送丧人呢？人家死了人，伤心的事哭不完，披麻戴孝送丧哪能把你的衣衫撕成麻布条戴孝？以后你见了送丧人，就要安慰人家，劝人家莫伤心了。"

憨男人牢牢地记住媳妇的话。一天他上山砍柴火，半路上碰到一群娶媳妇的迎亲人，新媳妇在嘤嘤地哭啼，他认为是碰到送丧的，慌忙跑了过去，劝慰说："莫哭了，人生下来，就会有死的事，生错死不错，莫伤心了。"

憨男人的话惹恼了迎亲人，他们扑了过来打了他一顿。

憨男人遭到毒打，哭丧着脸回头埋怨媳妇说："今天我看到一群人，簇拥着一个嘤嘤哭啼的姑娘，我就把你教我的那一番话说了，他们反倒把我痛打了一顿。"

"嗨，你又把牛角当鹿角了，人家那是娶媳妇办喜事，你哪能不说吉利话，反去说安慰送丧人的话？"媳妇叹了口粗气，说："以后你遇上了娶新媳妇迎亲的人，你得说大吉大利、恭喜发财、早生贵子的祝福话。"

一天，憨男人走亲去探望老岳母。他走到了半路上，又碰到有一家人的房屋被火烧着，看见像蚂蚁多的人群，提桶拎盆地舀水灭火，憨男人慌忙跑了过去，拦住救火的人，说祝福话："大吉大利，恭喜发财，早生贵子。"

人们看见他幸灾乐祸，一个个气愤了，围拢过来，脚踢拳捶地痛打了他一顿。憨男人鼻青脸肿地回到家里，又把他遭打的事和盘地端给了媳妇，媳妇无可奈何地叹了口气，冲着男人，用教训的口气说："孩子他爹，你是碰到火烧房子，你哪能说大吉大利，恭喜发财的话呀。"

憨男人瞪圆两只眼睛，冲着媳妇问："不说大吉大利，恭喜发财，又该说什么样的话？"

"哎，以后你碰上了火烧房子的事情，就得大喊救火、救火，还得赶快舀水去灭火才对哩。"

憨男人又牢牢地记着媳妇的话。一天，他去赶街子，突然来到一个铁匠铺前面，看见炉坑里燃烧着炽热的火苗，误认为是火烧房子了。他慌忙舀了一桶水，嘴里大叫大喊"救火、救火"，把一桶水冲着炉坑倾泼过去，"扑哧"一声，炉坑火熄灭了。铁匠气得扭住他痛打。

憨男人又鼻青脸肿地回来了，媳妇见了叹了一口气，说："哎，孩子他爹，人家在打铁哩，不是火烧房子，你怎能提水泼熄了人家的炉火？以后你看见了打铁的人，要握起铁锤去帮人家打铁才对。"

憨男人又牢牢记着媳妇的话。一天，他又赶着牛来坡上吃草，突然看见两头黄牛在斗架。他慌忙跑了过去，拎着一根棍子，冲着斗架的牛，"你一锤、我一锤"地呼喊着，直往两头黄牛的角板上打。憨男人被夹到两头牛当中去了，一头黄牛一晃头，一角把憨男人挑飞起来，活活地摔死了……

大脖子的故事（纳西族）

讲述：阿命九
记录：唐有为 纳西族 49岁 宣传部部长 高中
1984年采录于玉龙县七河、金江

东山脚下住着一家姓王的穷母子俩，母亲年过六十，早年害病，两只眼睛都瞎了。尽管双眼失明，但是家里的很多事情都可以摸着做，使儿子得以安心地去谋生。儿子是个本分人，吃得起苦，不论什么重活他都干得下来。因为为人老实，所以人们都管他叫王实。不知什么时候起王实的脖子逐渐大起来了，所以人们又叫他"大脖子王实"。

王实种着当地出名的山主和帅的土地，和帅白天黑夜都在盘算穷人，所以人们在背后叫骂他叫"和算"。连年来天干，庄稼收成不好，可穷人们免不了和算的地租。这年和算趁王实欠了二斗租，把他仅有的一口母猪和两只鸡抓走了。

王实只好每天上山砍柴，到城里卖上几个钱，买点粮食孝敬老母亲。年复一年，日子越来越难过，但王实因为年迈的母亲，不愿意去找别的活计，还因为大脖子影响出气，他感到吃力。

王实每天上山砍好柴，都要在山神庙前歇息吃晌午饭。他不论吃什么东西，总要先恭恭敬敬地向山神献一献求山神保佑，然后自己再吃；又到溪里捧一捧水喝喝，就到树影下睡一阵，然后下山去卖柴。

母亲为儿子的艰苦日子流了不少泪，只恨自己不早死，拖累了儿子。王实却千方百计，以好言安慰母亲。

王实天天给山神献饭和孝敬母亲的行动感动了山神，山神说："像这样的好人，我应该想办法解除他的痛苦。"可一时又想不出什么好办法。

这天王实照常献了饭就睡着了。由于脖子上的咽袋太大——将近有两斤重，鼻息很重，几十步以外都可以听到呼噜呼噜的鼾声。

正巧山神的巡山虎来到庙前，发现有人睡在这里，它高兴极了，立即向山神恳求说："老爷，我按照你的意旨，翻过了九十九道岭，跨过了九十九座山，趟过九十九条河，完成了巡山任务。可我现在还没有一点东西下肚，是不是把他赏给我吃了？"老虎的一双大眼盯着王实。

山神灵机一动，觉得解救王实的机会来了，就朝着老虎说："你辛苦了，就赏给你这个东西吧！"山神向王实的大脖子咽袋指去。

老虎得到了山神的许可，一口把挂在王实脖子上的大咽袋咬走了。

王实醒来，似乎感到与往日有所不同。但一时还反应不过来，最后才发现自己的大脖子已经不见了，呼吸非常自然，全身轻松，完全变了一个人。他不知道什么缘故，就一股劲儿地向天向地向四面八方磕头，当然也少不了向山神磕头，还高声地说："山神老爷！我王实永远也忘不了你救苦救难的恩情。"他心情非常愉快地挑着砍好的那一担柴下山去了。

这天以后，王实每天砍的一担柴，比往日增加了一倍，且上山下山简直轻快如飞，两母子的生活也一天比一天好起来了。

"王实的大脖子不在了。"这消息在附近的村子里传开了，而且还加上了许多离奇古怪的故事。这件事也传到了远离王家十多里路的山主和算的耳里。

原来这个和算的脖子上也生有一个大咽袋，请了许多名医，花了不少的钱，总是消不下来，而且越来越大，他每天坐在家里朝家人发气叫骂，有时又自己叹息："我早晚死在这个大咽袋上了。"

和算听到这个消息后，忙叫家丁四处去打听王实的下落。

王实是他家的佃户，家丁把王实带到和算面前。王实如实地讲了那天在山神庙前所发生的事情。和算再三地盘问，生怕王实有隐瞒。

从那天以后，和算每天冥思苦想，脾气越来越躁，有天管账的师爷点头哈腰地对和算说："老爷，我有个办法可以试试看，只怕你不同意。"和算听了师爷的话，就吩咐他去筹备，还说："搞得丰盛些。"他心里想："哪有买不通的神仙。"穷小子献给山神的只不过是冷馒头、干粑粑，我何不拿些大鱼大肉去，山神自然推不过去了。

有一天，东山脚下来了不少的人，他们都是和算的家人和随从，随从们有的推着车,有的背着背子,好不热闹,和算自然是轿子抬来的。下了轿子,他望着高山着急地问:"山神庙在哪里?"有人指着半山腰的大林子说,还远着呢!他又叫轿夫朝坡上抬,轿夫们当然叫苦不迭,但也只好抬着慢慢走了上去。

大家气喘吁吁,汗流浃背地来到山神庙前,大搬灯烛香火,免不了磕头作揖,祝告请山神显灵保佑。

和算忙不迭地支开家人们,说:"你们远远地躲开,免得影响山神显灵,没有我的叫喊,不能过来。"劳累了大半天的家丁,自然一哄而散,远远地走了。

和算经过远途奔波也够累了,他在铺好的地毯上睡下去,但是他心里总想着山神如何显灵。尽管眼睛怎样闭着都无睡意,但过了很长一段时间他还是睡着了。

事有蹊跷。刚好巡山虎又蹒跚而来,看到了和算的模样,一下子发出了恶念,他向山神说:"我够累了也饿极了,但请老爷开恩,不要再给我吃这个了。"

老虎指着和算的大咽袋:"那天你给我这个,发臭恶心,不但吃不下去,连肚子里的东西都吐光了。"

山神问:"丢了吗?"

"还在那边树上挂着。"老虎急忙回答。

山神让老虎拿来看了看说:"你既然不要就送给他罢。"

山神把大咽袋丢给和算。说也凑巧,那个大咽袋刚好落到和算的咽袋旁边,还生得结结实实的。

和算在山神庙前醒来,老觉得头不知怎的沉甸甸地抬不起来,呼吸也更加困难了。他用手去摸一摸,这才发现脖子上又多了一个咽袋,而且和原来那个一样大。他气急了,想大声咆哮,可声音不知到哪里去了,左喊右叫也没有声息,只好在地上打滚乱抓,用尽了全身的力气。

太阳将要落山了,家丁们还听不到和算的叫喊声,大家满以为他睡得太舒服了,但又跷指头算了算时间,可是不早了。

大家胆战心悸地来到山神庙前,只见和算在那里瞪白眼。人们急忙围过来一看:事与愿违!大家都惊呆了!

有个聪明的家丁,在背地里说:"这就是牛事不了马事发,一个不够再加一个,丁巴没鲁你巴曼工大(纳西成语),老天在报应了。"

不几天和算又多了一个大咽袋的事，到处都传开了。人们议论纷纷，他们说："和算千算万算，不如老天一算，这是作恶多端的下场。"

怕"漏"的故事（纳西族）

讲述：木一龙
记录：木耀钧 纳西族 48岁 文化局局长 高中
1980年采录于古城区束河中济村

从前，有一个商人，他做买卖草纸的生意，赶着几匹驮马，驮运草纸到城里赶街。

有一天，他赶着驮马走到西山的脚下，太阳已经落坡了，天也渐渐地黑了，又刮风又打雷，就要下一阵大雨了。他赶到城里还有十多里路，赶不到城里了，就想在这附近寻找住宿的地方，便把马赶到山脚下的三家村里去了。他找到店主，恳求说："老大爹，今天遇着下大雨了，我不能到街子上去了，让我在这里住宿一个晚上吧！"

店主人回答说："你住下来是可以，但你的驮马，怎么办呢？我们这一带经常有老虎来吃牲口，马拴在棚里不行吧？"

商人回答说："我天不怕，地也不怕，只怕'漏'；因为漏雨了，我的草纸会烂掉，这生意就不好做了，还要赔钱哩！"

正好，商人和主人谈话时，山上的老虎也下坝来寻找食物，正好看见一群马，它也就在房屋后面等候时机，想美美地饱餐一顿，两只耳朵直直地坐在那里注视着马群。

这时传来了生意人"天不怕，地不怕，只怕'漏'"的谈话声，老虎听见了。它想：我老虎是兽中之王，还有什么叫"漏"的动物吗？它从来也没听过也没见过"漏"是什么东西，就坐在棚子后面等着，看着肥胖的马。

夜渐渐深了，商人把安放好的草纸驮子，盖了又盖，严严实实地覆盖好后，来到棚子里看马。他也怕遇着老虎，吃掉牲口，草纸无法驮运了。因此，一直守在马群旁边。

到了三更半夜，突然响起了一阵阵吼叫声，驮马听见了这种吼叫的声音，直吹鼻子，东躲西闪地转来转去。

商人见势不妙，便跑过来一看，说时迟，那时快，一只庞大的老虎猛扑过来，把一匹驮马抓住，想吃掉它。正在这时，商人灵机一动，闪电般地跳跃过去，不顾一切地扑向老虎，恰好正骑在老虎的背上，的确是"骑虎难下"了。

老虎却认为是"漏"把它骑住了，很害怕，只顾往外跑。跑出了马棚，虎背上的商人却越怕越抓，越抓越紧，虎跳人也跳，虎跑人也跑。商人怕得直漏屎，漏屎直往下淌，滴进了虎眼，老虎眼也睁不开，只顾拼命地向山上跑去，背上的"漏"越背越重，跑不动了，就在山坡上坐起。

这时天又亮了，商人也看清了是骑在斑斑花纹的老虎背上，便慌张起来，如何是好？他就从老虎背上滚下来，闪在一旁，躲进土坡下面。老虎感到背上轻了，睁开眼睛一看，知道"漏"不在了，就摇摇尾巴，长叹一口气说："我被'漏'骑住了，'漏'又是什么东西呢？只好做个归山虎了。"说着，就往山上跑去。

商人看见老虎离去，定了定神，说："幸亏没被老虎咬伤，这是我第一次骑虎呀！"他的腿还在打颤，店主人见了他十分惊奇，便问出了什么事。

商人便把昨晚遇到的事，一五一十地告诉了他。店主人十分佩服他的机智勇敢，便好好地招待了他一番，而且还帮助他把驮运来的草纸完好无损地包装好，让他到街上去做生意。

从此以后，在这一带的村村寨寨里，就流传着商人骑虎"天不怕，地不怕，只怕漏"的故事。

两兄弟过节（纳西族）

讲述：木一龙
记录：木耀钧
1980年采录于古城区束河中济村

从前，有两个兄弟分家后，离开了父母搬到附近的寨子里居住。老大的家里比较富裕些，老二的家里比较贫穷。他们两个搬到新居后，还没有同父母一起过过节。今年的六月火把节，转眼就要到了，父母亲也要来这里过节。

老二的家里什么也没有，只有门背后挂着的一张牛皮子。老二对媳妇说："明天是节日了，父母要来同我们一起过节，而我们的家里什么也没有，鸡也没有杀的，羊也没有宰的，猪肉也没有煮的。不过多煮少煮还是得要煮一点吧！你就把门背后的那一张牛皮拿去洗刷一下，就把它煮起来吧。"媳妇照着她丈夫的安排做了，把牛皮拿去洗干净后就煮起来了。

老大的家里有猪、有羊、有牛、有肉，他杀了一只老母鸡，煮着鸡肉想招待父母。他想：父母吃到鸡肉肯定是又喜欢又高兴，会夸我们家富裕，会说我们对父母好。

节日到了，父母来到了村里，老两口就商量着："我俩各去一家，看谁去哪家。"母亲平常比较讲究吃好的，而父亲就比较随便，吃好吃坏也不讲究，只看对父母尊不尊敬。母亲就抢先说："你去老二家去吧，我是要到老大家里去的。"父亲说："好，随你的便吧，可是我们要一同来一同回去的。"

父亲就去了老二的家里。老二见父亲来了，十分高兴，就对父亲说："我能与父亲一起过节多好啊！但是我家里贫穷，没有什么好吃的东西招待您，这是我们的一点心意，煮了一点牛肉，请您别客气，吃点吧。这一点是牛的肝子，这一点是牛肠子，这一点是牛的净肉，这一点是牛的肌骨。"他一样一样地点给父亲，但实际上只是一张牛皮煮的几碗汤。

老大的家里摆好了鸡肉，就没有对母亲说什么。他认为杀了老母鸡吃鸡肉，母亲就该满意了。只是说："母亲来了，我们杀的鸡煮好了，您就吃吧！"母亲吃完饭后，不等父亲来老大家，就去了老二家。

父亲见她来了，就对她说："老伴呀！你怎么不早来一点，你不要看老二家贫穷，没吃没穿，一到过节，他家里还是丰盛的呀！老二为了我们来过节，还专门杀了一头牛，煮了一整天，刚才我们吃了牛肝子、牛肠子、牛净肉，吃得可好了。"

母亲听了父亲的这番话，见老二对父亲这样热情招待，而老大却因为只杀了只老母鸡就不得了啦，对她冷眼相待！老二不仅舍得杀一头牛，还要客客气气地招待哩！我选人家选错了，牛肉吃不上鸡肉也不香了。她一气之下连一同来的老伴也不等，走了。

父亲便对老二说："老大老二都一样，你们都是父母生，你们都是好兄弟。家里贫穷你别怕，只要双手勤劳些，黄土也能变黄金。今天是火把节，你们今后的日子会像火把一样闪亮光，亮光照着你们走；你们的心像火一样热，你们的生活会越过越美好的。"说着，父亲就打着火把走了。

碗（纳西族）

讲述：杨爱荣
记录：阿华
1980年采录于古城区大研镇

丽江某街，有一个赵奶奶，她年纪轻轻就死了丈夫，一个人带着未满周岁的儿子，一年三百六十五天，天天替人家缝补浆洗，来维持母子俩的生活。好不容易一把屎一把尿地把儿子拉扯到二十几岁，又费了好大周折，才给儿子讨了媳妇，老人总算奔出了头。

没料到这媳妇很刻薄，一进门就嫌弃婆婆，经常是鸡蛋里挑骨头，这个不顺眼，那个不称心，动不动就发火骂人，使老人伤透了心。就连吃一顿饭，她也要用一个固定的小碗来量，只准老人吃一小碗，多一口也不行。儿子是个窝囊废，腔也不敢开一句。老人只有忍气吞声，眼泪往肚子里流。

光阴如流水，不觉之间，孙子长大了，婆婆也老了，媳妇也当了婆婆。

新媳妇进门以后，看见婆婆这样虐待祖母，心里很过意不去，她十分同情老祖母，对婆婆的行为很反感。一天，新媳妇趁婆婆不在，对着老祖母的耳朵，如此这般地给老人出了个主意。

这天，正当一家人围坐着吃晚饭时，突然"当啷"一声，祖母手中的那个小碗掉落在地上，打了个粉碎。婆婆见了，气得放下筷子，破口大骂起来：

"你老糊涂了，连个碗也拿不动，赔我碗来！"

媳妇也装作很生气的样子，忙在一旁帮腔：

"阿奶，你是咋个搞的？把阿妈给你量饭的碗也打烂了，二天我又拿什么给阿妈量饭呢！"

婆婆一听，脸"刷"地红到了耳根，她知道媳妇是在说她。想到今天自己这样对待婆婆，二天儿媳也会学着自己的样子对待自己，心里很是惭愧，恨不得找个缝缝钻到地底下去。

从此以后，婆婆改正了自己的错误，对老人关怀体贴，问寒问暖，有点好吃的，总是先做给老人吃；老人稍觉不舒服，她细心照料，对老人很是孝敬。媳妇也很敬重自己的婆婆，主动为婆婆承担家务，主动伺候老祖母，一家人互敬互爱，过着和和睦睦的日子。

机 智 故 事

阿跟和阿命纳（纳西族）

讲述：和立基 纳西族 72岁 农民 不识字
记录：木丽春
1980年采录于玉龙县黄山乡

传说，黄山村有一个聪明的穷人叫阿跟，他专与地主过不去，爱给穷兄弟们打抱不平。有一天，村寨里的一个穷伙友的阿妈病逝了，尸首僵直直地停在堂屋里，而这个穷伙友屋里穷得连耗子也搬走了，他无力把阿妈下葬，穷伙友急急忙忙地来找阿跟想法子。

阿跟听了穷伙友的话，心里泛起了一缕同情悲悯的情绪。但阿跟也是穷得叮当响，拍着空巴掌的穷人，拿什么给穷伙友接济呢？阿跟没奈何地抓摸了一阵头皮，突然阿跟的手停在后脑壳上不动了，他拍了一下脖子，咬着穷伙友的耳朵嘀咕了一阵，牵着穷伙友的手爽爽快快地走出了门。

原来，村上有个富翁叫阿命纳，他把银钱借给穷人家，收"驴打滚"的利钱；还有一种更毒辣的办法是收蛇蜕皮的利息。阿跟进到阿命纳的家里，故装慌慌张张的样子说："老爷，老爷，有个专在金沙江里的淘金工来上门借钱，他是个手指头开金花结银果的大能人，真是一块老爷啃一口满嘴流油的大肥肉，我看你别把这块送到嘴的肥肉轻易丢了。"

阿命纳斜睨了一眼阿跟，刚才还像一块铁板冷冰的脸，马上堆满了喜笑："你把他领进来，让我划量一下他的身子模样。"

阿跟把穷伙友领进阿命纳的家里，阿命纳看了身着破麻衫裤的穷人，冷冷地说:"看他一双鸡爪干瘦的手,哪里是个指头开金花结银果的人,你的一张八哥嘴巴又来行骗了。"

"老爷有一双看富相的眼睛,你怎么不知道破麻衫包裹金子的故事?老爷,金子是藏在破衣裤下面嘛,你莫在耗子洞里看太阳和月亮。"

阿跟的一席话,又把这个愚蠢的富翁阿命纳的心说活了,阿命纳流着涎水说:"口说无凭,立个字据。"

阿跟慌忙接上说:"对,对,口说无凭,要立个字据,我做保人,白纸上落黑字的字据,我帮你写吧。"

阿跟执着蘸饱墨汁的笔杆,沉吟着,又倏地舒开眉毛,沙沙地写下了这样一个字据:"老爷发善心,支借三吊铜钱,愿交蛇蜕皮的利钱,到期还不出来,愿还三根肋骨。"

阿跟写完,丢下笔,朗声念诵。阿命纳听了后,疑惑地说:"阿跟,三根肋骨到底怎么还法?"

阿跟装着一本正经的姿态,正儿巴经地说:"老爷呀,你也真是聪明一世,糊涂一时了。假若立据人还不出钱来,就是说请老爷取他的三根肋骨,立据人情愿取下三根肋骨,哪有不还老爷的钱的道理。"阿跟顿住话,奔扑向阿命纳,故意去抓他的肋骨,还说着:"老爷,我取你的肋骨你怕不怕;人家借你的钱,敢立这么大的诺言,人间也少见了。"

阿命纳被阿跟这一骇,就像他的肋骨被人扭了似的,怵怕狠了:"得了,得了,莫动手动脚的,我答应就是了。"他爽快地数出三吊铜钱,阿跟帮穷伙友解决了燃眉的烧心事。

年关到了,阿跟领着穷伙友抬着一架腌腊的猪肋骨,到阿命纳家还债。阿跟笑呵呵地跑到堂屋里,冲着蜷曲在烟榻上的阿命纳,乐滋滋地说:"老爷,老爷,借三吊铜钱的债户来还债来了。"

阿命纳心想又有一笔蛇蜕皮的利钱。他从烟榻上仄起身来,高兴地冲出门来,发现债户抬着一架腌过的腊猪肋骨,弄得他云里雾里,摸不着头脑,冲着阿跟说:"还债的金子呢?"

阿跟故意害怕似的,抖着嗓说:"老爷,立据的凭证里,不是明白写着三根肋骨?眼下,人家感恩戴德地给老爷还一架猪肋骨,立据人够大方了。"

阿命纳真的气黑了眼睛,慌忙揣了凭证,扯拉着阿跟和穷伙友上衙门告状。阿命纳把凭证呈给县太爷,县太爷传阿跟和穷伙友,县太爷拍着惊堂木,问说:"阿跟你做保人,字据是你执笔写的,你写了什么?"

阿跟清了清喉咙，爽快地说："老爷，白纸上落黑字的凭据，蛇蜕皮的利钱，是说它的粗细不变，不上利钱的意思。"阿命纳听了，插进话来："老爷，不，不，是说利钱与本一样大小……"

县太爷狠拍了惊堂木，打断阿命纳的话，转过头来，又叫阿跟继续说。阿跟眨动着机灵的眼睛，又说："老爷叫我说，我就说，愿还三根肋骨，眼下，债户扛了一整架的肋骨，是人家加倍的偿还，也够意思了。"

阿命纳急得额头沁出了汗珠子，摇晃着手，喘着粗气，结结巴巴地说："老爷，不，他骗人，骗人哪。"

阿跟灵机一动，忙说："老爷，他说我骗人，人间哪会有这憨笨的人，为借三吊钱连命都不要？是我骗人，还是他骗人，请老爷明判。"

县太爷听了阿跟的话，也觉得有道理，反倒认为阿命纳胡说八道，耍死皮。他忙吆喝侍卫把阿命纳撵出衙门，阿命纳怀里死抱着一架猪肋骨，冲着阿跟和穷伙友走远的背影，气急败坏地跺着脚……

阿命纳买宝马（纳西族）

讲述：和锡典
记录：木丽春
1980年采录于玉龙县黄山乡

年关前的日子里，纳西族人为备办一年一次的祭天年货，一个个像着了魔似地奔忙着。有的背着柴火换钱，有的庋了鱼兑米，有的抱着小鸡娃也来换几两盐巴，四乡的纳西人，真是跑脱了脚底板的三层皮，都为着除夕晚上的这顿团年饭奔波忙乎开了。

白马村有一个穷老倌，厥头拴系着一匹能数得清有几根肋骨的老瘦马，他也为着操办年货，把瘦马牵上市场。这般瘦的老马，春荒二月，不抬出去喂狗，那才是奇怪事哩。买主一个个惶恐地看上一眼后，都怯乎乎地退缩了，好像生怕卖马老头要把瘦马强送给他似的。

这一天，黄山村阿命纳家的长工阿跟，也上街来为主人操办年货。他顺路兜转到牲口市场上，看见这个白马村的孤老头，满脸老泪纵横，抓着一匹瘫在地上的瘦马的尾巴，吆喝它站起来，但是左呼右唤，也不见这匹瘫倒的瘦马爬起来。阿跟一见老倌的穷酸相，慌忙赶了过来，帮他把瘫卧的瘦马扶了起来。

阿跟看着这匹马,他的心里暗想:这样瘦的老马,莫说卖银钱,就是双手捧着送给人家,对方也不敢要,谁愿意帮他抬马尸呢。阿跟又转念想:穷急昏眼,是老汉想干骨头里抠骨髓的穷办法了。阿跟眨了几下眼,计上心来,咬着穷老倌的耳朵嘀咕了一阵,从怀里掏出一包碎银子,转身从马具店里买了两根一红一黑的鞭子,他把银子和鞭子一起交给了穷老倌,慌忙回身走了。

阿跟气喘吁吁地跑回家里,大声冲着火塘屋呼喊:"老爷,老爷,罕见的宝马,奇怪的宝马,老爷你屋里要进无价的财宝了。"

阿命纳见阿跟的样子,瞪着牛卵眼睛,大吼:"贱骨头,是不是撞鬼了,像救火的呼唤声音一样的恶怵,骇走了家神怎么办呢?"

"老爷,老爷,不是我撞了鬼,也不是不吉祥的呼喊声音,是我撞上了一匹会屙银子的宝马,财喜来了,大发大旺。"

"什么会屙银子的宝马?你欺骗人的话,到我的胡子尖上来开玩笑了。"

阿跟装着一本正经的样子,一板一眼地说着:

"老爷,快走,迟走一步,会屙银屎的宝马会被别人抢走,我们不能丢下这件活宝贝。"

阿根领着阿命纳跌跌撞撞地走了出来,卖马的穷老倌,远远发现阿跟领着个胖猪婆样的老爷来了。他遵照着阿跟嘱咐的话,高举起鞭子,摔了几下鞭响,然后,他又丢下皮鞭,转到瘦马的屁股后面蹲了下来,勾着脑壳在一堆稀马粪里扒翻着。阿命纳很快走到穷老倌的面前,发现老倌手巴掌里捧着碎银子,还像鸡啄食似的,从马屎堆里拣起一粒又一粒的碎银子,小心翼翼地放进巴掌里。呵呀喂,阿跟说得不掺假,真是匹会屙银屎的宝马!银子烫红了阿命纳的眼睛,他止不住地淌下了三尺长的馋涎水,心里痒抓抓地说:

"老倌呀,你的这匹老瘦马卖给我吧。"

穷老倌佯装耳朵笨拙,侧耳说:"老爷,你说什么话呀?"

阿命纳急不可耐地抢前几步,凑拢老倌的耳朵大吼大叫:

"问你这匹老瘦马要多少价钱?"

"价钱,你问我卖多少价钱?"老倌顿住话,自问自答似地说,"要多少价钱,我要十两银子。我的瘦马一年能屙一斤银子,划不来,划不来。"

这时冷在一旁的阿跟,走过来说:"大爷呀,牵到市场上的马,家神也认生了,我看你老就卖掉它吧!"阿跟顿住话,思索似地说:"价钱嘛,我的主人也不会亏待你，我看五十两银子就脱手了吧。"

阿命纳的眼睛也眯成了一条缝，匆忙接上话头说："阿跟喊的价合情合理，老马我牵走了，银子现兑。"阿跟把五十两银子从阿命纳的手里接过来，抖抖地塞进老倌的手里说："大爹呀，你这宝马屙银子前喂什么东西、做什么办法呢？"

"哎呀喂，我也差点忘记说了，老马屙银子前要喂斗把麦子，饮一桶温吞水，然后拿黑鞭子先甩三鞭：'黑鞭子甩你屙银子。'又拿红鞭子甩三鞭：'红鞭子甩你快屙银子。'这样瘦马就会屙银子屎了。"

阿跟在前面牵着老瘦马，阿命纳在后面摇摇摆摆地吆喝着，掌灯时分，阿命纳慌忙舀来一斗麦子喂了马，又让它饮了一桶水，然后，急不可耐地挥起黑鞭子，朝着瘦马的身上鞭打起来，还喜滋滋地喊着："黑鞭子甩你快屙银子。"老瘦马撑饱了一肚子的麦子，又饮了一桶水，挨了三鞭后，屙出一泡稀屎，正正地屙在阿命纳的脸上。阿命纳一抹脸盘子，慌忙翻扒起马屎堆，马粪翻个透了，也寻不到一粒银子。阿命纳不知是气还是恨，又高高地挥起鞭子，跳了过去，狠狠地揍了三鞭，呼喊道："红鞭子甩你赶快屙银子屎。"这一摔打，阿命纳摔重了，老马一蹦跳，这一蹦一跳，弄得撑胀着麦粒子的瘦马，挣断了肠子，瘦马瘫下去了，挣扎了一下，屙出一堆黄金色的发胀了的麦粒子。阿命纳赶了过去，认为是马屙黄金了，伸手抓出一把麦粒子，一看，哪里是黄金粒，阿命纳的手里抓着一把臭烘烘的发胀了的麦粒屎，吁吁喘粗气，直吹得阿命纳焦黄的胡子翘了起来……

牧主和牧工（纳西族）

讲述：木建春
记录：木丽春
1980年采录于玉龙县拉市乡美泉村

传说，有一个穷人，在山主家里当牧工，这个山主是个吃人不吐骨头的贪心鬼。快到年关的时候了，牧工们想着结算工钱回家过年，但是奸诈的山主，谋计要把牧工们的工钱一笔勾销了，让他们空手回家。他冲着牧工们出了道难题说："你们若能交出一个公鸡蛋，我马上结算给你们的工钱。若是交不出公鸡蛋，休想拿到分文的工钱……"

这一下，把牧工们都难住了，他们无可奈何地搓着手，唉声叹气。正在这时，一个瘸脚的牧工悄悄地对伙伴们说："弟兄们，我有治他的法子，不要发愁。"

牧工们都知道瘸脚牧工的主意多，惊喜地围拢过去问："什么法子？"

瘸脚牧工说："到时候你们就会知道了，眼下不能声张出去。"他约牧工们三天后到他的住处帮忙做事情。三天过去了，牧工们都聚到瘸脚牧工屋里，他们发现瘸脚牧工的阿爸躺在床上，"哎哟，哎哟……"地哼着，牧工们一个个愣住了，瘸脚牧工招呼牧工们，叫几个人去喊山主来取公鸡蛋，支使一些人在屋里准备迎接山主。不一会儿山主挺着大肚子，摇摇摆摆地走来了，瘸脚牧工捧着一瓢冷水，拦住山主："恭喜，恭喜，大吉大利，昨天晚上我的阿爸生了个男娃崽，请老爷尝一口头客的吉庆水。"

山主鼓瞪着双眼，气狠狠地跺了一下脚，把手里的冷水瓢泼了说："我只听说过女人生孩子的事情，没有听过男人会生孩子的古怪事，你简直把玩笑开到我的脑壳上来了。"

"老爷，你说得在理。我们也只知道母鸡会下蛋，从没有听说过公鸡也会下蛋的古怪事，你也简直将我们逼得无法活了。"

山主这时才悟到他被捉弄戏耍了，脸一下红到耳根，不得不算给他们工钱。

山主佩服瘸脚牧工的聪明才智，把他从牧场上抽回来，叫他在家里做些扫地抹桌的事情。一天，他看见山主家的后院里有一只玉桶，忽然动了心，很快拿来一把斧头，一斧头把玉桶砸得粉碎。山主发现瘸脚牧工砸碎了玉桶，吩咐人把瘸脚牧工抓了起来，咬牙切齿地问："你为什么砸烂我的玉桶？说不出理由，我扒你的皮！"

"哎，山主老爷，你整天说我吃闲饭，我也该为山主想想事情。大山里由你山主一人掌管，你的一张嘴巴说黑就是黑，说白就白，哪个敢说个不字？是你的一张嘴巴管天下。而后院这个玉桶，也张着嘴，不是就有两张嘴了吗？我不能让后院的这张嘴，贬低了主人的嘴巴，就把它砸了。"

山主无话可答，叹了口气，弓下身子拣起粉碎的玉块。

两亲家换宝马（纳西族）

讲述：木建春
记录：木丽春
1980年采录于玉龙县拉市乡美泉村

古时候，有两个亲家，一富一穷，富亲家为人奸诈，从他的房头上飞过去的雀鸟，也要落下三根羽毛。

这个富亲家屋里有一匹老马，老得仅剩一把骨头了，但富亲家还想在老马的身上榨出油水。一天他看见穷亲家有一头壮实的耕牛，这头牛可动了富亲家的邪心，他想用他的老马毛擦毛地调换穷亲家的耕牛。他灵机一动，想了个毒辣的馊主意。

富亲家乘杀年猪的时候，请穷亲家过他的屋里喝酒吃肉，穷亲家也不推辞，就去了。穷亲家到了富亲家的屋里，发现富亲家蹲在老马的屁股背后，东扒西翻地扒着一堆马粪。穷亲家走了过去，看见富亲家从马粪堆里翻扒出三砣银子。

穷亲家觉得奇怪了，怎么亲家的马会屙银子，我活得头发胡子都白了，莫说看过马屙银子，就连听也没有听说过，穷亲家着实被弄得目瞪口呆。正当穷亲家摸不着头脑愣痴着的时候，富亲家站了起来，冲着穷亲家掂了掂银子，慢吞吞地说："亲家呀亲家，富起来没有什么奥秘，就是全靠这匹老马屙的银子。"

穷亲家穷怕了，就动了心，红着脸庞说："亲家，亲家，我想……"但穷亲家把话顿住，羞于把话说完。

富亲家看到穷亲家动心了，但吞吞吐吐，羞于直说出来。他猜透了亲家心思，想让穷亲家直说出来，说："亲家，你我都是一家人，说话可不是吃饭喝酒，莫吃进肚子里。"

"亲家，我想借用几天你的马。"

富亲家故意叹了口气，说："哎，亲家！借马屙银子的事情千万使不得，你靠你的福气吃饭，我托我的福气来喝酒，看各人的福气如何了。我俩莫搞借用的事了吧，我想将马换你的耕牛。"顿了一下，富亲家又装出一副慷慨大方的神气，说："亲家，你我关起门是一家，你富了我的脸上也生光，都是肥肉上添膘的事情。"

"是啰,是啰,亲家的话落心坎,那就一言为定了。"

第二天,两亲家的牛和马交换了,穷亲家把马牵到家里,痴呆呆地守在马屁股后等着马屙银屎。他直等到太阳落西山的时辰,好不容易才等来了一泡马屎。穷亲家乐滋滋地在里面翻扒,但是翻过来扒过去,哪见银子的影子,穷亲家难住了。是何原因马不屙银屎,是亲家欺骗我吗?但也明白地看见亲家在马屎堆里扒出银子,他怎么也想不透彻,就来找富亲家了。

富亲家听了穷亲家的话,他故意皱一下眉头,抬手抓了几下后脑勺说:"亲家呀,你到底拿什么料喂马了?"

"哎,我拿稻秸秆喂的马,还饮了泉水,就是不见它屙出银子。"

"哎,亲家呀,屙银的屎,怎能喂秸秆?得拿麦子喂马。马能吃多少粮,就喂它多少粮,然后,饮一桶水,才会屙银屎哩。"

穷亲家慌忙回家,他就装了一大簸箕的麦子,摆在厦檐口处,让老马能吃多少就吃多少,最后饮了一桶温水,穷亲家就小心翼翼地守护在马的屁股后面。但他发现撑饱麦子、饮饱了水的老马,瞬间肚子撑胀得像一只足气的猪尿泡,胀得老马只有出气,没有吸气。突然,老马浑身痛苦地痉挛了一下,"噗"的一声,胀断了肠子,老马瘫躺在地上了,蹬动着蹄脚,翻着白眼咽气了……

聪明的小和尚（纳西族）

讲述:阿 花
记录:木耀钧
1980年采录于古城区束河中济村

古时候,有一个老和尚,招了一个很聪明的小和尚做弟子,师徒俩的相貌也很相似,好像是两兄弟一样。

有一天,国王派差使来叫老和尚。老和尚到了皇宫后,国王问他道:"我要环游世界一周需要几天?你要精确地算出来;另外我现在活了这么多年了,但是何时要死,你要好好告诉我,一天也不能差错;还有我此时此刻在想什么?你要告诉我,这三个问题限你七天以后答复,假若说不出来,我就要杀你的头。"老和尚听了国王的话,心里非常害怕,灵魂落了似的走出皇宫。

　　老和尚回到寺里以后，背着小和尚，把寺里所有的钱财都拿出来，到处去打听圣人圣士，送上钱礼，请求他们设法帮忙解救。但是没有一个人能解答出国王提的那三个问题，反倒把老和尚的钱财都用光了！老和尚到了这般山穷水尽的地步，无法可想了，早晚也不想念经了，人们也听不见他的木鱼声音了。他就这样一天天地愁眉苦脸，好像是猴子被烟灰熏着了一样，闷闷不乐地低头坐着。

　　小和尚早就看透了师父的心事，于是就机智地问道："师父，这几天你有什么烦心的事情呀？"老和尚见再也遮盖不住这些天来的事情，就无可奈何地说："你不知道我的心事哪！再过一两天，人家就要杀我的头了。"小和尚说："你是远近有名的师父，何必那么担心呢？有什么困难，也许我也可以替你去办一办。"老和尚骑虎难下，进退两难，不对徒弟直说吧，害怕国王杀头；说出真话来，又怕丢掉"老师父"的这个名誉和威严，在徒弟面前丢丑。而且"好事不出坡，坏事传九山"，还会被传播出去。但是这位天天念着"西方极乐世界"的老和尚，自己却还不想到极乐世界那里去哩！所以把问题的真相，国王出的难题，一五一十地向小和尚说了。小和尚听了便说："师父，你连这个也不能解答吗？我还以为是什么了不起的大事呢！好吧，既然这样我替你去解答就是了。"老和尚便顺水推舟，让小和尚到皇宫里去了。

　　小和尚到了限期的最后一天，装扮得跟大和尚一模一样，脚步沉稳，态度自然。他毫无惧色地走到皇宫里，国王见了和尚便开始问话："和尚师父，我要环游世界一周，需要几天呢？"小和尚就回答："禀告皇帝老爷，假若您真的需要环游世界一周的话，太阳从东方一出来，就骑着快马出发，如果骑着的快马能赶上太阳，那么只要一天的工夫，就可以环游世界一周了。"小和尚对答如流，国王又问他："我现在活了这么多年了，但是几时又要死去，你要好好告诉我，一天也不能差错。"有钱有势的人呀，包括皇帝也好，总是怕死的，害怕自己马上会离开人间而死掉。小和尚便回答说："禀告皇帝老爷，您现在的确活了这么些年岁！真是贵人有福气，但是要死的那天，阎王爷是一时一刻也不会等着您呀！"小和尚毫无惧色地这样回答。皇帝又问："我此刻在想什么，你马上当面告诉我。"小和尚说："你现在认为我是老和尚，挺不错哩，但是我不是您在想的老和尚呀！而是老和尚的徒弟小和尚哩！"皇帝便惊讶了，"什么，什么？你说什么？你不是我出题叫答的老和尚？"国王吃惊了，神色变了，众人立刻扶他到后面去了。

约摸过了吸一锅湿烟的工夫，国王又出来了，他很佩服小和尚聪明过人，就笑眯眯地对小和尚说："小和尚，你很聪明，很有智慧，搭救了你的师父，现在我命你去做大和尚。"说完以后便给了他一些钱，还叫人送他回寺。

从此以后，大的变小了，小的变大了，聪明机智的小和尚做了大和尚了，蠢笨怕死的老和尚师父则做了弟子小和尚。

怎样拿钱（纳西族）

讲述：木兴 纳西族 59岁 农民 初小
记录：和尚庚
1982年采录于古城区大研镇

阿一旦去木老爷那里领工钱。他心里挺清楚，木老爷又阔又吝又刁滑，加上自己又三番五次地戏弄他，他决不会就这么和和顺顺地把工钱拿给自己。

阿一旦就这么想着进了木老爷的房子。

木老爷满脸笑容地坐在那里，看着阿一旦进屋。

阿一旦一见这个样子，就知道木老爷要耍诡计了。

木老爷慢慢掏出几吊钱对阿一旦说："阿一旦，你很会猜谜语吗？"

"会一小点儿。"

"那就好得很。我只想叫你猜三个谜语。只要你猜出来了，你就拿钱走；猜不出来，就别拿走。"木老爷笑嘻嘻地说。

阿一旦心里直发毛。

"这是什么？"木老爷两手一伸。

"双手。"

"不！这是勤劳。"

"这是什么？"木老爷努了努嘴。

"嘴巴。"

"不！这是语言。"

"这是什么？"木老爷敲了敲脑门。

"脑袋。"

"不！不！这是智慧！好，回去吧！"

"老爷，我也问您几个问题。"

"好吧。"

"房子是用来做什么的？"

"住人的。"

"对。那么这座猪圈是用来做什么的？"

"关猪的。"

"回答得对。那么这两吊钱是用来干什么的？"

"给你做工钱的。""好！好！回答得对！谢老爷了。"阿一旦说罢拿起钱出去了。

木老爷却愣在那儿。

"站住！你给我回来！"木老爷叫道。阿一旦只好又折回来。

"我已经说过了，你回答不出来就没工钱了，你一个也没答对。"木老爷说。

"可是您已经说了那钱是我的呀！"阿一旦不服。

这时候木太太出来说："不要吵了，工钱我来给。"说完就拿出三锭银子、一文钱和几吊钱，对阿一旦说："你拿吧。拿了银子，你以后住鸡圈；拿那几吊钱，你以后住猪圈；拿了一文钱，就放你回家，你自己选吧。"

木老爷心里直叫好，挺得意。

可是阿一旦上前来把银子、钱和一文钱全揣了，说："现在我想上哪儿去住就上哪儿去住啦！"

最后考一次（纳西族）

讲述：和世珍 纳西族 48岁 农民 高小
记录：和尚庚
1982年采录于古城区大研镇

最近，木老爷总是自个儿乐陶陶的。

木老爷为什么这样高兴，没有一个人知道。

就是木大太太、木二太太、木三太太和木大少爷、木二少爷、木三少爷也全都不知道木老爷到底有什么好事瞒着他们。

尽管木老爷的大儿子叫"若给"（聪明的儿子），二儿子叫"希冉"（高明的人），小儿子叫"希给"（聪明的人），可他们全都猜不透老爹突然乐颠颠的原因。

原来，木老爷一向信奉神佛，他在白沙芝山解脱林福国寺拜佛时发现，自己与那些金刚罗汉的样子一模一样。或者换句话说，那些金刚罗汉个个肥头大耳，粗腰凸肚，俨然一个又一个木老爷。

他乐啊乐。

他怎能不乐？丽江耶古堆有几个人、几个老爷像佛菩萨金刚罗汉？唯有我木老爷，独独就像金刚罗汉佛菩萨。你说怪不怪？

这事，木老爷非要考一考阿一旦不可。

"阿一旦！"木老爷叫道："我来考考你。"

"老爷，求您别再为难我啦，我的脑子快用完了。"阿一旦求饶了。

"别走，阿一旦，你别装蒜。"木老爷大起嗓门，不想放过阿一旦，"你让我吃了这么多亏，我都还对你好，你还会有什么鬼点子舍不得拿出来呀？"

"老爷，您到底要我干哪样？"阿一旦可怜巴巴的。

"你说我像谁？"木老爷煞有介事地问。

"您当然像您，老爷！"阿一旦正经八百地回答。

"不，阿一旦，你错啦！"木老爷嚷了起来，"我根本不像我。"

"老爷根本不像老爷？"阿一旦装作惊奇万分。

"对！"木老爷阴起了脸，正色道："阿一旦，你这个笨蛋。这一回，你是真的变成笨熊啦。"

"老爷，你是要我猜谜？"

"告诉你，阿一旦，本老爷我不仅像我，更像一个人。"

"像一个人？"

"不，说错了。是像一群人！"

"像一群人？"这回，阿一旦是真的有点吃惊不小了似的，转了转双眼。

"不是人！"木老爷大叫起来。这一叫，引来了木府的男男女女、老老少少。

"就是嘛。"阿一旦说，"老爷不是人。"

"阿一旦，你骂人？"木老爷恼羞成怒。

"老爷，不敢。"阿一旦笑了笑说，"不是人，是老爷说的。"

"我是说,我像金刚罗汉佛菩萨。你们看看是不是像极啦?从头到脚,从里到外。"这时,木老爷洋洋得意起来,一面显示自己,一面盯住阿一旦质问道:"你说,我像不像一尊活的金刚罗汉佛菩萨?""像!真的像。"阿一旦惊叹起来,"像极啦,老爷这么一提醒,真是越看越像。"

"那么,我到底哪一点像金刚罗汉佛菩萨呢?"木老爷兴奋地问。

"肚皮最像。"阿一旦无比虔诚。

"噢——"所有人都笑了起来。

"还有,屁股最像。"阿一旦一本正经地说。

"你——"木老爷张口结舌。

公喜?母喜?(纳西族)

讲述:李云南
记录:赵静修 纳西族 30岁 小学教师 高中
1956年采录于古城区大研镇

刚下过一场大雪,玉龙山的银峰玉笋倍加亮丽。

阿一旦如往常一样,一大早就去木老爷家上工。无情的风雪迎面扑来,如刀割针刺,阿一旦连连打寒战。他把衣带勒紧,两只手紧紧地笼在袖筒里,使劲抱住胸口,这样才觉得暖和些。可是牙齿却不听招呼,一个劲儿地上下打架,"咋咋咋"地响个不歇。

"开门!开……"阿一旦的话还没喊完,门就"嘎——"一声开了。阿一旦的心"咯噔"一跳,他想:"今天这门怎么开得这么快?"才闪过一丝疑惑的念头,一把冰凉的铜瓢就递到了阿一旦嘴唇上。

"大吉大利!大吉大利!大发大旺!子孙兴旺!长命百岁!"木老爷口中念念有词,双手捧起满盈盈的一大铜瓢凉水凑近阿一旦的嘴唇,冻得阿一旦直打哆嗦。阿一旦明白了,他当了木老爷家的"头客",昨天晚上木太太生了娃娃。纳西族的规矩,当"头客"的必定要先喝这一大铜瓢凉水,给新生的婴娃解除口舌是非,消灾免难,使新生婴儿一辈子享受清净之福。"头客"喝完凉水之后,主人就要请"头客"喝米酒煮甜心鸡蛋带糯米粉汤圆。大冬天的喝凉水,冻得阿一旦牙齿都要裂了,本想只喝一口两口表示一下后推谢掉,怎奈木老爷一股劲儿地灌,口里还念着:"大吉大利!大吉大利!"

阿一旦只得豁出去了,把那一大铜瓢凉水喝光。用袖筒揩揩嘴唇问道:"老爷,公喜?母喜?"

"公喜,是个公喜——少爷!唉!……"木老爷满脸的不高兴。因为纳西族流传着"头客"能决定新生儿一生命运的说法。"头客"是个达官贵人富豪绅士,这个新生儿将来也就会大发大旺;如果"头客"是个穷人奴仆丫鬟,这个新生儿将来就要吃苦受罪过辛酸日子。今天,少爷的"头客"竟碰上了当仆人长工的阿一旦,木老爷心中老大的憋闷,于是这传统的喜庆规矩"米酒煮鸡蛋带汤圆"被抹掉了。

阿一旦当了木老爷的"头客"却受了只喝凉水不给米酒的侮辱,直恨得咬牙切齿,心想:总有一天也要让木老爷尝尝喝凉水的滋味!

那年腊月底,年关逼近了,木老爷家正忙着准备年货,偏偏这个时候阿一旦好几天不见面,许多活搁着没人干。木老爷很着急,叫人去喊过几次就是不见阿一旦的影子,木老爷急了,只好亲自出马。

"阿一旦!阿一旦!"木老爷一面叫一面推门进来。

"大吉大利!大吉大利!贵人'头客'大发大旺!子孙兴旺!"阿一旦笑眯乐呵地端一大木瓢凉水凑到木老爷的嘴边。

木老爷有生以来没有喝过凉水,但是"头客"的规矩是破不得的啊!推不开,避不过,实在狼狈。本想摆出老爷的架子,勉强抿一口就应付过去,可是阿一旦哪里肯依,连声嚷着"大吉大利,大吉大利!"把水灌给木老爷。木老爷只好瞪大眼睛硬喝下去。

阿一旦心里暗暗咒骂着:"让你也尝尝这冬天喝凉水的滋味!"

木老爷接连打了几个寒噤,肚里咕噜噜响着打起饱嗝来,觉得有些不舒服了。他以为是阿一旦的老婆生了娃娃,假装几分关心的样子问:"阿一旦,公喜?母喜?"

阿一旦满脸赔笑,答道:"托老爷的洪福!公喜也有,母喜也有!小花也有,四眼也有!"说完就用手指向墙旮旯那狗窝子。

木老爷一看,哎哟喂!原来是阿一旦家的母狗下了一窝崽,狗崽正在母狗肚皮下争奶咂哩!

拿鱼去（纳西族）

讲述：李云南
记录：赵静修
1956年采录于古城区大研镇

在丽江古城西面二十多里的地方，有一片水域名叫"拉什海"。海里有很多鱼，特别是鲫鱼，以其味道鲜美而出名。每到农历二三月间海水会落潮干涸，是拿鱼的好时机。

这天，木老爷正闲得发闷，想找个人开心。阿一旦正端着一筲箕谷子急急走向碾房要去舂米，从木老爷身边经过。木老爷乐了，因为阿一旦最会讲逗乐的开心话，于是喊："站住，站住！阿一旦！"

阿一旦站住了，心想，今天木老爷要唱哪折子戏呢？"阿一旦！"木老爷皱皱鼻子转转眼珠子："你肚子里装的笑话多，听说张口就出来。现在你马上就给我说一段笑话，说一段，嗷！"木老爷眯着眼得意地斜睨着阿一旦。

阿一旦看着木老爷那副愚而又诈的模样儿暗自好笑，马上就有了笑话："老爷！我哪有闲工夫和您讲笑话，我马上就要走了。"

"哎！你要去哪里？"木老爷瞪大眼睛问。

"你没听说吗？"

"听说什么？"

"拉什海水干了，拿鱼谁还嫌早？"阿一旦挤挤眼睛撇撇嘴巴，拔腿就走。回头补一句："拿鱼去！"

贪心的木老爷心慌神乱："啊，真的吗？我也去！赶紧给我备马。"

"老爷！"阿一旦边急走边回头答话："您骑马走得快，我走路走得慢，得先走一步。请您叫别人给您备马吧！"说完他匆匆走了。

木老爷备了一匹骑马和两匹驮马，还带了两个仆人，他要拿两驮鱼呢。等他急急忙忙跑了二十多里路到拉什海边一看，嘿哟！海水白茫茫，波浪翻滚，群群野鸭子在呱呱叫着飞起飞落。木老爷对着海浪发愣了。

"笑话！阿一旦开我的玩笑！"木老爷在马背上嘀咕着……

民俗故事

火把节的来历（一）（纳西族）

讲述：杨作莹　纳西族　75岁　农民　小学
记录：王川蓉　　牛相奎　和钟华
1980年采录于玉龙县白沙乡

在高高的天上，有一位叫做子劳阿普的天神。有一天，他领着一群天兵天将，来到银河边上游玩。他们正玩得高兴，一阵悠扬的歌声从远远的地方飘来，子劳阿普忙问："是谁在那里唱歌？"

一位年老的天将指着脚下说："阿普，那是下界人间在欢歌起舞呢。"

子劳阿普低头一看，在蓝天覆盖的大地上，人们过着安居乐业的生活。山坡上长着蓊郁苍翠的树林，箐谷里流淌着清亮亮的泉水，绿茵茵的草坪上放牧着牦牛和羊群，宽阔的坝子里栽种着庄稼，子劳阿普气得一张脸变青了。他万万没有想到，人间是这样美丽，人类的生活竟是如此美好，连"天国"也望尘莫及。他再也没有兴致游玩，立刻带着天兵天将返回宫里。

这天夜里，子劳阿普秘密召来那个年老的天将，吩咐他立即到人间去，把大地烧成一片火海。

老天将是个有良心的人，他不肯一下子就把人间毁掉。

他装扮成一个白发苍苍的老者，手里拄着一根龙头拐杖，一颠一拐地来到寨子里。这时，迎面来了个头戴羊毛毡帽，身穿麻布衣裤的汉子，背上背个大男孩，手里牵着个小男孩。天将见了，奇怪地问："大哥，你怎么背着大的，让小的跟走，是大孩子生病了吗？"

"老人家,托神灵保佑,两个孩子都壮实呵。"汉子一见老人不解,又解释说:"大男孩是我哥哥的孩子,小男孩是我的孩子。哥哥嫂嫂都去世了,就剩下这个根根,我应该格外疼爱他。"

天将听了深受感动。他想:人们的心这样善良、高尚,为什么子劳阿普却要如此嫉恨人间呢?他走近汉子身边,悄声说:

"大哥,你记住我的话,赶快回寨子扎支火把。后天就是六月二十五日,天神要来人间放火,你事先点支火把竖在门口,就免遭这场火难,保住你的房屋、牲畜和全家人的性命。"

汉子听了,大吃一惊。他不敢耽搁,急急忙忙跑回寨子里,逢人便把老人的话说一遍。一传十、十传百,很快就传遍了九十九个村寨,家家户户都在门口竖起了火把。

到了二十五日,天刚黄昏,九十九个村寨的千家万户的纳西人,都点燃了火把。熊熊的火光把天地照得一片通红。天将一看遍地的火把,知道是那汉子走漏了消息,无奈,只好回天庭禀告:"阿普呵,请你出来看看吧,人间大地已经烧成一片火海啦!"

子劳阿普一看,人间大地到处是红彤彤的火光,拍手大笑道:"谁说人间比天堂好呢?让你们在火海里灭亡吧!"说罢,倒在床上,心满意足地呼呼睡去了。从此,子劳阿普高枕无忧,再也没有醒来。

从这以后,每年六月二十五日,就定为纳西族的火把节。每年这一天,村村寨寨各家各户每到黄昏,就都点燃了火把。人们在熊熊的火把光下又唱又跳,欢庆人类的胜利,祝愿人间大地更加美丽,更加繁荣昌盛。

火把节的来历(二)(纳西族)

讲述:和四春
记录:和经雁 纳西族 16岁 学生 高中
1980年采录于玉龙县石鼓镇

从前,有两兄弟,他们一起供养着年老多病的母亲。大哥是个孝顺的人,小弟是个娇生惯养的浪荡子。

大哥每天都去割草卖,然后买回米来养活母亲。奇怪的是,大哥割的草,别人都喜欢买;而他割的那一丛草,今天割了,第二天又全长出来,和第一天一样。这样,他天天有割的,日日卖好草,尽管这样日子还是那么穷困。大哥想想,决定把草挖到家里来栽起,他可以时时割、天天割。他拿起锄头去挖草了,挖着挖着,突然眼前一亮,一颗金光闪闪的珍珠露出来了。大哥高兴地捡起珍珠,心想:卖掉珍珠,就可以买很多好吃的东西给母亲补补身体了。

他把珍珠拿回家,把这事告诉了弟弟,晚上,他把珍珠放在墙洞里。可是第二天,他去取珍珠时,却不见了。他伤心地问弟弟:"你知道珍珠上哪儿去了么?"弟弟尖刻地说:"我咋个会晓得,那是你的心肝嘛!"他明知弟弟偷了珍珠,却又不好意思向他要,哥哥只好装作无事的样子。

但这事很快被村里人知道了。一天,弟弟把珍珠拿去和别人换东西,可是,这家人很同情他哥哥和母亲,就喊了许多人当面教训弟弟,要他还给大哥珍珠。弟弟一听,就没命地朝野外跑去。因为跑得急,又担心珍珠拿在手里丢失,他就含到嘴里,谁知他一喘气,珍珠就滑进肚里去了。他觉得非常口渴,喝了很多的水也不够。最后,他跑到江边,把金沙江水都快喝干了。

人们点着火把四处追弟弟,弟弟只顾逃,眼看要被追着了,他一急,就变成一条龙钻进山洞里。从那以后,弟弟再也回不到村里,他就躲在洞里,喷出害虫来吃人们的谷子、苞谷。还喷出山洪,淹没人们的庄稼,使得村里人无法生活。人们只好举起火把到田间地头去捉虫,这条龙以为又来追他,就再不敢喷洪水、喷害虫了。

直到现在,人们为了防水、防虫,每年都在农历六月二十五日夜晚,点上火把,插在田里,以保证五谷丰收。

"抽秽"礼俗的来历(纳西族)

讲述:和玉才
记录:木丽春
1981年采录于古城区大东乡

很古的时候,太阳和月亮在天上晃荡,大地也像一大潭泥淖隐隐地动荡。晃荡不止的人间,出现了一头犄角朝天的独角牛,它野性放荡,想磨利自己的犄角,为了好械斗。它找土坡去磨利角,土坡就往下退缩;找石头去磨角,石头也慌慌地往后躲逃了。独角牛怎么也磨利不了自己的犄角,这头独角牛很生气，它瞪圆了眼睛，翘起尾巴，纵跳起来。这一猛的纵跳，把宽阔的天空挑破了一洞窟窿，汹涌的天河水，从天上一股脑儿地漏泻下来，人间洪水暴涨，淹得高耸的居那什罗神山，也仅只剩下了够搁一只篮子的空地。人间的生灵都遭到了洪水的涂炭，仅剩下了司巴孔姆和司巴吉姆兄妹俩了。他们爬到居那什罗神山顶上，没有落身居住的窝棚，兄妹俩就用手抠挖出一孔鸡窝大的洞穴，安身在洞穴里。

后来，洪水退落了，人间除了司巴孔姆和司巴吉姆外，没有生灵存在了。人类要繁衍后代，就得婚配，司巴孔姆和司巴吉姆是从一个阿妈的肚子里怀胎的兄妹，兄妹怎能婚配呀。

司巴孔姆的眸子转了三转，兄妹俩眼睛对着眼睛，两人心里想着愉快的事，他们想到了兄妹婚配的事情。但是哥哥害怕触怒天神，妹妹惧怕惹恼地神，兄妹俩商量又商量，他们一人抱着一扇石磨，走到高山顶上，冲着深深的箐谷放落下来，约定假若滚下的石磨扇，两扇合拢在一块儿，就是答应兄妹婚配了。假若是石磨扇各滚向一方，兄妹俩就不能婚配了。

司巴孔姆捧着石磨的上扇，而司巴吉姆捧着石磨的下扇，他俩对天对地赌咒发誓，朝着深深的山谷，卜下了石磨卦。石磨飞滚下山谷，兄妹俩在谷底，发现滚落下的两扇石磨扇，紧紧地合拢在一起了。石磨卦卜出了兄妹俩能婚配的灵卦。

司巴孔姆和司巴吉姆抹了额头油，兄妹俩烧了一火塘火。兄妹婚配后，司巴吉姆怀孕了，她怀孕三年零三个月的时间，突然分娩了，生出了一坨红鲜鲜的肉疙瘩。司巴孔姆和司巴吉姆互相商量，红鲜鲜的肉疙瘩，是从爹妈身上掉下来的一块肉，他们把肉疙瘩抱在怀里，来到居那什罗神山上，拿出一把天斧，把肉疙瘩割成九大块，他们把肉块又丢出去了，掉在树下的肉块，变成了子（纳西话树叫子）部落的人；掉在石头上的肉块，变成了鲁（纳西语石头叫鲁）部落的人；肉块掉在草丛里，变成了如（纳西语草叫如）部落的人……这样，在人间出现了星星般多的部落村寨，村寨里的人像泉水一样兴旺，也像青蒲一样茂盛。

司巴孔姆和司巴吉姆的子孙后代，当他们的爹妈老死的时候，因为人间永远不会衰老的是石头，爹妈的灵魂就托付给了石头。人间的司巴孔姆和司巴吉姆死了，可是石头永远不会死，东神（司巴孔姆）和色神（司巴吉姆）的灵魂永远不会死。

后来，人类的子孙后代，把托付着东神和色神灵魂的石头，虔诚地抱到门口两旁竖起来,他们变成了纳西族的门神,左边的石头叫东神,右边的石头叫色神。"东色"纳西话是先古的楷模的意思。

传说司巴孔姆和司巴吉姆是人类智慧的化身,人类流传下来的善美和丑恶是他们分出来的。

但智慧的司巴孔姆和司巴吉姆,因是兄妹婚配,使人间引起了腥天污地的秽气,所以纳西族每逢传统节日,首先不能忘记为"东"和"色"门神清除秽气(抽秽)的俗礼。举行"抽秽"俗礼的时候,就是用一块烧烫了的鹅卵石,青蒿枝叶、杜鹃枝叶,一并放入水瓢中,然后用清水冲浇灼烧的石头,让其蒸腾出热气,回转着竖在门侧左右边的"东"和"色"石头,以示"东"和"色"门神清洗秽气。所以纳西族"抽秽"的礼俗是这样来的。

泼灰节的来历(纳西族)

讲述:和光 纳西族 70岁 东巴 不识字
记录:木丽春
1962年采录于玉龙县拉市乡

纳西族称龙王为"术",它和汉族的龙王的含义不完全一样。纳西族的龙王,在东巴经里书写的字形是蛙头、人身、蛇尾的字形。

传说麂子和山羊还在山里盘窝的时候,术类和人类是同父异母的兄弟。兄弟分家的时候,天父、地母把陆地分赐给了人类,把水域分赐给了术类。

分家后的两个兄弟,一个住在陆地上,一个住在水里。人类需用的水源,都得由术类赐给人类。这样,人类居住的寨子里,凡是有着水源滚冒的地方,就指作术类的居家,人类都得祭祀术类,祈求赐福,庇佑人类。

大山里有一个山主,这个山主虔诚地祭祀术类,感动了术神的心,在术神的庇佑下,山主的牧场风调雨顺,活水长流,牧场四季绿草茵茵,把冬天阻挡在牧场外面。这样,山主家的牛群和羊群,膘肥奶足;母牛生双犊,母羊产双羔。牧场上的牛群和羊群比天上的云朵还要多,挤下的奶浆流成河水,酥油堆得像山高,畜肉挂满了梁架,金子拿大秤称斤两,银子拿斗升桒量。山主想吃饭了,喷香的畜肉吃不完;想喝水了,奶浆喝不尽。

山主为着要感激术神对他家的赐福和庇佑,他日夜思念看一看术类的神颜,为自己的庇佑神点一炷天香,磕一个响头,许愿世代要对术神虔诚地顶礼膜拜。

　　这个富有的山主，来到东巴窝佐的家里，他把心里话摊给窝佐说："神明的东巴呀，我在术神的庇佑下，母牛生双犊，母羊产双羔，金银堆满了仓柜，就连天上的星星也摘进屋里来了。可是我的心上还有一块荒凉的角落，我日夜叨念着想看一看术类的神颜，就仿佛黑夜盼着看到太阳的尊容一样。神明的东巴呀，你能满足我的愿望吗？"

　　神明的东巴眨动着智慧的眼睛，沉吟了一下，点着脑壳说："富有的山主呀，使人叨念是一种造罪孽的事情；帮助人们实现希望是一种仁慈。明天太阳从东山垭口露脸的时辰，你到屋后的老林里去拜望术神的圣颜吧。"

　　第二天，巴盼着看望术神的山主，喘着吁吁的粗气，来到了屋后的老林边。

　　他慌慌张张朝着老林看去，发现许多条彩链似的麻蛇，有的像藤枝一样缠绕在树上，有的爬伏在树梢，满座老林的树木上，都挂着彩链似的麻蛇。

　　山主吓得浑身冒冷汗，暗忖：我想看一看庇佑我由穷困变富裕的术神，怎么看不见庇佑我的慈善的术神，反倒看见了恶怀的老麻蛇？老麻蛇阻拦人们的路径，潜伏在草丛里暗中伤人，它哪里会是庇佑人类的术神！是东巴传错了话，走错了路径，碰遇了山妖、水鬼，上了恶者的当，他把豺狼的嗥叫，错当成羊羔的叫声，找错了神，使我走到潜伏魔鬼的老林里来了。

　　山主慌忙拧身逃跑回家，他装了一筐灶灰，拎着灰筐慌惶地回到老林边。山主战战兢兢地抓起一捧又一捧的灶灰，冲着老林的麻蛇撒去，吐着唾沫，恶狠狠地咒道："背时喂，罪孽像严霜下的荨麻一样枯死吧。"

　　灶灰顺着山风卷起蒙蒙的灰雾，弥漫了整座老林。灶灰消散了，山主抬起脑壳，哎哟喂，刚才葱郁的老林不见了，光剩下一座光秃秃的滚冒着烟尘的山。山主惊慌着走回来，发现屋后的水源干涸了，像瞎子的眼睛一样荒凉。牧场的青草像遭霜似的枯黄，山主怯怯地回到家里，看见屋里的六畜惊惶地团拢在一起，竖尖耳朵，惶惶地哀叫着。

　　过了三天的时间，山主家的六畜，有的在山里滚崖跌死，有的被虎豹拖走，有的被猛雕恶鹰叼走，有的遭瘟病死了……

　　这个名闻山寨的大富翁，突然一下变成了穷人。这时候，山主才懊丧地悟到：他在老林里看到的彩链似的麻蛇，就是术族的精灵显神体了，但他把神的精灵误认成害人的老麻蛇，冲着术神撒了灶灰，啐了唾沫，触怒了术神，是术神惩罚了富翁亵渎神灵的罪孽，断了人间的水源，使牲畜遭瘟病，弄得山主变得像鹅卵石一样贫穷了。

　　从这以后，纳西族有俗：凡到立夏这一天，躲在洞穴的蛇蛙出洞了，而蛇蛙被认作是术神的精灵。这样，到了这一天得拿着灶灰，泼洒在住屋的四周墙脚上，以防蛇蛙钻进屋里来。这样一代传一代，纳西族就兴下了这个泼灰节。

　　假若纳西族的家里，遇到蛇蛙钻进屋里，不能伤害蛇蛙，不能拿灶灰泼撒蛇蛙，而要用牲畜的奶汁，洒在蛇蛙的头上，以示许愿，莫降灾殃给主人，然后用棍子夹着蛇蛙，送出门外去。

聪明的新娘子（纳西族）

讲述：和执仁
记录：白庚胜
1980年采录于玉龙县

　　过去，纳西族青年成婚后的第二天，小两口就要去逛街，并买回一束松明、一把韭菜。这是为什么呢？细说起来，还有个古谱哩。

　　话说有一年腊月二十四，一对青年男女结成了夫妻。第二天，新娘子一大早就起了床，忙着挑水、扫地、烧火、做饭，把家里里外外收拾得干干净净。婆婆见了自然满心高兴，但这毕竟是表面的呵！早饭后，新娘子恭敬地问婆婆："阿妈，请问今天有什么盼咐？"婆婆是个精明人，她正想试试媳妇的心计，于是顺水推舟地说："今天，你们就去逛街吧。"新娘子很不好意思，自己刚过门，怎么能去逛街玩耍呢？婆婆笑着说："没什么，没什么，以后还少不了你们做的活，就去痛痛快快玩它一天吧。"既然这样，新娘子就说："那要给家里买什么东西回来吗？"婆婆说："顺便的话，你就买两件全家吃不完、全院搁不下的东西吧。这是我给你们的开销钱。"她从怀里掏出个小布袋，递过来几个小钱。

　　一路上，新娘子心里七上八下，这点钱够买什么东西呢？这明明是婆婆在有意为难自己呵！她与丈夫商量，可丈夫也只会抓耳挠腮，毫无办法。怎么办呢？突然，她眼睛一亮，想到了一个好主意。

　　天快黑时，小两口才回到家。一进院，婆婆就迎了过来，帮着新娘子卸篮子："孩子，你买回来什么好东西？"新娘子把篮顶的绸巾一掀，拿出一把韭菜说："妈，这不就是全家吃不完的东西吗？"婆婆心里一惊，说："孩子，这当什么讲？"新娘子从容地说："煮韭菜，三天三夜味不尽，锅边碗边难洗净，所以是全家吃不完的东西。"婆婆暗暗佩服。"那第二件呢？"新娘子又从篮子里拿出一把松明说："这第二件也给你买回来了。"婆婆又忙问："这又当怎么讲呢？"新娘子从屋里取出一块烧红的炭，把松明点着了，火光照得整个院子明晃晃的。

婆婆对新娘子的聪明能干十分满意，便解下自己腰间的铜钥匙，系在新娘子的百褶裙带上了。

从此，婚后逛街买松明和韭菜，就慢慢变成了一种风俗。人们还添上了一种说法，说韭菜，表示新婚夫妇日后生活富裕、丰衣足食；松明，表示他们能在人生道路上不怕困难、创造幸福。

第一所瓦房的来历（纳西族）

讲述：木尚芳 纳西族 70岁 农民 不识字
记录：木丽春
1980年采录于玉龙县拉市乡

纳西族古老的住房叫木楞屋，这种木楞屋是用碗口粗的植树原木，两头砍个咬口，砍口相互衔咬而搭架起来，搭成长方形的木楞壁（墙）。木楞壁的宽面竖个人字架，搭上椽子，屋顶盖木板瓦。母房多是坐北朝南，朝南的木楞墙上，开个口，斗上门框，门洞低矮，人们进出屋门，都是俯身低头，方能避免额头碰撞门楣。所以纳西族古老的住房，全是木楞墙，盖的是木板瓦。那么，纳西族修造土木结构的瓦房起始于何时呢？这里有一个传说。

明代时候，木老爷进京朝贡，他在马背上颠簸了三个月时间来到京都。

他游览了京都富丽堂皇的建筑群，发现四壁砌的是红砖，房头盖的是琉璃瓦，梁柱描龙画凤，壁上作画，他深为这神奇的建筑惊服，赞叹不已。

但他回过头来比比自己住的房子，四壁是透风的木楞墙，房头盖的是不遮风雨的木板瓦，禁不住脸发烧了，心里暗想就是花重金，也要聘请几个匠人到丽江，盖一幢土木结构的瓦房，改变一下家乡落后的面貌。

这样，木老爷亲自到京都的砖瓦作坊，邀聘了一个姓龚的砖瓦师傅。

把龚师傅请回到丽江，木老爷在大研镇城东的金虹山脚下选了坊址，而龚师傅招了一批虎实的纳西族小伙子,在金虹山脚破土建窑烧瓦。

不到三个月的时间,姓龚的师傅烧出了第一窑瓦,木老爷高兴极了,他动员了丽江坝子四乡的百姓,一个接一个从白沙街排到瓦窑村,将瓦片一张又一张传送到白沙街。

木老爷就是用龚师傅烧出的第一窑瓦,在白沙盖了一幢房子,他叫这幢房子为琉璃殿。后来,木老爷在琉璃殿的四壁画了壁画,做了他的家庙。

纳西族每年旧历一月二十这一天,就要举行隆重的"母房"开门的传统仪式。那天四乡的百姓,都着盛装,带着条香、猪头等祭物,举行"母房"开门节祭祀活动。晚上烧起篝火,跳舞歌唱,通宵达旦,较年长的老人,露宿野郊。木老爷为了赏赐姓龚的瓦匠师傅,在琉璃殿的偏房里,辟出一间住房,以供烧瓦村的人歇脚过夜。

后来,龚师傅落籍丽江,传宗接代,变成了一个寨子,木老爷赐村名叫纳西烧瓦村。所以每年"母基房"门进行传统的开门节活动的时候,琉璃殿的偏房供烧瓦村的人歇宿,这样的规矩代代相传。

孝子戴孝的由来(纳西族)

讲述:和玉海
记录:木丽春
1980年采录于玉龙县塔城乡

纳西族长辈死后,小辈要在头上缠一方白巾,叫做孝。相传是从东巴三久开始的。

东巴三久的母亲死后,变成了一只蜻蜓,他不好把小蜻蜓装进大棺材,便买了一口锅,砍成两半,用白布条包着僵硬的蜻蜓,装进锅里盖好。然后,东巴三久把锅背到金沙江边的塔城阿刷峰的垭口,找到了些松、柏和栗树枝,在锅旁边烧起一堆烟火。蜻蜓受热后慢慢地醒过来,最后扇扇翅膀从锅里飞出去了。

东巴三久打开锅一看,白布里的蜻蜓没有了。他知道,飞走的蜻蜓就是自己的母亲。既然母亲不能在棺材里,就让她在天空中自由飞翔吧!为了怀念自己的母亲,东巴三久就把包过蜻蜓的白布缠绕在头上。

村里人见东巴三久这个孝子头上绕着一圈白布,问他是怎么回事。他说:"这块布曾经包过我母亲的身躯,如今母亲的灵魂已飞向天空,我想念她,可是见不到她,只好把这块布包在我头上,以表达我对母亲的尊敬和怀念。"村里人听后,都很感动。

从此,纳西族就把戴在东巴三久头上的白布叫做孝。长辈死后,孝子和小辈们,都在头上包一块长条白布,表示对死者的哀悼。后来,塔城的纳西族人民把东巴三久的塑像供在阿刷峰的岩洞里,每逢正月初十,老人们便带着小孩到阿刷峰的垭口平地,用松、杉、栗树的枝叶烧起烟火,唱歌跳舞,祭奠东巴三久,这也成了这里的一种风俗。

纳西族为何夜不绩麻(纳西族)

讲述:和玉海
记录:木丽春
1980年采录于玉龙县塔城乡

塔城有个叫桛桛行的村子,村里有个守志不出嫁的老奶。老奶靠绩麻度日,夜夜要绩麻,她养着一条狗,这条狗叫"夺闹",恶得能够撕人裂肉。

有一段时间,"夺闹"一到夜晚就叫个不止,叫得老奶心烦意乱,绩麻绩不下去,理纱也理不下去。她一气之下,第二天就把它牵到山背后的茨坡卖掉了。

狗卖掉了,老奶的耳根清净了。这天刚擦黑,她关了门,点起松明子,开始理纱绩麻。不大一会儿,听到一个老奶奶在叫门:"阿奶,开门来,我早想和您做伴,您家的恶狗夜夜嗷叫,吓得我等了多天不敢进来;今天恶狗不在家,我跟您做伴来了。"

绩麻老奶开了门,请进叫门的老奶,两人高高兴兴地坐在火塘边,烤起一小缸茶,一边绩麻,一边喝茶,一边攀谈。

过了一阵,绩麻老奶见客人的头发变长了,脸上长出了毛,心中十分惊疑,就一边仔细观察,一边猜疑着。

又过了一阵,客人两边的嘴角伸出几颗獠牙。老奶明白了:哦,原来是个老妖怪。

她心惊肉跳,坐立不安起来。心想:不能坐下去,要赶快喊"夺闹"回来。

她急中生智,给老妖精倒了杯茶,然后提起水桶,把锅里的水加满,又抱起磨刀石煮在锅里。做完后,对老妖精说:"我出去一下,锅里煮了明天的早餐,你加点柴,凑凑火吧。如果我家的恶狗回来,你先去床底下躲一躲。我一会就回来。"说着,她走出了门,跌跌撞撞地摸到塔城阿刷山的山头,对着山后的茨坡大声呼唤她的狗。狗听到主人的呼唤,挣断了绳子,顺着声音飞快跑到主人身边。

老奶带着狗回来,还没有进门她就喊:"阿奶,我家的恶狗来了,赶快去床底下躲起来。"

妖怪正跪在灶脚吹火,一心盘算着先吃掉锅里的东西,回头再吃老奶。突然听到恶狗回来了,吓得它没命地钻进床底下去。

"夺闹"原来就有钻进床底下啃骨头的习惯,现在一嗅到妖怪的气味,便一头钻进去,朝着老妖怪猛咬起来。这时,满满一锅水正在滚涨,老奶提起一桶又一桶滚烫的开水,朝着妖怪的头上浇去。妖怪被狗咬开水烫,立即死在床底下。

此后,老奶加倍地爱护这条狗,再也不在夜里绩麻了,纳西族"夜不绩麻"的风俗就是从这时开始的。

祭猎神的由来(纳西族)

讲述:和义光
记录:杨增烈　和占科
1980年采录于玉龙县宝山乡

从前,在野兽和家畜还未分开的时候,有两个同父异母的兄弟。哥哥的亲娘早已去世,后来父亲又讨了个后娘,生了个弟弟。不久,父亲也死了。兄弟俩慢慢长大了,他俩虽是异母生的,但相亲相爱,非常要好。后娘却因为哥哥不是亲生儿子,待他很刻薄,动不动就打骂他,还经常叫他去做大人的活路。憨厚的弟弟见了,心里不忍,便悄悄地去帮忙。

一天,兄弟俩赶着家中所养的各种动物,带上干粮,离开家到远远的高山林里去放牧,吃住在山里。白天,把动物赶到草肥水绿的地方;晚上,又把动物赶回到栅栏里。兄弟俩每天早出晚归,歌儿在山林中飘荡,动物在他俩身边欢跳,快乐的日子终日伴随着两兄弟。

家中带来的干粮吃完了，哥哥留在山里放牧，弟弟回家去取干粮。弟弟到家里，向母亲索取粮食。他母亲从木柜里拿出早已装好的两个麻袋，唠唠叨叨地说："我儿记好，这袋干粮是你自己的，另外一袋是你哥哥的。今后，你俩不要合伙吃了，要各吃各的。"憨厚的弟弟想赶紧回山，便"嗯嗯"答应着，背起干粮走了。

他爬坡翻山，回到山林中的木桩房里，见哥哥放牧还未归来，自语道："哥哥自个儿放那么多动物，早累坏了吧，我得给他做顿好饭。"他便去烧火做饭。谁想，打开麻袋口，只见他母亲拿给自己的麻袋里，装着雪白的大米和细面，给哥哥的那麻袋里，却尽是麦麸和米糠。

弟弟一下傻了眼，心头对母亲很生气。他为了不让哥哥晓得此事，便把那袋麸糠藏在木桩房附近的一个树洞里，就这样，弟弟便把自己的那袋米面分给哥哥吃。

光阴似箭。兄弟俩在高山林里放牧三月又三天，该把动物赶回家去了。可这天，弟弟藏在树洞的那袋麸糠被哥哥发现了，他问弟弟是咋个回事，憨厚的弟弟见他做的事已露馅，就把回家取干粮时，他母亲对他说的话原原本本地讲给哥哥。哥哥得知后娘的狠心，气得半晌说不出话，他想起后娘平素待他的白眼怒脸，骂他的恶言臭语，泪水像断线的珍珠，从眼眶里掉下来。她哪儿把我当人看呀！哥哥越想越气愤，他一咬牙，决定在山上过一辈子，免得再受后娘的虐待。

他对弟弟说："弟弟啊，你挑一部分你喜欢的动物自己回去吧，我不回家了。你待我这样好，我一辈子也不会忘记的。以后你要吃山上的动物时，只要告诉我，我就给你。"

弟弟不忍心哥哥独自留在山中，硬要同他在一起。哥哥左劝右劝，才把弟弟劝走了，弟弟挑了些牛、羊、猪、鸡等赶回家去。那部分动物就成了家畜，而留在哥哥那里的动物便成了野兽，家畜和野兽就从此分开了。

后娘见弟弟没有把所有的动物赶回来，气得那双三角眼险些爆出眼眶，那张瘦猴脸拉得有马脸长。有一天，她上高山去追赶留在哥哥那里的动物，哪想，走到半山腰一个山险路陡的地方，双脚一滑滚下岩去，摔死了。

哥哥在山上掌管着各种野物，他天天以肉作餐，日子过得自在安逸。后来他在山上苦行修炼，成了猎神。

听说哥哥成仙了，憨厚的弟弟将信将疑。这年，弟弟想要只野物，便带上家中的一个猪头和一只鸡来到高山上。他到处寻找，不见哥哥的影儿，便拿出家中带来的猪头和鸡祭祀猎神哥哥，求他赐给野物，结果，他获得了许多野兽。

从这以后，猎人每年便拿猪头和鸡焚香祭猎神，祈求赐给野物。获得猎物时，拿野物的血和肚杂再祭，表示对猎神的谢意，希望以后多赐。至今，猎人得到猎物时，仍还祭猎神呢。

祭天时说黑话的原由（纳西族）

讲述：和玉贵
记录：木丽春
1980年采录于玉龙县塔城乡

纳西族年年要祭天。祭天，实际是祭祖先，俗话说："阿爸是天，不敬阿爸，祭天也不灵验。阿妈是地，不爱阿妈，祭地也不灵验。"所以纳西族的祭天，就是祭祀祖先。

祭天时，人们一进入用绿叶枝干搭起的祭天场，就要用一般人听不懂的黑话谈话。便如：长刀说"蛇舌"，弩箭说"蜂针刺"，勺子说"长杆"，狗说"翅尾"，逃跑说"拍脚板"，等等。

为什么要在祭天场里说黑话呢？传说，很古的时候，纳西族远祖牦牛羌，以游牧为生。那时纳西部落受了外族的侵袭，打了败仗，就沿着金沙江逃下来。纳西祖先在迁徙逃跑的路上要议事，但后面有追兵，只好不停地逃跑。

有一次，逢到过年祭天了，部落的头目要议事。但是石头有眼睛，刺蓬有耳朵，他们怕议事的内容被人偷听去，事情败露，会被敌人消灭。这样部落头人就编造了一套黑话，他们说着黑话议事，结果，敌人派来做暗探的人，只见纳西头目摩拳擦掌，却不知道说话的内容。

有一个暗探，听得一名纳西头目说："今晚上拍脚板。"暗探一听，认为拍脚板是打跳。便回去报告说：今晚纳西部落祭天跳舞。敌人的头目一听，便想趁纳西部落打跳欢乐的时候，进行偷袭，把纳西人一网打尽。

入夜了，纳西部落的人悄悄地逃跑了，而敌人待到三星西斜，才偷偷摸摸进纳西部落的营帐，结果营帐里只有几塘快要熄灭的火，几根啃剩的骨头，敌人扑了空。

纳西部落的人跑了一夜，摆脱了敌人的追逐，就在金沙江沿岸一带定居下来了。从此，纳西人祭天的时候要说黑话，以表达对祖先的崇敬和怀念。

祭天要用什么样的猪（纳西族）

讲述：和玉贵
记录：木丽春
1980年采录于玉龙县塔城乡

纳西族有禾、梅、树、尤四个氏族部落，因为各部落逐水而居，过的是游牧生活，所以祭天的时候，要宰杀一头牦牛。后来四个氏族部落从北方迁移到金沙江沿岸定居，开始过牧耕的生活，定居的纳西族人就学养猪了。那时候，梅部落住在富饶的金沙江下游，风调雨顺，六畜兴旺，变成了四个氏族中最富有的部落。

有一年，禾部落要祭天，但是禾部落穷得木楞屋里冷风吹呼哨，锅台上的灶君也饿得搬家了，祭天时要杀牦牛，可他们连根牦牛毛也没有，怎么办呢？禾部落的头目就领着一部分兄弟，悄悄潜进梅部落。到了晚间，他们就爬到猪厩里，给猪喂了几碗掺着花椒面的炒面。猪吃了花椒，嘴淌涎水，叫不出声音，他们便把猪捆紧，扛起跑回部落的祭天场。

禾部落的祭天东巴十分机敏，偷来的分明是个全身黑的猪，但是，为了迷惑梅部落的耳目，在诵天经文时故意念道："四脚白的黑猪祭祀天地，天的阿爸高兴了，地的阿妈喜欢了，祝愿禾部落像竹林一样兴旺昌盛。"

梅部落的人发觉厩里的猪被禾部落偷去了，就追撵到禾部落的祭天场边，躲在禾部落的绿树枝编织的篱墙外面观察动静。听见禾部落的东巴念诵着四脚白的黑猪祭天颂词，暗忖：梅部落的猪是没有一根白毛，都是黑的，不是四脚白的黑猪。这样，心里结着的解不开的疑团转回来了。

这一年，天上落了冰雹，把梅、树、尤三个部落的庄稼打光了，遍地的牛羊也被冰雹砸死。吃一条江水的部落，烧一座山柴的部落，只有禾部落的土地上没有一粒冰雹，禾部落的庄稼丰收了，牛生两犊，羊怀双羔，牛羊兴旺。梅、树、尤三个部落的人们认为：禾部落不受冰雹的影响，是拿四脚白的黑猪祭天，讨得天高兴，地喜欢，所以冰雹才没落到禾部落的土地上。

于是，从这以后，纳西族祭天就改杀一口四脚白的肥猪，那是为了祈求天保佑、地显灵,生活得富裕安泰。

喂麦达的传说（纳西族）

讲述：和芳
记录：木耀钧
1981年采录于古城区束河中济村

从前，在老人去世或逢年过节的时候，都要唱"喂麦达"来送丧或度过节日。

"喂麦达"是纳西族的一个唱调，"喂麦达"多半是老人唱的。唱时大家都围着火堆，在天井里男女手牵着手，有时男排用手搭在前面人的肩上，男的在前女人站后，一边走，一边唱，唱时由一个人领头唱，他总是先唱"麦达，喂麦达！"然后众人合唱。起了头以后，有专唱的歌手来对唱，歌手唱时是针对主人家办的是什么事，办丧事就唱丧事的内容，也有办红事唱的。逢年过节唱的，其内容各不相同，但"喂麦达"的曲调是相同的。唱的调子是多的，有时可以唱通宵达旦，唱的内容也十分丰富。

什么是"喂麦达"呢？"喂"是纳西话，是现在的鹰，"麦达"是纳西话，是很可怜的意思。连起来就是：可怜，可怜的鹰。为什么对鹰可怜呢？对鹰可怜它有三件事。

第一件事：鹰本来是自由自在地在高空飞翔捕食的，但它被人们捕捉到手以后，要为驯养它的人们捕捉飞鸟。因此，就得用针线将它的眼睛缝起来，将鹰的上眼皮扯下来盖住它的下眼皮，然后将它缝合好，它的眼睛就看不见了。缝时也不能伤着它的眼球哩。鹰被缝起眼睛后，看不见与森林不同的环境，看不见各种飞鸟，全靠主人的喂养了。为了驯服鹰的野性，眼睛要缝二七一十四天，然后才能拆开眼皮上的线，让它重见光明，让它认识主人。

第二件事：为了鹰在主人的手上架起，就用铁链子将它的一只脚拴住，铁链子上再用皮条连接拴起来，两只脚互相连拴着，步子不能跨大也不能跨小，只能适合在架子上走动，要放鹰时主人就把它架在皮手套上。

第三件事：鹰的眼睛线拆开了以后，不能让它睡觉，它要闭了眼睛，看物看鸟就不灵了。因此，就要打搅它，使它不得睡觉，随时随地都注视着要捕的食物。喂食时还要少喂，不让吃饱；肉食要用水泡起，将肉内营养去掉，营养少了，它就又饿又瘦，这样才勤捕食鸟。为了不让它飞起，尾巴上又拴住一个小铜铃，飞到哪里响到哪里，主人好找它。

以上的三件事是驯服鹰的办法，所以说，鹰要为主人捕捉食鸟，先有这三件事，所以说："鹰是可怜的。"

纳西族的歌手就用这样的借语来比喻，因此，办白事时，就唱"喂麦达"来安慰死者的家属，唱来唱去，"喂麦达"就成了一曲调的开头语了。"喂麦达"也就这样地沿用下来了。

现在也还唱"喂麦达"，但曲调起头一样，内容却不一样了，可以用比较欢快的音调来歌唱新社会、新生活。

口弦的故事（纳西族）

讲述：和金亮 女 纳西族 76岁 农民 不识字
记录：杨世光
1971年采录于玉龙县金沙江沿岸

传说世上还没有口弦流传的时候，有个穷汉子叫戈鲁，是领主家的佃户。妻子因为长得漂亮，被狼一样的领主糟蹋，跳河自尽了。留下三个儿子，戈鲁一包眼泪一口饭地喂养他们。

一天，他看着儿子们长大成人了，但都还笨手笨脚，一样手艺也不会，便把他们叫到自己跟前，吩咐说："我已经是半截身子入黄土的人啦，也许再过几年就要上西天，那时你们就得靠自己挣钱生活，成家立业，还要为你妈妈报仇。现在趁我健在，你们都出去闯闯，各人学一样好本事，三年后回来。"三个儿子听了父亲的话，决定离家去外面学手艺。一分手，三兄弟就各自朝一方走了。

老三刚走到一个寨子，远远看见一家门前围着一大群人，跑过去一看，地上躺着一个血淋淋的老头和一个老奶。

他忙向旁边的人打听是怎么回事，有个汉子告诉他："刚才，财主安戛尼带着一群家丁，领着大藏狗，来抢这家的独姑娘，老两口抓住女儿不放，财主就使大藏狗咬死了他们。"

老三十分气愤："他大白天这样行凶，世上还有没有王法？"那个汉子冷笑一声:"嘿!王法还护他哩。他是这地方的大恶霸,抢个姑娘,抓个男奴,就像我们喝水、抽烟一样平常。庄稼一熟,他还来挨家挨户收租逼债,闹得全寨子哭天喊地。前天有一家母子三人活活饿死,他还笑着说,'我家米粮堆成山,宁可发霉喂老鼠,也不准穷鬼吃一颗'。你看这世道,穷人雪上加霜,富人肥肉上加膘,像什么话!"老三心里很难过,和大家一起掩埋了老两口,叹息着走了。

以后他每到一个地方,都要碰到这类令人悲痛愤恨的事情。于是,他慢慢地变得忧郁起来。

一天,他正闷闷不乐,低着头走,忽然从附近林子里传出一种优美动听的乐声。走近一看,原来有个人拿着三张竹片凑在嘴边弹着,发出了"啊喂哟喂"的声音,像山泉潺潺,像水滴铜盆,像蜜蜂飞鸣;如泣如诉,如歌如吟。老三呆呆地听着,慢慢听出意思来了:

> 雪山化不尽呵,苦难化不完;
> 江水流不干呵,泪水比江长。
> 天地没有私呵,富人贪如狼;
> 点起火把走呵,去找幸福园……

听了一曲又一曲,老三觉得像是自己在把郁积的忧闷一股脑儿倾吐出来,心里松快多了,浑身添了劲头,便恭敬地对那人说:"大叔弹的是什么宝贝东西,这么好听?您把这手艺教了我吧!"那人苦笑一声:"唉,这是安慰穷人心灵的玩艺儿,是我用黄竹雕的,叫口弦。穷人一听它,就会高兴,就会有劲,你有心学它,我可以教你。可是领主的王法不许弹口弦,因为穷人一听口弦调,入了神,领主的话就听不见了。领主以为穷人在悄悄商量什么事,就会害怕,就要来迫害。你怕不怕领主?"

老三斩钉截铁地说:"怕什么,我还要找他报仇呢。我要到处弹,到处唱,弹得穷人笑哈哈,弹得领主做梦也害怕。"这样,老三学会了雕口弦、弹口弦。

三年过去了,三个儿子都回来了。戈鲁很高兴,叫各人把学来的本事使出来。

老大学成了鞋匠,给父亲缝了一双又合脚又暖和的皮靴。父亲开裂的脚穿上新靴子,乐呵呵地说:"好!对老大我放心了。"老二学会了木匠,替父亲盖了一间精巧清秀的小木房。父亲从雕龙刻凤的窗户里探出头来，笑道："多谢菩萨保佑我的老二。"

老三精心雕制了一副黄竹口弦，给父亲弹了一曲忧伤的调子。弹着弹着，树上的小鸟也飞下木房边来听，天上的白云也停在山头不走了，小河的流水也不再发出淙淙的响声，墙角的小猫不断在用前爪抹着泪。父亲也感动得入了迷。弹完了，父亲问："难道只学了这个？"老三点点头。

父亲跳起来发了火："无赖汉的行道，算什么本事！难道弹弹口弦就能吃饱穿暖？"老三从容地答："阿爸，大哥二哥学了谋生的好本事，可是他们想得不远，没有想到为阿妈报仇。我学弹口弦，是要让穷人们高兴，添力气，不再听领主财主的屁话，起来同领主财主作对。我想的是让穷人都过上好日子，是为阿妈报仇呀。"父亲点点头又摇摇头："你想得远，可是远水解不了近渴，万一我去世得早，靠谁养活你？不行，你还得出去学本事，学不成就一辈子别来见我。"

老三含着眼泪从家里出来，到哪里去学手艺呢？他一边想一边弹，漫无目的地走着。口弦声随风向四方传开，挖地的人直起腰来听着，砍柴的人停下斧子听着，悲哭的人露着笑容听着。口弦声响到哪里，穷人们听到哪里，老三成了穷乡亲们的知心人。

走到财主抢姑娘的那个寨子，他把口弦弹得格外响亮。弹呵弹呵，穷人们都围拢在他旁边听，不去交租子，不去给财主干活。财主的家丁也听入了迷，听不见财主的使唤声了。财主又气又怕，暴跳如雷，放出一群大藏狗来驱赶人群。穷人们愤怒了，拿起石头木棍把财主的藏狗打死，把老三藏起来。财主连夜去向领主求救，领来一群兵丁要捉老三。为了使穷乡亲们不受牵累，老三孤身跑进森林深处躲了起来。

密林里，白天见不到阳光，晚上见不到月亮。再也听不见人们唱"谷气"调，跳"阿默达"，老三孤孤单单，只有黄竹口弦做他的伙伴。

他又弹起心爱的口弦，那美妙而又忧伤的弦音荡漾在林间。弹呀弹呀，猫头鹰不再尖叫，野兔不再狂窜，马鹿跑来玩耍，白鹤飞来倾听。有一只黑熊乖乖地躺在他旁边听，感动得流出了露水般的眼泪。老三走到哪里，黑熊跟到哪里，一刻也不曾离开。当豺狼来的时候，黑熊保护老三，把它撵跑；遇到下雪天冷，黑熊用自己厚厚的茸毛温暖着老三。黑熊和老三相依为命，难舍难分。

一天，老三轻轻抚摸着黑熊，用口弦对黑熊倾诉自己的情怀：

>　　雪山有珍兽呵，蹄印雪中留；
>　　我踩兽蹄印呵，泪在雪中流。
>　　雪泪汇成河呵，要往哪里淌？
>　　把我载起走呵，去找幸福海……

　　忽然，"轰隆隆"一声，林摇树转，好像天崩地裂。老三觉得自己像一朵云彩，轻飘飘地飞升起来，吓得紧紧闭住两眼。等到一切声音都消失了，双脚才好像着了地。他睁开眼睛，发觉自己来到一个陌生的地方：四面是长满青草和鲜花的山，白云像玉带缠绕着石岩，清汪汪的泉水从岩头飞泻下来，流入有鸳鸯游戏的池塘。太阳暖融融地照耀着，处处散发着花果诱人的清香。老三看着这图画般的美景，心里又惊奇又高兴，不觉掏出口弦边弹边唱：

>　　白云像银子呵，太阳像金子；
>　　不是做美梦呵，碰着好日子。
>　　欢乐像云雀呵，自在像神仙；
>　　托风捎家信呵，快来把福享……

　　弹着唱着，往日的忧伤愁苦都飞到九霄云外去了；唱着弹着，又想起了自己忠实的伙伴黑熊。老三正要去找它，一转身，一个漂亮的姑娘来到面前。她对老三行了个邀请礼："请到我家去吧！我父亲很喜欢听弹口弦，可从来没有听过一调满意的。要是你把这优美的调子给他弹一次，他一定会满意。"老三呆了一阵，微微点了点头。姑娘高兴地指了指："我家就在那边。要是我父亲问你要什么，你就说，要那个挂在柱子上的葫芦，可别忘了。"她一说完就不见了。

　　老三顺着姑娘手指的方向一直走，到了一个更秀丽的地方。

　　只见一个白发苍苍的老人从大红木门里出来，对他说："请到屋里坐吧。"老三进到屋里，老人盛情招待他，并说："听说你口弦弹得好，请弹一曲你认为最好的调子吧。"老三谦恭地回答："我弹的七十二个调，没有一个弹得娴熟，但愿意尽我的能力弹一曲。"说着掏出黄竹口弦弹了一支《猎狗撵鹿》[①]调，"阿汪由汪"的声音多么优美，乐得老人称赞不迭。老三又弹了曲《蜜

[①]《猎狗撵鹿》：纳西族传统口弦调名。

蜂过江》①,"蕊里软啷"的弦音无比悦耳。

老人站起来夸奖道:"我这辈子还未见过像你这样弹得好的人,我要送一件礼物表示谢意,不知你需要什么东西?"老三记着姑娘的嘱咐,直率地说:"我要挂在柱子上的那个葫芦。"老人有些为难:"这么个普普通通的葫芦,你要它做什么?要件值钱的东西吧。"老三不改口,老人只好答应:"也是你眼力好,有福气。这是个宝葫芦,你要什么都可以从里面倒出来,可要爱护好呀。"

辞别了老人,老三提着葫芦出来,想回家去把找到好地方的事告诉父亲。

半路上,他想起黑熊伙伴,就把葫芦一倒,果然那只黑熊从里面爬了出来。他正高兴,那黑熊在地上一滚,变成了先前碰到的那个美丽姑娘。她睁着星星一样的眼睛,笑吟吟地问老三:"我们到哪里去呢?"老三很惊奇:"我想回到父亲那儿去,你怎么……"姑娘接过话头:"你不是向我父亲——善神求婚,要了我吗?"老三更加奇怪了:"说哪里话,我没有求婚呀。"

姑娘羞答答地说:"没有我,就没有你要来的葫芦;你要葫芦,就是在要我。说实在话,在森林里陪伴你的黑熊是我变的。我爱听你弹的口弦,也爱你的心。你有美好的愿望,我愿帮助你。"

老三恍然大悟,呵,原来是这么回事。这么情深意厚的姑娘,走遍天下也难找。他看着她,心里爱得不知怎么办才好,半晌才喜滋滋地对她说:"当初碰到黑熊——不,是你,我还真有些怕哩,怎么也想不到你这么美。"姑娘笑着说:"要是你只图外表好看,不是那样勇敢、善良,我也不会来陪伴你,我父亲也不会把我给你。"

老三深情地挽住姑娘的肩膀:"我们一起回去拜望父亲吧?"姑娘点点头,拿过葫芦,把两个人都拴在上面,只一倒,身子就像白云飘起来飞了,等到看见老三家门前的草地才慢慢落下来。

老三对姑娘说:"我们要给父亲一个意料不到的快乐。"说着把葫芦一倒,草地上出现了一座四合五天井的大瓦房。老三和姑娘先进去收拾打整,准备举行婚礼。

第二天清早,戈鲁老汉接到一份请帖,说是对面那家办喜事。

戈鲁想,对门是一片荒凉草地,怕是请帖送错了,连忙出门来,想问个明白。哪料到,一夜之间在对面草地上盖起了一座高大的瓦屋,屋里还响着

---

①《蜜蜂过江》:纳西族传统口弦调名。

唢呐声。他非常奇怪：这到底是谁家办喜事呢？是鲁班大师搬到这里？还是天上的知罗阿普下凡来住？看了一阵不够味，还想进去探个实在，便喊上老大、老二，到四合院里来吃酒席。

四合院里，人山人海，非常热闹。三父子和客人们入了席，新郎新娘就来敬酒。戈鲁看新郎好像是自己的三儿子，先是又惊又喜，后又怀疑自己的老眼看花了。等新郎新娘来到面前敬酒，亲热地叫了一声"阿爸"，戈鲁才知道是真的，愣着说不出话来。

老三从葫芦里倒出香喷喷的酒和各式各样的佳肴美味，招待父亲、哥哥和其他客人。老三对父亲说："这回您不再赶我出去了吧？"父亲乐呵呵地说："放心了。不过，你阿妈的仇还没有报，穷乡亲们还在受苦。"老三指指新娘说："您那贤惠能干的三媳妇，会帮助我们实现这个愿望的。"

老三接着请父亲、哥哥和客人都到门外来，再把葫芦一倒，倒出两只猛虎。老三对老虎耳语了几句，两只猛虎蹦跳而去。不到一锅烟工夫，只见一只老虎咬着领主，另一只老虎咬着抢穷家姑娘的财主安戛尼，跑到人群面前。这两个无恶不作的恶霸，都已被老虎咬死了。父亲高兴地笑了，人们高兴地笑了。

美丽的新娘又拿起葫芦，倒出许多小葫芦，向每个客人赠送一个。穷乡亲们唱着跳着，老三掏出金色的口弦，弹起了欢乐的调子。从那以后，麦子长得大麻高，苞谷长得像松树，家家都过上了幸福的日子。

可是，天上的恶神子劳阿普知道了这个消息，魔心发作，派出许多鬼怪到人间，把所有的宝葫芦都偷去了，人们又过着贫穷的生活。

纳西人民为了找回宝葫芦，便弹着黄竹口弦，一个跟一个，一代接一代地去寻找。他们深信，宝葫芦一定能找回来，好日子一定会盼到。口弦和口弦调，也就这样流传到了今天。

葫芦笙的起源（傈僳族）

讲述：丁绍成
记录：和虹
1987年采录于玉龙县石鼓镇

很久很久以前，木天王在世的时候，有一个叫"拖吗格"的傈僳人，他喜欢捉弄人。

有一次，他去骗木天王。木天王有一把舂碓，拖吗格去他家时，他正在舂米，木天王见他来了，就跟他开玩笑说："听说你特别会骗人，你今天就骗我一次吧？"拖吗格回答说："那是别人胡说，我才不会骗人呢。咦，我怎么听着你那舂碓的响声是'木打王、木打王'。你是木天王，怎么可以用这个听着不吉利的舂碓！你知道吗，我的碓会发出'今天打，明天吃，今天打，明天吃'的声音。干脆，我换给你好了。"木天王听了，心动了，于是就爽快地跟他换了。

木天王的舂碓是纯银制的，而拖吗格的只是普通的木舂碓，木天王可是被他实实在在地骗了一回。

又有一次，他路过衙门，刚好碰上官员正在吃午饭。衙门里的人一见他，就说："听说你很会骗人，你就骗骗我们。如果我们被你骗住，这满桌的酒肉就归你了。"

当时，拖吗格正饿得慌。不过，他还是不慌不忙地说："我现在哪里有时间骗你们，听说拉市海的海水干了，所有人都忙着捉鱼呢。我是来找你们借渔具，准备去捉鱼呢。"

官员们一听，忙拿了家伙往拉什海的方向跑去，怕晚了捉不到鱼。这样，拖吗格就白吃了一顿衙门官员们的饭。

又有一次，他来到一户穷人家，当时这户人家只有两个六七岁的小孩在看家，他心想又可以骗骗这两个孩子，混点吃的东西。

进了人家门，他迫不及待地问："你们的父母哪里去了？"同时眼睛四处看。两个小孩看出了他想骗他们的心思，于是就对他起了戒心。他们回答说："父亲去找眼睛能看见东西的东西，母亲去找塞嘴的东西。"

拖吗格半天猜不出他们的父母到底去干什么，观察了半天才发现不远处有个男的在松树下采松明，有个女的在挖芋头，那不正是两个小孩的答案吗？

他感到这两个小孩的聪明，远远高于自己。但他不甘心，于是又问门口的那个小湖泊有多深。那是一个季节性的小湖，干季几乎没有水，到了雨季水会积得很深。

两个小孩机智地回答："一只鸡跳下去，才淹了两只脚；一头牛跳下去，只露出嘴以上的部分。"

他思考了半天，也想不出个所以然来。他感到沮丧，认为一生聪明盖世的自己今天居然斗不过两个小孩，将来传出去，还不被人笑话？他走出屋外，钻进小孩子家屋后的竹林里，自缢而死。

临死前他许下一个愿望，三年后，在他缢死的这个竹林里，会有芦笙的声音。并让两个小孩吹芦笙，成为跟随并景仰他的人。

果然，三年后的某一天，就在这片竹林里，传来悠扬的芦笙乐声，两个孩子忙扒开竹林钻进去看，发现竹林里有一把正在发声的芦笙，于是就捡了起来。

从此，这两兄弟成了吹芦笙的高手，并传给了世人，而拖吗格则成了芦笙的祖先。

咒朵节的来历（傈僳族）

讲述：和莲 傈僳族 39岁 农民 不识字
记录：和文琴
1970年采录于玉龙县黎明、黎光、美乐

咒①朵②节是怎么来的呢？相传在很久很久以前，有一年黎明山寨瘟疫肆虐，繁衍生息在这里的傈僳族男女老少有的五官发炎、有的四肢麻木、有的五脏发病、有的皮肤痒痒……只剩阿才、阿福两兄弟没染病。

他俩为了乡亲们能早日康复，四处求医找药。有一天阿才又到乌龟山上寻草药，中午太阳火辣辣地炙烤着大地，他太累了，便坐在一棵大树下睡着了。

阿才做了一个梦，梦中他见到了一位白胡子老人。老人告诉他，要治好黎明百姓的这种病，只有到太上老君炼金丹的地方去找，那儿有两股神灵水，左边的叫蓝月亮，右边的叫红月光，可以用来医治人间的百病。

阿才回到家中把在大树下做梦的事讲给村里的人，乡亲们认为这是神仙的帮助，要派人上老君山找回神泉水，阿才兄弟勇敢地承担了任务。他俩风餐露宿，披星戴月，翻过了九十九座高山，涉过了八十八条沟，渡过了

---

① 咒：傈僳语，一滴一滴地流出来的神灵泉水的意思。
② 朵：傈僳语，吃喝的意思。

七十七个湖,终于来到了太上老君炼金丹的地方——老君山。

太上老君听了阿才兄弟的叙述,很同情灾难之中的黎明百姓。但没有神灵水也炼不成金丹。太上老君想了个两全其美的办法,让神灵水下凡黎明山寨四十二天,从农历二月初八到立夏节,到期如数归还。阿才兄弟磕头谢过太上老君,星夜兼程地带着救命药——蓝月亮和红月光,在农历二月初八这天回到了黎明山寨。

患病的人用了神灵泉水后不但病很快好了,而且久病体弱的人身体恢复了元气,黎明山寨又是一片欢乐的景象。

光阴似箭,神泉水下凡的期限已到,阿才兄弟又带上神灵水上老君山去了。由于走得过急,掉了几滴在黎明山寨的河边,从此冒出了几十处神灵泉水。这些水可以分为两大类:一类用来煮熟食,煮后的饭食颜色会变成蓝颜色的,可以用来治疗皮肤病、全身瘙痒、四肢麻木、风湿病等;另一类煮生的食物,煮后的饭会变成红颜色,它可以治疗肠炎、胃病、滋补健身。

每年农历二月初八开始,黎明山寨的各族群众就开始饮用神灵泉水,一直到立夏节为高峰期。阿才、阿福兄弟俩则自愿留在太上老君身边报恩至今未归。立夏这天黎明百姓还要搞祭祀活动,纪念阿才、阿福兄弟俩。众老乡亲饮用了神灵泉水,有病治病,无病防病。这就是黎明傈僳山寨的传统节日——咡朵节的来历。

"阿功玛"与"茧本当"(傈僳族)

讲述:谢良忠 傈僳族 47 岁 行政村干部 初中
记录:黎建发 傈僳族 57 岁 县委组织部干部 高中
1980 年采录于玉龙县黎明乡美乐村

"阿功玛"是居住在丽江县境内金沙江沿线傈僳族人传说中的一个大慈大悲的女神,"茧本当"是傈僳话,意为梳妆台。

在丹霞地貌的丽江县黎明乡美乐行政村境内,古树参天、怪石林立的云雾山中,有一道神奇的自然景观。一座高耸入云的悬崖陡壁上,约五十米开外悬空平载着一块重几千斤左右的异石。举目望去只觉得既神秘又壮观。当地的傈僳人说那是神女阿功玛的梳妆台,所以那儿的地名亦称为"阿功玛茧本当"。

在黑白相间的岩壁上显现出一道道飘带般的彩虹，乃阿功玛飞崖走壁踩出来的线路。据说阿功玛威力无比，神智超俗，并专为傈僳族人民除恶扬善。凡是傈僳人遇险逢难，只用闭目喊上一声：阿功玛曾拉啊（女神）！一睁眼，她就能赶到，即刻帮你逢凶化吉。

镇压农民的官兵来了，阿功玛能轻而易举地拽弯参天大树，压上巨石，一弹就能打退千千万万个官兵。

谚 语 故 事

花子怜皇帝（纳西族）

讲述：木建春
记录：木丽春
1980年采录于玉龙县拉市乡美泉村

纳西族的民间流传着一个"好昧考主苏，考好昧主苏"（意为花子怜皇帝，皇帝不怜花子）的成语故事，这里就讲这个故事。

从前有一个叫花子，他整天拉着一根打狗棍，走村串寨地沿门乞讨，用百家的残汤剩饭打发着他贫穷潦倒的生活。

有一年冬天，大山里纷纷扬扬地下起了大雪。白雪堆得大山变得更加高大，平坝变成雪山，深谷却填成了雪原。使得大地都变成白茫茫的雪世界，使得做窝在墙洞里的雀鸟，饥饿地死在墙脚下。

这个叫花子被雪封在岩洞里，他看着满天不停落着的纷纷雪花，暗想：褡裢里的存粮没有了，若出去要饭，分不清路埋在哪里，走错一步路，就会跌死在雪窝里，这样弄得他的饥肠咕咕叫着。他捡拾起来的柴火也烧完了，想烤火取暖也办不到。折腾得这个叫花子又饿又冷，上牙磕打着下牙不停地打着冷战。

这时花子暗暗地想到：我是饿惯的人也挨不住这冷的雪天了，这时候不知道皇帝怎样冷饿，皇帝又没有过惯像我一样的生活，这样的天气皇帝能挨得住吗？这个花子禁不住可怜起皇帝来了。慢慢地他还为皇帝流起潸潸的同情泪水……

唉，花子眼泪洗脸地可怜皇帝的时候，花子的婆娘觉得奇怪了，问他为什么无缘无故地流泪水？花子抹着眼泪说："我是叫花子，饿惯了呀，我想这样的大冷天，不知道皇帝如何地熬这冷饿，我可怜皇帝，才流泪水哩。"花子的婆娘哈哈大笑一阵，然后嗤着鼻子冷冷地说："憨子，真是花子可怜皇帝，皇帝可不会怜你哩。"

大理看金雁（纳西族）

讲述：阿鲁
记录：木耀钧
1980年采录于古城区束河、中济

很古的时候，有一个小伙子，他的名字叫都仔哥。"都仔哥"是纳西话，是千人百众讨厌的意思。

这个人在村子里是很不得人心的，没有人理他，只要他从人们面前过去了，背后就有咒骂声。但是他自己却不以为然，不懂又装懂，自以为是，自作聪明，嘴巴十分得力，成天都像老妈妈念经一样，逢人便说个没完，时而谈论古今，时而东扯西拉，尽说些大话假话来夸耀自己怎么怎么聪明能干。说起话来，连口中的唾液也不咽一口，会唠唠叨叨个不休。他只是动口不动手，真是有手不干活，他的田里只有三尺高的蒿草。

因为有田他不种，家中无粮来充饥，只有成天东奔西走，邻居家亲戚家，东吃一顿西吃一顿，只要混着饭，他说得出口伸得出手，人家也不好意思不给他吃。村里的长老，左邻右舍，亲戚六眷，都劝他说他，教育他帮助他：要做好汉，不做懒汉，要务农种地，好好干活，勤劳的人双手值千金，懒汉就吃空千金。但是别人的帮助都等于是在水牛的耳边弹口弦，真是百无一益。他连一句话都听不进去，所以村里的人都讨厌他的又懒又馋，人人都叫他"都仔哥"。

有一年，年景很好，村里的人们都准备到大理去赶三月街。都仔哥听到了，也想跟着去赶街，那是他最喜欢去的热闹地方，特别是他经常听到人们在讲：大理有名三塔寺，三塔寺顶停金雁，一只金雁三斤重，金雁闪闪耀人眼。金雁若要飞下来，你这一辈子吃不完。

他听到这金雁呀、银塔呀，就特带劲儿，心里盼望三塔金雁能飞到手，坐起睡起吃不完。真是日有所思，夜有所梦呀。有一天晚上他做了一个梦：不知从哪儿起了一股和风，把他卷到一个尽是古柏青松的坡上，里面有一座亮闪闪的金屋，年轻漂亮的女奴，穿着彩裙子，笑着迎出来，把他领到三塔寺底下，把塔顶飞下来的金雁送给了他……当他正做这个好梦的时候，恰巧刮来一股风，把他那年久失修，破烂不堪的房子上的瓦片吹下来好几片，"咣当"一声惊醒了他。

第二天，他非常高兴，认为昨夜这个好梦，是一个吉兆，说不定会在大理的三塔寺下真的碰上这个好运，金雁飞到手，发大财转回家。

三月街的街期快到了，村里要去赶街的人都准备好许多土特产品：鹿茸啦、熊胆啦、虫草啦、贝母啦、黄连啦、雪茶啦，等等。有的把家里专门喂养了三四年的好骡马拉去交易。只有他都仔哥，空着手什么东西也没有。身上只带着一床又破又烂的羊毛毯子，一路上吃人家的饭，盖人家的被。

走了五天的路程，赶到大理。三月街上人山人海，真是热闹非凡，绫罗绸缎、碧玉珍珠、金银首饰、土特山货、铁铜家具、瓷陶器皿……牛满场、马满坝，应有尽有，真是看也看不完，买也买不尽，大理三月街真是名不虚传呀。

都仔哥急急忙忙地走到三塔寺，顾不上去看三月街的热闹和买卖。他首先抬头去望三塔寺顶上的金雁："啊！真是一只金雁啊！我可没有白跑这一趟呀！塔顶上的金雁呀，金光闪闪，耀眼夺目，你什么时候飞下来。"他就憋住了气，忍住了累，左看看，右看看，在白塔周围反复绕了三次，看了又看，瞅了又瞅。

后来他的确也太累了，干脆就在白塔底下坐着等候，他专心致志地看守着"金雁"。到了深更半夜他也不管睡意怎样侵袭，洱海刮来的阵阵冷风，他不在乎，还挺精神，只是紧紧腰带，心里还是热乎乎的。他在塔下想呀，等呀，盼望呀！就希望等来一股狂风，猛地把塔顶上的金雁吹掉在他的手里。

大理三月街，一天一天过去了，三月街也散了，"金雁"却亮闪闪的仍然停在三塔顶上。都仔哥实在饿得不行了，真是"吃屎的老鸦"一样，又高又瘦，全身只剩下一副骨头架子了，但他还是没有死心，怎么办呢？只有到大理城里去伸手讨吃，要了吃的再来看。

人们见他那个样子在街上走，觉得可怜，起初他不但要了吃的，还要到不少钱。但是若要人不知，除非己莫为。日子久了，人们自然地发现了他的底细，原来是一个好吃懒做，满口大话假话，两手清清，吃现成饭的都仔哥，来三塔寺等着金雁发大财的人。得知他的人多了，就使人厌恶了。

从此以后，这里的人不给他饭，更不给他钱，而他等来等去，金雁看到拿不着。他在那里实在没有办法活下去了，只得拖着又高又瘦的骨架子回转来，破衣烂裤，真像个花子了。

人们对他的称呼又改变了，对他不叫"都仔哥"了，又改叫"看金雁了"。村里也都流传着这样的歌："大理有名三塔寺，塔顶金雁值千金，只有懒汉才看它，等看金雁饿肚皮，等看金雁没裤穿。勤儿巧女过光景，早出晚归要勤劳，双手勤劳值千金，不需去看金雁飞。"

憨人剥鹿皮（纳西族）

讲述：木金良
记录：木丽春
1976年采录于玉龙县拉市、黄山、太安一带

纳西族民间有句成语叫"若多造厄是"，它的意思是"憨人剥鹿皮"。用来讽喻那些做事不动脑筋，照搬照做的机械人。这里有这样的一个故事哩。

很古的时候，有一个猎人打着一只马鹿，剥下鹿皮晒在一棵树疙瘩上，傍晚了，家里的媳妇叫他的男人把鹿皮取回家。男人去取鹿皮了。

太阳落山了，黑夜也跑到家里来了，他的女人左等右等，老是不见她的男人把鹿皮取回来，媳妇认为是她的男人出了闪失，慌慌忙忙循着男人的脚迹找来。媳妇走到晒鹿皮的地方一看，哎哟喂，看见他的男人抱着树疙瘩往上使劲地拔着，树疙瘩左摆右晃老是拔不出来，把他折腾得气喘吁吁，满头还滚冒着汗珠。媳妇被他弄得又气又好笑，赶快跑了过去，她把男人拉到一边，伸手轻轻地把鹿皮揭了下来，对着男人又气又笑地说："谁叫你拔树疙瘩，真是憨人剥鹿皮了。"

这个憨男人，被他的媳妇这样地小看，心里着实不是个滋味。

这一天他偷偷地跑到山林里，脱下自己的麻布裤子，也仿鹿皮一样晒在一桩树疙瘩上，准备像媳妇一样揭鹿皮，想着把裤子揭下来。但是他刚把裤子套在树疙瘩上，突然山里刮起了一阵旋风，把他的裤子呼的一下刮到天上去了。

憨男人循着裤子被吹走的方向，找寻到路上。忽然看见一群送葬的孝男孝女，头上都缠着麻布孝布。憨男人误认为是这群送丧的人把他的裤子撕成麻布条缠在了头上，这下憨男人气红了眼睛，慌忙奔了过去："你们把我的裤子缠在头上了，还我的裤子。"憨人边叫边去揭孝男孝女头上的孝布，这把孝男孝女们弄得糊涂了，认为是疯子拦路疯缠他们，一窝蜂地围拢过来，拳打脚踢地把憨男人揍了一顿。

憨男人鼻青脸肿地跑回来，把路上遭打的事，一五一十地说给他的媳妇。

媳妇听了憨男人的话，弄得她又气又想笑，开导他说："你以后看见送丧的人家，只能抹着伤心的泪水，说你家的人去世了，可怜孝男孝女了。"

一天憨男人来到一个寨子里，看见有一户人家张灯结彩，燃放鞭炮，敲锣打鼓地办着喜事。憨男人灵机一动，想起了媳妇教他的话。他急忙抹着眼泪，发出呜呜的悲声跑进门，对着主人哭嗓哭音地说："你家死了人，可怜孝男孝女了。"

主人家被弄得莫名其妙了，我家办的是喜事，贺喜人怎么说不吉利的话，莫非他是一个疯子说疯话，还是故意拆我们家的台，冲我们家的喜气？主人家气得跳了起来，抹开袖子，狠狠地揍了憨男人一顿，把他逐出了门。

憨男人又挨了一顿拳打脚踢的狠揍，他又跑回家里，把他挨揍的经过照实向媳妇讲了。

媳妇听了，又开导他说："这一次又是你的不对了，人家不是送丧，而是接亲办喜事，以后看见办喜事的人家，你只能说，恭喜，恭喜，恭喜新郎新妇百年好合，早生贵子。"

憨男人牢牢地记住媳妇的话。有一天，憨男人又出门了。见有一户人家失火烧房子了，救火的人呼喊着"救火"，提桶捧盆地忙着救火。憨男人看见了，慌忙跑了过去，拦住救火的主人边恭喜行礼，边说："恭喜，恭喜，恭喜你家新郎新妇百年好合。"

救火的主人正为遭火灾憋着一肚子的晦气，这个过路人，不但不来帮忙救火，反倒幸灾乐祸地说什么"恭喜，恭喜"。这一句话把主人的满肚晦气戳破了，他抹起袖子，狠揍了一顿憨男人。

憨男人又对老婆憋着满肚子的晦气，他回到家，把他救火被人打的事详细告诉给媳妇。

媳妇无可奈何地叹了一口长气，又开导他说："人家火灾了，你怎能说恭喜，恭喜的话？以后看见了火烧房子的事情，你就得提上一桶水帮忙人家灭火才行。"

憨男人记住媳妇的叮嘱。一天他来到一个寨子里，看见有一个铁匠铺里炉火喷着血红的火苗，憨男人看见熊熊飘天的炉火，认为是火烧房子了，他慌忙提了一桶水，还"救火，救火"地呼喊着，一桶水把滚冒火苗的炉火浇灭了，弄得两个铁匠气红了眼睛，抹开袖子对他就是一顿好打。

憨男人呻吟着跑回家里，把他遭打的事情一五一十地详细告诉给媳妇。

媳妇埋怨地说："以后你看见人家打铁的时候，莫拿水浇灭炉火，你要拿起铁锤，高喊'你一锤、我一锤'地去帮忙打铁才行哩。"

憨男人记住了媳妇的话。一天，他又转悠到一个寨子里，看见两个兄弟为着分家不匀的纠葛，脸红脖子粗地吵着，然后抹开袖子就你一拳我一拳地打起来。憨男人看见两兄弟斗殴，误认是他们在打铁了，他想起了媳妇的话，也抹开了袖子，捏紧拳头，呼喊着："你一锤，我一锤。"朝着两兄弟轮番地打了起来。两兄弟好生奇怪，这人见人打架不劝架，反倒"你一锤，我一锤"，火上加油般地打起来。两兄弟挨了憨男人的毒打后又围拢过来，狠狠地揍了憨男人一顿。憨男人被两兄弟打跑了。

他负着满身的伤，"哎哟，哎哟"呻吟着回了家，媳妇问他是怎么回事，憨男人没好气埋怨是媳妇害了他，才屡次遭了打。

媳妇也怨自己命苦，找了这么个惹是生非的憨男人。然后她强忍着心中的晦气，开导他："你看见两个兄弟打架了，怎能去帮忙打架？以后看见打架的人，你只能说，'我们都是兄弟，大哥、二哥不能伤了和气'，你去拉扯开他们才行哩。"

这一天，憨男人来到山里，他看见两头水牛红着眼睛正在山上斗得难分难解，认为是大哥二哥在斗殴，就想到媳妇教他的劝架的事情，他慌忙跑了过去，扯着水牛的角说："大哥二哥莫伤和气，莫打了，莫打了。"

憨男人扯着水牛的角往后拖开的时候，突然不知怎么搞的他被夹在两头牛的脑壳中间，被水牛抵死了……

见鱼亲鱼　见蛇依蛇（纳西族）

讲述：木金良
记录：木丽春
1976年采录于玉龙县拉什乡

纳西族民间有句成语叫"业多业公金，日多日公大"。它的意思是："见鱼亲鱼宗，见蛇依蛇族"。用来讽刺那些两面三刀耍奸猾的人。这里讲述这样一个故事：

在很古的时候，有一天，太阳像火塘火一样暖烘，轻风像羊毛一样柔和。一条又粗又长的鳝鱼，看见好天气就动心了，慢慢游出它藏身的洞窟，鳝鱼顺着潺潺的泉水出游。

游着，游着，突然迎面遇到了一条口吐烈火的大麻蛇。麻蛇一见肥溜溜的鳝鱼，张开血盆大口，想把鳝鱼一口吞食。鳝鱼看出麻蛇的心思，灵机一动，笑嘻嘻地伸出它那又细又长的尾巴说："好心的麻蛇大哥，你看我的又细又长的尾巴，活像你的尾巴，是在一个模子里拓出来的。我是一条胆小如鼠的水蛇呀，敲着拇指连心疼，同族最亲、蛇不欺蛇。"麻蛇听了鳝鱼假惺惺的话信以为真了，收敛了口吐的烈焰，冷冷地点了一下头，游过去了。

鳝鱼正在庆幸自己逃脱伤命的灾祸，把刚才碰到的惊险事情抛到脑壳后面去了，晃头摆脑地顺泉水游下来。

鳝鱼游了一程，真是祸不单行，当游到一处窄河湾口，又碰到一条长着獠牙的大鲨鱼。鲨鱼一见鳝鱼，张牙舞爪，扑向鳝鱼说："我游遍了河水，寻觅不到一条可以食用的小鱼，碰见了你，活该是充我的饥了。"鳝鱼慌了手脚，一纵身撞在一蓬水草丛里，一根水草挂住它的鳍片，挣也挣不脱。鳝鱼又灵机一动，假惺惺地抹着眼泪说："鲨鱼大哥，你看我的鱼鳍被水草挂住，你长有鳍片，我也长有鳍片，你我都是同一个祖先繁衍的，可怜兄弟吧，把拴住鳍片的水草解一下吧。"鲨鱼晃着粗大的身躯，信以为真，把挂住鳝鱼鳍片的水草解开，放走了鳝鱼。

鳝鱼慌慌忙忙地顺水溜逃下来，心里暗暗高兴，哄骗了麻蛇、鲨鱼，真是过了两大关，心里像揣着蜜糖，甜滋滋的。

鳝鱼经历了两次惊吓，这时才感觉到浑身散了架似的疲乏极了，就无忧无虑地躺在水草丛里睡大觉。

睡着,睡着,日头慢慢偏西,忽然"咔嚓"一声响,河水翻起浊浪,鳝鱼从梦中惊醒,睁开惺忪的睡眼一看:只见麻蛇口吐烈焰,鲨鱼张开血口向着鳝鱼扑过来,还大声说:"你这狡猾的鳝鱼,骗得我们好苦呀!"鳝鱼一见厄运临头,浑身惊出了一身冷汗,它向泥塘里一纵身,就钻进九层稀泥里,逃得无影无踪。

从此鳝鱼就钻进了九层稀泥里,再也不敢出来了。

嫉妒他人富　自己反变穷（纳西族）

讲述:木建春
记录:木丽春
1980年采录于玉龙县拉市乡美泉村

纳西族民间流传着"嫉妒他人富裕,自己反变穷鬼"(即兴鱼怒没叶,吾鱼格没含)的成语故事。这个故事是这样讲述的。

从前有一个猎人,他不怕霜雪,不畏风雨,天天到老林里挖陷阱、埋地弩。这个猎人挖的陷阱没有扑过空,埋的地弩箭也没有过虚发。这样,这个猎人的家里挂着吃不完的兽肉,穿不尽的兽皮。

这个猎人的邻舍是一个懒汉。他看着猎人邻居天天吃烧肉、炖肉,悠悠的肉香飘到他的屋里来了,弄得懒汉的嘴里溢着馋涎。他很想弄一块兽肉解馋,他想去讨吃,但又撕不开讨口的脸面;想去偷吃,但是猎人家里有群如虎似狼的猎狗,弄不好偷不着肉反倒惹下一身的腥臭。他便对猎人起了嫉妒心。

一天,懒汉在火塘边冷冷地坐着,突然想到若把猎人的房子烧了,挂在屋梁上的兽肉不是都变成烧肉了吗?我若是叫喊着"救火""救火"地跑过去,就可以捡吃一块烧肉了。

懒汉在一个伸手不见五指的晚上,偷偷地想把猎人的房子点燃。但他执着火把刚伸向房子的时候,猎人家的猎狗发觉了动静,冲出门洞扑向懒汉。懒汉做贼心虚,一听到恶狗的狂吠狂咬声,骇得魂飞天外,一扬手把火把摔掷到他自己的房头上了。火把乘着大风的翅膀,"呼啦"一声,反把懒汉自己的房子烧光了。

懒汉的房子被烧光了,他失去了栖身的地方。这样他就蜷缩在猎人家的墙拐角,对着一堆老鼠尾巴大的火塘火痴痴地发呆。刚巧,这时候猎人家又猎到了一只老熊,新鲜的烧熊肉的香味,又阵阵飘过来了,这时懒汉叹了一口长气,对着黑黝黝的夜空自言自语地说:"嫉妒他人的富裕,自己反倒变成穷鬼了。"

动植物故事

天亮前公鸡为什么叫（纳西族）

讲述：和文光 纳西族 23岁 民办教师 初中
记录：和祖秀 女 纳西族 19岁 农民 初中
1980年采录于玉龙县塔城乡

从前，大公鸡的头上长着一对美丽的角。一到夜晚，它就把角拿掉；早晨，又把角安上。

有一天，一只小花鹿向大公鸡说："嗨，公鸡弟弟，今天我要去做客，把你的这对角借我一下。"大公鸡左思右想，实在无法推辞，就把角借给了小花鹿，并对小花鹿说："花鹿，你一定要在天亮以前把角送回来。"小花鹿答应了。大公鸡等着小花鹿，从天亮一直等到天黑，又等到第二天拂晓，仍然不见小花鹿送角来。这时，大公鸡愤怒至极，伸长脖颈叫起来："角还我，角还我！"

从此以后，每天天亮前大公鸡就叫个不停。

阿喂鸟（纳西族）

讲述：木金良
记录：木丽春
1976年采录于玉龙县石鼓镇

撒大麻的时节，林子里有一种鸟儿，"阿喂，阿喂"地叫个不停。它为什么这么叫，原来有一个故事。

传说很久以前，有一个在九山十八寨都出名的巧媳妇。她像月亮一样美丽，像云朵一样温柔。她绣的花朵，能逗引小蜂儿兜着飞。可是这样心灵手巧的媳妇，却碰着一个挑挑剔剔、九山十八寨都出名的恶婆婆。人家称赞巧媳妇，婆婆就要嫉妒。媳妇洗碗时，锅碗稍微碰出点声音，婆婆就骂："败家货，你想把屋里的锅碗都砸烂吗？"媳妇涮洗铁锅时，有一星半点水珠溅落到婆婆身上，老恶婆就要跳起来："狠心种，你想拿滚烫的开水泼瞎我的眼睛？"媳妇煮的饭又软又香，可是婆婆也要昧着良心诅咒："遭雷劈的，你做这么硬的饭，存心硌坏我的牙呀？"真是棉花里挑小刺，板油里挑骨头，巧媳妇的一举一动都不中婆婆的意，不顺婆婆的心。弄得巧媳妇整天拿眼泪洗脸，度日如年。

人们同情巧媳妇，都说婆婆的不是。但这样一来，恶婆婆更气了，恨恨地想：人家都说媳妇巧，我叫她巧不成。到种大麻的时节，恶婆婆悄悄把麻籽炒熟后再装回背篓，叫巧媳妇去撒麻。麻籽撒下一个多月，麻地里还是像和尚的脑壳，光秃秃的没长出一棵大麻。老恶婆便跑到地里，捡回一小撮麻籽，硬说媳妇把麻籽炒熟了撒，她想饿死婆婆。巧媳妇不知是计，有口难辩。老恶婆指着媳妇骂道："麻籽炒了撒，是你的巧手做的，不剁掉你的手还行吗？"不容分说，拉着巧媳妇的手，硬把手指剁掉了。巧媳妇痛呼一声："阿——喂！"吐了一口鲜血，昏死在地上。忽然，"噗啦"一声响，昏死的巧媳妇变成了一只鸟，飞进老林深处，日夜不停地叫着"阿喂，阿喂"，用凄惨的叫声控诉着狠毒的婆婆。现在阿喂鸟的脚趾还是缺着的，据说那是老恶婆剁掉了。阿喂鸟一叫，山区就要撒大麻。典故就出在这里。

"金八两"鸟的故事（纳西族）

讲述：张成国 纳西族 55岁 供销社职工 初中
记录：耕勤 纳西族 29岁 供销社职工 初中　　杨陆 白族 29岁 小学教师 初中
1979年采录于玉龙县鸣音乡

每年清明前后，当悦耳的布谷鸟叫起来的时候，另外一种鸟也同时叫起来了，它的叫声凄凉而惊急，若有所失，你听：它日夜啼叫着"金八两！金八两——"多么叫人怜悯啊！它为什么这样啼叫、这样凄伤？

很早以前，有一个纳西姑娘，长得很美丽，又很勤劳，可家里却是穷得叮当响。为了还债，她被迫离别了年迈的阿爹阿妈，在一个财主家当长工。姑娘在财主家，每天从头遍鸡叫直忙到黑更半夜，舂米、磨面、做饭、洗涮、铡草……连个歇气的工夫都没有。可是财主家还时常挑剔她做的活儿，动不动就打骂她。

姑娘在财主家整整干了十年，熬满了长工期，除了还清欠债还应该拿到一笔工钱。谁知当她跟财主家提起工钱——八两金子时，财主却装聋作哑百般刁难。姑娘又哭又闹，请来村里的长辈为她据理力争。财主当着众人只好答应了，但他心疼得整夜都在盘算着……

第二天，财主一下变得很大方了，不但很痛快地取出八两金子给姑娘，还笑嘻嘻地让他老婆亲手烙了一摞油粑粑，给姑娘带着在路上吃晌午。

姑娘把十年辛劳得来的八两金子揣进怀里，像一只飞出笼子的云雀，欢天喜地地转回家。离家十年了，年迈的阿爹阿妈见自己回到家里，该多么高兴啊！姑娘恨不能插上翅膀，一下就飞回到阿爹阿妈跟前，把八两金子捧给他们，好让他们也过上几天好日子。

姑娘走得太急了，渴了也饿了。她在路旁坐下歇息，捧起清清的山泉水喝了个痛快，又饱饱地吃了一顿临走时财主家给的油粑粑。哦，在财主家这么多年，经她手烙了多少这样的油粑粑啊，可是她自己从来还没有吃过呢！哎呀，不知怎么，吃了油粑粑，姑娘很快就头晕脑涨，眼睛涩得睁也睁不开，她再也站不稳，扑倒在树荫下呼呼睡去，什么也不知道了……

等姑娘一觉醒来，已经红日西沉，她一看，慌忙起身上路。走着走着，姑娘下意识地用手摸摸怀包,"啊呀!"她失声惊叫——八两金子没有了!姑娘急傻了,她定了神,沿路一直找回到自己歇息的树下,可连金子的一丝影儿也没有。到这时,她才想起临走时财主的神情,财主老婆亲手烙的油粑粑,想起了自己吃完那油粑粑后的情形。姑娘想追到财主家去,可是夜色笼罩,山路遥远,她已经没有力气了。姑娘悲愤交加,痛哭流涕,瘫倒在地上。她呼天抢地地喊叫着:"金八两!金八两!——"悲切的叫声震动山林,响入云霄,姑娘喊得晕死过去。忽地,她变成了一只羽毛秀丽的鸟儿,拍翅飞向山林。

这以后,每到这个时节,"金八两"鸟就啼叫起来了。无论白天还是黑夜,只要一听到这叫声,人们就知道这是"金八两"①鸟,就想起从前那个勤劳美丽的纳西姑娘。

"吸风隼"和黑老鸹(纳西族)

讲述:张成国
记录:耕勤　杨陆
1979年采录于玉龙县鸣音乡

米利笃②派隼和老鸹去疏通水沟,把山泉水引来浇灌田地。

水源头在远远的高山深处,水渠盘在云雾缭绕的山腰间。这是一桩辛苦的活儿,领受了指派后,隼二话没说,扇拍着翅膀,招呼老鸹一起向高山飞去。可是那善于取巧的老鸹,刚飞了一阵就说:"隼大哥啊,你有一副硬扎的翅膀,我有一双有劲的脚,我们各取所长吧。我先在这儿清理沟中污泥,你去把水引过来就行了。"隼答应了,继续飞往深山,老鸹暗笑着,收翅歇落到荫凉处。

隼展翅飞到泉水潺潺的深山箐里,把清冽冽的山泉引进了沟里,它没歇一口气,连忙就跟着水头,边踩着水,边清理着阻塞水沟的淤泥、杂草和石块。山泉沿着通畅了的水沟哗哗流下,隼的双腿一直浸泡在水里,被冲洗得白生生、黄嫩嫩的,从此以后,隼的双腿就成黄白色的了。

---

①"金八两":当地山林中一种羽毛黄灰的鸟。纳西语称之即"金八两"音,亦与其叫声似。
② 米利笃:纳西族东巴经传说中的男神。

老鸹素来好吃懒做，此刻它歇够了，正到处找东西吃。它抬头见沟岸边有一大泡猪屎，高兴得扑过去，扒来扒去，引水灌田的事，它早就丢了。隼把水引过来，朝它喊了又喊，老鸹理都不理，只顾得埋头扒猪屎找食，结果被猪屎弄得浑身都是黑乎乎的，从此以后，它就成了黑老鸹，变得浑身乌黑了。

隼独自做完了理沟引水的活儿，累得扇不动翅膀了，肚子也饿得咕咕叫，便招呼老鸹回去吃饭。黑老鸹早已填饱了肚子，一听说要回去，它怕隼在米利笃面前说自己，连忙拍起翅膀抢先赶回到米利笃面前。它装出一副疲劳不堪的样儿，说道："阿普①啊，您让我跟隼干活，我可是吃够苦头啦！我自个又引水，又理沟，差点累死在沟里了。您看，我浑身都被污泥弄脏了啊！这个懒隼，它舒舒服服坐在沟边，光在那儿洗它的腿，不信您瞧瞧它的双腿吧，那还像个干活的样子吗？"

正在这时，筋疲力尽的隼进了门，它顾不得说什么，就先向米利笃要吃的。谁知米利笃已经听信了黑老鸹的谗言，他瞟了一眼隼那被水浸泡得白白净净的双腿，张口骂了起来："你这好逸恶劳的家伙，还来跟我要什么吃的！从今往后，罚你喝西北风去！"不由分说，米利笃把隼赶出了门。

老实厚道的隼，此刻有苦也难诉了。它只好凭借余力，挣开双翅飞向空中，吸风充饥。这就是"吸风隼"的来历，纳西人称之为"哈儿提吴"②。

锦鸡和杜鹃鸟（纳西族）

讲述：张成国
记录：耕勤　杨陆
1979年采录于玉龙县鸣音乡

很久前的一个春天，杜鹃鸟穿着一身漂亮的花衣裳，从遥远的地方来到山林里。山林里的百鸟被吸引住了：它的歌声那样婉转，它的舞姿那样轻盈……尤其是杜鹃鸟那身五彩的花衣，使爱美的鸟儿们为之倾倒。

锦鸡本来就不喜欢自己那身灰突突的衣裳，觉得那颜色太不出众了。它

---

① 阿普：纳西语对祖父或年长尊者的称呼。
② 哈儿提吴：纳西语，吸风隼。"哈儿"合读，即"风"；"提"即"吸"或"喝"；"吴"即"隼"。

入迷地观赏着杜鹃鸟的花衣裳,多么想把自己也打扮得那样美丽,让百鸟都赞美它。它盘算了三个白天,三个夜晚,来找杜鹃鸟说:"最友好的杜鹃啊,我就要做新郎了,可就是还缺一身漂亮的衣裳,把你的衣裳借给我穿几天吧。"

杜鹃鸟慷慨地脱下了自己的衣裳,然后又接过锦鸡换下的衣裳穿在自己身上。

锦鸡一穿上杜鹃的衣裳,得意得满山林地飞。逢鸟就扇开翅膀,歪着头,摇着尾,炫耀自己的美丽。它再也不想把衣裳还给杜鹃鸟了。

杜鹃鸟知道受了骗,它气极了,急忙扇动翅膀去找锦鸡,见锦鸡正在树林里向一群鸟儿自吹自擂。杜鹃鸟很气愤地说:"锦鸡,你真不要脸啊!快把我的衣裳脱还给我来!"

锦鸡冷不防,愣了半晌,结结巴巴地说:"我们不是早就交换过了吗?这衣裳已经是我的了呀。"杜鹃鸟没想到锦鸡这么不知羞,质问道:"你这骗子,你来借衣裳时是咋个说的?"

锦鸡哑口无言,怕杜鹃鸟拿回衣裳去,直叫着:"凯扛[①],凯扛……"拍打着翅膀飞去。杜鹃鸟见它这般无赖,展翅紧追,大声喝叫:"勒谷[②],勒谷……"

锦鸡眼看就要被杜鹃鸟追上,慌忙钻进刺蓬里,躲了起来。就这样,锦鸡没把杜鹃鸟的衣裳还给它。

事情不知过去了多少年代,直到现在,锦鸡只要听到风吹草动的声音,就疑心是杜鹃鸟来追衣裳,就惊叫着:"凯扛,凯扛……"忙不迭地躲进刺蓬里。杜鹃鸟呢,每当春季,山花在山林里争奇斗艳时,就想到自己被锦鸡骗去的衣裳,它一天到晚,甚至深夜在睡梦中也在喊叫:"勒谷,勒谷……"

---

① 凯扛:锦鸡叫声。纳西语,交换了的意思。
② 勒谷:杜鹃鸟叫声。纳西语,拿还来的意思。

增格鸟和阿衣鸟（纳西族）

讲述：开巴才　纳西族　75岁　东巴　不识字
记录：木丽春
1957年采录于玉龙县太安

很古的时候，藏在大山里的汝南化村，有一个寡妇婆，她有一个独儿子。寡妇婆拉扯她的儿子，好像黑夜里点着的一盏油灯，生怕灯火被冷酷的山风吹灭了，整天价提心吊胆。独儿子被捧在阿妈的心尖上，出脱得俊俏伶俐，村上姑娘们的笑声，老是追逐着他的影子飞翔。阿妈担心儿子的心儿被爱神蛊惑了，惹出啼笑皆非的麻烦事情。真是日有所思，夜有所梦，阿妈梦到爱神尤祖阿主唱着戳翻心灵的魔歌，把她的独儿子从怀里抢走了。老寡妇骇得满身冒着冷汗，惊醒过来。骇人魂魄的噩梦，把老寡妇平静的心湖砸得浊浪翻滚。白天，她点了条香冲着雪山磕头，祈求爱神尤祖阿主饶恕她，莫把她儿子的心灵偷走了。晚上她呆站在门口呼唤着儿子的魂。

老寡妇该做的事情都做了，于是她就操起了为独儿子张罗媳妇的事情。儿子的心拴在媳妇的长辫子梢，才能守住他的灵魂。一天，阿妈提起村头姑妈家的女儿，问儿子愿不愿意？儿子摇着脑壳说："不，阿妈呀，莫忙操这个心。"一句话把阿妈的嘴巴堵住了。

又一天，阿妈又忧心忡忡地说，问他愿不愿意娶姨妈家的姑娘。儿子仍旧依样地晃着脑壳说："不，阿妈莫忙操这个心。"又一句话把阿妈的嘴巴抹哑了。

时间没有过了几天，阿妈又在家里唠叨开了：没有藤缠的松树，顶挡不住邪风的吹刮；男儿长大了没娶媳妇，火塘边也只会落揪心的黑影子。还说着没有尾巴的鸡蛋，到处胡乱滚动，迟早会落地摔破哩。老阿妈的儿子听着这锥疼脑壳的生烟火燎般的唠叨话，只装作没有听到的样子，不哼一句话。儿子木呆的样子，弄得阿妈没有办法了。她一把鼻涕一把眼泪地哭着，儿子看着阿妈的可怜样子，心也软了："阿妈呀，我也不是不想娶媳妇，可是我心爱的姑娘，阿妈不会满意，她只会变成阿妈眼里的灰尘，我是为着这件事情焦急哩。"

阿妈一听说儿子有意中人，心上沉压着的大石头放下来了，顿时哭脸变成了笑脸说:"儿子有喜欢的人,妈也高兴,不知道儿看中了哪家的姑娘,请不要把儿子心灵的门窗对阿妈关闭!"

"不,阿妈,儿的意中人,阿妈不会同意的。"

"儿,你怎能把话说到云雾堆里去了?我不是说了儿高兴的人,阿妈也喜欢?"

"阿妈,"儿子又犹豫了,嗫嚅着说:"我爱……爱,阿乔姑娘。"

阿妈骇得张大了嘴巴,很长时间回不过气来。儿子看着阿妈惊骇得失魂落魄的样子,怯怯地说:"我早就说阿妈不会同意哩。"阿妈回过气来,吁了一口长气,颤抖着声音说:"儿呵,山里姑娘像花朵一样多,你偏要摘这一朵臭狗屎花,难道你不知道阿乔养蛊又养猫吗?蛊神和猫神骇走了家神,我怎能对得住你死去的阿爸?人家把燃着臭狗屎的秽烟火,搁到门洞口来,我的脸朝哪里搁放?再说她是你姨娘娘,不合辈分呀?"

"阿妈呀,什么养蛊养猫呀,那是嚼舌头的咬酸水,诬栽给阿乔的恶名,阿妈你不是讲过,我们的祖先丛刃利偶智慧、勇敢,可他也娶养蛊养猫的天女翠恒菩命吗?"

阿妈惊骇得伸手堵住儿子的嘴巴,惶惶地说:"儿呵,莫讲、莫讲,这是亵渎祖先的罪孽话。我们祖先丛刃利偶和姐妹结婚,腥秽了天地,洪水涂炭了人间;利偶却活了下来,他娶了养蛊养猫的天女,那是他赎罪呀。儿呵,你无罪可赎,千万使不得呀!"

"阿妈呀,利偶乱伦了,遭到洪水的涂炭,恰巧罪孽深重的利偶逃生娶了天女,繁衍了子孙后代。天女也没有放蛊药毒死了利偶,她养的猫又没有咬死了利偶,阿乔养蛊养猫,是人们妒忌她长得美貌,才拿这话诋毁她吧。"

阿妈说不过儿子,气急地跳着脚,说:"我死了怎么向你的阿爸交代?火塘边有阿乔的影子,没有我的影子,有她没有我,你还是死了这条心吧。姨娘娘怎能嫁姨侄子?"

"阿妈呀,你堵死我们结合的路,活着不能烧一个塘火,死后也埋在一个坑,雪山倒塌不变心。"

情死?阿妈的心里打了个咯噔,惊慌地倒退了几步,阿妈倏地对儿子变得陌生了。她仔细地看着儿子,预感到她若再执拗,会把儿子逼上情死的路径。儿子情死了,家里的香火靠哪个延续?得想法子把儿子和阿乔分离;男女分离三个时辰,女性杨花流水,男人在花山,也会头昏脑涨哩,两方会滋生蒙蒙的冷雾,云里雾里他们会变陌生。阿妈想到这里,她就把儿子锁在木楼上了。阿妈把儿子锁在木楼上，他想阿乔，心如火烧火燎；可是楼门被锁了，从窗口出来，落个折骨伤筋逃不走，怎么办？儿子忽然发现梁上放着两根椽子，他把椽子抽了下来，从窗口放落下去，他从椽子上滑下来，儿子悄悄地逃出来了。他找到阿乔，阿乔扑进了他的怀里，两人的泪水流在一起，阿乔哭着哭着，抬起脑壳说："我的肚子里有……了。"

"哎，没有见过天的娃也命苦，走，我俩上玉龙雪山情死。"

儿子和阿乔逃出了村子，他们双双跑到情死树下，两人嘴逗嘴地喝过了草乌毒酒，然后，把绳索挂在情死树上，冲着村寨喃喃地说："阿爹和阿妈呀，我们不是忤逆不孝，是爱神收走了我们的魂。活着不能伙烧一塘火，死后也要埋一堆。"

勒脖索子套上了脖子，他们双双从情死树上跳下来。大山闭紧了眼睛，河水停止了歌唱，山河沉入了死一般的沉默里……

后来，汝南化村发现这对青年人情死了，纷纷出门来找寻，人们割断勒脖索子，点起大火把他俩火葬了。突然，滚滚烟雾里"扑噜"一声，飞出一对火红的雀子，落在情死树上，一只叫着"增格"（侄子），另一只叫着"阿衣"（娘娘），这两只鸟繁衍后代的时候，悄悄地把蛋下在其他雀鸟窝里，让其他鸟来孵抱它们的雏鸟，那是它俩辈分不同，羞于筑窝住一巢。

蝉姑娘的厄运（纳西族）

讲述：木金良
记录：木丽春
1976年采录于玉龙县拉什乡

很古时候，蝉姑娘在春神的叫喊下，醒过来了。

雪山脚下，春暖花开的时候，蝉姑娘抖动着她轻薄的翅翼，躲潜在绿树枝头，断一声续一声地聒噪着。有一天，一只云雀鸟在草丛里歇息，她被蝉姑娘吵得心烦意乱了；捂着耳朵故意揶揄着蝉姑娘，说她的歌喉尖响如锉刀锉物，嘹亮得能撕破云层传到天外哩。

蝉姑娘听不出云雀的话里话，误认为是云雀鸟也佩服夸赞她的歌喉哩。弄得蝉姑娘的脑壳更热了，她又展劲地抖动她的翅膀，对着云雀厚颜无耻地说："云雀大姐呀，就是你不夸我的歌喉，我也知道我的歌喉比过金喇叭哩，也能压倒山里伙子的笛子声,姑娘弹拨的口弦音。"

说完,蝉姑娘发狂似地抖动着她透明的翅膀,搓磨着她的手脚,着魔似地叫喊起来,吵得鹌鹑躲藏进草窝里,嗓得金鸡捂着耳朵逃跑了,所有的鸟雀再也不愿意听到她的刺心的聒噪声,都捂着耳朵远远离开了蝉姑娘……

蝉姑娘的歌声没有人听,但她还以为是自己的歌声比倒了百鸟的歌喉,使得人间的百鸟哑口无言了。这样,蝉姑娘更加得意,她扯着嗓门越发自吹自擂地叫喊着,吵得人间再也安静不下来。后来,百鸟们被弄到忍无可忍的地步,大家相约着飞拢在一起,你一言我一语地商量起来。都说只要有了蝉姑娘的叫喊声,人间就会变成噪声的世界,森林里就不宁静,百鸟就会被吵得失去安静的生活。百鸟们说着说着,都在想让蝉姑娘停止喊的办法。但想来想去都没有想出一个得体的好法子来。大家很发窘,这时候,机灵的画眉鸟跳了出来,清了清嗓子说:"姐妹们,我倒有一个想法,不知道该说不该说?"

百鸟们争先恐后地拍着手,催促着画眉鸟快些说出来。画眉鸟羞得连她的画眉也喷红了,压着声音,显出神秘的样子说:"我想……想,我们到太阳神那里去告蝉姑娘的状,说是蝉姑娘整天价咒骂太阳神,她祷告着太阳神变成瞎子才甘心哩。借太阳神的手来惩罚这个恬不知耻的笨姑娘吧。"

百鸟们夸赞着画眉的主意是好办法。但是,派谁去到太阳神那里告状呢?麻雀原是蝉的邻居,她被蝉吵得搬到了人家的墙洞里,肚子里憋着一股诉不完的晦气,随时都想着要吐吐这股晦气。麻雀就拍着胸膛说着:

"姐妹们呀,道路不平烙心头。若是大家相信我能把事情办好,到太阳神那里告状的事就交给我吧!"

麻雀担着告状的挑子,飞到太阳神的家里,拨动灵巧的舌头,挑拨太阳神说:"太阳老公公呀,不好了,蝉在没日没夜地诅咒着热了,热了,哭喊你的残酷,咒骂你变成瞎子,撞到山头上跌个粉身碎骨。"

太阳神睁开了眼睛,仄着耳朵一听,果然听到一串锉子锉铁似的刺心撕肺的声音。噪音把太阳神的心刺得痉挛了起来,他骇得苍白着脸庞,怯怯地后退了三步说:"麻雀呀,你的提醒像一阵浇凉雨,使我从睡梦里清醒了,我求你,蝉在哪里诅咒我,你就在哪里吃掉她吧。"从这以后,麻雀一听到蝉的声音,就会飞扑过去啄吃蝉。而麻雀啄吃蝉的时候,蝉身上溅出了鲜血,染黑了麻雀的腮巴,这样麻雀才变成黑腮巴。

而太阳神怯怯地退了三步后,这样人间一瞬间变冷了。(人间原来没有冬天,是太阳神对蝉生气,才有了严寒的冬天。)蝉冷得瑟瑟发抖了,寒冷把蝉姑娘从树上撵逐到地上，慌忙挥舞双手，扒开了洞穴，她钻进土洞里去躲寒冷了，直到第二年，蝉从寒冷中苏醒过来的时候。天空又落起了霏霏细雨，蝉姑娘回不到树上去了。蝉姑娘弄得很伤心，她气愤得再也不想见到太阳了，愤愤地在头顶上撑起一把伞，遮住了太阳。从此，蝉又变成蝉菌了。山里人喊蝉菌是大虫草哩。

康开的故事（纳西族）

讲述：李生
记录：木耀钧
1981年采录于老城区中济

康开① 是鸟的叫声，也是互相交换的意思。在很古的时候，布谷鸟和箐鸡同在一座山上。俗话说："布谷声声叫，好的消息就来到。"山上的肥嫩蕨菜，又发青芽了，人们又可以当菜吃了，布谷鸟的叫声给人们带来了春天，带来了穷苦人的希望，可是布谷鸟也有自己的一段辛酸的经历呀！

从前，布谷鸟和箐鸡住在一个山上。布谷从小就忠诚老实，心地也很善良。而箐鸡就有些狡猾，还会骗人。布谷的家里就只有她一个姑娘，所以她的母亲起早贪黑，七拼八凑，无论怎么困难，总是把小布谷鸟打扮得无破无烂，干净整齐。母亲特别高兴的时候，还让女儿把逢年过节仅有的一件新衣裳穿出去玩。

有一年的春天，小伙伴们在二月初八那天，都不约而同地来到了林后的小山岗上。有时玩"捉迷藏"，有时玩"拔萝卜"，女孩子们喜欢玩"团团结棉花"，男孩子们则喜欢玩"狗追马鹿"。玩呀、玩呀！别的小朋友们去玩了，只剩下布谷鸟和箐鸡她们俩了，两个人又玩不成什么名堂，就一边拾栗子，一边追逐嬉戏。过了一会儿，感到有点累了，就一同坐在一块大石头上休息。这时箐鸡就细声细气地对布谷说："今天你为什么穿得这样漂亮？"布谷就老老实实地回答："我妈非常疼爱我。今天她特别高兴，所以叫我穿着这套漂亮衣裳出去玩。"箐鸡便对布谷鸟撒谎，说："不知为什么，我妈不像你的妈一样疼爱我。新衣裳也不给买一件。"其实她妈也疼爱她，只是不过

---

① 康开：纳西语，交换的意思。

于娇生惯养罢了。心地善良的小布谷，很同情地看着箐鸡，替朋友难过。两人你看看我，我看看你地沉默了一会儿，箐鸡对布谷说："咱们俩把衣裳互相交换穿一下好不好，也好让我高兴高兴，漂亮漂亮。"小布谷本来就同情她，又经箐鸡这么一说，马上就点头答应了。她们俩互相交换了衣服，箐鸡特别得意地穿着布谷的漂亮衣裳，左看看，右看看，摸摸袖口，扯扯衣尾，高兴得要死的样子。布谷看了这情景也很高兴，她们就这样玩到太阳落了，连午饭也没有回去吃。是该回家的时候了，于是布谷对箐鸡说："太阳落下山了，咱们俩该回家了吧！把衣裳换回好吗？"这时，狡猾的箐鸡尖声尖气地马上变了口气，就对布谷说："你怎么了？衣服不是你愿意交换给我的吗？交换过的东西怎么能再交换回去呢？"她马上翻脸不认账了。小布谷听了这句话，又害怕又伤心，害怕这样回去妈妈一定不会原谅她，因此，她一再向箐鸡哀求，把自己的美丽衣裳换回来给她，而箐鸡便一口咬定："已经交换过了。"布谷怎么哀求都不拿给她，箐鸡一面回答布谷的话，一面就偷偷地往回走，与布谷走了一段路以后，连叫了几声："康开，康开！"就向高山深林里飞去了。小布谷心里非常难过，哭得眼圈都红肿了，喉咙也嘶哑了。她也不敢回去见妈妈了。于是也向高空中飞去，去高山密林里，去寻找箐鸡，而不停地叫着："咯布，咯布，冷布路！"①

从这以后，箐鸡虽然打扮得漂亮，穿得这样美丽，羽毛灿烂滑亮，尾巴又长又好看，但是生来却不是如此，而是骗了别人的衣服来打扮了自己，所以她一直是羞答答地躲在高山深箐里，不敢远走高飞，每天叫着："康开！康开！"小布谷失去了自己好看的衣裳，飞来飞去寻找那狡猾的箐鸡，也每天叫着"咯布，咯布，冷布路"。

狐狸与公鸡（纳西族）

讲述：和菊英
记录：白庚胜
1986年采录于玉龙县黄山

很早以前，狐狸可怕鸡了，尤其是公鸡。为什么呢？因为鸡脑袋上有块

---

① 咯布，冷布路：送回来的意思。

又红又大的冠子。

有一天,狐狸溜进村里,想找点吃的东西。不想它刚刚来到村口,迎面走过来一只又高又大、毛色雪白的大公鸡。狐狸一惊,拔腿就要逃走。可公鸡忙叫住了它:"喂,你为什么见了我总要逃走呢?"狐狸埋着头怯生生地回答道:"我最怕你头上那团火。"公鸡听了,不由得大笑起来。狐狸被笑得莫名其妙,说:"你笑什么?"公鸡说:"我这哪是什么火呀!"可狐狸不信。公鸡便走过去说:"实话告诉你吧,这叫冠子。如果你不信,可以摸摸看。"它一边说着,一边友好地把狐狸的手拉了过来。狐狸一摸,咦,并不烫手,原来这是块又软又嫩的肉。一想到肉,狐狸满嘴的口水便不住地往下落。公鸡见狐狸这样动情,以为这一定是被自己的真诚感动了。它把手又一次伸向狐狸:"来,握握手,咱们交个朋友吧!""好的!"狐狸紧紧抓住公鸡的手,乘势拖过来,三口两口就把公鸡吃了个尽,然后把嘴一抹,回山里去了。

从这时候起,公鸡见了狐狸总是没命地逃啊逃,狐狸见了公鸡则拼命地追啊追,直到现在,还是这样呢!

猴、兔整狐狸(纳西族)

讲述:和文光
记录:和祖秀
1981年采录于玉龙县塔城乡

从前,猴子、兔子、狐狸和马都生活在森林里。狐狸经常欺负猴子和兔子,所以猴、兔一见狐狸就逃。

有一天,猴子和兔子事先约好,要整治一下狡猾的狐狸。

猴子刚爬到树上坐着,狐狸就跑到树下来说:"猴子弟弟快下来,我们去别的地方游玩。"猴子眨了眨眼睛说:"狐狸大哥,游玩倒可以去,不过你先等一等。我要吃马肉了,因为我已看见一匹马睡在那里。你喜欢吃马肉吗?"狐狸说:"我还没有吃过马肉呢,它到底是什么味道?"猴子说:"马很大,你很小,怕难对付。不过,我教你个办法,马睡着的时候,你把它的尾巴和你的尾巴拴在一起。这样马跑到哪里,你也就可以跑到哪里。"

狐狸信以为真,按照猴子的话做了,然后就去咬马那肥肥的屁股。哪知马一惊,飞一样地跑开了。

狐狸被马拖着跑,兔子蹲在山上观看,猴子坐在树上观看,高兴得不得了。猴子高兴过分,手脚一松,从树上掉下来,屁股跌得红红的。兔子笑得太开心,把嘴巴撕裂开了。而马呢?从此以后,就站着睡觉了。狐狸被拖得磨掉了皮,所以,狐狸的一截尾巴是白色的。

猎狗和猫（纳西族）

讲述：张成国
记录：耕勤　杨陆
1979年采录于玉龙县鸣音乡

很久以前的一天,太阳热辣辣的。主人走亲戚去了,猎狗在家闲得发慌,去邀约懒洋洋地蜷在一旁打瞌睡的猫："猫老弟,今天我俩去撵山好不好?在山林里才凉快呢。"猫立刻来了精神,它早说过要跟猎狗去学撵山打猎的。

它俩嘱咐大公鸡照看家里,一道结伴上山。一路上,猎狗一再地告诉猫,见了猎物,要紧追不舍,瞄准了猛扑上去撕咬……猫却大大咧咧地说："这不就跟我抓耗子一样吗?不难,不难!"

来到一个山垭口,猎狗招呼猫停下："麂子常常会从这里过,你守在这里,等我把麂子从森林里撵过来,你趁机扑上去咬。"猫高兴地答应着,在一个灌木丛旁埋伏了下来。

天气真热呀,风都没有一丝,四周静悄悄的,间或有一阵蝉鸣声从松林中传来。猫在灌木丛旁等了好久好久,还不见猎狗把麂子撵出来,阵阵困意却袭来了,便把身子蜷缩成一团做起梦来：它看到被追得气喘吁吁的麂子跑上来了,趁势一跃而出,扑上去就是一口,那疲惫不堪的麂子一下就被咬断了脖子,倒下不动了,就跟自己捕杀一只耗子一样。而这只肥麂子的肉啊,可比耗子肉鲜美多了!这时,猎狗"汪汪"的叫声由远而近,一只大麂子真被猎狗从山涧里撵过来了,可是猫还淌着口水,做着好梦!霎时间,那只大麂子直冲猫藏着的地方"嘭"地跃过来,猫被惊醒,刚抬起头,就被麂子一蹄子踩在身上,连翻了几个滚。一眨眼工夫,麂子的身影已经消失在垭口那边的密林中了。

猎狗追上来,见猫睡在地上直哼,只好把猫扶起来背上,转回家去。当猎狗问明了情由，气得把猫教训了一顿："你这贪睡误事的猫呀，还是在家逮你的耗子吧！"这样，贪睡懒惰的猫，直到现在还没有学会撵山，只有留在家里逮耗子，而且它被麂子那一脚踩伤了肺，留下了残疾，所以直到现在，喉咙里总是"呼噜呼噜"地喘。

乌鸦和青蛙（纳西族）

讲述：张成国
记录：耕勤　杨陆
1979年采录于玉龙县鸣音乡

小青蛙在水边捉蚊虫，跃来跃去，十分高兴。却不提防，存心吃它的乌鸦斜冲下来，一张嘴就把它叼走了。

乌鸦飞落在一堵岩石上，就要把小青蛙当做一顿美餐。小青蛙鼓起它那双机灵的圆眼，说："乌鸦啊，我的肉咸得很，你应该边喝水边吃，才有味道呢！"乌鸦还没吃过青蛙肉，咋个不想吃得更可口些？听青蛙这么一说，立刻又叼着小青蛙飞到一个水塘边，把小青蛙抛在一边，伸长脖子就去喝水。还没等它回过头，小青蛙早已一头扎进水里，无影无踪了。

乌鸦中了计，到口的美味又跑了，好不可惜！它愣愣地望着水面泛起的水圈圈，无可奈何。

小青蛙回到水里自由自在真畅快！它折转身，悄悄游到岸边，探头一看，只见乌鸦还歇在岸上，望着自己刚才跳下来的地方出神哩。小青蛙憋足劲儿，看准乌鸦的脖子，纵上去狠狠咬了一口，又跳进水中。

乌鸦冷不防挨了一口，吓得哇哇直叫，扑棱棱飞开了。飞啊飞，只觉得脖子疼得要命，慌忙停在一棵松树上。低头一看，殷红的鲜血从伤口噗噗地直往外冒，弄得满身血淋淋的。它忍着疼，伸着脖子，一个劲地把血揩在树干上。揩啊揩，血把松树都染红了，淌到树根，把树根也染红了。乌鸦筋疲力尽，一头栽跌到树下。

乌鸦的血渗进松树里，就变成血红色的松明。这就是松树有明子的来由。当人们燃起松明时，会听到"咝咝咝"地响，据说那是乌鸦疼得在吸气。

猫的故事（纳西族）

讲述：和崇仁 和仕贤
记录：和汉 纳西族 48岁 县文化局干部 高中
1980年采录于玉龙县黄山乡

传说古时候，猫和老虎、豹子是一母所生的三兄弟。猫原来还是大哥哩，豹子是二哥，老虎只是小老三。

有一次，三弟老虎抓到一只马鹿。老虎吃了一半，豹子吃了一只腿，猫吃了一只耳朵。过了一段时间，二兄弟豹子抓到一只麂子。老虎又吃了一大半，豹子吃了两只腿，猫仍然只吃了一只耳朵。

过几天后，猫大哥到田野里抓到一只老鼠，它自己把老鼠吃光了。老虎、豹子很不高兴地对猫说："你不配在高山森林里同我们一起生活，只配陪着人类捉钻洞的小老鼠。"

从此，猫大哥变成了帮人们捉老鼠的家畜。

兔尾巴的传说（纳西族）

讲述：和钟毓 纳西族 67岁 农民 不识字
记录：和爱华
1980年采录于义正村

传说很久很久以前，所有长毛的四脚动物都生活在大森林里。它们的身上虽然都长着各种不同色彩的美丽的毛，但因为大家都没有尾巴，屁股后头都显得光秃秃的，很不雅观。

动物们都为这事十分苦恼，纷纷要求兽王替它们想个办法。兽王扭头看看自己的屁股，也是光溜溜的，好似缺了点什么，觉得大家的话有道理。于是昼思夜想，费尽心思，做出一条条不同样子的尾巴，并通知所有的动物在第二天前来领取。

动物们听到消息都高兴得不得了。猫特意跑到兔子家，尖声尖气地对兔子说："兔大哥，明天我一定来约你，我们一齐去领尾巴吧。"兔子点头，答应在家等着猫。

第二天，动物们都三三两两邀约一起，到兽王那里领尾巴去了。兔子耐心地在家里等着猫，可是总不见猫来。狗路过兔子家门，问道："兔大哥，怎么还不去？"兔子回答说："我等猫一同去。"狗便自己走了。过了一会儿，狐狸来到兔子门前，见兔子还未走，就说："兔老弟，别人早都走了，怎么你还待在家里？"

兔子又说："猫还没来呢，我答应等它。"大大小小的动物都去得差不多了，兔子还不见猫来，心里非常着急。过一会儿出来看一次，过一会儿又出来看一次，左看右看不见猫来，兔子索性跑到路上去看，结果还是一点影子也不见。

兔子正在着急，不知怎么办才好，突然听见身后传来一阵欢快的笑声，回头一看，只见大家都装了各种不同颜色、不同形状的尾巴回来了，一路上笑着，互相夸耀着。兔子羡慕极了，问大家："兽王那里没有领走的尾巴还多不？"大家异口同声地告诉它："尾巴全领走了，你怎么还不去？"

兔子正要回答原因，忽然见猫也摇着漂亮的尾巴回来了。兔子生气地说道："昨天你不是叫我在家等你吗？"猫这时才恍然大悟："原来你一直在等着，我倒忘记了。"说完，夸耀起自己的尾巴来。

兔子伤心透了，想到从此以后别人都有了尾巴，唯有自己是光秃秃的，怎么办呢？兔子越想越伤心，越想越气愤，便号啕大哭起来。哭呵哭呵，把双眼都哭红了。据说兔子眼睛红就是从那时来的。

狗看到这种情形，从内心里深深地同情兔子，但又想不出办法帮它。正着急间，只见猫又跳到狗面前，夸自己的尾巴比狗好看。狗听了非常气愤，扑过去使劲咬住它的尾巴。猫拼命挣扎想逃走，可是尾巴已被狗咬下一小截。狗快步回到兔子身旁，安慰了它几句，将从猫身上咬下来的那一小截尾巴给兔子装上。兔子看看自己的尾巴，觉得虽然短一些，但总比秃着好看，便再三感谢狗大哥。

兔子的尾巴只有一小截也就是从这里来的。猫怕见狗，狗一见猫就要追，也就是从那时候开始的。

熊怎么会变成这模样（纳西族）

讲述：张成国
记录：耕勤　杨陆
1979年采录于玉龙县鸣音乡

远古时候，熊是十分灵巧的，它跑得飞快，连兔子也跑不过它，许多兔子都因此成了熊的美餐。一天，又有一只兔子被熊追撵得没命地逃跑。糟糕，一堵绝壁挡住了去路！兔子急中生智，转身就把脊背抵在岩壁上，大声惊呼："阿补牯①，快躲开啊，这堵岩子马上就要垮下来了！我要是一松开，你我都没命了！"熊抬头一看，它不晓得是天上的白云在飘荡，只觉得真是岩子在晃摇，不禁吓得回头就逃。

谁知过了几天，兔子"呼哧呼哧"地刚刚跃上一个陡坡，迎面又碰上老熊蹲在那里。"今天坏了！"兔子晓得自己后腿长，如果下坡就要吃大亏。它四下望望，眼睛一亮，朝旁边的一泡牛屎走过去，使劲地搓揉起来。老熊见兔子还活着，惊奇地问："啊，你咋个还活着？"兔子回答："那天，我差点就被压扁了，是依古当怛②救了我的命啊！"

老熊想吃兔子，不紧不慢地走上前，装模作样地问兔子："你在揉什么东西，咋个这么用力？""我在给依古当怛揉面做粑粑啊！""我来帮你揉……"老熊说着，伸出手掌就要抓兔子。兔子机灵地闪到一边："那太好了，我正愁着自己力气小呢！依古当怛说：'面是揉的工夫'，你赶紧帮我揉呀！依古当怛晓得会夸奖你的。"于是老熊伸出手掌去揉面，谁知它刚弯腰去搓，就被牛屎滑得"骨碌碌"地滚下陡坡，等它忍着痛重新上到坡顶，兔子已经跑得没影了。老熊气得直哼，发誓非要吃了这只兔子不可！后来，老熊终于找到了兔子的住处。兔子早有准备，它一见老熊气汹汹地追来，马上爬上树，拿一根木棒，假装朝树丫间的蜂窝敲打，嘴里还不住地叫着："当，当……"老熊大吼："拖冷③！今天你逃不脱了，快给我滚下来！""阿补牯，我哪有闲

---

① 阿补牯：纳西语，熊大哥。
② 依古当怛：纳西族传说中的百兽之王。
③ 拖冷：纳西语，兔子。

工夫跟你闹啊,依古当怛叫我打锣召集百兽呢,它一会儿就要到了!"

一听依古当怛要来,老熊怕到时不好抓兔子,忙爬上树。兔子立刻把木棒递到老熊面前,熊刚刚接到木棒,就听兔子着急地喊:"依古当怛领着一大群兽过来了,快打锣呀!"老熊一听怕了,它顾不得细看,擂起木棒就朝马蜂窝重重打去,兔子顺口"当当"叫了两声,趁机跳下树就跑开了。马蜂窝只两三下就被打得粉碎,只见一大群马蜂飞起来,把老熊团团围住,老熊跑也跑不成,被蜇得鼻红脸肿,周身剧痛,眼睛都睁不开了,它瞎摸一阵,"啪"地一下从树上重重摔到地上,动也动不得。

从这以后,老熊就变成了个臃臃肿肿、笨手笨脚的模样。它再也追不赢兔子了。

老虎为什么有斑纹(纳西族)

讲述:张成国
记录:耕勤 杨陆
1979年采录于玉龙县鸣音乡

古时候,老虎遍身的毛色都是火红的,它的毛色后来成了现在这个样子,是兔子造成的。

那天,老虎抓到了一只兔子,龇牙就要吃了,兔子急忙大叫:"阿补拉①,不要忙!你先看看我的样子咯好看?"老虎松开兔子端详一阵,不禁夸道:"真是好看极了!"老虎也想知道自己的样儿,它神气地问:"我的样子呢?"

兔子翻爬起来,左右打量老虎一番:"啊呀,阿补拉,你的样子才真正是美极了!只可惜你那条弯弯扭扭的尾巴,就像什吉口空②的蛇一样,有点难看。你如果把尾巴修整直,像庙门前的旗杆一样高高耸在身后,那才是一个又美又威风的虚孙③呢!"老虎听了,高兴得直咂嘴,赶紧请教办法。兔子让老虎去准备九捆松明、九根松木、九根栗木,以及九根绳子。

---

① 阿补拉:纳西语,虎大哥。
② 什吉口空:纳西语,山间的河水边。
③ 虚孙:纳西语,野兽之王。

老虎乐滋滋地东奔西忙，把这一切都准备好了，这才把兔子放出来，叫它为自己修整尾巴，许诺说，做到了就可以不吃兔子。兔子当然答应，老虎就放心地由兔子摆布。

兔子先拿七根绳子把老虎的手脚和身子捆住，又拿剩下的两根把老虎悬吊在一棵大树上。这一捆一吊，已经把老虎疼得嗷嗷直叫。兔子神气地说："莫叫莫叫，离直尾巴还早着呢！"说着，又把九捆松明堆在地上，把九根松木码上，再把九根栗木架到最上边，随即点燃了火。山头风大，一霎时，树下哗哗叭叭燃起了大火。

老虎早已被吊得麻木，动弹不得，这时又被烈火浓烟熏烤得遍身火辣，它一阵又一阵地喊着、呻吟着，兔子却说："我原来就交代给你，修直尾巴是要挨点疼痛的嘛！再挨一会儿，再挨一会儿！"兔子一边说，一边把火越拨越旺，热辣辣的栗柴火，把老虎的皮烤焦了，越腾越高的火苗，把老虎的毛燎煳了，只有那七根绳子缠着的一道道，才留下了原来的毛色。从此，老虎的身上就带上了红黑相间的斑纹。

兔子见一贯凶残自大的老虎被弄成这个样子，乐得眼泪直淌，眼睛也被火烟眯着了，它用手揉了又揉，眼睛被揉得红通通的。现在兔子的眼睛红红的，就是这样来的。

雉鸡和乌鸦（纳西族）

讲述：和六斤
记录：和金光
1980年采录于玉龙县黄山乡

很早以前，雉鸡和乌鸦的毛色都是白的，它们住在温暖的坝子里，一起玩耍、追逐，是很好的朋友。一天，活泼的雉鸡忽然对乌鸦说："我们的羽毛都是白色，多不好看！如果使自己的颜色五彩缤纷，那该多好呀！"乌鸦非常赞同，它们想呀想，想出了一个办法：就是画，我画你，你画我，可没有笔墨，怎么办呢？它们就分工到附近将宽阔、厚实的树叶找来做成"臼"形的容器。又在很远的地方找来各种颜色的野花、野果，最后又用嘴含来水放入"容器"中。泡一段时间后，野花、野果的色溶在水里了，有了各种色彩。只差笔了，它们又分工去找来狼毛做成画笔。一切都准备好后，第二天，它们就开始画。先是乌鸦给雉鸡画，乌鸦做事一向很沉着，画得非常认真，也很有耐心，而且各种颜色配搭得相当好。它一丝不苟地画呀画，累得直淌汗水还不停地画，从早上一直画到日头偏西才画完。仔细一看：全身都很美了，但长尾巴还没有画，又不太好画，这可伤了乌鸦的脑筋。它想呀想，忽然，想起老虎尾巴，黑一道白一道，竖起来既威风又好看。它就照样画，画完后一看，哎呀，雉鸡长老虎尾巴多不相称！它想了想，又在中间加了一些很好看的花纹。这样，五光十色，在夕阳下灿烂耀眼，美丽极了。雉鸡高兴得翩翩起舞，乌鸦也高兴地舒了一口气，抬头一看，晚霞满天，映红了大地，哎呀！整整画了一天。

　　第三天，轮到雉鸡给乌鸦画了。雉鸡因为昨天乌鸦给自己披上美丽的彩装，心里美滋滋的，很早就起来做好准备。开始，还画得好，但雉鸡始终没有乌鸦的那份耐心，画了不多一点就不耐烦了，心里想着早点画完，结果心一慌，手就乱了，手一乱就画错了。它就去涂改，哪知越改越糟糕，越涂越难看。雉鸡生气了，干脆把黑的那一瓶提起来给乌鸦从头到尾浇下去，使乌鸦变成了一个黑乎乎的家伙。乌鸦很是生气，它辛辛苦苦给雉鸡画了一天，画得那样好看，而雉鸡却没有耐心，把自己弄得像锅底一般。它就去啄雉鸡出怨气，雉鸡自知理亏，几下子就飞进深山老林里躲了起来。现在乌鸦一见雉鸡就拼命追啄、扑打，据说就是这个缘故。而乌鸦为了找雉鸡报仇，就经常飞到高高的树尖上看。从那以后，雉鸡的羽毛美丽动人，乌鸦却黑如墨漆；雉鸡在深山老林里天天高傲地叫："好看，好看，好好看看！"而乌鸦却只得痛苦地哀鸣："黑鸹，黑鸹。"

蜈蚣、马鹿和公鸡（纳西族）

讲述：张成国
记录：耕勤　　杨陆
1980年采录于玉龙县鸣音乡

　　远古的时候，蜈蚣只有四只脚，腰身也是圆的。马鹿没有头角，公鸡则有一对美丽的犄角。

　　一天，蜈蚣请好朋友公鸡和马鹿来做客。马鹿和公鸡原不相识，头一次在蜈蚣家见面。马鹿见公鸡头上那对玲珑美丽的犄角，羡慕极了，对蜈蚣说:"我见过许多头角,可还没见过像公鸡头上那样漂亮的。我想借戴上几天,你能帮我说一说吗?"

蜈蚣很热心,说:"你和我亲如兄弟,公鸡和我又是老朋友,我一定帮你借来。不过,那对角是公鸡的祖传宝贝,你戴几天,就得还给它。"

马鹿满口答应。蜈蚣便对公鸡说了,并为马鹿说了许多好话。公鸡从未借出过它的犄角,但今天是最亲密的朋友来借,就破例答应了。它小心翼翼地把角取下来,交给蜈蚣:"拿去吧,告诉马鹿,早些送还我。"

马鹿从蜈蚣手中接过公鸡的犄角,乐滋滋地戴到自己头上,觉得神气极了,情不自禁地说道:"哼,那憨公鸡还想让我还它,想得多美!它哪里配戴这犄角,应该归我戴。"马鹿骗到公鸡的犄角,就逃到远远的地方去了。

过了好些日子,公鸡不见蜈蚣把犄角送回来,就去找蜈蚣。蜈蚣感到对不住老朋友,它让公鸡留在家中歇息,自己前往马鹿家去取犄角,谁知马鹿连影子都不见了。蜈蚣知道受了马鹿的骗,气恨极了,决定走遍天涯,也要追回公鸡的犄角。

蜈蚣在山林里发现了马鹿的脚印,就一刻不停地追赶,但总是赶不上快步如飞的马鹿。善神从云端里看见了,很同情蜈蚣,马上给了它许多只脚。从此,蜈蚣行走得飞快。它趟过一条条水涧,翻过一座座山岭,穿过一片片森林,在雪山腰追上了马鹿。马鹿正在那里自在逍遥,不料蜈蚣追上来,不由吃了一惊。蜈蚣大声呵斥:"骗子,看你再往哪里逃!快把公鸡的犄角还我。"

马鹿装着没听见,又想逃跑。蜈蚣看穿了它的心计,飞快地爬到它头上,紧紧抓住犄角,用力去摘。马鹿在雪地上翻滚,想把蜈蚣甩开,蜈蚣哪肯放手。马鹿一发狠,把头角往雪地上碰,蜈蚣被撞晕了,身子也被碰扁了。

蜈蚣满身是伤,没法追上马鹿,只好拖着扁身子回来。公鸡见蜈蚣没拿来犄角,一股怒火直冲上头顶,一会儿,凝结成一道火焰似的大红冠子。

公鸡误以为蜈蚣与马鹿串通一气,骗走犄角,圆睁两眼,舞着利爪,拍着翅膀,扑向蜈蚣,怒叫着:"还我角来,还我角来。"蜈蚣见势不妙,慌忙钻进石缝里躲起来,再不敢见公鸡。从此,蜈蚣生活在石缝里,而公鸡一见蜈蚣就去啄。马鹿呢?它做了亏心事,生怕蜈蚣和公鸡来算账,整天提心吊胆地躲在山上,不敢下来。

狡猾的鳝鱼（纳西族）

讲述：和顺莲 女 纳西族 60岁 民间歌手 不识字
记录：刘钊
1956年采录于古城区大研镇白龙潭村

很久以前，有的动物还没有定居下来。一天，它们聚集在一起来商议。商议了很久，也没有商议出个好办法。还是蛇想出了个主意：

"鱼喜欢水，那就让鱼住在水里，我和青蛙住在陆地上的草丛中和水洞里，大家看好不好？"

蛇提出来的主意，大家听了都满意。从此，鱼就安家在水里，蛇和青蛙就安家在草丛中和水洞里。

鱼、蛇和青蛙定居了下来，大家生活得很美好。

有一条鳝鱼，没有参加最初的商议，它想独自一个住在水里，又想独自一个住在陆地上。于是，它就想出了一个坏主意。

一天，鳝鱼跑到鱼的家里，亲亲热热地对鱼说：

"鱼大哥，我们都是一个祖先的后代，不信你看看，我的尾巴和你的尾巴一模一样，咱们是一家人不说两家话，你可不要对我客气。"

鱼听了，就热情地来招待鳝鱼。

鳝鱼又对鱼说："鱼大哥，我听说蛇很坏，它霸占着绿绿的草丛不算，还和青蛙霸占着水洞，我们要想个办法把蛇除掉才好。"

鱼听了，没说什么。

鳝鱼又说："鱼大哥，这件事请你放心，由我一个去想办法对付好了。"

一天，鳝鱼又跑到蛇的家里，热热乎乎地对蛇说：

"蛇大哥，我们都是一个祖先的后代，不信你看看，我的头和你的头一模一样，咱们是一家人不说两家话，你可不要对我客气。"

蛇听了，就热情地来招待鳝鱼。

鳝鱼又对蛇说："蛇大哥，我听说鱼坏极了，最初商议好的它们居住在水里，现在它们后悔了，说是它们鱼多，要把我们赶走，由它们来盘踞这绿绿的草地。"

蛇听了，有点半信半疑，没说什么。

鳝鱼又说:"蛇大哥,这件事请你放心,由我一个去想办法对付好了。"

鳝鱼从中挑拨来挑拨去,鳝鱼的这套把戏,慢慢地被青蛙看破了。青蛙忙把鱼和蛇请来,对它们说:

"鳝鱼是最狡猾的,它见了蛇就摇头,见了鱼就摆尾,我们可不要上了它的当。"

鱼和蛇一听,都明白过来,大家一起把狡猾的鳝鱼赶跑了。鳝鱼既不能居住在陆地上,也不能居住在水里,它不敢再跟鱼和蛇见面,就只好躲藏在稻田里的泥巴底下。

虎、豹、猫(纳西族)

讲述:和三元 纳西族 55岁 农民 不识字
记录:刘钊
1956年采录于玉龙县太安

虎、豹、猫,是三兄弟。

一天,兄弟三个商量着打平伙。

老大虎说:"今天打平伙,老三猫最小,派它去找吃的,你们说好不好?"

老二豹同意,老三猫也愿意去。

猫去找呀,找呀。找了三山、三水、三个时辰,找来了一只小老鼠,对虎、豹说:"虎哥,豹哥,我去找了半天,才找到一只小老鼠。一只小老鼠,不够我们三兄弟吃的,作我自己的一顿饭正好。老二豹哥居中间,还是派它去找吃的,你们说好不好?"

老大虎同意,老二豹也愿意去。

豹去找呀,找呀。找了三山、三水、三个时辰,找来了一只黑毛狗,对虎、猫说:

"虎哥,猫弟,我去找了半天,才找到一只黑毛狗。一只黑毛狗,不够我们三兄弟吃的,作我自己的一顿饭正好。老大虎哥为长,还是派它去找吃的,你们说好不好?"

老三猫同意,老大虎也愿意去。

虎去找呀,找呀。找了三山、三水、三个时辰,找来了一头大黄牛。兄弟三个吃呀，吃呀。吃了三天、三夜又三个时辰，还没有把一只牛腿吃完。

从此以后，猫只会捉老鼠，豹最擅长拿狗；可是虎呢，它成了兽中的王了。

乌鸦笑黑猪（纳西族）

讲述：木一坚
记录：杨世光
1979年采录于玉龙县白沙乡

一天，在树林里住惯了的乌鸦，忽然心血来潮，想到坝子里去转转，便"哇、哇、哇"地叫着飞下山来。到一个村子边，它看见一只黑猪在埋头拱土，便停在一个桩桩上，看着黑猪笑："啊呀老猪，你实在黑得太不像话，黑得跟锅底不相上下，我都认不出你来了，你怕是吃锅烟长大的吧？"

黑猪听见嘲笑声，就抬起头来看，原来是只黑乌鸦，便从鼻子里哼了一声，满不在乎地问答："原来是你呀，我可怜的老乌鸦，你怎么不看看自己？说实在话，你也黑得太不像样，简直跟木炭差不了多少。要不是你开口说话，我都看不出你的嘴脸来了，你怕是吃黑炭过日子的吧？"

虱子和跳蚤（纳西族）

讲述：和为大
记录：和尚庚
1979年采录于玉龙县白沙乡

据说，虱子和跳蚤原来是一家，跳蚤以为虱子既馋又懒，便想拿法儿整一整虱子。有一天，他俩煮了一罐肉，跳蚤想自己独个儿吃这罐肉，便出了一个主意，它跟虱子约定：两个一起上山背柴火，谁先回到家谁就吃那一罐肉。虱子无奈，只得怏怏地答应了。

跳蚤满以为虱子笨手笨脚，行动迟缓，自己能蹦善跳一定能独吞那一罐肉，饱餐一顿。想不到，回来的路上，跳蚤才跳了两三步，柴捆就散了架，它只得停下来重新捆扎，慌慌忙忙捆好，才蹦了几步，又散了架，又得停下来。这样，跳两步停一会儿，蹦三步耽搁一阵，跳蚤回到家时，那罐肉早已被虱子吃得一干二净，罐底朝天了，虱子独自吃完了一罐，把肚子也撑大了，胀鼓鼓的。

跳蚤又气又恨，拿起那空罐子朝虱子砸去，正好打在虱子的脊背上。虱子挨了打也愤怒起来，忍着痛抬起一只黑锅向跳蚤扑去，跳蚤来不及躲闪，被黑锅笼罩住。

从那以后，虱子和跳蚤各自的身上都留下了那次贪嘴争吃的永久印记：虱子脊背上有黑点，跳蚤都是黑的。

属相的故事（纳西族）

讲述：刘贵生
记录：刘钊
1956年采录于古城区金山

很多动物聚集在一起，谁都想在十二种属相中占一个位置，都还想在十二种属相中居第一名，为了这个就热烈地争论起来。

老虎和兔子开始了争论。

老虎说："我是兽中之王，不但十二种属相中应该有我一份，还应该居第一名。"

兔子听了不服气，对老虎说：

"我们两个赛跑，要是你赢了我，你就居第一名；要是你输了，那你就不能居第一名。"

老虎答应了。老虎和兔子比赛跑，结果是兔子胜利了，老虎就不能居第一名。

黄牛和老鼠又争论起来。

黄牛说："我的个儿大，不但十二种属相中应该有我一份，还应该居第一名。"

老鼠听了不服气，对黄牛说：

"我们两个来比赛，让人们来评评我们两个谁的个儿大。"

黄牛答应了。黄牛和老鼠来比赛，两个一起睡在大道旁。过往的人们看见它们说："哈！这只老鼠的个儿真够大，从来还没看见过。"

比大的结果，老鼠胜利了，可是黄牛不服气。

黄牛说："这样比赛，分不出本领的高低，我们两个来比赛渡河，谁要是由河这岸先游到河那岸，谁就居第一名。"

老鼠答应了，其他动物也同意，老鼠就和黄牛来比赛。

比赛开始了。黄牛会游水，游起水来一股劲。老鼠不会游水，游起水来很吃力。

游啊，游啊！黄牛游在前面，老鼠紧紧追在黄牛的尾后。游着游着，老鼠忽然想了个主意，上前一口咬住了黄牛的尾巴。

黄牛用劲往前游，刚刚游到河中央，觉得尾巴很疼，就猛地一甩，这一甩把老鼠给甩到河的对岸上去了。等黄牛游到河的对岸时，见老鼠早在岸上等着它。渡河比赛的结果，还是老鼠胜利了。

老鼠胜利了，居了十二种属相的第一名，黄牛居了第二名，老虎是第三名，兔子为第四名，龙为第五名，蛇为第六名，马为第七名，羊为第八名，猴为第九名，鸡为第十名，黄狗来晚了，居了第十一名。就是猪最懒，在家睡大觉，所以就把它排在了十二种属相的最后。

药王的故事（纳西族）

讲述：和耀淑
记录：李即善 纳西族 48岁 文化馆干部 本科　杨寿林
1980年采录于古城区金山良美

据说在很早很早以前，玉龙山下的纳西族，曾经历了一场大瘟疫的灾难。神农为了表彰那次救人有功的药草，特地发出通知，要在五月初五那天的午时，聚会百药，选点药王。长年生长在高山峻岭间的各种药草，一听这个消息，个个喜欢得蹦出地面，赶紧收拾打扮，穿上节日盛装，互相邀约，生怕迟到误了大事，成群结队地来参加这个选点药王的盛会。

黄芩听到要点药王，内心也万分高兴，可它表面还装出满不在乎的样子，心想：我黄芩色如黄金，是百药中最美丽的；人身最主要的心肺等部位的火气，只有我黄芩能熄灭，是百药中功能最大的。黄芩越想越高兴，禁不住发出非常自负的自言自语："我不到场，还能点出什么药王？"它还信心十足地估计着，神农就要派人参、甘草等小辈们抬轿来接它。虽然有好几批伙伴邀约过它了，可它若无其事，坐在家里等着轿子来抬。

时间慢慢过去，树影子由长变短，又开始变长起来，可还是不见有轿子来抬它。黄芩渐渐加深了心头的疑虑，开始纳闷起来："难道没有我在场，它们也真能点出药王？"话虽这么说着，可也有点六神无主起来，它像热锅上的蚂蚁那样，慌了手脚。结果只好三步并作两步，连走带跑，急忙奔向会场。临近会场门口，又装出悠闲的架势，手背身后，摆开八字步从容迈向会场。虽然气喘得像小炉匠的小风箱，也顾不得走腔失调，唱起了它得意的杰作《医字歌》："玉龙山下老太医，捏成丸药把病医；任你太医本领大，没我黄芩病难医。"

它的《医字歌》还没把音尾唱完，就清楚地听到神农郑重地宣布："现在选点秦艽为所有草药的药王。"紧接着是一阵雷声似的掌声，让黄芩周身起遍了鸡皮疙瘩。黄芩越想越气，越想越恨，觉得心灵深处好像有猫爪在狠狠扒抓，终于像一堆稀泥那样瘫了下去，把它气得连心都枯朽了。所以今天黄芩的根心，都有干枯的朽痕，典故就出在这里。

花王的故事（纳西族）

讲述：和耀淑
记录：铁蛋爸 纳西族 50岁 文化馆干部 高中
1980年采录于古城区金山良美

神农点选药王的盛会，传遍了岭头，也传遍了河边。百花仙子听到这个消息后，也于第二年召开了一个选点花王的盛会。

那一天各种花朵都到场了，白的、黄的、蓝的、粉的、紫的、红的，真是缤纷灿烂、万紫千红，花香如浪，漫遍大地，彩色如潮，把这个宽广辽阔的山岭会场淹没了，枝枝竞妍，朵朵吐芳，真是盛况空前。

选点前的讨论纷纷纭纭，真像早晨彩霞在波动。经过好一会儿议论，很多花枝都说海棠最好，特别是当她含着晨露前来时，美得就像仙子绯红脸颊上深旋的笑涡。

正在赞扬海棠的紧要节骨眼上，花丛中冒出了一个反对的意见："海棠虽美，可没有香味，不能为王。"结果，花王的点选，转移到了玫瑰身上。多数花都认为玫瑰花又红又香，具有点为花王的资格。百花仙子走近玫瑰仔细一看，的确香味沁脾，红艳艳的很是可爱。仙子非常欢喜，走到玫瑰身旁，伸手去抚摸，只听仙子"哎呀"一声尖叫，皱起眉头在看手指，原来仙子的手被玫瑰花枝上的刺尖扎出了血。这胆大狂妄的玫瑰，敢于伤害仙子，谁还再愿选它为王呵？

结果，终于选定了把花朵低垂于绿叶间、体态娇娆、仪表端雅、甘用自己的嫩根去医治女儿病的牡丹为花王。附带点了不会扎人的桂花为香君。

百花仙子刚准备宣布散会，只见马樱花傲慢地姗姗而来，连声高叫："且莫散会，我反对牡丹为花王。你们看我的花朵比牡丹还要大，而且红透花心，花王应该是我。我还以为你们要把花王的王冠送到我跟前来呢！"百花对于马樱花这种傲慢无理的态度感到非常气愤，纷纷要求百花仙子惩罚她。

仙子也觉有理，便对马樱花说："你这么认为自己了不得，这么不近人情，那么，你就到远离人间的高山岭尖去孤芳自赏罢。"

马樱花气啊气断了肠，恨啊恨烂了心肺，致使脓血喷涌。所以马樱花只在高山岭尖生长，花还没有开完，花心已经腐烂，典故就出在这里。

木王的故事（纳西族）

讲述：和耀淑
记录：铁蛋爸
1980年采录于古城区金山良美

鲁班祖师是个一心为老百姓做好事的人，所以，他按老百姓各自不同的能力，各自不同的地区，创造了与之相适应的房子，使各色各等老百姓都住得满意。

为了使各类木材更恰当地用到该用的场合，鲁班觉得很有必要选定木王，并把木材分成等级。

在他多年施工的经验中，他很注重楸木，因为楸木不仅花纹美观，而且操作时很听使唤，脾气柔和，一点也不与匠人为难。更值得称道的是它还耐水，不易腐朽。还有，它还是个砍伐不会死亡的长寿者哩！只要不挖去根，砍下树干，它依然能抽枝成材。对楸木所有的这些长处，鲁班越想越满意，难怪他选点楸木为王，也是从对百姓的好处来着眼的。鲁班祖师要下定最后决心，选点楸木为王以前，为了慎重起见，再一次到楸树跟前来，再仔细认真地作最后一次审查。

这时，正是楸花盛开的时候，淡紫淡粉的满树繁花高插天空，与蓝天白云相掩映，鲁班看了更觉满意，认为它连风度都不一般。

刚要点定它为木王时，恰巧从楸树下走来一位老奶，脸上皱纹很深，白发零乱，牵着一个瘦肌干巴的孩子，嘴里喃喃地诅咒着："这该死的楸木花！"鲁班一听，非常惊异，问老奶为什么诅咒这么可爱的楸木花。老奶回答说："难道你不知道，'楸木开花没买卖'吗？现在青黄不接，我们老百姓饿得两眼只见金片花，楸木花却给我们耀武扬威。"说完，老奶慢慢走去，目瞪口呆坐在楸木树下的鲁班，凝望着祖孙俩的去向，只见老奶坐在一株香椿树下，孩子爬上香椿树，采下虽已不嫩、可还能嚼的香椿叶子，祖孙俩慢慢地嚼食起来。

这时，善良的鲁班禁不住涌出了泪水，一边挥泪向楸树，一边说："人间的万物，都应该为人类造福，应该有爱惜人类的良心。可当人类在青黄不接中受难时，你却毫无同情人类心意，任你有天大本事，我也不点你为王。"他当即跑到香椿下，封它做了木王。

所以，楸木砍下地后，任你搁上十年八年，外表枯得炸裂，若非锯成板子，木心依然不干。这因为是楸木一方面自己认为能耐这么大，不被点为木王，死不甘心；一方面也因为是鲁班的泪水渗进木心的缘故。"楸木心不干"的典故是这样来的。

木中之王香椿（纳西族）

讲述：和锡典 和士林
记录：铁蛋爸
1980年采录于古城区金山良美

古时候，楸木、松树、栗树、香椿等所有的树木都长在山上。它们互相竞赛，看谁的本领最大，就认它为木中之王。松树和栗树先吵开了，都说"我的本领大。"于是大家让它俩比本领。

比赛开始了，在大山脚下请大石头来压，看谁的承受力大。大石头毫不客气地说："好吧！"就跨上栗树施加压力，压呀压，栗树毫不在意，反而哈哈大笑，怎么也压不弯。大石头说："好啦，栗树太坚硬了，真是木中之王。"

松树不服气说:"我还没试一下呢!"于是大石头不声不响地跨上松树。才踏上一只脚,松树就"吱吱"地叫起来。石头又爬上去,松树大声哭叫起来了。石头说:"好了!你认输吧。"大石头还没有跳下来,松树"咔嚓"一下压断了。从此,松树承认失败,砍掉就不会再长出来了。

栗树很高兴,大声嚷着说:"小的们,我的本领最大啦!你们都来参拜我为大王吧!"树林里所有的树木都想,连松树都不如栗树,我们可不必跟它争执。于是都想去参拜大王。

唯有楸木不服气,说:"你们不要泥鳅钻黄鳝洞图安逸,还要提防鳝鱼调头呀。怎么不亲自试试就轻易让它为王,不就是它的奴隶了吗?"大家都觉得有理,就请楸木跟栗树比。楸木和栗树比谁的抗腐性强,它们脱光了衣服,裸体睡在深谷里。洪水冲下来了,山中的枯草腐叶、泥土沙石顺流而下,像闷米酒似地把它们埋在山谷中。

好几年过去,它们从枯草烂叶中出来,抖了抖身上的泥土。谁知这一抖,栗树连皮带肉抖落了一大半,而楸木才脱了一层皮。

栗树垂头丧气,但它还不服,所以栗树永远砍不绝。

楸木高兴地回来了,它满以为木王该是自己了。许多树木都想去拜王了,谁知香椿树哈哈大笑说:"你们不要把帽子垫在脚板底下,我要跟楸木比比,让你们看。"然后对楸木说:"你高兴得太早了点,请你不要看不见头顶上还有毛发,我还要跟你比比看。"于是,楸木和香椿比赛谁先发芽,谁的叶子好。来年初春,香椿芽带着红颜破皮而出,不几天,枝尖都长出鲜红的叶子,喷放出扑鼻的芳香。而楸木才亮出嫩尖儿,人们嚷着跑向香椿树,争先恐后地摘香椿去了,而楸木却没有人理睬。

从此,香椿被立为木中之王。凡起房子,都要找一根香椿夹在中梁八卦图正中,以标志木材的主心。

而楸木遗恨千古,不论砍了多少年树心决不会干,所以叫"楸木心不甘"。

白杜鹃的故事（纳西族）

讲述：和耀淑
记录：铁蛋爸
1980年采录于古城区金山良美

每天都跟木材打交道的鲁班祖师，虽然用锯、凿、斧、锛等多次测验，想点定一种木材为王，可是一直没能如愿。听说玉龙山下神农曾召开了一个选点药王的盛会，让百药互相评议，效果良好。接着百花仙子也同样召开了选点花王的大会。他认为这样的好办法很值得效仿，也就发出通知，定下日期，召集所有木材，到玉龙山下选点木王。

这次选点木王的大会，盛况与前两次不相上下，可也终有些问题发生。

当经过所有树木翻来覆去的议论，最后决定了香椿为木王时，白杜鹃慢摇慢摆地来了，口中还阴阳怪气地哼着："自从盘古开天地，我跟天地到人间，地上所有木材树，都是我引领来。"别的树木问它有什么依据，白杜鹃扬着鼻子说："哼！你们连纳西东巴经都不知道么，那里就有一清二楚的记载，你们连这点起码的知识都没有，还选什么木王，快！快把王冠给我戴上。"

所有的树木，对白杜鹃的倚老卖老很看不顺眼，也惹恼了鲁班祖师，当即下令："你给我滚到深山阴暗的角落里去。"

白杜鹃吃不成老本，只好奉命生长到深山潮湿的阴暗处。可是，它心中对这个处分很不服气，愤怒得心肝破裂。

今天白杜鹃的树心都有黑色的裂痕，典故就出在这里。含满花心的那一滴水，是从它内心涌出的悲愤泪水。

麦子与荞子（纳西族）

讲述：木金良
记录：木丽春
1976年采录于玉龙县石鼓镇

在很古的时候，谷类和茅草还混长在一起。后来，谷神为了分清五谷，举办了五谷点选会，下旨让各种作物去应选。谷类听到这个消息，个个欢欣若狂，争先恐后地应选，都想跨进五谷的行列。

起会那天，公鸡还未打鸣，麦子姑娘就起来准备赴会，梳洗完毕去邀约它的邻居荞子。

麦子和荞子相伴上路了。荞子看一眼娇小的麦子，只见它长得又胖又结实，像珍珠一样浑圆。而自己呢？长得瘦骨嶙峋，瘪缺干巴，越看越觉得自己长得比麦子丑，心里暗暗盘算，万一麦子选进"五谷"，而自己选不上，日后做邻居也会受麦子冷眼耻笑。要是小麦不去应选，自己就多了三分当选的希望，不如把麦子哄转回去。

荞子想完这馊主意，冷不丁就站住了，扬起它那铁棱似的头颅，轻蔑地对麦子说："小麦姑娘，天底下去应选的谷类多如牛毛，看你又干瘦又孱弱，谷神不会看中你这小东西，何必爬坡翻山，辛苦流汗，我劝你还是转回家去吧。"害羞的麦子红了脸，默了一下神，张开娇小的嘴巴说："我虽不像你一样长得有棱有角，可是我肚里装的尽是人们爱吃的白面粉，秸秆也是牲畜的上好饲料，全身都是宝呀。万一谷神看不中，我也不泄气。"

小麦的一番话，说得荞子哑了嘴巴。它想，我长有铁棱硬壳，肚里的面粉比麦子少，秆秆长得虽比麦子粗，可是牲畜不爱吃。荞子越想越觉得自己当选的希望渺茫，一股恼恨和嫉妒的火一下子窜上脑门，朝着麦子大喝一声："你这该死的麦子，敢信口讽刺贬低我，撞死你这丑矮子！"荞子说完便高高纵起，一头撞向麦子姑娘那圆鼓鼓的肚子，撞出了一道深深的裂口。现在麦粒的肚子上有一条深深的疤痕，原因就在这里。

麦子被荞子撞伤后，哭哭啼啼来向谷神告状。

谷神问荞子，为什么要撞伤麦子？荞子却蛮横无理地说："我有鸡鸭啄不烂的铁棱硬壳，可是连小甲虫的袭击也抵挡不住的娇小麦，竟来羞辱我。"谷神耐着性儿说："麦子皮薄娇小，默默无闻地做好事，说句话也心怯胆战……"荞子昂着坚硬的三角头，截住谷神的话："麦子讽刺我皮厚，肚里没货，长出的秸秆连牲畜也不吃，我才撞了它。"谷神笑着说："对呀，小麦全身都是宝，对人贡献也大，你……"

荞子以为谷神偏袒麦子，猛跺一脚，气嘟嘟地叫道："你既然偏爱麦子，嫌我丑陋，从今天起，我三天以外不躺在土层下面，三个月以外不留在地上，我要把土地的血统统吸光，不稀罕你选我进五谷行列。"说完荞子抖抖屁股上的灰尘，便转身走了。

从此以后，荞子成了任性的流浪者，撒下去三天就发芽，长三个月就可以收获。荞秆和荞花像鲜血浸染过一样红，那是它吸了土地的鲜血。种过荞子的土地特别瘦，正是这个缘故。

麦子呢？得到了谷神的爱护。谷神安慰说："虽然你身上有了缺陷，但只要你跟在蚕豆大哥的后面，尽心尽力为人们，我还是把你选进五谷。"麦子比蚕豆下种迟，成熟也比蚕豆晚些，典故就出在这里。

骄傲的马樱花（纳西族）

讲述：木金良
记录：木丽春
1976年采录于玉龙县石鼓镇

很久以前，玉龙山新辟了个园子，要选花木。

消息传出后，一棵又矮又弯的小松树邀约邻居马樱花去应选。马樱花却扬起它那红霞般美艳的头颅，傲慢地说："小松树呀，你又不会开花，长得又矮又弯，真是个丑八怪，不是花神瞎了眼，怎么会有点你进花园的美事？"小松树对马樱花的奚落并不在意，仍然谦逊地说："万一玉龙花神嫌我长得丑，不点我，我也不心灰意冷。你不愿同我一道去，我就先走一步了。"马樱花不耐烦地说："去你的吧，我早走晚走都一样，反正花神得给我留下好座位。花园没有我马樱花，还算什么花园？"马樱花摇摇它那红霞般的头颅，伸了个懒腰，又去睡它的懒觉。

玉龙花神开始点花木了，把踊跃前来应选的奇花异木都一一选进园里，朴素而又谦逊的小松树也被选上了。太阳落山了，点花结束了。

这时，马樱花才慢吞吞地走来。它骄傲地朝百花园中一看，只见小松树坐在园子里向它微笑，它感到十分意外，又非常嫉妒，吐了一口唾沫，便想冲进园子找座位。哪知花神已关了园门，马樱花被隔在篱外边。它碰了一鼻子灰，方才知道骄傲不得，要后悔已经迟了。它独自站在篱墙外，感到非常孤独、空虚。

久而久之，马樱花的树心变空了，一开花，花蕊就腐朽。虽然它在阳春三月开得像红霞一般鲜艳，但从来没有一只蜜蜂飞来采花。

附录　故事家小档案

木丽春

纳西族，1936年生，丽江市群艺馆退休干部、副研究员，长期从事民族民间文学工作，收集纳西族民间传说近300多个。曾收集整理《纳西族民间故事集成》和《东巴经故事》等。其中，与牛相奎合作搜集整理的叙事长诗《玉龙第三国》于20世纪50年代便轰动文坛。退休后仍笔耕不断，出版数部东巴文化专著。

牛相奎

纳西族，1938年生，丽江市文联退休干部。曾任《玉龙山》杂志编辑、副主编。20世纪50年代，他与木丽春合作收集整理叙事长诗《玉龙第三国》，而后曾长期从事民族民间文学等工作，并翻译整理《赶马之歌》《祝婚歌》《牧象姑娘》等多部纳西族民间长诗。

赵净修

纳西族，1926年生，2005年病故。曾任丽江县文化馆副馆长、馆长，文博副研究员，云南省民间文艺研究会理事。一直从事民族文化工作，主要作品有与他人合作收集整理的纳西族故事集《阿一旦的故事》等，另有东巴经故事、散文小说等四十余篇。

和锡典

纳西族著名民歌手，玉龙县长水村人，1916年生，已故。他13岁开始接触纳西族传统歌谣，能完整地演唱《北时细里》《挽歌》以及《游悲》等纳西族传统大调,并用纳西语整理、创作过许多民歌、民谣、长诗、短诗及民间故事等。他不仅是个出色的民歌手,同时也是个故事家,对本民族传统文化传承发挥过重要作用。

后记

2002年12月26日经国务院批复，设立丽江地级市，丽江纳西族自治县分设为古城区、玉龙纳西族自治县。2003年4月1日开始区、县分开办公。自此，从清乾隆三十五年（1770年）始设立的"丽江县"不复存在，其建制到2003年已有233年的历史。由于历史上古城区、玉龙县同属一县，区县分设还不到三年。为此，这次选编《丽江民间故事》区、县不单独立卷，而将古城区、玉龙纳西族自治县合编为一卷，鉴于区县分设后，两地相关人才的条件与困难，该卷直接由市文联具体执行选编任务。

丽江市古城区、玉龙纳西族自治县位于云南省西北部，金沙江中游，地理坐标为东经99°23′～100°32′，北纬26°34′～27°46′。东西宽112公里，南北长157公里，总面积7648平方公里。东隔金沙江与宁蒗彝族自治县和永胜县相望，南接大理白族自治州的鹤庆、剑川两县，西与怒江傈僳族自治州的兰坪白族普米族自治县、迪庆藏族自治州的维西傈僳族自治县接壤，北隔金沙江与迪庆藏族自治州的香格里拉县及四川省木里藏族自治县毗邻。古城区下辖龙山乡、七河乡、金江乡、大东乡、金山乡和大研、祥和、西安、束河4

个办事处。玉龙纳西族自治县下辖黄山镇、石鼓镇、巨甸镇、白沙乡、拉市乡、太安乡、龙蟠乡、鲁甸乡、塔城乡、大具乡、宝山乡、纳西族自治县的主体奉科乡、鸣音乡、石头白族乡、黎明傈僳族乡、九河白族乡。有纳西、汉、白、彝、傈僳、苗、普米、藏、回等民族。纳西族是古城区和玉龙纳西族自治县的主体民族。据2002年年末统计，共有人口350826人，其中纳西族人口为205382人，占总人口的58.54%。

新中国成立以后，丽江纳西族自治县曾多次进行过民间文学的调查、搜集工作，其中20世纪50年代末和80年代初分别与云南省民间文学调查队、云南省社会科学院少数民族文学研究所联合进行的调查、搜集工作规模最大，投入的力量最多。通过多次调查，搜集了大批民间故事，积累了大量民间文学资料，并先后编辑出版《丽江县民间故事选》《纳西族民间故事选》《纳西族民间故事集成》等。丽江撤地建市以后，2005年丽江市文联还专门编选出版了《丽江故事选（民间文学卷）》。

古城区、玉龙纳西族自治县民族众多，各民族在长期的生产生活实践中，创造了丰富多彩的文化。这次选编《古城玉龙卷》，除纳西族民间故事外，力求多收入一些区内、县内其他民族的作品，并进行广泛征集，但由于过去的搜集工作主要侧重于纳西族，因此，在古城玉龙卷中，傈僳族、普米族、白族等少数民族的民间故事显得相对单薄。尤其是藏族、彝族等其他民族民间故事因条件等各方面限制而未搜集到，实属遗憾！

纳西族民族民间文学蕴藏丰富，加之广大民间文学工作者的辛勤工作，积累了大量的资料，为这次选编《古城玉龙卷》创造了有利的条件。纳西族民间故事包括两个部分：一是用纳西族象形文字和音标文字（东巴文字）记载在东巴经书中的古代神话、传说、故事等；但仍有大量东巴经故事因篇幅等关系未收入其中；二是口传于民间的各类传说故事。为了保持口传文学的特点，注重口传性和流传性，在《古城玉龙卷》中，主要收入既记载于东巴经中，同时又在民间广为流传的作品。如：《人类迁徙记》《人类和术族的故事》等。

为了使所收的作品力求做到全面性，在本卷《民间故事》中，共收入148篇，故事内容从远古到近现代，涉及社会生活的各个方面。卷中的作品分类，除按体裁分为神话、传说、故事、童话外，为了便于比较研究和故事分类的参考，大类又按内容分为若干小类。如："传说"包括红军传说、始祖、人物传说、山川风物传说；"故事"包括生产生活故事、爱情故事、机智故事、民俗故事、谚语故事；"童话"又分为植物故事、动物故事等。并在已收集到的众多作品中，进行认真筛选，使每一小类故事题材广泛、内容丰富。如"山川风物传说"中，收入了《玉龙雪山的传说》《金沙江姑娘》《红石岩》《石鼓的传说》《象山和狮子山的传说》《拉什海》《宝山石头城的传说》《鸡公石》《后箐地名的传说》等，古城区、玉龙纳西族自治县境内名山大川、风景名胜、奇山异石、地名的传说故事23篇。

书中还收入了傈僳族的《楚沙扒起事》《葫芦笙的传说》《牛皮口袋里出来的人》《南瓜里出来的人》，白族的《姚小七故事》等在本地区流传较广、影响较大的民间传说故事。

本卷的编纂工作，从收集资料到最后定稿的整个过程，都是由市文联一手完成的，在搜集过程中得到了牛相奎先生的鼎力支持，此项工作还得到了陈彪副书记、和向红副书记、张赛东部长、和新民局长、李之典局长等区县相关领导的支持和关心，特此表示感谢！

编者
2006年8月16日

图书在版编目（CIP）数据

中国民间故事丛书·云南丽江·古城玉龙卷/罗杨总主编．—北京：知识产权出版社，2016.1
ISBN 978-7-5130-4029-7

Ⅰ.①中… Ⅱ.①罗… Ⅲ.①民间故事—作品集—玉龙纳西族自治县 Ⅳ.① I277.3

中国版本图书馆 CIP 数据核字（2016）第 017783 号

责任编辑：孙 昕	装帧设计：研美设计
文字编辑：关艳如	责任出版：刘译文

中国民间故事丛书·云南丽江·古城玉龙卷

中国民间文艺家协会　组织编写

总 主 编　罗　杨

本卷主编　沙　蠡

出版发行：	知识产权出版社有限责任公司	网　　址：	http://www.ipph.cn
社　　址：	北京市海淀区西外太平庄55号（邮编：100081）	天猫旗舰店：	http://zscqcbs.tmall.com
责编电话：	010-82000860 转 8111	责 编 邮 箱：	sunxinmlxq@126.com
发行电话：	010-82000860 转 8101/8102	发 行 传 真：	010-82000893/82005070/82000270
印　　刷：	北京科信印刷有限公司	经　　销：	各大网上书店、新华书店及相关专业书店
开　　本：	720mm×1000mm　1/16	印　　张：	22
版　　次：	2016 年 1 月第 1 版	印　　次：	2016 年 1 月第 1 次印刷
字　　数：	372 千字	定　　价：	58.00 元
ISBN 978-7-5130-4029-7			

出版权专有　侵权必究
如有印装质量问题，本社负责调换。